그대 시를 사랑하리

문학교수 22인이 만난 시인들

그대 시를 사랑하리

박호영 · 이정숙 · 이승원 · 윤여탁 외 지음

| 머리말 |

좋은 시를 읽으면 더운 날 소나기가 지나간 후의 삽상함을 느낍니다. 좋은 시를 읽으면 기도하고 난 후 머리가 개운해지고 마음이 맑아지는 씻김의 체험을 하게 됩니다. 그런 것이 아마 보다 전문적으로는 황홀경의 체험으로 이어질 것입니다. 세상이 점점 삭막해지고 험해져서 이런 아름다움의 경지와 점점 멀어지지만 그럴수록 사실 우리는 마음속에서 간절하게 시를 그리워하고 사는지도 모릅니다.

시인들의 자유로운 영혼을 만나서 우리도 비상을 꿈꿀 수 있고, 삶에서 우러나오는 애틋하고 말랑말랑한 새김질에 마음을 적시면서 가장 슬픈 것이 가장 아름다운 것일 수 있음도 아는 연륜을 배우게도 됩니다. 시를 가까이하고 싶은 사람들에게 도움이 될 것이라 기대하며 시를 분석하고 연구한 글들이 때로는 오히려 시로부터 멀어지게 하는 경우도 종종 보았습니다. 우리가 좋아하는 현대 시인들에 대해서 노변정담 하듯이 조금은 편하고 가깝게 만나볼 수 있는 자리가 많이 아쉬웠습니다. 우리가 만나고 싶은 현대 시인들을 한자리에 모아 함께할 수 있는 경우는 그리 흔치 않았습니다.

이 책은 평소에 그런 아쉬움을 느꼈던 차에 올해 정년퇴임을 맞은 박호영 교수의 동학과 후배들이 마음을 모아 한국 현대 시인들 가운데 각각 쓰고 싶은 시인들을 택해서, 22명의 시인들에 대해 어깨에 힘을 빼고 편안하게 써나간 글들을 모았습니다. '22인의 문학 교수가 만난 시인'이라는 부제가 붙은 이유이기도 합니다. 아울러 책의 제목『그대 시를 사랑하리』는 박호영 교수의 두 번째 시집『그대 아직 사랑할 수 있으리』에서 차용한 것입니다. 처음에는 책의 성격에 대한 좀 더 세부적인 경계를 지을까 하였으나, 집필에 오히려 방해가 될까 염려하여 큰 틀에서만 제한을 두었습니다. 글을 쓰는 사람이 편안하게 집필하면 읽는 사람들도 편하게 읽을 것이라는 생각과 함께 무엇보다도 어딘가에 얽매이지 않은 '자유로움'이 책의 기본 전제가 되어야 한다고 생각했기 때문입니다. 판에 박힌 딱딱한 논문들에서 벗어나 시인들과의 인간적인 만남을 진솔하게 고백하거나, 시적 만남을 심도 있게 파고들어 간 글들은, 지금까지와는 다른 차원의 지적 즐거움을 줄 것이라 생각합니다.

새벽의 별을 바라보는 청량함과 머리가 번쩍하는 깨달음, 눈앞이 환해지는 개안의 즐거움, 아픔이 진하고 상처가 깊을수록 더 빛나게 길어 올리는 언어들 등 우리가 시인들에게서 느끼고 얻었던 감동과 공감의 일렁임을 함께 알리고 나누고자 하는 마음이 전해지기 바랍니다.

2014년 2월

간행위원회를 대표하여 이정숙

| 차례 |

고정희

상한 갈대라도 하늘 아래선

한 계절 넉넉히 흔들리거니

뿌리 깊으면야

밑둥 잘리어도 새순은 돋거니

충분히 흔들리자 상한 영혼이여

충분히 흔들리며 고통에게로 가자

뜨거운 여백으로 남은 시인

/김미혜 청주교육대학교 교수

I

『모든 사라지는 것들은 뒤에 여백을 남긴다』라는 말랑말랑하고 애틋한 제목의 시집으로 고정희를 처음 만났다. 제목처럼 시인이 정말 사라졌다는 걸 알았을 때 흠칫 놀랐고, 시인이 가장 사랑했던 지리산에서 불의의 죽음을 맞았음을 알았을 때 예술가의 삶에 드리운 아우라에 숙연해졌으며, 자신의 죽음을 예견이라도 한 듯한 시편들을 읽은 뒤에는 "자신의 죽음을 상상 체험할 수 있는" "진정 뛰어난 감성"(이시영, 『모든 사라지는 것들은 뒤에 여백을 남긴다』 편집 후기 중)에 매료되었다. "네 사립에 걸린 노을 같은, 아니면 / 네 발 아래로 쟁쟁쟁 흘러가는 시냇물 같은 / 고요한 여백으로 남고 싶다 / 그 아래 네가 앉아 있는"(「모든 사라지는 것들은 뒤에 여백을 남긴다」, 『고정희 시전집 2』, 520~521면) 같은 구절에는 애잔함마저 배어 있었다.

그러나 유고시집에 실린 더 많은 작품들은 고요한 여백으로 남겨지기에는 그의 심장이 몹시도 뜨겁다고, 시인 고정희를 알고 싶다면 『누가 홀로 술틀을 밟고 있는가』(1979)에서 시작해 『여성해방출사표』(1990)에 이르기까지[1] 한국 현대사의 질곡에 거침없이 맞섰던 그의 시작詩作들을 더 만나 보아야 한다고 말하고 있었다. "권력의 꼭대기에 앉아 계신 우리 자본님 / 가진 자의 힘을 악랄하게 하옵시매 / 지상에서 자본이 힘 있는 것같이 / 개인의 삶에서도 막강해지이다"로 시작해 주기도문의 경건함을 과감하게 전복시켜버린 「새 시대 주기도문」을 비롯한 '밥과 자본주의' 연작은, 자본과 결탁한 지배와 권력을 고발하고 자본이 장악한 먹이사슬 속에서 "나보다 힘없는 자" 위에 군림하고 억압하는 일이 없어야 한다고 경계한다.

"하녀와 주인님"으로 나뉘어 사는 "강도질 나라와 빼앗긴 나라"가 아니라 평등과 나눔이 실현되는 나라가 이 땅 위에 펼쳐지기를 기다린다는 전언과 함께, 시인은 "밥은 선택하는 것이 아니라 함께 나누는 것이란다 / 네가 밥을 나눌 친구를 갖지 못했다면 / 누군가는 지금 밥그릇이 비어 있단다 / (…중략…) / 이 밥그릇 속에 이 밥 한 그릇 속에 / 이 세상 모든 슬픔의 비밀이 들어 있단다 // 그러므로 아이야 / 우리가 밥상 앞에 겸손히 고개 숙이는 것은 / 배부름보다 먼저 이 세상 절반의 / 밥그릇이 비어 있기 때문"(「밥은 모든 밥상에 놓인 게 아니란다」, 『전집 2』, 432면)이라고 말한다. 밥상 위에 오른 소박한 밥 한 그릇에서도 당장의 배부름보다는 나눔의 가치를 생각하고, 누군가의 비어 있는 밥그릇을 생각하며 함께 슬퍼하고 겸허하게 더 나은 세상의 모습을 그려보라고, 따뜻하지만 강단 있게 일러주

---

1) 고정희는 이 밖에도 『실락원 기행』(1981), 『초혼제』(1983), 『이 시대의 아벨』(1983), 『눈물꽃』(1986), 『지리산의 봄』(1987), 『저 무덤 위에 푸른 잔디』(1989), 『광주의 눈물비』(1990), 『아름다운 사람 하나』(1991), 시선집 『뱀사골에서 쓴 편지』(1991), 유고시집 『모든 사라지는 것들은 뒤에 여백을 남긴다』(1992)를 남겼다. 그가 남긴 시집 중 『뱀사골에서 쓴 편지』(1991)를 제외한 나머지 시집들은 『고정희 시전집 1·2』(또하나의문화, 2011)로 묶여 출간되었다. 이 글에서 인용한 시의 출전은 『고정희 시전집 1·2』(이하 『전집 1』, 『전집 2』로 표기)임을 밝혀둔다.

는 시인의 목소리는 모든 억압과 차별에 맞서 그가 도달한 전망과 실천의 지점을 보여준다. 더 가진 사람이 그렇지 못한 사람을 위해 가진 것을 떼어주는 시혜의 차원이 아니라 원래부터 모두에게 소박하고 평등하게 주어진 것들을 제자리에 돌려놓는다는 차원에서 시인은 자본주의의 모순을 밥을 매개 삼아 폭로했던 것이다.

Ⅱ

거슬러 올라가 보면, 고정희는 첫 시집 『누가 홀로 술틀을 밟고 있는가』(1979)의 후기에서 "시를 쓴다는 것은" "나를 성취해가는 실존의 획득"이고 "내가 믿는 것을 실현하는 장이며 / 내가 보는 것을 밝히는 방이며 / 내가 바라는 것을 일구는 땅"이라고 썼다. 전남 해남에서 "노동으로 그슬린" 여윈 팔로 쟁기를 들어 밭을 갈던 아버지(「회소回蘇, 회소」, 『전집 1』, 65면)의 딸로 나고 자란 시인은, 광주 YWCA에서의 간사 시절을 거쳐 한국신학대학과 4·19 묘역이 있던 수유리에서 자신의 시 세계를 담금질했다. 수유리에서 "예수의 해방이나 구원을 현실에서 이룩하는 것을 기독교인의 사명으로 삼는 이른바 해방신학적, 민중신학적 관점"[2]을 바탕으로 한 신학 수업을 받은 그에게, 시를 쓰는 것은 여기餘技가 아니라 "일종의 멍에이며 고통이며 눈물겨운 황홀"이었다. 그리고 시작 활동이 이어지는 내내 수유리는 고정희가 당대의 역사적 현실로부터 눈을 돌리지 못하도록, 저 낮은 곳에서

2) 김승구, 「고정희 초기시의 민중신학적 인식」, 『한국문학이론과 비평』 제37집(11권 4호), 한국문학이론과비평학회, 2007, 252면.

들려오는 민중의 목소리에 귀를 닫지 못하도록 하는 정신적 고향이었다.

고려시대에는 고려청자에 눌려
쌍것들의 식탁에나 오르내리고
이조시대에는 이조백자에 눌려
촌로들의 살강에나 포개져
보리밥 된장국 족하던 옹기
지리산 시장기 채우던 옹기
—「옹기」 부분(『실락원 기행』(1981), 『전집 1』, 160면)

그래서이겠지만 시인의 관심은 언제나 낮은 곳을 향해 있었다. 고려청자나 이조백자처럼 우리 문화사의 중심에 놓이지는 못하지만 "보리밥 된장국"을 담고 "쌍것들"과 "촌로들"의 소박한 밥상에 올라 시장기나 겨우 달래주던 옹기를 두고 "자부하라"고 몇 번이고 명하는 고정희의 눈과 귀는 이후로도 절대적 우월성을 지닌 존재가 아니라 "버림받은 이웃들에게 '단 하나 친구인 그리스도'와 같은"[3] 신의 존재를 바랐다. 그러하기에 고정희의 시는 기독교 신앙에 굳건하게 뿌리를 두고서도 판소리, 민요 등의 전통적 양식은 물론 굿 형식까지 거부감 없이 받아들여 새롭게 창조해낼 수 있었던 것이다.[4]

---

3) 윤인선, 「『저 무덤 위의 푸른 잔디』에 나타난 자서전적 텍스트성 연구」, 『여성문학연구』 제27호, 한국여성문학학회, 2012, 92면.

4) 정효구, 「고정희의 시에 나타난 여성의식」, 『인문학지』 제17집, 충북대학교 인문학연구소, 1999, 44면.

남도 가락과 씻김굿 형식을 적극적으로 차용한 『초혼제』(1983)에서 시인은 5·18광주민주화운동에서의 죽음을 순장에 비유하고(「우리들의 殉葬」), "해방둥이로 탄생"해 태어난 지 25일 만에 고아가 되고 한국전쟁과 4·19, 10월 유신에 이르는 고통스러운 역사를 고스란히 겪은 끝에 결국 비극적인 죽음을 맞고 만 고민해 여사의 10주기 추도회(「그 가을 추도회」)를 열어준다. 살아 있는 이들이 죽음의 의미를 되새기고 원혼을 위로하면서 이들 시는 내용과 형식 면에서 굿을 적극적으로 활용해 보였다. 굿이야말로 오랜 세월 동안 민중의 한을 끌어안고 위로해온 제의였음을 감안하면, 당대의 역사적 현실과 정면으로 마주한 시인이 자신의 시에 굿을 끌어들인 것은 필연에 가깝다.

그렇다고 해서 시인이 죽음이라는 주제만을 붙들고 있었던 것은 아니다. 『초혼제』와 함께 1983년에 발간된 『이 시대의 아벨』에는 죽음이 아니라 사랑이 중요한 주제로 등장하며 민중시인이라는 묵직한 이름표 뒤에 가려져 있던 시인 내면의 여린 감성이 진솔하게 묻어난다.

뉘엿뉘엿 저무는 시간에, 나는 차분하지 못하여
그 집의 너른 유리창가에 앉으면
바람 부는 창밖은 딴 세상의 풍경처럼 아름다웠다
잔조롭게 흔들리는 산목련 줄기 사이로
휙 가로지르는 새도 새려니와
불그레불그레 물드는
찔레꽃 이파리를 무심히 바라다보면
울컥하고 치미는 눈물 또한 어쩌지 못했다
후르르후르르 산목련 줄기에서 흔들리는 건

산목련잎이 아니라 외줄기 내 영혼이었기
기댈 곳 그리운 우리 정신이었기
오래오래 나는 울었다
—「황혼 일기」 부분(『전집 1』, 370면)

구약성서 창세기에 나오는 카인과 아벨의 이야기에서 모티프를 따 온 「이 시대의 아벨」처럼 기독교적 인식에 기반을 둔 작품이나 5월 광주를 환기시키는 「군무」 같은 작품도 실려 있지만, 『이 시대의 아벨』은 '투사'가 아닌, 외로움과 슬픔에 쏟아지는 눈물을 참지 못하고 때로는 붉게 물든 찔레꽃 이파리만 보고도 눈물을 흘리는 고정희를 보여준다. 물론 이 뜨거운 눈물도 누군가를, 또 무엇인가를 치열하게 사랑하고 갈구했기에 흘릴 수 있는 것이라는 점에서 「사랑법」이라는 제목이 붙어 있는 경우조차도 그의 시를 그렇고 그런 연시로 치부하기는 어려울 것이다. 다만 당장이라도 성난 군중들이 모여 있는 광장에서 낭송되거나 연행되어야 할 것 같은 「환인제」(『실락원 기행』(1981))나 「초혼제」와는 달리 내밀한 서정에 격조를 곁들인 작품들을 선보이고 있다는 점에서 『이 시대의 아벨』이 주목할 만한 시집인 것은 틀림없다.

앞선 시집에서 시작된 눈물은 『눈물꽃』에도 이어져, 시인은 "불현듯 핑그르르 눈물이" 도는 것을 어찌하지 못한다(「들국」, 『전집 1』, 393면). 그러나 "이 세상에 발을 딛고 / 서 있는 것 자체가 살얼음을 딛는 것 / 같아서 모두들 마음에 빗장을 거는 / 신년 벽두, 마음이 슬픈 사람들"을 외면하지 않고 "교회가 / 이 한 해 모든 이의 불행과 눈물에 / 입맞추는 / 눈물티슈"가 되기를 소망한다(「눈물티슈」, 『전집 2』, 421~422면).

그런데 친구여

나는 수유리를 떠나지 못했습니다

계약금을 날리고

아파트의 자유를 날려버리면서도

나는 수유리의 흡인력에 주저앉고 말았습니다

그리고 나는 깨달았습니다

개인주택 지하 1층에 살면서

에프엠 수신이 불가능하다 해도

하루 세 시간씩 출퇴근길에 파김치로 흔들린다 해도

수유리에 묻은 내 꿈을 버릴 수 없음을 알았습니다

—「다시 수유리에서」 부분(『전집 1』, 423~424면)

3년 사이에 변화도 있었다. 시집의 후기에도 썼듯 시인은 그렇게 떠나기 어려웠던 수유리 생활을 청산하고 안산으로 생활의 터전을 옮겼다. 물론 수유리에서 키웠던 "깨끗한 밥"과 "자유"를 향한 꿈(「환상대학시편 1 : 연혁」, 『전집 1』, 502면)과 "팔팔한 젊음들"의 죽음(「환상대학시편 6 : 70년대 조기弔旗에 대한 추억」, 『전집 1』, 514~515면)에 대한 기억은 잊지 않은 채 말이다. 그리고 1984년에 '또 하나의 문화' 창간 동인으로 참여해 여성문화 무크지 『또 하나의 문화』를 발행하고 1986년부터는 한국가정법률상담소와 관련을 맺는 등의 행보를 보이면서 시인은 본격적인 '여성주의 시'를 창작하게 된다. 「현대사 연구 14 : 가을 하늘에 푸르게 푸르게 흘러가는 조선 여자들이여」, 「환상대학시편 2 : 태胎와 문門과 시간」 등의 시편에서, 그는 여성에게 가해진 억압의 역사를 폭로하고 여성이야말로 모든 존재의 시원이라는 인식을 보여주고 있다.

Ⅲ

『지리산의 봄』(1987)에는 시인이 사랑했던 지리산에서의 사색들과 함께 「여성사 연구」 연작들이 수록되어 있다. 고정희는 이 시집에서 "조선의 여자로 태어나 / 학문과 나랏일에 종사치 못하"였으나 "기우는 나라의 빚을 갚"기 위해 "삼종지덕의 가락지 벗어 던"진 여성들의 목소리를 복권시키고(「반지뽑기부인회 취지문 : 여성사 연구 2」, 『전집 1』, 587면), "간밤 아기에게 젖 물"리고 "시어머니 약시중" 들고 "새벽녘 만취해서 돌아온 남편"까지 수발하고는 "출근버스 오르기가 무섭게" 졸고 있는 "맞벌이 부부 우리 동네 구자명 씨"(「우리 동네 구자명 씨 : 여성사 연구 5」, 『전집 1』, 593면)를 통해 여성에게 가해지는 차별과 억압이 과거에 이미 끝난 일이 아니라 현재 진행형임을 명시했다. 그리고 그 자신에게 가장 의미 있었던 한 사람, 어머니의 죽음과 그리움을 절절하게 담아냈다. "칠십 평생 동안의 삶의 무게"를 감내하면서 아들과 딸들에게 "주릴 때 먹을 것을 주고" "목마를 때 마실 것을 주며" "곤궁했을 때 기댈 등을 주"었던(「하관」, 『전집 1』, 628면) 어머니의 부재 뒤에 시인이 다음과 같은 통찰에 이른 것은 우연이 아닐 것이다.

사람의 뜻이 무엇인고 하니
팔만사천 사바세계 생로병사
어머니 태아 주신 용기를 나눔이라
태산의 높이를 헤아려
어머니 닦아주신 대동을 받듦이라
영락없는 동지요 영락없는 배필 삼아
속았구나 하면서 속지 않고

밟혔구나 하면서 밟히지 않는

어머니 품어주신 생명을 지킴이라

깨물어 안 아픈 손가락 없고

내처 안타깝지 않은 목숨 없는

어머니 길러주신 존엄을 누림이라

—「둘째거리—본풀이마당. 여자가 무엇이며 남자 또한 무엇인고 : 1. 천황씨 속에 여자가 태어날 제」 부분(『저 무덤 위의 푸른 잔디』(1989), 『전집 2』, 18~19면)

고정희에게 "눌림받은 여성의 대명사인 어머니는 잘못된 역사의 고발자요 증언의 기록이며 동시에 치유와 화해의 미래"(『저 무덤 위의 푸른 잔디』 후기 중. 『전집 1』, 121면)이고, 시인이 만들고자 한 해방세상, 평등세상, 자유세상, 통일세상(「다섯째거리—길닦음마당. 허물 때가 있으면 세울 때가 있으니 : 2. 가진 만큼 나눠주고 받은 만큼 의지 되어」)을 떠받칠 수 있는 존재이다.

아이는 아이대로 어른은 어른대로

여자는 여자대로 남자는 남자대로

남편은 남편대로 여편은 여편대로

누구나 일할 권리 있는 집이요

누구나 쉴 자유 있는 집이요

누구나 맡은 임무 있는 집이요

누구나 타고난 천성대로 받들 책임 있는 집이라

—「여섯째거리—대동마당. 집치레 번듯하니 민주집이 분명하다 : 4. 에헤야 집이로다 살림의 집이로다」 중(『전집 2』, 83~84면)

누구나 일할 권리와 쉴 자유를 누리고 타고난 천성대로 인정받을 수 있는 공동체야말로 시인의 이상이고, 어머니야말로 시인이 꿈꾸었던 민족공동체, "민주집"을 가능하게 할 새로운 인간성의 모델이라고 할 수 있다. "복종생활 순종생활 굴종생활 '석삼종'"의 굴레를 스스로 거부하기만 한다면 말이다.

같은 맥락에서 고정희는 5월의 광주를 "어머니 하느님 나라"(「십일간의 해방구 : 암하레츠[5] 시편 10」, 『광주의 눈물비』(1990), 『전집 2』, 177면)라 명명하고, 어머니 하느님을 "정의의 하느님"이자 "평등의 하느님"(「이 가을에 드리는 기도 : 추수감사절에」, 『전집 2』, 217면)이라 부른다. "해방자 예수를 낳으신 어머니", "한 나라의 평화가 다 여자민중해방에 달"렸으며, "한반도는 어머니로 구원받으리 / 딸 예수 태어나며 고함칩니다"(「여자 학대 비리 청문회 : 성탄절에」, 『전집 2』, 219~220면)라고 말하는 대목에서 우리는 그의 여성주의적 인식이 도달한 한 정점을 엿보게 된다.

또한 시집의 후기에서 그는 "나는 실로 최초로 역사적 진실에 대하여 절제하기 어려운 노여움을 품게 되었"다고 했거니와, 『광주의 눈물비』에는 그 노여움이 가감 없이 담겨 있다. "역사적 정의와 진실이 불편함이 된 이 시대에 '문학적 은유와 알레고리는 거짓 시대를 고수하는 충실한 시녀가 될 수 있다'는 내면의 외침을" 거부하지 않고 "서툴면 서툰 대로 모났으면 모난 대로 반란을 일으키는 감정들을" 토해냈다(『전집 1』, 233~234면)

5) "지극히 낮은 천민(암하레츠, am-ha-arez, '땅의 사람들'이란 뜻) 출신에게 임한 하나님, 이것이야말로 인류 역사를 통틀어 가장 귀중한 사건이다. 예수 덕분에 누구나 하나님을 만날 수 있음을, 나도 그럴 수 있음을 깨달을 수 있기 때문이다." 우한기, 『한국의 교양을 읽는다』, 휴머니스트, 2007, 134면.

는 고백에서 그가 자주 생경하기까지 한 직설적 어법을 구사한 까닭을 읽을 수 있다.

뒤이어 펴낸 『여성해방출사표』(1990)에서 고정희는 여성 문제를 집중적으로 다루고 있는데, 그 자신이 민중의 핵심이라고 여겼던 여성 민중에게 가해진 억압 앞에서 분노 섞인 목소리를 감추지 못한다. "삼종지도 칠거지악이라는 / 무지막지한 남자집권 보안법 아래서" "노예신세"로 살아온 "조선여자들의 무섭고 암울한 운명의 멍에"를 걷어내는 것이야말로 자신의 소명이라 여겼기 때문일 것이다. 그러한 맥락에서 그는 황진이가 기생이 된 것은 "남자와 더불으나 예속되지 않는 삶 / 세상에 속하나 구속받지 않는 길 / 풍류적인 희롱으로 희롱으로 / 양반사회 체면치레 확 벗겨 내는 일 / 그 길이 바로 기방이었"기 때문이며, "밥과 돈을 똑같이 책임지는 일 / 정해진 시간만 서로 하나 되는 일"이야말로 결혼에서 매우 중요한 일이라고 말한다(「황진이가 이옥봉에게 : 이야기 여성사 1」, 『전집 2』, 237~246면). 그러한 결혼을 실천한 황진이와 이사종의 계약결혼이 조선시대 결혼제도에 대한 명백한 저항이며 "보부아르보다 더 선진적이고 주체적인 계약결혼"이라는 고평도 잊지 않았다(『여성해방출사표』(1990) 서문, 『전집 2』, 339면).

또한 신사임당은 현모양처 계율에 반해 "내 평생 절반을 친정집에 살고 / 반평생 친정부모 모시는 데 바"친 이로 그려졌고, 허난설헌은 "최초로 / 조선 봉건제에 반기를 든 여자 시인이며 / 여자를 피압박계급으로 직시한 / 최초의 시인"(「사임당이 허난설헌에게 : 이야기 여성사 3」, 『전집 2』, 255~268면)으로 명명되었다. 몇몇 부분에 대해 역사적 사실을 왜곡했다는 비판이 있기는 하지만, 「이야기 여성사」 연작을 통해 고정희는 이들의 입을 빌려 오랜 세월 여성에게 가해진 억압을 고발하고 자발적으로 굴종을 감내해온 여성들의 각성을 촉구하고 나선다. "슈퍼우먼이 아닌, / 현모양처가 아닌, / 효부열녀가 아닌, / 직장의 꽃이 아닌, / 순종의 미덕이 아닌, / 건강하고 당당한 여자 / 노동의 팔뚝에 넘치는 힘으로" "함께 사는 세상의 기쁨과 믿음"을 향한 길을 여는 것은(「여자가 하나 되는 세상을 위하여 : 이야기 여성사 6」, 『전집 2』, 299~300면) 여성 자신은 물론 모든 생명이 있는 것들을 위한 과업이라고 여겼던 것이다. "우리에게 가장 따뜻하고 절실한 모습"인 "밥상머리 둘러앉은 식솔과 불러들인 이웃에게 / 앞앞이 따순 밥 정을 담는 어머니의 손"(「하늘에 계신 우리 어머니 : 이야기 여성사 7」, 『전집 2』, 308면)이 모든 화해의 근원임을 믿어 의심치 않았다.

『여성해방출사표』와 함께 1990년에 발간된 『아름다운 사람 하나』는 이와는 확연히 다른 작품 세계를 보이고 있다. 시인 스스로 연시집이라 이름 붙인 『아름다운 사람 하나』의 수록작 중 상당수가 다른 시집에 수록된 것들을 그대로 또는 개작해서 재수록한 것들인데, "애증과 기다림, 그리움, 안타까움, 원망 등 전형적인 사랑의 감정을 주제로 하고 있다."[6]

그러나 누군가를 아끼고 사랑하는 일이 개인적인 감정의 교류를 넘어서서 지리산으로 대표되는 자연과의 교감, 힘들고 소외된 삶을 살아가는 모든 이들과의 연대, 자유와 평화, 살림 등의 인류 보편적 가치를 위한 투쟁과 같은 "더 큰 사랑의 광야에 이르는 길"(『아름다운 사람 하나』 후기, 『전집 2』, 414면)이라는 점에서 이 시집 역시 고정희다운 사유에서 벗어나지 않는다.

---

6) 문혜원, 「고정희 연시의 창작 방식과 의미」, 『비교한국학』 제19권 제2호, 국제비교한국학회, 2011, 218면.)

Ⅳ

사회변혁 운동과 여성주의 운동 모두를 치열하게 끌어안으며 펼쳐온 고정희의 여정은 1991년 뱀사골에서 끝을 맺었지만 시간을 거슬러 다시 읽어보아도 그는 언제나 한눈팔지 않고 자신의 고민에 깊이와 폭을 더하면서 독자를 만나왔다. 민중의 곁에서 함께 무릎을 꿇고 손을 모을 줄 아는 수유리의 기독교 정신을 잊지 않았고, 자유를 열망하여 기꺼이 투쟁했던 청춘의 가르침도 버리지 않았으며, 5월 광주에 대한 분노도 위로는 했으나 지우지는 않았다. 여성 문제라는 또 다른 화두를 만나서도 모든 억압된 것들을 두루 보듬을 수 있었던 것은 그가 모성을 인간해방의 모태로 보았기 때문이며, 그렇기에 사랑 또한 그에게는 사회적 연대와 잇닿아 있는 것이었다. 그리고 그의 시는 때로는 직설어법을 써가면서까지 독자를 설득하고자 했다. 시 읽기가 골방에서의 독서로 끝나지 않기를, 독자들이 소외되고 억압된 타자들에 대한 자신의 사랑에 감염되기를 바랐던 것이다.

그래서일까? 고정희와 이별하기 위해서 그의 시를 한 편 정도는 온전히 읽는 수고를 감당해야 할 듯하다.

> 상한 갈대라도 하늘 아래선
> 한 계절 넉넉히 흔들리거니
> 뿌리 깊으면야
> 밑둥 잘리어도 새순은 돋거니
> 충분히 흔들리자 상한 영혼이여
> 충분히 흔들리며 고통에게로 가자

뿌리 없이 흔들리는 부평초 잎이라도
물 고이면 꽃은 피거니
이 세상 어디서나 개울은 흐르고
이 세상 어디서나 등불은 켜지듯
가자 고통이여 살 맞대고 가자
외롭기로 작정하면 어딘들 못 가랴
가기로 목숨 걸면 지는 해가 문제랴

고통과 설움의 땅 훨훨 지나서
뿌리 깊은 벌판에 서자
두 팔로 막아도 바람은 불듯
영원한 눈물이란 없느니라
영원한 비탄이란 없느니라
캄캄한 밤이라도 하늘 아래선
마주잡을 손 하나 오고 있거니

—「상한 영혼을 위하여」 전문(『이 시대의 아벨』(1983), 『전집 1』, 366면)

격앙된 목소리로 변혁을 이야기하던 그이지만 이 시에서는 차분하게 "캄캄한 밤이라도 하늘 아래선 / 마주잡을 손 하나"를 기다리고 있다. 그리고 시인은 "밑둥 잘리어도 새순은 돋"고 아무리 보잘것없는 것들이라도 제 몫의 삶이 있다고, 생명이 있는 모든 것들이 서로를 의지하며 삶과 부대끼는 것을 지켜보는 하늘이 있다고, 그러니 닥쳐오는 고통을 피하지 말라고 말한다. 설사 자신이 꿈꾸었던 모든 것을 이루고 가지 못한다고 하더라도 누군가는 자신의 뒤를 이어 언젠가는 모두가 제 몫의 밥을 함께 나눌 수 있는 세상을 향해 "고통과 설움"을 감내하고 "흔들리며" 나아갈 것이라는 믿음을, 그렇게 해달라는 당부를 독자들에게 전한 셈이다. 그리하여 고정희가 남긴 여백은 "모든 부재 뒤에 떠오르는" "쓸쓸함"보다는 "탄생"에 가깝다. 아니, 가까워야 한다. 더 나은 세상을 희구希求하며 뜨겁게 달구어진 그의 시 세계가 식지 않는 이상은…….

| 참고문헌 |

〈자료〉

고정희, 『고정희 시전집 1 · 2』, 또하나의문화, 2011.

〈논문〉

구명숙, 「고정희 시에 나타난 타자성 연구」, 『한민족문화연구』 제28집, 한민족문화학회, 2009, 169~196면.

김승구, 「고정희 초기시의 민중신학적 인식」, 『한국문학이론과 비평』 제37집(11권 4호), 한국문학이론과비평학회, 2007, 249~275면.

김진희, 「서정의 확장과 시로 쓰는 역사」, 『비교한국학』 제19권 제2호, 국제비교한국학회, 2011, 173~200면.

문혜원, 「고정희 연시의 창작 방식과 의미」, 『비교한국학』 제19권 제2호, 국제비교한국학회, 2011, 201~229면.

박송이, 「시대에 대응하는 전략적 방식으로써 되받아 쓰기(writing back) 고찰 : 고정희 『초혼제』(1983) 장시를 중심으로」, 『한국문예비평연구』 제33집, 한국현대문예비평학회, 2010, 225~255면.

유성호, 「고정희 시에 나타난 종교의식과 현실인식」, 『한국문예비평연구』 제1권, 한국현대문예비평학회, 1997, 75~94면.

윤인선, 「『저 무덤 위의 푸른 잔디』에 나타난 자서전적 텍스트성 연구」, 『여성문학연구』 제27호, 한국여성문학학회, 2012, 83~106면.

이경희, 「고정희 시의 여성주의 시각 연구」, 『돈암어문학』 제21호, 돈암어문학회, 2008, 169~222면.

정효구, 「고정희의 시에 나타난 여성의식」, 『인문학지』 제17집, 충북대학교 인문학연구소, 1999, 43~86면.

기형도

잘 있거라, 짧았던 밤들아

창밖을 떠돌던 겨울 안개들아

아무것도 모르던 촛불들아, 잘 있거라

공포를 기다리던 흰 종이들아

망설임을 대신하던 눈물들아

잘 있거라, 더 이상 내 것이 아닌 열망들아

장님처럼 나 이제 더듬거리며 문을 잠그네

가엾은 내 사랑 빈집에 갇혔네

끝내 전하지 못한 말들

/이정숙 한성대학교 교수

"선생님 , 가정방문은 가지 마세요. 저희 집은 너무 멀어요."

"그래도 너는 반장인데……."

"집에는 아무도 없어요."

나는 바로 그 선생님이었다. 중학생 열서너 살 소년의 마음에 제발 가정방문 따위는 하지 말기를 바라며 집에 오시지 말라고 애원하도록 걱정을 심어주었던 그의 선생님.

아마 그 애 마음에는 와봤자 아무도 맞아줄 사람 없는 그런 가정방문을 하게 될 그의 담임선생님에 대한 미안함과 연민도 있었으리라.

그 시절은 아마 "찬밥처럼 방에 담겨" "아무리 천천히 숙제를 해도" 기다리는 엄마가 오지 않던, 지금 생각만 해도 시인의 눈시울을 뜨겁게 하는 "그 시절, 유년의 윗목"이었을지 모른다.

열무 삼십 단을 이고

시장에 간 우리 엄마

안 오시네, 해는 시든 지 오래
나는 찬밥처럼 방에 담겨
아무리 천천히 숙제를 해도
엄마 안 오시네, 배추잎 같은 발소리 타박타박
안 들리네, 어둡고 무서워
금 간 창틈으로 고요히 빗소리
빈방에 혼자 엎드려 훌쩍거리던

아주 먼 옛날
지금도 내 눈시울 뜨겁게 하는
그 시절, 내 유년의 윗목
—「엄마 걱정」 전문

그 애는 대학을 졸업하자마자 1973년 3월 처음 발령을 받고 부임했던 신림중학교에서 새내기 선생의 그저 신기하고 서툰 만남들 가운데서 유난히 기억에 남아 있는 학생이다.

그 애는 처음 부임한 꿈 많은 병아리 선생님의 꿈과 자존심을 채워주기에 지나칠 정도로 충분했다. 그래서 굳이 가정방문 같은 건 가야 할 필요가 없는 모범생, 그 자체였다.

그 시절의 기억 몇 가지.

관행으로 행해지고 있는 여러 행사 중에 반공 포스터를 그려내는 행사가 있었다. 그 애가 그린 것은 〈철마는 달리고 싶다〉라는 제목으로 남과 북이 철로를 통해 이어지는 내용을 담은, 내 눈에는 무척 신선한 그림이었다. 1974년, 반공 이데올로기가 투철했던 그 시절에 반공 포스터라면 으레 한반도 북쪽에서 남쪽을 향한 시뻘건 마귀 같은 손이 그려지고, 보다 실감나게 악의 덩어리인 것을 나타내기 위해 손등에는 검은 털이 가시처럼 송곳송곳 돋아나 있고, 손가락 끝에는 기다란 손톱이 마치 야수의 발톱처럼 으르렁대는 그런 섬뜩함을 주는 내용이 대부분이었다. 그에 비해서 그 애의 포스터는 비무장지대에 내버려진 구호였던 "철마는 달리고 싶다"를 빌려 남과 북이 하나로 이어지기를 바라는 마음을 표현하고 있었다. 그 포스터로 '특'자 붙는 상을 탔던 기억이 난다.

내 담당 과목이었던 국어 시간에는 유난히 초롱거리는—이 표현이 너무 상투적이라는 게 마음에 안 차지만—눈으로 쏘옥쏘옥 받아들여서 가르치는 사람을 참 기쁘게 만들었다.

그 애는 또 오래된 유행가인 〈두만강〉을 구성지게 잘 부르던 소년이기도 했다. 오락 시간에 그 애의 레퍼토리는 매우 다양한 편이었는데 그중에서도 나이에 안 어울리게 흘러갔어도 한참 흘러간 가수 김정구의 "두-마안-가앙-, 푸-른 무울에, 노오 저엇-는 배앳-사아고옹-"을 기막히게 뽑아내어 감정을 살려가면서 청승맞을 정도로 구성지게 불러젖혔다.

어쩌면 저 젊다 못해 어린 나이에 저런 늙은 노래를 저렇게도 어울리게 불러내는지 감탄했던 기억이 새롭다. 글씨는 붓글씨건 판서건 아주 잘 써서 환경미화에는 으레 없어서는 안 되는 중요한 몫을 했고.

그 애는 정말 팔방미인이었다. 너무 재주가 많아 한편으론 걱정되는 마음도 조금 있었던 것 같다. 물론 공부도 예외는 아니어서 아주 우수한 학생이었다. 학년이 바뀌어 올라갈 때 전체 수석을 해서, 내심 '역시!' 하면서 담임으로서 우쭐했던 기억도 난다.

그 애의 집은 시흥, 낙골 쪽이었는데 학교에서는 그쪽에 사는 학생들을 가난한 학생들이라고 단정하는 경향이었고 사실 그만큼 그쪽 애들이 문제가 많았는지 학교에서 불량한 사건들의 당사자들은 대개 그곳 사는 아이들이었다. 그런데 그 애는 달랐다.

경제적으로 어려운 학생들이 살던 동네에서 전교 일 등이 나오는 것은 정말 드문 일이었다. 선생님들 중에는 전체 수석을 하면 그 학생 집에서 한턱을 내는 것을 은근히 기대하는 풍토가 있었다. 담임으로서 기특하고 자랑스러우면서도 대놓고 말하는 다른 선생님이 조금 신경 쓰이는 구석이 있었으나 그 점은 무엇보다도 교사 초년생으로서 무시하고 넘어가도 되는 부분이었으므로 그렇게 내 학급에서 전체 수석이 나왔다는 사실만으로도 자부심이 컸고 그만큼 그 애가 예뻤다.

그런데 학년이 바뀌는 봄방학쯤인가 아니면 바뀐 학년 초였던가, 추웠던 어느 날 그 애의 큰누나라면서 참한 젊은 아가씨가—나도 같이 아가씨였을 텐데—인사를 왔다. 일 년 동안 인사도 못 왔다고 미안해하면서 고마웠다는 인사와 함께 살며시 조그만 선물을 내밀었다. 나중에 펴보니까 조그만 상자에 속옷 세 개가 들어 있었다.

> 아침저녁으로 샛강에 자욱이 안개가 낀다.
>
> (…중략…)
>
> 출근길에 늦은 여공들은 깔깔거리며 지나가고
>
> 긴 어둠에서 풀려나는 검고 무뚝뚝한 나무들 사이로
>
> 아이들은 느릿느릿 새어 나오는 것이다.
>
> —「안개」 부분

그는 1985년 〈동아일보〉 신춘문예에 당선되었던 시 「안개」에서 시흥 천변의 공장지대, 그곳의 여공들과, 자라면 역시 공장으로 갈, 그래서 공장으로 가기 위해 무럭무럭 자라고 있는 아이들의 모습들을 그리고 있다. 그곳은 그가 어린 시절을 보낸 곳, 그는 아마도 안개 속에서 느릿느릿 새어나오는 아이들 중의 하나였을까. 그의 모습이 비추어진 곳이었다.

어쩌면 그곳에서 공장에 다녔을지도 모르는―**야근 수당을 받아 든 큰누이가 "냉이꽃처럼 가늘게 휘청거리며 걸어오"던 방죽길, 자랑할 데 없는 우등상장으로 종이배 접어 띄우던 개천이 흐르던 곳. 「위험한 가계 · 1969」라는 시에서 연상된 순전한 나의 추측이다**―그의 누나가 나에게 준 속옷 세 장은 겉옷 세 벌과도 맞먹는 것일 수 있음을 그때는 몰랐다.

신춘문예에 당선된 것을 보고 몇 번이나 그에게 전화를 하고 싶었다. '그'라는 어른스런 칭호보다 사실 '그 애'라는 소년에게 붙이는 칭호가 나에게는 더 편하고 익숙했지만 그 애는 이제 그가 되어 있었다.

그 애는 내가 나이 마흔이 다 되도록 끌탕만 하면서 바라보고 있는 신춘문예의 높은 문턱을 이십 대의 젊은 나이에 떡하니 넘어서고 있었다. 그걸 보며 정말 반가웠다. 해마다 신춘문예를 바라보며 느꼈던 모르는 사람들에 대한 열패감과는 달리 '역시 제 길을 가고 있었구나' 하는 반가움이 앞설 만큼 그의 등단은 나에게는 예정된 길로 받아들여져 뿌듯했다.

그의 시 「안개」에서 나는 무연히 헤르만 헤세도 연상하면서 왠지 서구의 시인들에게서 받았던 것과 비슷한 유의 느낌, 처음엔 낯선 느낌 같기도 하면서 분명히 익숙하기도 한, 제목에서 오는 게 분명한 안개 같은 자욱한 어떤 느낌을 받았다.

정말 그의 당선을 보고 이내 전화를 하고 싶었던 마음을 행동으로 옮기지 못한 내가 사실 이해가 안 간다. 제 길로 들어선 것을 축하하는 전화 정도는 아무리 여러 군데서 받아도 나쁘지 않을 텐데……. 그러나 그런 생각은 아주 오랜 후에 들었던 것이고 그때의 내 좁은 생각은 '어쩐지' 쑥스럽다는 것이었다.

옛 중학교 시절의 담임선생님, 이제는 대학에 있는 그 선생이 축하한답시고 한 전화에서 대학교수가 된 내 존재를 알려주며 어쩐지 폼 잡는 것으로 보일까 봐, 아니면 그를 빙자해 능력 있고 촉망받는 한 시인의 스승 노릇이라도 톡톡히 하려 들 것처럼 보일까 봐, 그런 냄새를 예민한 그가 알아챌까 저어되어서 등등 쓸데없이 복잡한 생각이 들어서였던 것 같다. 사실 내 마음 밑바닥에는 그가 앞으로 썩 괜찮은 시를 쓸 것임을, 상당히 괜찮은 시인이 될 것임을 확신하고 있었기 때문에 갓 등단한 그가, 갓 등단했음에도 불구하고 그의 이름이 실제보다 확대되어 아주 크게 느껴졌던 것 같다. 그래서인가 오히려 그냥 그대로 있는 것이 괜찮을 것 같기도 했다. 그리고 십여 년 연락도 없이 지내던 터에 그동안 쌓아놓은 많은 인간관계에서 축하 전화 받을 곳이 얼마나 많을까를 생각하며 괜히 나 같은 사람까지 번거롭게 굴지는 말자는 얄팍한 이타심이 한 자락 깔려 있기도 했다. 그건 사실 쑥스러움에서 나온 궁여지책의 핑계, 나름의 합리화이기도 했다. 나는 왜 이렇게 쓸데없는 생각이 많은지, 이런 태도가 좋은 건지 나쁜 건지 환갑을 넘긴 지금까지도 아직 잘 모르겠다. 무엇보다도 당장은 그의 전화번호를 알아내기가, 그 과정이 번거로운 것 같아서 차일피일 시간 가는 대로 같이 흘러갔던 것 같다.

문학에 대한 개론을 오랫동안 강의하면서 그의 시는 가끔 강의의 한 예로, 혹은 생활을 이겨내는 한 방편으로 인용되기도 했는데 예를 들어 같은 나이의 대학생들, 청춘을 힘들어하고 있을 우리 학생들에게 나는 「질투는 나의 힘」의 한 구절을 힘주어 강조하곤 했다.

아주 오랜 세월이 흐른 뒤에
힘없는 책갈피는 이 종이를 떨어뜨리리
그때 내 마음은 너무나 많은 공장을 세웠으니
어리석게도 그토록 기록할 것이 많았구나
구름 밑을 천천히 쏘다니는 개처럼
지칠 줄 모르고 공중에서 머뭇거렸구나
나 가진 것 탄식밖에 없어
저녁 거리마다 물끄러미 청춘을 세워두고
살아온 날들을 신기하게 세어보았으니
그 누구도 나를 두려워하지 않았으니
내 희망의 내용은 질투뿐이었구나
그리하여 나는 우선 여기에 짧은 글을 남겨둔다
나의 생은 미친 듯이 사랑을 찾아 헤매었으나
단 한 번도 스스로를 사랑하지 않았노라
―「질투는 나의 힘」 전문

"저녁 거리마다 물끄러미 청춘을 세워두고 / 살아온 날들을 신기하게 세어보"는 자신의 타자화, 객관화를 은근히 강조하면서 너희는 "그토록 기록할 게 많"은 나이이고 그건 절대로 "어리석"은 게 아니라는 말을 덧붙이곤 했다.

기형도의 시에는 강의하는 내가 젊은이들이 해야 할 바를 시에 빗겨 강조하기에 아주 절절한 표현들이 많았다. 그래서 기형도한테 고마웠다. 예를 들어 **"휴일의 대부분은 죽은 자들에 대한 추억에 바쳐진다"(「흔해빠진 독서」 중에서)**라는 구절을 인용하며 쉬는 날 고전을 많이 읽고 죽은 자와 대화를 나누라, 옛사람들의 지혜를 배우라는 너무 상투적인 바람을 시인의 신선한 시구를 빌려 전하곤 했다.

그즈음에는 이런 생각을 했었다. 신춘문예 당선 축하 전화를 하기에는 너무 많은 시간이 흐른 다음이라, 그 건으로 전화하기에는 이제는 정말 쑥스러워졌던 만큼, 내 강의 시간에 그의 시를 종종 인용하고 예로 든다는 말 정도는 전해주어도 반갑지 않을까 생각하면서 그런 전화를 해보고자 했다. 그러나 모든 생각들이 항상 그렇듯이 생각만으로 그치고 일상의 뭇일들에 묻혀 보냈다.

그러고 보니 그 애에게 비슷한 아쉬움과 미안함을 느꼈던 적이 전에도 있었다. 비슷한 감정이 유사한 기억을 불러오는 것인가 보다.

그 애가 고등학교에 진학한 해쯤일 것 같다. 한 해를 보내는 세모의 서글픔 같은 것을 느낄 때 날아든 그 애의 카드가 마음을 따뜻하게 하며 미소를 짓게 했던 기억이 난다. 고등학생이 된 자신의 빡빡머리 증명사진을 한가운데 끼워놓고 물망초와 함께 "영원히 잊지 마세요"라고 수줍은 소년의 유치한 만큼 진솔한 글귀를 적어놓았다. 증명사진 속의 그는 수줍게 웃고 있었다.

그렇게 사진을 붙여 만든 카드를 받아보기는 처음이라서 이내 답장을 해야지 하고 생각했는데, 이십 대 중반의 어설픈 선생님은 보내야 할 바쁜 일들이 뭐가 그리 많았는지 끝내 답장을 하지 못했다. 그런 아쉬움 속에서 난 사진 속의 그 애로만 그를 기억하고 있었다. 조금은 어색하면서도 무심한 듯한, 그러나 참 선량했던 눈빛이 기억난다. 그런 눈빛은 아마 자신까지도 무심하게 바라보게 한 것은 아닐는지.

언젠가는 만나서건, 전화로건, 편지로건 내 아쉬움과 미안함을, 그리고 그의 문재文才에 대한 대견함과 부러움을 얘기할 수 있으리라 생각했다. 그런데 그의 누나에게서 작은 선물을 받았던 바로 그때쯤의 3월 어느 날, 신문의 한구석에서 그의 죽음을 알리는 기사를 읽고 말았다. 그 창창한 나이에 이렇게 빨리 갈 줄을 알았나.

살면서 미안한 일을 만들지 말고 살아야겠다고, 고맙거나 미안하다고 생각한 것은 가능한 한 빨리 말이나 행동으로 보이면서 살아야겠다고, 게으른 나를 일깨워 주는 기회를 나는 참 맵게 맛보고 있었다. 그러면서도 그의 마지막 가는 길을 가보지도 못했다. 마음속으로는 이번에는 정말 가보겠노라고 다짐했지만 막상 적십자병원에서 낯설게 서 있을 나를 생각하며, 아는 얼굴은 이미 가버렸다는 묘한 당황스런 마음은 또 미안한 마음을 남기고 있었다.

“저녁 거리마다 물끄러미 청춘을 세워 두고 / 살아온 날들을 신기하게 세어보”아야 했던 그의 허무와 “더 이상 내 것이 아닌 열망”을 절감했던 그의 젊음이 못내 아쉽다.

그러나 “눈은 또 다른 세상 위에 눈물이 되어 스밀 것임을 나는 믿는다”는 그의 시처럼 그를 향해 흐르는 그를 사랑하던 사람들의 눈물이 그를 위해 스며들면서 참으로 다양하게 여러 방향으로 이 땅의 시를 두텁게 하고 있음을 알았을 때의 반가움을 어떻게 표현할 수 있을까. 그의 시를 기리며 계속 이어지는 모임이 있음을 언젠가 웹사이트를 찾아보다가 발견했을 때의 놀라움과 고마움이란—.

사랑을 잃고 나는 쓰네

잘 있거라, 짧았던 밤들아
창밖을 떠돌던 겨울 안개들아
아무것도 모르던 촛불들아, 잘 있거라
공포를 기다리던 흰 종이들아
망설임을 대신하던 눈물들아
잘 있거라, 더 이상 내 것이 아닌 열망들아

장님처럼 나 이제 더듬거리며 문을 잠그네
가엾은 내 사랑 빈집에 갇혔네
—「빈집」 전문

「빈집」의 첫 구절을 책의 제목으로 내세운 기형도 추모 문집 『사랑을 잃고 나는 쓰네』(솔, 1994)에 실린, 같은 제목의 신경숙의 소설 「빈집」은 사랑이 떠나가 빈집이 된 곳에서 시인이 느꼈을 상실감을 기타리스트의 시각으로 보여준 작품이다. 신경숙은 시인의 시에 대한 생각을 기타리스트의 기타에 대한 생각으로 절묘하게 대입시키면서 시인에 대한 감정이입을 소설로 그려내고 있다.

작가가 이 글에서 방점을 찍은 시인의 생각은 "오랫동안 시를 쓰지 못했던 때가 있었"는데 이 땅의 날씨가 나빴고" 시인은 "그 날씨를 견디지 못했다"는 것이다. "가을에는 퇴근길에 커피도 마셨으며 눈이 오는 종로에서 친구를 만나기도" 하는 일상은 지속되었으나 "시를 쓰지 못했다"는 것이다. "하고 싶었던 말들은 형식을 찾지 못한 채 대부분 공중에 흩어졌"는데 그때 시인은 깨닫는다. "적어도 나에게 있어 시를 쓰지 못하는 무력감이 육체에 가장 큰 적이 될 수도 있다는 사실을".(『입 속의 검은 잎』)

이 땅의 날씨가 나빴던 때는 기형도가 대학생일 때, 1980년이 시작되던 때였으니 마음속에 이런저런 생각들은 다 있으면서 표면적으로는 무관한 듯 살아갔던 젊은이들의 마음을 이 글에서 읽을 수 있다. 그런 마음에서 시를 쓰지 못했고 그래서 육신이 피폐해지는 악순환을 실감하게 된다. 그런데 개인적으로는 이렇게 시인의 내면을 한바탕 뒤집어 객관화시킨 '소설'보다는, 소설을 통해 그리움과 절절함을 토해낸 친구 원재길의 「정녕 소나기는 그쳤는가?」를 읽으며 더 가슴이 아려왔다. 그의 죽음을 받아들이기 어려운 친구로서 심령술사까지 동원해서 어떻게라도 한번 보고 싶어 하는 마음을 그린 소설에서 원재길은, 작가로서 이 세상이 이승과 저승으로 나뉘어 있다가도 가끔씩은 "죽은 자가 들러 이 세상과 저 세상 사이를 오가는 사연을 들려주고" "죽은 자와 산 자가 서로를 위로하는" 세상을 꿈꾼다.

퇴마사의 힘을 빌려서라도 죽은 친구를 한 번 더 보고 싶은 마음과 이승, 저승의 거리를 넘나들기 바라는 친구들의 절절한 마음, 그러면서도 이제는 편하게 보내주어야 한다는 현실적 바람을 그의 글에서 읽을 수 있었다. 아마 친구였기에 가능한 바람과 희구였을 터.

그의 시를 읽고 죽음을 예감했다는 어떤 사람들—그들은 대개 시인과 개인적 친분이 없어서 시를 통해서 그를 알고 시에 등장하는 인물들을 그와 동일시하는, 말하자면 문학을 조금 안다고 자부하며 그러한 오류 혹은 행태를 곧잘 저지르는 사람들—을 향해 친구로서 다음과 같이 항변한다.

"일찍 죽을 수밖에 없었다니요? 누구보다도 꿈이 많은 사람이었어요. 장차

하고 싶은 일을 십여 년 이후까지 세세하게 계획하던 사람이었죠. 미래에 대한 기대와 희망이 가슴속에 차고 넘치는 한 어떤 절망, 어떤 고통도 당사자를 끝까지 좌절시키지 못해요. 그 친구는 절대로 일찍 죽을 수 없었던 사람, 스스로 일찍 죽기를 거부했던 사람, 자신이 일찍 죽을 거라는 추정을 허락하지 않았던 사람이었어요. 일찍 죽을 수밖에 없는 사람은 그가 아니에요. 누구보다도 살고 싶은 욕망이 작은 사람, 계속 살아서 벗들에게 좋은 친구가 되며 어머니에게 좋은 아들, 누이에게 좋은 동생, 주위 사람들에게 좋은 이웃이 되고 싶은 생각이 없는 사람이겠죠."(「정녕 소나기는 그쳤는가?」, 『사랑을 잃고 나는 쓰네』, 89~90)

친구로서 그렇게 강변하긴 했어도, 기형도가 누구보다도 살고 싶은 욕망이 컸고, 계속 살아서 벗들에게 좋은 친구가 되며 어머니에게 좋은 아들, 누이에게 좋은 동생, 주위 사람들에게 좋은 이웃이 되고 싶었다 해도, 그는 일찍 갔다. 그리고 일찍 세상을 뜬 사람들 가운데는 유난히 착하고 좋은 사람들이 많다. 그래서 주변 사람들을 더욱 안타깝게 한다.

그를 생각하며 오래전에 썼던 글 한 구절에 나는 이렇게 써놓았다. "누군가 내 등 언저리를 힘껏 쳐서 목에 걸려 있는 그에 대한 이야기가 투욱 밖으로 토해내졌으면 좋겠다"라고. 그러면서 "하얗게 수줍은, 그러면서도 조금은 어색한 듯 미소를 띤 열여섯 살 소년의 얼굴이 내 마음을 저리게 한다"라는 구절로 맺어지고 있다.

그때쯤인가 졸업생 가운데 시를 썼던 여학생이 있었다. 어느 중학교 선생님이었던 그녀가 연구실에 찾아와서 이런저런 이야기를 하다가 자연스레 기형도에 대한 이야기를 한 적이 있다. 그의 죽음을 안타까워하며 살짝 아쉬운 이야기 한 토막. 같은 학교 선생님이 시인의 누나와 친구 사이라서 이 제자 선생과 소개를 시켜주려고 했단다. 물론 만나본 사이도 아니고 그러다가 갔으니. 만나보기라도 했더라면, 하는 아쉬움이 괜히 맴돈다.

이 글을 쓰고 있는 지금 한국근대문학관에서 보낸 팸플릿에서 기형도를 만났다.

경기 옹진군 연평도 태생의 시인은 이제 인천에서 기리고 있었다. 2013년 가을, 인천에 있는 한국근대문학관에서 기획전으로 〈기형도, 입 속의 검은 잎〉이라는 제목으로 기형도의 작품과 삶을 네 명의 시각 분야 작가들이 회화, 영상, 설치 등으로 풀어낸 특별전을 통해 기형도의 시와 삶을 형상화하고 있단다. 사실 그는, 요절했다는 안타까움이 그 시의 비상함과 버무려져 독특한 시의 토양을 일구고 있다. 그것은 흔히 '기형도 현상'이라고 말하기도 하고, '기형도 신화'라고 비약되기도 한다. 평론가 이광호가 "기형도라는 신화"의 정체를 거리 · 도회성 · 낯섦 · 투명한 우울과 같은 개념들로 설명했듯이 나는 젊은 학생들이 기형도를 아직 모른다고 할 때 나답지 않게 열을 올리며 "도시의 거리에 어색하게, 어쩐지 낯설게 서 있는 바로 너희들의 모습을 그리고 있는 시인"이라고 소개하기도 했다. 많은 젊은 친구들이 그의 시를 좋아한다고 생각했지만 그의 시가 얼마만큼 팔렸는지는 알지 못했다. 이 글을 쓰면서 초판 발행 이후 20년 동안 총 65쇄 24만 부라는 유고시집의 판매 수치 기사[1]를 보았다. 그것도 2013년 현재가 아닌, 그가 간 지 20주기가 되는 2009년을 기준으로 한 것이니 지금은 훨씬 더

1) 첫 시집이자 유고시집이 된 『입 속의 검은 잎』은 1989년 출간 이후, 재판을 거듭하며 65쇄 24만 부가 팔려 나갔다. 산문을 같이 엮은 전집만 해도 15쇄, 4만 7천 부가 팔렸다.(서울신문, 2009. 3. 6. 인터넷판)

많이 판매되었을 것 아닌가. 이런 수치와 함께, 후배 시인들의 좌담은 가히 '기형도 신화'라는 말을 실감케 하기에 충분하다.

10주기 때 『기형도 전집』을 펴냈던 문학과지성사는 20주기를 기리며 추모 문집 『정거장에서의 충고』로 그의 문학과 삶을 추억했다. 시인이 생전에 시집의 제목으로 생각한 것이 '정거장에서의 충고'라고 했는데 그만 20주기 추모집의 제목이 되었다. 〈기형도 시를 읽는 밤〉이라는 추모 행사에서는 시를 낭송하는 고전적인 추모의 형식을 넘어서 음악 하는 사람들의 추모 공연이 있었다. 시인이 유년 시절을 보냈던 곳, 시흥군 소하리가 이제는 경기도 광명시가 되어 있었다. 그곳에서 열린 추모 행사는 〈어느 푸른 저녁의 노래〉라는 이름으로 고인의 시에 곡을 붙인 노래 공연, 고인의 유품과 사진 등으로 구성된 영상 기획전, 마임 공연 등이 열렸다고 한다.

그 사이에 시비도 세워지고.

> 시인 기형도가 떠난 게 17년 전(1989년)이다. 그리고 그는 오늘(16일) 〈푸른 저녁〉이 열리던 시각, 가난하고 고독했던 유년 시절의 공간이자 시의 원형 무대였던 경기 광명시 실내체육관 마당 한켠에 아담한 시비詩碑로 섰다.(〈한겨레신문〉, 2006. 6. 16.)

그의 시비에는 「어느 푸른 저녁」이 새겨져 있다.

> 그런 날이면 / 언제나 // 이상하기도 하지, 나는 / 어느새 처음 보는 푸른 저녁을 걷고 / 있는 것이다, 검고 마른 나무들 / 아래로 제각기 다른 얼굴들을 한 // 사람들은 무엇엔가 열중하며 / 걸어오고 있는 것이다 (…중략…)

한편 기형도의 시 「시월」은 심수봉의 노래로 불리기도 했다. 가사는 다음과 같다.

> 저기 어두운 나무 어둔 길 스치는 바람 속에서 / 말없이 서 있는 추억 있어 나 여기 떠날 수 없네 /이제 다시는 갈 수 없고 다시 이제는 오지 못할 꿈이여 시간들이여 / 나는 왜 잊지 못하나 길은 또 끊어지는데 / 흐르리 밤이여 숲이여 멈추리

얼핏 보아도 어두운 나무, 어둔 길, 말없이 서 있는 나, 걷고 있는 나가 보인다. 이러한 어두움과 나무, 숲에서 묘하게 그림을 연상하게 되면서 그의 시가 그림과 만나는 경우가 많다. "그의 시를 읽으면 에곤 실레[2]의 그림이 떠오른다"고 하는 것은 화가 에곤 실레의 요절한 삶과 〈바람 속의 가을 나무〉라는 나무 그림에서 나타난 불안이 기형도 시인의 시 속 나무를 연상하게 하기 때문이리라. 그의 시를 읽으면서 그림을 연상한 블로그도 상당수 있는데, 시인 또한 시 제목에 아예 '판화'를 붙이기도 했다. 「바람의 집-겨울 판화 1」부터 시작한 '겨울 판화' 시리즈는 어머니(「바람의 집-겨울 판화 1」), 아버지(「너무 큰 등받이-겨울 판화 7」), 삼촌(「삼촌의 죽음-겨울 판화 4」) 등 가족의 이미지를 그리면서 시인 스스로 판화처럼 어느 한순간을 시로 새기고 있다. 그래서인가 시를 읽으면 판화를 그리고자 하는 욕구가 불러일으켜지는가 보다. 그림을 아주 잘 그렸던 그의 개성과 기질이 은연중에 시 속에 드러나고 있었는지도 모른다는 생각을 하게 된다.

---

2) Egon Schiele, 1890~1918. 오스트리아의 표현주의 화가인데 인간의 불안과 고독을 위로하는 연민의 화가라고 알려져 있다.

기형도에 관한 연구는 70여 편 이상의 석사 논문이 나왔고 기형도를 대상으로 한(예를 들어 공간에 초점을 맞춘 논문에서 기형도를 다룬 것은 대상에서 제외함) 박사 논문이 1편이고 일반적인 학술 논문은 대단히 많다. 창작하는 후배들뿐 아니라, 기형도가 젊은 연구자들에게 주는 영향을 짐작해볼 수 있는 한 예라 하겠다. 네이버에서 그의 이름을 검색해보니 2921건의 이미지가 나오는데 물론 전혀 관련 없는 것도 몇 개 있으나 대체로 그의 시와 그의 죽음을 안타까워하는 것이다.

시와 그림과 음악과 드라마 혹은 영화와의 만남, 흔히 문화 콘텐츠의 보물 창고 혹은 문화 콘텐츠의 다변화라고 하는 그러한 장르들의 만남과 넘나듦이 기형도를 통해 이루어지고 있다. 그는 어느새 문화 콘텐츠의 자원source이 되어가고 있는 중이다. 현대에 만들어진 고전, 그의 작품들은 20세기에 만들어져 21세기에 고전이 되고 있다고 감히 말하고 싶다. 그런 만큼 해마다 그를 생각하는 추모 모임의 형태가 새로운 시도를 더해갈 것이라고 당연하다는 듯이 기대한다. 그는 갔지만 우리들은 그로부터 끊임없이 새로운 상상력으로 자극을 받고 있으니까.

김관식

옛날에 동릉후가 청문에서 외밭 고랑을 탔다더니

한여름내 땀으로 가꾼

무우 배추가 서푼에 팔리다니

배부른 자여 은진미륵처럼 커서

코끼리 같은

벽이 되거라

나는 엄나무마냥 야위어 산다

가시가 돋힌…….

자유로웠던 영혼靈魂, 김관식을 찾아가는 여행

/ **윤여탁** 서울대학교 교수

I

평범한 일상 속에서 뜻밖의 발견에 놀라는 일이 가끔 있다. 그동안 별로 주목하지 않았기에 몰랐던 것이지만, 내 고향 출신 문인들이 제법 많다는 사실을 알게 된 것도 그런 일 중의 하나였다. 이렇게 새로 알게 된 문인들 중에는 이 글의 주인공인 시인 김관식金冠植이 있다. 아마 내 고향 집으로부터 가장 가까운 곳에서 태어난 '시인'일 것이다. 그가 태어난 '충청남도 논산시 연무읍 소룡리 505번지'라는 곳은 내 고향 집에서 불과 10리도 떨어지지 않은 마을이다. 다만 이 글에서 '시인'이라는 단어에 강조점을 찍는 이유는 소설가 박범신 씨가 이웃 동네에서 태어났기 때문이다.

김관식에 대한 그동안의 글들은 이런저런 기행奇行과 관련한 일화逸話들을 엮은 단편적인 평전評傳이거나 시집 출간 즈음에 발표된 평론적인 성격의 글들(김종철, 「도덕적 관념과 시적 구체성」, 『창작과비평』, 1976. 가을 ; 최하림, 「세계의 심화와 질서화」, 『문학과지성』, 1977. 봄)이었다. 이 외에 그의 시 작품에 대한 심층적인 논의를 시도하고 있는 몇 편의 글(이은봉, 정효구,

전영주, 김옥성)과 그의 처녀 시집 『낙화집落花集』을 발굴하여 작품 목록과 수록 상황 등의 실증적 서지 작업을 진행한 글(김상수, 「김관식 시의 원본 연구」, 『인문과학』 13집, 목원대학교 인문과학연구소, 2004)이 있다. 이런 기존 논의와는 달리 나는 김관식을 알아가는 여정旅程을 중심으로 그에 대해서 공부하면서 이 글을 써야 할 것 같다. 왜냐하면 내가 김관식이라는 시인에 대해서 아는 것이 별로 없기 때문이다.

Ⅱ

이 글을 쓰기 위해 먼저 시중에서 『김관식 시전집金冠植詩全集 다시 광야曠野에』를 구하는 일부터 시작했다. 명색이 학생들에게 한국 현대시를 가르치는 대학교수인 내게 그의 시집이 없었기 때문이다. 그런데 이 시집 구하기가 그리 쉽지만은 않았다. 지난 1976년 '창비시선' 6권으로 간행되었고, 이후 증보 작업도 이루어졌지만 시중 서점에서는 구할 수 없었다. 물론 도서관에서 빌려볼 수 있었지만 이 기회에 구입하기로 작정하였다. 그래서 출판사에 전화를 해서 배송료를 추가로 지불하고 2009년에 간행된 9쇄본 시집을 구입했다. 다행히도 출판사 창고에 책이 있었기에 망정이지, 그렇지 않았다면 오래간만에 고서점을 찾아 헤매야 할 뻔했다.

그리고 인터넷을 검색하여 김관식 시인에 대한 자료를 수집하면서 나와 고향이 같다는 것과 내가 잘 아는 지인知人들이 이 시인에 대해 글을 남겼다는 사실도 알게 되었다. 이를 확인하기 위해서 먼저 서울대 도서관의 검색창에서 인터넷으로 출력할 수 있는 논문 자료를 모았고, 목원대 『인문과학』에 실린 논문은 목원대 사범대학 국어교육과에 근무하는 후학後學 서유경 교수에게 부탁해서 구했다. 그 나머지 자료는 서울대학교 중앙도서관과 국립중앙도서관에 가서 복사를 해서 모아야 했다. 그런데 모처럼 찾은, 집에서 가까운 곳에 있는 국립중앙도서관이 월요일 휴관이라는 사실을 몰랐기 때문에 두 번이나 찾아가야 했다.

어떻든지 두세 번씩이나 서울대학교 도서관과 국립중앙도서관을 들르고 난 이후에 시인의 평전이나 평문들을 구하여 읽을 수 있었다. 그리고 이렇게 발품을 판 덕분에 초창기 연구자들이 찾을 수 없었던 『낙화집』(창조사, 1952)을 서울대 중앙도서관 '가람문고'에서 볼 수 있었으며, 사서 선생님의 도움을 받아 사진 파일로 전문을 받을 수 있었다. 이 시집은 가족들도 가지고 있지 않아서 오랫동안 실체를 확인할 수 없었는데, 지난 2003년에 김상기 씨가 권선옥 시인[1]의 소장본을 소개하면서 알려졌다. 이 시집은 김관식 시인이 1년 선배였던 김영배 씨에게 증정한 것으로, 김영배 씨가 제자인 권선옥에게 물려준 것이었다. 그리고 국립중앙도서관의 '일모(정한모)문고'에서 초기작을 정리한 『김관식시선金冠植詩選』(자유세계사, 1956)을 볼 수 있었다.

이렇게 수집한 김관식 시인의 시집 외에 다른 문헌 자료로는 술친구였던 고은 시인의 「'대한민국 김관식' 평전」(『세대』 89호, 1970. 12), 서정주 · 신경림 시인의 회고 글, 부인인 방옥례 여사가 쓴 평전인 『대한민국 김관식』(동문출판사, 1983), 주변 사람들이나 자녀들의 단편적인 기고문, 1년 선배였던 김영배의 글이 있다. 이 글들은 기인으로서 요절한 시인의 짧은 삶을 요약적으로 보여주고 있으며, 특히 가족들의 글은 항상 술에 취하여 살았기에 가정 경제에는 무능했던, 그래서 어렵게 살아야 했던 아픈 기억들

1) 현재 충남 논산시 연무대고등학교 교장 선생님.

을 서술하고 있다.

어떻든지 비교적 이른 시기인 1983년에 광주대에서 시 창작을 가르치는 이은봉 시인이 김관식의 시를 연구한 논문(「김관식 시의 세계인식 Ⅰ－전기시를 중심으로」)을 발표함으로써 그에 대한 본격적인 연구의 첫 장이 열리게 된다. 이어 1996년에 충북대 정효구 교수의 본격적인 연구 논문(「김관식 시에 나타난 정신세계의 고찰」)이 발표되었다. 이 밖에도 전영주는 동국대 박사 논문(「1950년대 시의 전통주의 연구－김관식, 박재삼, 이동주의 시를 중심으로」, 2001)에서 1950년대를 대표하는 전통주의 서정시인으로 김관식을 소개하였으며, 단국대 김옥성 교수는 생태학적인 관점(「김관식 시의 생태학적 상상력 연구」, 2010)에서 그의 시를 설명하였다.

나는 내 고향 근처 동네에서 태어난 김관식 시인과 이렇게 만났고, 발품을 팔아 구해서 읽은 문헌 자료들은 그에 대한 나의 얄팍한 이해의 지평을 마련해주었다. 김관식에 대한 나의 이와 같은 소박한 이해의 지평은 객관적인 분석이나 논증적인 논의와는 다소 거리가 있다. 그저 한 시인과 그의 시에 대한 후배 연구자의 인상을 기록한 것이라고 할 수 있다. 그 이유는 이 글이 그의 시 전체를 꼼꼼하게 읽어보는 본격적인 연구를 지향하지 않으며, 이런 정도로도 그를 찾아가는 여행의 길라잡이 역할은 충분하다고 판단했기 때문이다.

이와 같은 초보적인 이해를 바탕으로 내가 읽은 김관식의 초창기 시 세계는 김영랑의 시를 연상하게 한다. 주로 첫 시집인 『낙화집』에 수록된 단상斷想을 그리고 있는 4행시가 대표적인 예이다. 그리고 시인으로 등단한 1955년 이후부터는 본격적으로 서정적인 정서와 삶의 애환이 진솔하게 표현되고 있다. 주로 자하문 밖 산골 동네에서 살면서 경제적으로는 별로 도움이 되지 않았던 일들을 모색하던 생활을 시의 소재로 삼고 있다. 이런

중에도 그의 시에는 어두운 그림자가 드리워져 있다.

> 인제는
>
> 산골로 들어가서 취미翠微로나 늙으련다.
>
> 햇살 바른 땅을 골라 과일나무나 좀 골고루 심어두고
>
> 이끼 낀 따비연장 바윗돌에 문질러서 몇 또야기의 팥밭을 일궈 산도山稻며 씨앗도 간혹間或 더러 뻬허야지
>
> 촉촉이 젖어 내려 초록草綠빛 눈망울이 희맑은 봄비 속에 헌 삿갓 제켜쓰고 대수풀 여기저기 저절로 돋은 죽순竹筍을 꺾어 오지화로에 소금 발라 구워내어 나물 무쳐놓고
>
> 엇그제 새로 빚은 독아지를 허물어 바위틈에 어리운 샘물과 같이 말갛게 고인 놈을 우선 한 그릇 오무가리에 담아서 맛보기로 마신 다음,
>
> 꼭지 달린 조롱박 종그래기 잔盞으로 철철 넘치도록 그득히 떠서 연거푸 거후르면 세상은 그만일세.
>
> —「시상부柴桑賦」 전문

먼 산에 엷게 드리운 푸른 기운翠微에 묻혀 살고 싶은 꿈을 이야기하고 있는 이런 시 세계는 대개 1950년대 후반에서 1960년대 초반에 걸쳐 나타난다. 그리고 이 시는 당시로서는 서울에 있는 산골 동네였던 종로구 세검정에서 그 옆 또 다른 산골 동네인 구기동으로 이사해서 2천여 평의 과수원을 경영하던 시절의 낭만적인 풍류를 보여주고 있다. 대체로 1955년 등단하여 본격적으로 시를 쓰기 시작하던 시절부터 1961년 서대문구 홍은동 산 1번지로 이사할 무렵까지의 시기에 썼던 시들〔「거산호居山好 Ⅰ」, 「거산호 Ⅱ」, 「고매古梅」, 「목양송牧羊頌」 등〕이다. 그리고 여러 시 연구자들은 이 시기의 시

에 주목해서 그를 서정시인으로 설명하고 있다. 이와 같은 그의 시 세계는 1960년 4·19혁명 이후 현실에 관심을 갖게 되면서 변화하기 시작한다.

> 해 진 뒤, 몸 둘 데 있음을 신神에게 감사한다!
> 나 또한 나의 집을 사랑하노니
> 자조근로사업장自助勤勞事業場에서 들여온 밀가루 죽粥이나마 연명延命을 하고
> 호랑이표 시멘트 크라푸트 종이로 바른 방바닥이라
> 자연 호피虎皮를 깔고
> 기호지세騎虎之勢로 오연傲然히 앉아
> 한미합동韓美合同! 우정友情과 신뢰信賴의 악수幄手표 밀가루 포대로 호청을 한 이불일망정
> 행行·주住·좌坐·와臥가 이에서 더 편안함이 없으니
> 왕王·후候·장將·상相이 부럽지 않고
> 백악관白堊館 청와대靑瓦臺 주어도 싫다.
> G.N.P가 어떻고,
> 그런 신화神話 같은 얘기는 당분간 나에게 하지 않는 게 좋을 것이다.
> ―「호피虎皮 위에서」 전문

한국전쟁 이후 미국 원조로 들여온 밀가루 죽, 시멘트 종이로 바른 방바닥, 밀가루 포대로 홑청을 한 이불로 형상화된 소시민들의 척박한 삶의 모습과, 5·16쿠데타로 정권을 잡은 제3공화국 정부가 내세웠던 경제개발정책의 청사진에 대한 시인의 비판적 시각이 드러난 시다. 4·19혁명 이후 시인은 이처럼 각박해진 삶과 정치적 현실에 대한 새로운 인식을 표현하고 있다. 이제 개인적인 갈등을 넘어 현실 사회의 부조리를 목격하면서,

이런 현실을 비판하기 시작한다. 이런 시로는 「무검撫劍의 서書」, 「지치장舐痔莊에게」, 「풍요조諷謠調」 등이 있다. 그러나 「병상록病床錄」이라는 시에서 확인할 수 있는 것처럼 이미 심하게 상한 그의 건강은 그의 시 쓰기를 더 이상 허락하지 않았다.

Ⅲ

그동안 내가 발품을 팔아서 수집한 자료들에 의하면 김관식은 1934년 충남 논산시 연무읍에서 출생하여 1936년에 인근의 도시였던 강경으로 이사하여 '강경중앙공립보통학교'와 이 지역의 명문 학교였던 '강경상업고등학교'를 졸업했다. 특히 '강경상고'는 일제강점기 때부터 명성이 자자했던 학교로, 인근의 공부를 잘하는 시골 소년들이 목표로 삼았던 학교였다. 이 학교를 졸업한 시골 청년들은 대개 은행원이나 공무원이 되어 도시 소시민으로서의 삶을 꿈꾸거나, 대학에 진학한 후 교사가 되거나 대기업에 취직하여 계층 상승의 발판을 마련하기도 했다.

강경으로 이주하여 '장춘당한약방'을 운영하던 김관식의 아버지〔김낙희金洛羲〕는 한학에도 조예가 깊었으며, 그 영향으로 김관식 역시 일찍이 한문 공부를 할 수 있었다. 학교 다니던 시절에는 그의 한문 실력 때문에 몇 가지 해프닝이 벌어지기도 했다. 뿐만 아니라 그의 뛰어난 한문 실력은 육당 최남선의 제자가 되는 계기로 작용했으며, 정인보·오세창의 문하에서 한학을 계속할 수 있었다. 그런데 내 조부님 역시 지역에서 소소한 유생儒生을 자처했으니 어쩌면 김관식의 아버지와 내 조부는 학문적인 선후배이거나 고향 인근에 있는 은진이나 여산의 향교鄕校나 서원書院에서 만나 알고 지내던 사이였을지도 모를 일이다. 이렇게 이 글에서 확인할 수 없는 인연을 언급하는 것은, 나와 김관식 사이의 인연도 이와 별로 다르지 않기 때문이다.(불현듯이 '북관北關'에서 아버지의 친구인 의원에게 진찰을 받으면서 고향을 떠올리고 있는 백석의 시 「고향」이 스쳐 지나갔다.)

김관식은 1954년 4살 연상인 서정주의 처제 방옥례方玉禮와 결혼했으며, 1955년 동서同壻인 서정주의 소개로 「연蓮」, 「계곡溪谷에서」, 「자하문 근처紫霞門近處」와 같은 서정시가 『현대문학』에 추천되어 등단하였다. 이후 (이전에는 여주농고, 서울공고 교사) 서울상고 교사, 과수원 주인, 〈세계일보〉 논설위원, 민의원 출마, 무허가 주택 건설업자(?) 등을 전전하면서 술의 힘을 빌려 온몸으로 시를 썼으며, 1970년 서른일곱이라는 젊은 나이에 간염으로 세상을 떠났다. 나는 이런 고향의 선배 문인이 영면永眠하고 있는 안식처와 시비詩碑[2]를 찾아보고 싶었다. 겸사하여 내 고향을 둘러보기도 하고…….

어떻든지 이 글을 마무리하기 전에는 한 번은 가야 한다는 생각이 나를 억누르고 있었다. 굳이 꼭 가보아야 한다거나 새롭게 확인할 일이 있어서가 아니라 그저 김관식과의 새로운 인연 맺기라는 의미를 스스로 부여하면서 말이다. 그리고 이 계획을 더 이상 미룰 수 없어서 지난 2013년 7월의 마지막 토요일 오전에 길을 나섰다. 이곳저곳을 둘러보아야 했기 때문에 부득이 자동차를 몰고 갔다. 본격적인 휴가철과 겹쳐서 고행길이 되리라는 것을 예측했음에도 불구하고 말이다.

나는 고속도로와 국도를 번갈아 타고서도 평소 2시간 정도면 갈 수 있었던 나의 첫 번째 목적지인 논산 공설운동장까지 4시간이나 걸려서 도착

2) 시비는 강경상고 교정(1992, 「이 가을에」), 대전 보문산 사정공원(1992, 「다시 광야에」), 논산 공설운동장(1997, 「거산호 I」), 소룡리 유택(2009, 「무제」) 등 네 곳에 세워져 있다.

했다. 논산 공설운동장을 신축하면서 이 지방 출신 문인들의 기념비를 만들었다고 자료에 있었기 때문이다. 자동차에 부착된 내비게이션이라는 문명의 이기 덕분에 어렵지 않게 도착하였고, 정문 가까이 차를 주차하고 주변을 둘러보았지만 시비는 쉽게 찾을 수 없었다. 길 가던 사람, 운동하러 온 사람들에게 물었지만 아무도 아는 사람은 없었다. 그래서 뜨거운 땡볕 아래 운동장을 돌아보다 보니 운동장 뒤편에 몇 개의 기념물이 서 있었다. 제일 큰 것은 〈신토불이〉라는 노래를 부른 가수 배일호의 노래비, 그 옆에 박용래 시인의 시비, 김관식 시인의 시비, 극작가이자 감독이었던 백남 윤교중[3]의 문학비가 나란히 세워져 있었다. 이런저런 자료에 지역 자치단체장의 중요 업적으로 소개되어 있던 기념물들이었다.

그리고 다시 내비게이션의 도움을 받아 어렵지 않게 시인의 유택幽宅에 도착하였다. 평소에 이런 답사를 자주 다녔던 감각도 작용했지만……. 마을 입구에 떡하니 자리를 잡은 유택을 보면서 잠시 놀라고 의문도 들었다. 아주 예전에 있었던 일이기는 하지만 고향을 떠났다가 다시 고향에 묻히기는 쉽지 않은 일이기 때문이다. 그것도 마을의 문턱인 마을 입구에 말이다. 고향 사람들이 그를 자랑스럽게 생각했거나, 아니면 당시 큰 잔치가 있었다는 촌로村老의 회고를 기록하고 있는 자료로부터 또 다른 추측을 할 수밖에 없다.

하여튼 이번 여행의 중요 목적지이기도 한 소룡리에는 소박한 규모의 유택과 최근에 만들어 세운 시비가 있었다. 이 동네는 원래 '가야곡면'이라는 작은 행정단위에 속했다가, 한국의 남자들에게 공포와 허세虛勢를 동시

3) 백과사전이나 문학사전에는 충남 공주 출생이라고 소개되어 있는데, 실제로는 문학비에 표시되어 있는 것처럼 논산 출생이다.

에 제공했던 '논산훈련소'가 있는 '연무읍'에 통합되게 된다. 이 마을과 내 고향 마을의 중간쯤에는 후백제 '견훤'의 묘가 있고, 백제 때부터 황산벌이라고도 불렸던 격전지가 자리 잡고 있다. 이처럼 이 지역은 대표적인 곡창지대이자 요즘 표현으로 물류物流의 중심인 강경과 인접한 지역으로, 조선시대에 임금에게 진상되어 궁중술로 불려졌던 '가야곡 왕주王酒'가 생산되는 곳이기도 하다. 일찍이 고향을 떠났기에 '왕주'와는 거리가 멀었겠지만, 그는 술의 고장에서 태어나 술과 평생 친구를 맺었다고 할 수 있다. 김관식은 이 동네를 다음과 같이 기억하고 있다.

> 내가 태어난 곳은 충청도 시메산골 한둔산 기슭 우지가지가 억시게도 열리는 곳, 청청이 얼크러진 머루 다래 넝쿨 밑에선 천금 같은 호랑이가 먹다 남은 애기 송장의 해골이 궁그르고, 청솔 가지엔 옷자락이 걸리어 있고……. 아래 윗마을 사람들이 모두 모여서 가진 풍악風樂을 다아 갖추어 횃불을 켜들고, 포수砲手를 앞세우고 몽낭치를 들고, 아홉밤 아홉낮을 왼산을 둘러싸고 법석대는—말하자면 퇴꺵이새끼와 발맞추어 잔다고 놀림을 받는 산골 중에서도 숭악한 산골 활굴 피미기 같은 고장이었다.(「문단진출기—습작習作을 모아 '낙화집落花集'을」, 『자유문학』, 1958. 10)

요즘의 독자가 혹시라도 그의 고향에 가서 확인해보면 '숭악한(흉악한)' 거짓말이라고 할 수 있는 기억이다. 아니면 낚시꾼의 과장에 버금가는 시인의 과장이라고 치부할 수 있다. 그러나 어린 시절에 고향을 떠나 소년기에 잠시 들렀을 고향에 대한 유년의 기억이라고 보아야 할 듯하다. 나 역시 내 고향 야트막한 뒷동산이 높게만 여겨졌었고, 이 지역 특히 강경 지역의 문인들의 기억에 항상 등장하는 '채운산彩雲山'이라는 산도 해발 57m

밖에 되지 않으니 말이다. 굳이 긍정적으로 해석한다면 이 동네는 충남과 전북의 경계에 자리 잡은 '대둔산(878m)'에서 서해를 향해 뻗쳐 나가는 산줄기의 끝자락에 있는 산골 마을이기 때문일 것이다.

나는 (가는 도중에 있는 선산과 고향 집에 들렀다가,) 시인의 생애를 따라 발걸음을 강경으로 옮겼다. 그 이유는 '강경상고(현재는 강상고등학교)'에 김관식의 또 다른 시비가 있기 때문이었다. 이 강경이라는 곳은 일제강점기까지 조선의 3대 시장(평양/원산, 강경/전주, 대구)의 하나였다. 그리고 일제는 일찍이 이런 강경에 철도를 부설하였으며, 철도와 배로 이 황산벌에서 생산된 곡식을 군산으로 옮겨 갔다. 이런 연유로 인해 강경은 근대 이후에도 이 지역을 대표하는 행정·사법·교육의 중심지로 성장할 수 있었다. 더구나 1960년대 초반까지 금강을 거슬러서 고깃배가 들어왔으며, 지금도 곳곳에 새우젓 등 젓갈을 파는 가게가 즐비하고 가을에는 '강경젓갈축제'도 열리고 있다.

저녁이 다 되어갈 무렵 나는 내 40년 전의 기억에 간직되어 있는, 초등학교 동창 친구가 중학교 입학원서를 사기 위해 오는 길에 동행해서 와보았던 '강경중학교' 옆에 있는 이 지역의 명문인 김관식의 모교를 찾았다. 오랜 역사와 전통을 자랑하는 명문 학교답게 여기저기 동문들의 기념식수와 기념물이 서 있었으며, 나는 그 기념물들 중에서 운동장과 기숙사 건물 사이에서 1992년 세워진 소박한 김관식 시비를 발견할 수 있었다. 여기에 새겨진 「이 가을에」의 검은 글씨는 많이 지워져 흐릿했지만, 시인의 모교 교정에 아담하게 서 있는 시비는 내가 본 어떤 시비보다 격에 어울리는 안성맞춤이라는 생각도 했다.

금강 변 평지에 있는 작은 언덕 위에 있는 이 교정에서 금강을 바라보면서 꿈을 키웠던 시인을 생각하면서, 나도 교문 옆에서 이 작은 도시의 모습과 그 너머에 있는 금강을 바라보았다. 그리고 예스러운 모습을 많이 간직하고 있는, 그래서 이제는 낡았다는 느낌마저 드는 교정 이곳저곳을 둘러보았다. 내게 주어진 시간이 많지 않아서 교정에 있던 '강경상고 교장관사'만 스치듯이 보았고, 이곳저곳에 남아 있는 근대문화유산〔'강경노동조합', '강경화교華僑소학교', '구 한일은행 강경지점', '강경 성결교회', '남일당한약방(후에 연수당한약방)', '중앙초등학교 강당' 등〕은 다음을 기약해야 했다. 그리고 강경 상권商圈의 영화를 상징하는 지명이자 아주 오래된 다리인 '미내다리'를 지나서 서울로 올라왔다. 못내 아쉬워서 '계룡산 갑사'에 들러 막걸리 한잔을 기울였지만…….

Ⅳ

김관식의 문학적 위상에 대한 연구는 1976년 창작과비평사에서 그의 '시전집'이 간행되면서 시작되었다. 이 작업은 '창작과비평'의 대표적인 평론가였던 염무웅 교수가 당시에 확인할 수 있었던 작품을 모두 수록했다고 했는데, 실제로는 몇몇 작품들이 빠진 상태에서 간행되었다. 증보판에 추가 수록된 다섯 작품까지 도합 97편으로 '전집'이라고 이름 붙일 수 없을 정도이며, 2003년에 김상수가 발굴하여 소개한 『낙화집』에 수록되었던 작품 외에도 여러 작품이 누락되었다. 참고로 김상수는 기존의 시집에 게재되었던 148편에 12편의 시를 새로 발굴 · 추가하여 총 160편의 시 목록과 수록 상황을 정리하여 제시하였다.

어떻든지 1976년 『김관식 시전집 다시 광야에』는 우리 현대사에서 기인으로만 기억될 수 있었던 사람을 시인의 반열에 올려놓는 데 공헌하였다.

삼인 시집인 『해 넘어 가기 전의 기도祈禱』(이형기·김관식·이중노 공저, 현대문학사, 1955), 『김관식시선』(자유세계사, 1956), 『신풍토新風土』(김붕구 외, 백자사, 1959), 『한국전후문제시집韓國戰後問題詩集』(백철 외, 신구문화사, 1961), 『52인집人集』(백철 외, 신구문화사, 1967) 등 선집과 1960년대 중반부터 1970년 세상을 뜨기 전까지 각종 신문이나 잡지에 발표되었던 시를 모아 이 전집을 편집했던 염무웅은 그가 1950~60년대를 고통스럽게 살았던 서정시인으로 기억되어야 한다고 규정하여 다음과 같이 설명하고 있다.

> 그의 상식을 벗어난 괴벽도, 그의 호쾌한 기개도 이 각박한 세월의 파도에 밀려 어느덧 잊혀져 가는 듯하다. 생각해보면 오늘의 이 시대는 김관식 씨처럼 몸 전체를 붓 삼아 시를 쓰는 시인의 존재를 점점 용납하지 않아가고 있다. 문제는 그것이 자의와 방종의 배제가 아니라 인간다움의 추방과 관계되는 데에 있다. 김관식 씨에게서 가장 바람직한 시인의 모습을 발견하지 못하는 사람들도 왜소한 규격품들의 범람에 끝내 항거했던 시인으로서의 그를 점점 그리워하게 되는 것은 여기에 까닭이 있는지 모른다.(「편집후기」, 『김관식 시전집 다시 광야에』, 167쪽)

김관식은 시인, 교사, 논설위원, 얼치기 농사꾼, 무허가 건축업자 등의 직업을 가졌지만, 가정 경제에는 큰 도움을 주지 못했던 사람으로 알려져 있다. 그렇다고 인구人口에 회자膾炙될 만한 명시를 남긴 시인이라고 할 수도 없다. 어찌 보면 시인은 그가 살았던 시대와 사회에 온몸으로 맞서고자 했던 한 인간이었지만, 세상 사람들은 이런 인간다움에 주목해서 그를 기인으로 생각했던 것 같다. 이런 맥락에서 염무웅은 평범하지 않은 그의 이력이 바람직한 시인의 모습은 아니라고 인정하면서, 그의 한문 투의 직정적인 글쓰기에 주목해서 '옛 선비의 칼칼한 음성'을 읽어내고 있다. 특히 그의 시에는 어려운 한자가 많이 사용되었는데, 이 점은 어린 시절부터 학습한 탄탄한 한문 실력의 영향으로 의고체擬古體 문투가 익숙했기 때문이다. 그러나 이와 같은 의고체의 문체와 한자는 현대의 평범한 독자들로부터 외면받는 원인으로 작용하기도 했다.

> 옛날에 동릉후東陵候가 청문靑門에서 외밭 고랑을 탔다더니
> 한여름내 땀으로 가꾼
> 무우 배추가 서푼에 팔리다니
> 배부른 자여 은진미륵처럼 커서
> 코끼리 같은
> 벽壁이 되거라
> 나는 엄나무마냥 야위어 산다
> 가시가 돋힌…….
>
> ―「무제無題」 전문

진秦나라에서 동릉후東陵候라는 벼슬을 했던 소평邵平이 나라가 망하자 청문 부근에서 오이를 심어서 생활했다는 고사를 인용하고 있다. 이 고사는 도연명의 시 「음주飮酒 1」[4] 등의 시에서 전고典故로 삼고 있다. 도가적

4) 衰榮無定在(영고성쇠는 정해진 게 아니며) 彼此更共之(바뀌고 서로 돌게 마련이거늘) 邵生瓜田中(오이밭을 가는 소평이가) 寧似東陵時(동릉후였다고 누가 아는가?) 寒署有代射(춥고 더운 세월 바뀌는 계절같이) 人道每如玆(인간의 삶도 그와 같으리라) 達人解其會(깊은 재주를 터득하고 도통한 사람에게) 逝將不復疑(두 번 다시는 이끌리지 않으리라) 忽與一樽酒(홀연히 한 동이 술이 생겼으니) 日夕歡相持(저녁이면 기꺼이 술 마시며 즐기리라)

노장사상의 문학적 실천자였던 도연명은 이런 시에서 안빈낙도安貧樂道를 지향하였으며, 그의 이런 사상은 「귀거래사歸去來辭」 등에도 잘 나타나 있다. 그러나 김관식은 한문을 학습하면서 배운 노장사상의 영향을 받았음에도 불구하고, 자신이 처한 절박한 현실을 옛 선인들처럼 받아들이거나 극복하지 못하고 있다. 또 거대한 '코끼리 같은 벽'이 되고 있는 가진 자들에 대한 비판을 보여주고 있지만, 이 내용 역시 비유적으로 표현('코끼리', '엄나무')되어 일반적인 독자들은 쉽게 이해할 수 없다. 이런 이유들 때문에 그의 시는 대중적인 것과는 거리가 있으며, 일부 전문가들의 논의에서 언급되고 있을 뿐이다.

요약하면, 김관식은 인간적으로는 기인으로 숱한 일화를 남겼지만, 시인으로서는 1950~60년대 우리 현대시단의 일반적인 경향과 흐름을 같이 했던 평범한 시인이었다. 즉, 1950년대에는 한국전쟁 이후 서정의 회복을 지향했던 문단의 경향에 따라 서정시로 등단하여 순수 서정시를 썼던 시인이었다. 그러다가 4·19혁명 이후인 1960년대에는 젊은 시인들에게 열병처럼 작용했던 혁명의 열기 때문에, 저항적인 기질을 가졌던 다른 시인들처럼 현실에 대한 비판적인 인식을 보여주는 시를 썼다. 그리고 별다른 직업이 없었던 당시의 다른 시인들과 크게 다르지 않게, 김관식 역시 몇 푼 되지 않는 원고료와 번역료로 생계를 꾸려야 했다.

V

서른일곱의 젊은 시인은 다른 사람보다 일찍 세상을 떠났다. 이 책의 기획에는 그의 짧은 생애도 영향을 미쳤다. 정말로 생각하지도 못했는데 나에게 부여된 김관식을 만나는 문학 기행은 나름 신선한 충격이었다. 이 글을 시작하면서 잠시 언급한 것처럼 뜻밖의 발견을 확인하는 작업이었고, 아귀가 잘 맞지도 않는 인연의 끈을 이어보려는 여행이었다. 그리고 나의 삶에서 중요한 자리를 차지하고 있는 여행이라는 주제를 내가 공부하는 것들과 연관시키는 이 작업 역시 싫지만은 않은 일이었음을 고백하면서 글을 맺고자 한다. 즐겁기만 한 놀이도 역시 아니었지만 말이다.

그가 마지막으로 떠난 여행도 이런 것이었을까?

> 가여운 아내 아들딸들아,
> 아이예, 불쌍한 울음일랑 들레지 말라.
> 그동안 신세 끼친 여숙旅宿을 떠나
> 영원永遠한 본댁本宅으로 돌아가는 길이다.
> ―「나의 임종臨終은」 부분

김광섭

예전에는 사람을 聖者처럼 보고

사람 가까이

사람과 같이 사랑하고

사람과 같이 평화를 즐기던

사랑과 평화의 새 비둘기는

이제 산도 잃고 사람도 잃고

사랑과 평화의 사상까지

낳지 못하는 쫓기는 새가 되었다.

일관성에 대하여

/김정우 이화여자대학교 교수

I 국어 교과서의 기억

필자가 처음 그를 만난 건 제4차 교육과정기였던 1985년 고등학교 1학년 『국어』 교과서에 실린 「일관성에 대하여」라는 수필을 통해서였다.[1] 턱밑 수염은 까슬히 올랐으나 정작 어른이라고 하기엔 많이 미숙하였던 그 혼돈과 방황의 시기에, 웬만하면 피하고 싶고 부담스러운 '제군諸君'이라는 단어로 독자를 호칭하며 "시대를 핑계 삼지 말아야 한다"라고 일갈하는 칠순 노시인의 추상같은 목소리가 교과서를 펼 때마다 울려 나오던 기억이 아직도 선명하다. 그것은 젊은이들의 방종이 그저 꼴 보기 싫은 노인의 잔

1) 「일관성에 대하여」는 제3차 교육과정기 인문계 고등학교 『국어 2』 교과서(1975)에 처음 수록되었다. 글쓴이가 자신의 나이를 밝히는 서두 부분을 통해 1905년생인 그가 1974년에 젊은 세대를 위해 쓴 글임을 알 수 있다.
"내 나이 이제 일흔이니, 이른바 기성세대다. 아니, 기성세대에서 구세대라 할 것이다. 그러나 구세대는 구세대임으로 겪어야 했던 과거가 있으니, 이는 젊은 세대들이 그들의 삶을 영위하는 데 혹 참고가 될지도 모른다. 70을 살고도 한 시간의 생각거리가 못 되는 인생이나마 여기 적는 것은 다만 '참고하기'를 바라는 뜻에서이다."

소리가 아니었다. 자세히는 알 수 없었지만 글만으로도 느낄 수 있는, 요즘 학생들 말로 하면 감히 범접할 수 없는 포스가 느껴지는 글이었다. 그것은 스스로가 그렇게 살지 않은, 그것도 평생을 그렇게 살지 않은 자로서는 감히 흉내 내기 어려운 기운이었다.

게다가 필자가 있던 그때 그 교실의 학생들에게 그 글과 그 칠순 노인은 특별할 수밖에 없었다. 교명校名이 직접 노출되지는 않았으나 국어 선생님은 그가 우리의 동문同門 선배이며, 글 속의 그가 일제강점기에 3년 8개월 동안 옥고를 치르게 된 때 그의 직업이 바로 우리 학교의 영어 교사였음을 일러주었던 것이다. 아마도 전 국민이 그의 주소가 성북동이요, 그가 사랑하는 새가 비둘기라는 사실을 모르지 않을 만큼 그는 「성북동 비둘기」의 시인으로 유명하였지만, 적어도 국정 『국어』 교과서에 실린 「일관성에 대하여」라는 글을 배우던 그 시절의 '우리'들에게 그는 성북동 사는 비둘기 시인이기에 앞서 엄격한 모습으로 우리를 내려다보는 선배이자 선생님이었다.

김광섭(金珖燮, 1905~1977) 탄생 110주년을 한 해 앞두고 쓰는 이 글은 위와 같은 배경을 바탕으로 그의 삶을 지속했던 '일관성'을 살펴보고자 하는, 다소 철저하지 못하고 사적인 인연이 온전히 배제되지 않은 인물론 혹은 시인론이다.

Ⅱ 격랑의 세월에 맞선 삶과 시

김광섭은 1905년 함경북도 경성鏡城에서 태어났다. 5세경 북간도로 온 가족이 이주하여 1년간 지내기도 하였으나 1920년 서울에 유학 오기까지 줄곧 경성에서 자랐다. 1919년 3·1 독립 만세 사건으로 연행된 이들이 자신의 집 앞에 자리한 헌병대에서 고문당하는 소리를 들으며 일제에 대한 증오심을 가지게 되었다.

1920년 서울에 유학하여 중앙고등보통학교에 입학하였다가 한 학기 만에 중동학교中東學校로 적을 옮겨 이곳에서 졸업을 한 후, 1926년 일본 와세다 대학 영문과에 입학하였다. 이때에 당시 와세다 대학 불문과 2학년이었던 이헌구와 만나게 되어 평생의 우정을 나누게 된다. 1932년 「사회극작가로서의 Galsworthy 연구 : 사회사상에 나타난 관점에서」라는 논문으로 학사 학위를 받고 잠시 고향에 있다가 1933년부터 모교인 중동학교에서 영어 교사로 일하였다. 교사로 있으면서 연극을 중심으로 한 비평을 활발히 하다가 1935년 시 「고독」을 발표한 후 시작詩作에 몰두하여 1938년 제1시집 『동경憧憬』을 발표한다. 시집의 제목은 다분히 낭만주의적이나 수록 작품들은 주로 추상적이고 관념적인 고독과 허무를 노래하였다. 1941년 수업 시간에 민족의식을 고취한 혐의로 일경에 체포되어 1944년 9월까지 3년 8개월간의 옥고를 치른다. 1943년 11월부터 펜과 종이가 허락되어 옥중일기를 쓸 수 있게 되었는데, 출소 때까지 약 10개월간 거의 날마다 짧은 것은 원고지 3매, 긴 것은 8매 정도의 분량의 일기를 계속 썼으며, 작품도 틈틈이 일기 속에 삽입하였다.

1945년 해방 직후 우파 문인들의 세력화에 중심에 서서 1946년 전조선문필가협회의 총무부장을 이헌구·이하윤 등과 함께 맡았으며, 1947년에는 전국문화단체총연합회 출판부장, 〈민중일보〉 편집국장 등을 맡았고, 1948년에는 대한민국 정부의 첫 대통령 공보비서관으로 일하였다. 해방 정국과 건국이라는 격동의 세월 속에서도 1949년 제2시집 『마음』을 간행하였고, 1950년 한국전쟁 발발 후 정부 홍보지 〈대한신문〉의 사장으로 전황을 전하고 민심을 수습하기 위해 노력하였다. 1951년 대통령 공보비서를 사임하고, 1952년에는 경희대 문리과대학에서 강의를 시작하였으며, 1955년 김동리 · 조연현 중심의 한국문학가협회에 대립하여 분화한 한국자유문학자협회(자유문협)의 위원장에 피선된다. 자유문협의 기관지 『자유문학』 발행인, 이어 〈세계일보〉 사장 등으로 일하는 가운데에도 1957년 제3시집 『해바라기』, 1958년 번역시집 『서정시집』(보리스 파스테르나크)을 발간하는 등 꾸준히 시작 활동을 계속하였다. 1960년 자유문협이 해체되자 기관지 『자유문학』의 경영권을 인수하여 1964년까지 사재를 털어가며 발간을 계속하였으나 결국 경영난을 견디지 못하고 휴간을 하게 된다. 이 충격이 가시지 않았던 이듬해인 1965년 야구 관람 중 뇌졸중으로 쓰러져 말과 거동이 불편해졌고, 생사의 고비를 몇 차례 넘겼다.

그러나 강한 의지로 병마를 극복하고 창작을 계속하여 1969년 제4시집 『성북동 비둘기』, 1971년 제5시집 『반응』을 발간하였고, 그때까지의 시집 5권을 모아 시인이 다시 교정을 본 『김광섭 시전집』(1974)을 냈다. 전집 발간 이후의 시편들과 5권 시집 가운데 주요 작품들을 모은 『겨울날』(창작과비평사), 시선집 『성북동 비둘기』(민음사) 등이 1975년에 발간되었고, 1976년에는 자전문집 『나의 옥중기』(창작과비평사)도 간행되었다. 1977년 72세를 일기로 생을 마감하였다.

Ⅲ 민족의식의 첨단을 향한 일관된 삶

한 시인의 삶을 너무 압축적으로 정리하였지만, 위와 같이 정리된 김광섭의 삶과 문학을 보면 다른 문인들과는 구별되는 점이 몇 가지 있다.

첫째, 반일 의식이 남다른 민족주의자라는 점이다. 창씨개명도 하지 않고, 조선어 말살 정책에 매우 비판적이었으며, 〈조선일보〉, 〈동아일보〉 폐간 시 직접 신문사에 전보를 쳐 항의를 할 정도로 의기가 남달랐다. 절친한 벗이었던 이헌구가 면회를 와서 형무소의 규정에 따라 일본어로 인사를 건네자 외면을 하고 화를 내었다는 일화[2] 역시 그의 비타협적인 반일 의식을 짐작하게 한다.

둘째, 약 1년 간 거의 하루도 거르지 않고 옥중일기를 쓸 정도로 엄격하게 자신을 대한 문필가였다. 근대 이후 우리의 옥중문학에 이러한 정도의 철저함을 보인 글을 찾기 어려울 정도이다. 일제가 공식적으로 남긴 기록이나 개인, 혹은 집단의 글들이 없지 않으나 지나치게 피상적이거나 의도가 앞서는 과장이나 왜곡이 많다. 김광섭의 투철한 기록 정신은 그러한 글들과는 구별되는 일제강점기 옥중기록의 중요한 자료이다.[3]

셋째, 시인으로는 드물게 미군정청 공보국장, 대한민국 대통령 공보비서관, 언론사 사장, 문인단체장 등 문학 외의 일을 많이 맡았다. 이와 관련하여서는 영문학을 전공하고, 공산주의와 거리를 두었으며, 친일로부터 자유로운 인사였다는 점을 고려할 때, 미군정기에서부터 관심을 받을 만한 위치에 있었을 것으로 생각해볼 수 있다. 시인 자신은 "이 몸 하나로 문인들의 권익을 위한 밑거름이 된다면" 하는 생각에서 대통령 공보비서관을 수락했다고 술회[4]하였는데, 시집 『성북동 비둘기』에 13면에 이르는 긴 시 「이승만」으로 초대 대통령에 대한 곡진한 애도의 뜻을 표한 것으로 볼

---

2) 정규웅, 『글 속 풍경 풍경 속 사람들』, 이가서, 47~48쪽.

3) 물론 이에 대해 최초 일본어로 기록된 수고手稿와 1976년에 간행된 한글 번역본 『나의 옥중기』 사이에 차이가 있음을 지적한 글도 있어, 이에 대해서는 좀 더 엄밀한 정본 대조 작업이 필요하다. (염무웅, 「김광섭론」, 염무웅 · 최원식 외, 『해방 전후, 우리 문학의 길찾기』, 민음사, 2005. 참고)

때 비단 문인들의 권익뿐 아니라 김광섭의 사상과 기질, 그리고 영문학 전공 등이 복합적으로 시대와 맞았던 것으로 생각할 수 있을 것이다.[5)]

또 해방 이후 우파 문단의 세력화 과정, 세계 펜클럽협회 한국지부 결성, 『자유문학』과 같은 문예지 발간 등에도 변함없이 지속적인 노력을 기울였다.

넷째, 그럼에도 불구하고 지속적으로 시작 활동을 게을리하지 않았다. 1974년 전집을 간행하면서 김광섭은 발문에 자신의 시작詩作이 천부적 재주의 열매이기보다는 노력의 산물임을 힘주어 말한다.

> 나는 시문에 뛰어난 재주가 있은 것도 아니다. 시문이 좋아서 다른 업을 가질 수 없었을 뿐이다. 대학의 정규적인 문학을 마친 1930년대 초기에 일도 오

4) 김광섭, 「나의 이력서 ㉘」, 〈한국일보〉, 1977. 4. 6.
김광섭의 회고에 따르면 이 당시 대통령비서실장인 이기붕이 공보비서직을 맡아달라고 하였고, 극구 사양하였으나 이미 결정된 사항이라는 답변을 들었다. 며칠 말미를 얻어 고민을 하였으나, 이헌구 · 함대훈 등 동료 문인들이 하루가 멀다 하고 찾아와선 "문인들의 권익을 위해" 수락할 것을 권유하였음을 이유로 들고 있다. 그러나 "세상사에 초연해야 할 문인이 그런 자리에 눈길을 돌리다니…… 하고 말하는 분들도 사실은 없지 않았지만"이라고 덧붙인 것을 보면, 그에 대한 부담감이 없지 않았음을 알 수 있다.

5) 게다가 여기에는 중동학교의 인맥도 어느 정도 작용하였던 것으로 보인다. 김광섭의 스승이자 김광섭이 교사로 재직하던 중동학교의 교장이던 최규동(1882~1950)은 미군정청하의 한국교육위원회 위원으로 참여하였고, 이 위원회의 일원으로 미군정기 교육정책의 방향을 결정하는 데에 일정한 역할을 수행한 것으로 확인되며, 정부 수립 직후 현재 교총의 전신이라 할 수 있는 조선교육연합회의 초대 회장, 서울대학교 총장 등을 맡는다. 또 같은 중동학교 출신인 안호상(1902~1999)은 1929년 독일 예나 대학에서 철학 박사 학위를 받고 돌아와 1948년 초대 문교부 장관을 역임하였다.
정부 수립 한 달을 앞두고 최규동이 회장으로 있으면서 간행한 조선교육연합회의 기관지 『새교육』 창간호(1948년 7월)에는 최규동의 창간사와 함께 안호상의 「『새교육』에의 제언, 민족교육을 외치노라」, 김광섭의 수필 「교원시대와 그 후」가 함께 수록되어 이들의 새 정부에서의 역할을 예견케 한다.

희병의 『詩苑』에 「孤獨」을 발표한 뒤를 비롯하여 신문사 문화부와 잡자사의 청탁에 의한 오늘까지 40여 년 긴 노력이 시문에 대한 소질이 아닌가도 한다.[6)]

영문학을 전공하기 위해 대학에 들어갈 때까지 문학이라고는 제대로 읽어본 일이 없고 잡지 『창조』를 보았을 뿐이라고 고백했던 이 시인에게 시가 천부의 재능은 아니었던 듯도 하다. 그러나 시문을 좋아하는 일을 그치지 않고 노력을 계속한 것이야말로 김광섭의 시가 가지는 독보적인 힘이라고 할 수 있을 것이다. 투옥投獄의 상황, 관계나 언론계로의 투신投身의 상황, 그리고 병마와 대결하는 투병鬪病의 상황, 인생의 그 어떤 상황에서도 김광섭은 '시인'이기를 그치지 않았다. 특히 우리 문학사에서 '죽음'에 직면한 상태에서 그 병고를 이겨내며 시를 쓴, 어쩌면 시로써 그 병마를 이겨냈다고 할 수 있는 경우가 매우 드물다는 점을 생각해볼 때, 인간의 죽음과 맞닿은 부분에서 언어와 시의 극한을 보였다는 점은 분명 높이 평가받을 만한 부분이다.

김광섭이 자신의 삶을 돌아보면서 "인생은 짧고 무상하지만 아무 일도 못 할 정도로 짧은 것은 아니라는" 은근한 자부심을 내보일 수 있었던 것은 결국 자신에게 엄격하고, 옳지 않은 것을 멀리하며, 굽힐 줄 모르고 노력하는 자세로 살아온 '일관성'이 있었기 때문일 것이다. 『김광섭 시전집』 이후 간행된 시선집 『겨울날』(창작과비평사)의 발문을 쓴 백낙청은 김광섭의 이 말을 두고 "그 한마디에 담긴 무한한 긍지야말로 한평생을 애쓴 끝에 드디어 일가를 이룬 이만의 것이 아니겠는가. 때문에 곧 진정한 겸손과도 일치하는 것이 아닌가"라고 평가한 바 있다.

6) 김광섭, 『김광섭 시전집』, 일지사, 1974, 549쪽.

천재가 아닌 시인, 그러나 죽음의 문턱에 이르러서도 시 쓰기를 놓지 않았던 시인으로 우리는 김광섭을 기억할 수 있을 것이다. 그러한 시인에게 시란 어떤 것이었을까?

> 나는 대학에서 시를 배우는 강의에서 낭만주의시에 심취되면서, 그 화려한 시의 상아탑을 박차고 낭만주의시정신의 고향인 짓밟히는 희랍 그 독립전에 참가하여 이국의 전야에서 이슬이 된 바이론, 자유의 열에 탔고 쉘리의 영원한 반역아 '결박된 프로메듀스'에 경도되었다.
>
> 시는 나에게는 단순한 감정이나 서정이 아니었다. 시인은 민족의식의 첨단에 선다. 우리의 상황의식이 곧 민족의식이 되었다. 그런 관념이 나의 인생과 시에 짙게 반영되었다.
>
> 말하자면, 관념이 나의 모든 감정의 저변이 되고 정신의 지주가 되어 그 관념이 동력화하여 옥고까지 겪게 되었다.[7)]

시인은 민족의식의 첨단에 서 있는 자이다. 물론 그 민족의식의 첨단이라는 자리는 시로 구현되는 것이어야 하겠으나, 이 강직한 시인에게 그 첨단의 자리는 전장에서 이슬로 사라진 바이런처럼 본인이 직접 옥고를 치르는 것도 포함하는 것이었다. 또 그 연장선상에서 보면, 새로 국가를 건설하는 시기에는 대통령 공보비서관으로, 전란을 겪고 있는 시기에는 국정홍보 매체의 사장으로 가는 것도 불가한 일은 아니었을 것이다.[8)]

삶의 중간중간에 있는 이 '공직'의 이력이 천부적으로 타고 나지 못한 시재詩才를 보완할 수는 없는 일이다. 오히려 시 세계의 발전에 일정한 결

---

7) 김광섭, 앞의 책, 550쪽.

림돌이 되었을 가능성이 더 크다. 진정으로 '시인'으로만 자신의 정체성을 자리매김했다면 삶의 굽이굽이마다 있는 '자리'로부터 온전히 초연할 수 있었을 것이다. 그러나 김광섭에게 시란, 그리고 시인이란 '서정'만이 아니었고, 생으로 구현되는, 그것도 첨단의 자리에 있는 것이어야 했다. 그러한 설정 자체의 옳고 그름은 쉽게 판단하기 어려울 것이지만, 적어도 그러한 위치 설정 속에서 변함없이, 그리고 '자리'에 상관없이 쉼 없이 시를 썼던 드문 시인으로 우리는 김광섭을 기억할 수 있을 것이다.

Ⅳ '형상'의 추구로서의 일관성

김광섭의 시 세계는 1965년 쓰러지기 이전과 이후로 나뉘기도 하고, 해방 이전, 해방 이후부터 발병 전, 그리고 발병 이후의 세 시기로 나뉘기도 한다. 그렇지만 1965년 쓰러지기 이전의 시들에 비해, 병마를 딛고 일어서 쓰기 시작한 이후의 시들이 보다 뛰어난 시적 성취를 거두고 있다는 점에는 큰 이견이 없는 듯하다. 문제는 이것을 그저 죽음을 직면한 자가 인생을 달리 보게 된 데서 비롯된 변화로만 이해할 수 있는 것인가 하는 점이다. 생전에 간행한 다섯 권의 시집을 이어서 볼 때, 시 세계의 변화와 차이가 두드러지지만, 그것을 꿰는 일관성은 혹시 없을까 하는 것이다.

해방 직후 쓴 김광섭의 회고를 보면 그의 '일관성'의 한 면을 볼 수 있다.

---

8) 이에 대해 염무웅은 김광섭이 권력 자체를 탐했다거나 문학을 버린 것이 아니었으며, 그의 활발한 사회 활동은 그의 민족주의적 신념을 현실 속에서 관철하기 위한 것이었다고 보면서 그의 문필 활동과 결코 모순되는 것이 아닌, 오히려 상호보완적인 것이라고 보았다. 염무웅, 앞의 글, 37쪽.

나는 C학교(중동학교를 가리킴—인용자)의 좁은 대문 속에서 9년 동안 교편을 잡고 있었다.

이 C학교의 좁은 대문 안 좁은 교실 속에서 나는 영혼의 해방을 위하여 나의 노력을 다하였고 또한 내가 가르치는 학동들을 이 해방된 영혼으로 포옹하고자 의식의 생활을 부단히 계속하여왔다.

그리하여 나는 얽매인 강토 내에서나마 한 개의 둥이巢 같은 교실을 조선의 학동들과 만나는 운명의 공간으로 삼고 거기에서 그들에게 글을 주고 정서를 환교換交하면서 어떤 때에는 공포恐怖를 느끼기도 하였고 어떤 때에는 반항反抗에 울고 싶기도 하였다. (…중략…)

이렇게 한 가지의 직업에 오랫동안 종사하면 사람은 그 직업의 습성에 따라 어떠한 보수적인 '형型'이 만들어진다. 이러한 종류의 '형型'은 항상 인간성의 자유를 구속하는 것으로 사람은 직업과 잘못 사귀면 그 정신이나 육체나 심리의 작용까지라도 이 '형型'에 무의식적으로 굴복하게 되는 것이다.

나는 이 '형型'을 인간성의 굴복이라고 보았다. 그러므로 나는 항상 청신하고 발전하는 휴머니티의 요구로서 자유인에 이상을 가지고 역사의 감정을 체험하면서 압박과 유린蹂躪에 대한 반항의 의식을 길러왔다.

사람에게는 말이 있으나 말로 표현할 수 없을 때에는 나에게는 의식에서 파동되는 감정의 전파가 있었다.

나와 나의 어린 학동들은 조선 사람이라는 공동된 운명 아래에서 이러한 생활을 하면서 교실에 모여 글을 읽었다.

조선 문화에 종지부를 찍기 위하여 민족의식의 단적 표현으로의 말과 글이 말살되려고 할 때 나의 모든 의식과 감정은 분노와 함께 폭발爆發되었다. 이리하여 나는 9년 동안 교편생활의 결과로 4년 동안 영어囹圄 생활의 보수報酬를 받았다.[9)]

자신의 영혼을 해방하기 위해, 그리고 그러한 영혼으로 학생들을 포옹하기 위해 노력하였던 모습과 함께 인간성을 억압하고 자유를 상실할 수 있는 어떤 형型을 경계하는 자세를 확인할 수 있다. 김광섭은 근본적으로 자신이 중시하는 가치에 대해서는 물러섬이 없는 완고한 보수주의의 면모가 강하지만, 살면서 가지게 되는 고정된 틀에 자기도 모르게 굴복하여 말 그대로 틀에 박힌 삶을 살게 되는 것 또한 경계하며 자유를 중시했던 점도 기억할 필요가 있다.

이 시기의 김광섭이 위의 인용에서처럼 교육자로서 자신의 후배인 제자들에게 민족의식을 고취하며, 자신의 영혼의 해방을 위해 노력하고 그 해방된 영혼으로 제자들을 포옹하기 위해 애썼다면 아마도 이 시기 작품에도 어느 정도는 그러한 사상과 태도가 반영되어 있을 법하다.

온갓 詞華들이
無言한 孤兒가 되어
꿈이 되고 슬픔이 되다

무엇이 나를 불러서
바람에 따라가는 길
별조차 떨어진 밤

무거운 꿈 같은 어둠 속에
하나의 뚜렷한 形象이

9) 김광섭, 「교원敎員 시대時代와 기후其後」, 『새교육』 창간호, 1948. 7.

나의 萬象에 깃들이다

—「憧憬」(1937)

시집 『동경』(1938)을 지배하는 기본적인 정조는 내리누르는 듯한 중압감인데, 그 중압감의 근원은 물론 당대 현실이며, 그것을 의식하는 그의 민족의식이다.[10] 시집의 표제작인 이 시의 상황도 마찬가지여서 온갖 사화詞華들이 말을 잃고 부모 없는 존재가 된 시대는 별조차 떨어진 밤과 같다. 이 "무거운 꿈 같은 어둠" 속에서 나의 만상萬象에 하나의 "뚜렷한 형상形象"이 깃든다. 그것이 무엇인지는 분명치 않다. 시집의 발跋에서 "표상의 세계에 새로운 의도를 꾀함도 없지 않아서 **지성과 감성이 융합하여 흐르는 논리**를 놀라운 형상 속에 넣으려 하였어도 결국은 여기에 언급할 바 되지 못하고 말았다"라고 한 것을 바탕으로 생각해본다면, 사실과 관념, 지성과 감성, 현실과 낭만[11]을 융합하고자 하는 의도와 그러한 융합의 상태를 '동경'하였음을 확인할 수 있다. 그러한 융합의 결과에 이른 '형상'이 나의 만상에 깃드는 순간에 대한 동경이 담겨 있지만, 정작 그 '뚜렷한 형상'이 무엇인지는 아직 뚜렷하지 않다.

제2시집 『마음』(1949), 제3시집 『해바라기』(1957)로 이어지는 김광섭의 시 세계에서 두 시기를 대표하는 시로 널리 알려진 시는 「마음」이다. 앞서 「동경」에서 보았던 '형상'이 혹시 조금 더 구체화되어 나타나지 않을까 하는 기대를 해볼 수 있을 것이다.

---

10) 염무웅, 앞의 글, 27쪽.

11) 이러한 현실에 대해 김광섭은 바이런과 셸리의 영향 속에서 환상과 유토피아적 세계를 추구하는 낭만주의적 모습을 보인다. 이에 대한 상세한 분석은 박호영, 「김광섭 초기시의 낭만적 특성 연구 : 환상과 유토피아를 중심으로」(『국어교육』 132, 한국어교육학회, 2010) 참고.

나의 마음은 고요한 물결
바람이 불어도 흔들리이고
구름이 지나가도 그림자 지는 곳

돌을 던지는 사람
고기를 낚는 사람
노래를 부르는 사람

이 물가 외로운 밤이면
별은 고요히 물 위에 내리고
숲은 말없이 잠드나니

행여 백조가 오는 날
이 물가 어지러울까
나는 밤마다 꿈을 덮노라

—「마음」(1939)[12)]

이 시는 시적 화자가 자신의 마음을 '고요한 물결'에 비유하면서 바람이 불어도 흔들리고 구름이 지나도 그림자 지는 곳이라고 하였다. 즉, 매우 예민하게 반응하고 아주 사소한 일에도 흔들리고 있는 상태임을 강조하고

---

12) 「마음」은 1939년 6월 『문장』에 처음 발표되었다. 발표 당시에는 마지막 행의 '白鳥(백조)'가 '白馬(백마)'로 표기되어 있었으나, 후에 시집 『마음』(1949)에 수록하면서 시인이 '白鳥(백조)'로 수정하였고, 1974년 『전집』에도 '白鳥(백조)'로 표기되어 있으므로 '백조'로 확정하는 데 무리가 없을 것이다.

있다. 이렇게 강하거나 담대하지 못한 존재 옆에 돌을 던지는 사람, 고기를 낚는 사람, 노래를 부르는 사람이 있다. 단지 세 사람을 나열했을 뿐이지만, 바람에도 흔들리고 구름에도 그림자 지는 마음을 가진 화자에게 이들은 결코 무시할 수 없는 존재이다. 그렇지만 이들을 묵묵히 견디고 나면 이윽고 밤이 오고, 별은 고요히 물 위에 내리며, 숲은 물결을 가라앉힌다. 이러한 상황에서 고요한 물결인 나의 마음이 기다리고 있는 것은 '백조'이다. 이 백조가 물에 내려앉을 때 혹시 물가가 어지러울까 염려하는 화자는 밤마다 꿈, 아마도 유혹에 가까울 자신의 이런저런 꿈을 덮고 정결히 순백의 새를 기다린다.

이 시의 화자는 시종일관 고요하려 하나 그것을 방해하는 것들에 시달리고 있다. 방해하는 것들은 자연(바람, 구름)일 수도, 사람일 수도, 자신(내면의 꿈)일 수도 있다. 그 방해자들을 애써 잠재우고 '순백의 새'를 기다리는 마음이야말로 시인의 가장 깊은 곳에 자리한 고갱이였을 것이다. 별조차 떨어진 밤 떠오른 하나의 뚜렷한 '형상'은 이제 순백의 새 '백조'로 마음에 내려앉아 그 구체상을 얻는다.

그렇지만 이 '백조'는 "행여 백조가 오는 날"처럼 언제 올지도 모르고, 또 물가가 어지러울까 염려하며 꿈을 덮어야만 하는 존재이다. 기약이 없고, 현실적이지 않으며, 노심초사의 대상이다. 결국 형상은 구체를 얻었으나 현실은 아니다. 사뭇 다른 삶을 살기는 하였지만, 발산한 형상을 구했던 김수영도 그것이 작전 같은 것이기에 어렵다고 하지 않았던가.

> 여명의 종이 울린다.
>
> 새벽별이 반짝이고 사람들이 같이 산다.
>
> 닭이 운다 개가 짖는다.

오는 사람이 있고 가는 사람이 있다.

오는 사람이 내게로 오고
가는 사람이 내게서 간다.
―「생의 감각」(1967) 부분

1965년 쓰러진 이후 다시 시인으로 성공적으로 복귀하였음을 알리는 이 시는 죽음의 문턱에서 다시 삶으로 돌아온 이가 느끼는 감각을 시를 통해 전하고 있다. 앞서 본 「마음」에서는 지성知性으로 추구하던 '형상'을 위해 별은 하늘에서 내려와야 했고, 백조를 맞기 위해 온 세상은 고요해야 했다. 그러나 극한까지 다녀온 이의 생의 감각으로 볼 때, 이제 별은 굳이 하늘에서 떨어지지 않는다. 사람들도 더 이상 호면湖面의 고요를 흔들까 염려가 되어 경계의 대상이 되는 사람들이 아니라 같이 사는 사람들이다. 닭도 울고, 개도 짖으며, 사람들이 내게로 오고, 나에게서 간다. 이러한 감각으로 포착한 형상은, 이제 더 이상 순백의 새이기는 어렵다. 생의 감각이 온전히 살아난 이가 감지하는 배경에 어울리는 형상으로 가슴에 금이 간 비둘기가 떠오른 것은 그래서 자연스러운 귀결이었을 것이다.

예전에는 사람을 聖者처럼 보고
사람 가까이
사람과 같이 사랑하고
사람과 같이 평화를 즐기던
사랑과 평화의 새 비둘기는
이제 산도 잃고 사람도 잃고

사랑과 평화의 사상까지

낳지 못하는 쫓기는 새가 되었다.

—「성북동 비둘기」(1968) 부분

사람은 성자가 아니다. 성자가 아닌 사람을 사랑하면서 사람을 성자로 보아주는 비둘기야말로 진정한 성자일 것이다. 비둘기는 사랑과 평화의 사상을 낳는 존재였으니 그 또한 성자를 뜻한다. “돌을 던지는 사람 / 고기를 낚는 사람 / 노래를 부르는 사람”(「마음」)을 물리쳐야 만날 수 있는 백조가 아니라, 그러한 보통 사람들을 사랑하며 성자로 대하는 비둘기야말로 시인이 오랫동안 찾던 것에 가장 가까운 모습일 것이다.

죽음의 문턱까지 갔다가 정말 말 그대로의 의미로 사투死鬪를 벌이고 획득한 진정한 생의 감각을 가지게 된 시인이 구하는 형상은 이제 더 이상 별이 고요히 물 위에 내리고 숲이 말없이 잠들며 사람이 사라진 세상과 같은 관념적 배경을 필요로 하지 않는다. 시인은 이에 대해 다음과 같이 기록해 두었다.

사람에게는 靈魂이 있다.

靈魂은 無形한 內在다.

봄 바람에 나무잎이 율동하듯

밖에서 들어가는 靈感에 의하여

靈魂은 율동한다.

이 靈感은 하늘이나 聖域에서만

오는것이 아니라 現實이나 狀況속에서 올때

리얼리티가 있다. 리얼리티는 곧 實感이다.

—「詩에의 노우트」 부분

김광섭이 자신의 삶의 많은 부분을 일관되게 살아왔듯이, 지속적으로 시를 써왔던 까닭 중 하나는 첫 시집에서 언급했던 그 '형상'에 대한 추구가 아니었을까. 「마음」을 거치고 죽음의 위기를 넘어 '생의 감각'을 회복하고 만나게 된 진정한 성자, 그 비둘기야말로 일관되게 찾아왔던 그 '형상'의 귀결점이 아니었을까. 그 성자가 "예전에는" 그러했으나 지금은 그러하지 못한 "쫓기는" 신세가 되었음을, 불편한 몸과 현란하지 않은 말로 세상에 전하는 일이야말로 김광섭이 진정으로 '동경'했던 일이 아니었을까.

V 일관성과 자기 구제

짧은 분량으로 너무 성기게 김광섭을 살폈다. 아쉬움이 있지만 이 글을 통해 김광섭의 '일관성'이 조금 더 선명하게 보였기를 바란다. 꼿꼿한 철심을 심중에 넣고 살았던 선비, 모진 세월 격랑의 시기에 옥중獄中과 권좌의 곁과 병상病床을 오가면서도 중심을 잃지 않았던 지식인, 그리고 진정한 '실감實感'의 '형상形象'을 지속적으로 구해온 시인으로 그를 기억할 수 있을 것이다. 서두에 언급한 글 「일관성에 대하여」의 마지막 부분이 맺음말로 더 적절할 것으로 보여, 인용으로 글을 맺는다.

> 인생, 나는 이것을 잘 모른다. 그러나, 무엇인가 일관一貫된 것이 있어야 할 것 같다. 방황하는 것이 아니어야 할 것 같다. 더구나, 남에게 괴롭힘을 많이 받은 우리의 인생은 이것이 첫째 자기 구제自己救濟인 것이다.

김남주

겨울을 이기고 사랑은

봄을 기다릴 줄 안다

기다려 다시 사랑은

불모의 땅을 파헤쳐

제 뼈를 갈아 재로 뿌리고

천년을 두고 오늘

봄의 언덕에

한 그루 나무를 심을 줄 안다

새벽의 별

/ **유영희** 대구대학교 교수

I

'김남주'라는 이름을 가슴 언저리에 항상 담아두고 있었던 것은 그와 내가 너무 다르기 때문이었다. 자신의 신념을 바탕으로 삶과 시 세계를 일관되게 구축해나갔던 의지의 화신. 반면에 내 삶은 하루하루 연명해나가는 수준이다.

일상 속에 파묻혀 바삐 나날을 보내다가 문득 바라본 하늘이 유난히 시리고 파랗게 느껴질 때, 울컥 눈물이 솟구치는 걸 참을 수 없는 경우가 있다. 김남주는 그런 사람이다. 그와 동일한 생각을 가지고 있지 않아도 그의 삶을 살아낼 수 없어도 마냥 되돌아보게 되는 그런 사람이다.

그의 삶을 알아가면 갈수록 그는 참 명쾌하고 올곧은 사람이라는 사실을 확인하게 된다. 반면에 보통 사람으로서 섬세하고 다정했던 면면도 확인할 수 있다. 투사로서의 김남주만이 아닌 연인으로서 아버지로서 이웃을 사랑하는 다정한 이웃 사람으로서의 따뜻한 면모도 살펴볼 수 있다.

김남주는 1946년 전라남도 해남에서 태어났다. 해남이 어떤 땅인가. 조선 시대의 최부, 임억령, 유희춘, 백광훈, 윤선도 등의 문인과 이동주, 박성룡, 고정희, 황지우 등의 문인을 배출한 걸걸한 땅이다. 이 땅의 기운 속에서 김남주는 유년 시절을 보냈다.

김남주의 아버지는 이 시대의 전형적인 민중이며 아버지 중 한 사람이었다. 소농이긴 했지만 팍팍하고 가난한 살림살이를 이어나가다 보니 자식들보다 소를 더 중요하게 여겼다. 자식들을 키우고 교육시키면서 시골 무지렁이로서의 설움을 뼈저리게 느꼈기에 작은 권력도 소중하게 여기는 보통 사람이었다. 그는 막내아들이 판사가 되었으면 하는 소망을 키웠다.

김남주는 아버지의 꿈을 이뤄주기에는 너무나 심약한 사람이었다. 심약하지만 너무나 강건한 사람이었다. 개인의 안위와 행복을 추구하기에는 그의 눈이 너무 높은 곳을 바라보고 있었다. 그에게는 만인이 평등한 세상, 모든 사람이 행복한 세상을 이루어야 한다는 강한 의지와 희망이 넘실대고 있었기 때문이다.

그렇지만 김남주도 이 시대의 보통 사람이었다. 모진 옥살이를 하면서 인간적인 능멸을 당하고 췌장암으로 힘든 말년을 보냈지만, 박광숙과의 결혼과 토일이의 탄생 등은 그의 삶에서 투쟁만으로는 얻을 수 없는 일상의 소소한 행복감을 선사했다.

광주 묘역에 잠들어 있는 김남주의 삶과 시 세계는 복잡한 사회 상황 속에서 이리저리 흔들리며 부유하고 있는 현대인에게 삶에 대한 성찰의 계기를 마련해준다. 김남주를 이 시점에서 이 자리에서 다시 거론하는 이유가 여기에 있다.

Ⅱ

김남주는 옥중에서 박광숙으로 인해 삶의 희망을 얻었다. "당신이 사랑한 광숙이가 있기에 빗방울조차 두려워 정신 바짝 차리고 있다더니, 내가 있기에 칼바람 겨울에도 꼭두새벽에 일어나 얼음물 끼얹어 냉수마찰로 몸을 단련시키고, 0.7평 좁은 공간을 운동장 삼아 뜀박질로 힘을 길러 남보다 건강한 몸 무쇠 같은 근육이라 자랑하며 '건강 만세'를 외치더니"와 같은 박광숙의 회고(1999 : 20)에서 그러한 면모를 확인할 수 있다.

> 반짝반짝 하늘이 눈뜨기 시작하는 초저녁
> 나는 자식놈을 데불고 고향의 들길을 걷고 있었다
>
> 아빠 아빠 우리는 고추로 쉬하는데 여자들은 엉뎅이로 하지?
>
> 이제 갓 네 살 먹은 아이가 하는 말을 어이없이 듣고 나서
> 나는 야릇한 예감이 들어 주위를 한번 쓰윽 훑어보았다 저만큼 고추밭에서
> 아낙 셋이 하얗게 엉덩이를 까놓고 천연스럽게 뒤를 보고 있었다
>
> 무슨 생각이 들어서 그랬는지
> 산마루에 걸린 초승달이 입이 귀밑까지 째지도록 웃고 있었다

김남주가 마지막으로 쓴 「추석 무렵」이라는 시이다. 이 시에서 우리는 김남주의 전혀 다른 면모를 발견하게 된다. 눈에 넣어도 아프지 않을 귀여운 아들과 고향의 들길을 걸으며 아낙네들의 천진스러운 모습과 초승달의

해학적인 모습에 눈길을 돌리고 있는 행복한 남자의 모습. 시 전편에는 해학과 행복감이 넘쳐흐르고 있다.

김남주는 기본적으로 밝고 호탕한 사람이었다. "남주는 느스근하다. 늘 허리띠를 풀어놓고 매인 데 없이 사는 사람이었다. 결단력이 없이 늘 흔들리고, 모질지 못하여 언제나 만인의 호구로 통하였다. 맺힌 데가 없고, 타이트한 점이라고는 눈곱만큼도 없었다. 좋은 일이건, 궂은일이건, '아! 하!'라고 크게 웃어버리면 처음도 없고 끝도 없으며, 되는 일도 없고 안 되는 일도 없었다"라는 박석무의 증언(시와시학사편집위원회, 1994 : 29~30)을 굳이 참조하지 않더라도 그의 성격을 작품 속에서 짐작할 수 있다. 감방 안에서 고통의 시간을 보내고 있는 동안에도 김남주의 이러한 성격이 시 세계를 통해 표출된다. 「장난」이라는 시를 살펴보자.

> 감방
> 문턱 위에
> 걸쳐 있는
> 다람쥐 꼬리만큼한 햇살
> 삭둑삭둑 가위질하여
> 꼴깍꼴깍 삼키고 싶다
> 언 몸 봄눈 녹듯 녹을 성싶어.

감방 안에 비치는 '다람쥐 꼬리' 정도밖에 되지 않는 햇살을 우울한 시선으로 바라보는 것이 아니라 가위질하여 꼴깍꼴깍 삼키고 싶다고 인식하는 것, 이를 장난으로 인식하는 것 자체가 그의 밝은 성격의 한 면모를 드러내는 것이라고 할 수 있다. 이는 김남주의 전혀 다른 모습이라기보다는 그가 가지고 있었던 면모 중 한 부분이다. 김남주의 이상은 높고 고귀했지만 그 또한 보통 사람으로서 보통의 행복을 추구하고자 하는 욕망을 가지고 있는 평범한 남편이자 아버지였던 것이다.

> "한 일 년쯤 우리의 강화 생활은 정말 행복했어요. 갓 돌을 지난 아이를 들쳐 업고 기저귀 가방을 들고, 먹을 것 입을 것을 배낭에 담아 등에 메고 택시 타고 버스 타고 달려가곤 하던 쓰러져가는 어두컴컴한 슬레이트 집. 걸음마를 시작하던 아이가 뛰어다니며 흙더미 위를 뒹굴기도 하고, 뙤약볕 아래에서 콩밭을 매며 아는 노래를 다 끄집어내어 목청껏 노래를 부르기도 했지요."(박광숙, 1999 : 36)

비록 어두컴컴한 슬레이트 집에서 가난한 살림살이를 이어갔지만, 옥중에서 10여 년 지냈던 김남주에게는 고대 황실이 부럽지 않은 공간이었을 것이다. 게다가 사랑하는 아내, 아이와 함께 밥을 먹고 잠을 자고 노동을 할 수 있는 공간이었으니 강화도 생활은 김남주에게 인생에서 가장 행복한 시간이었을 수도 있다.

분명 김남주는 투사로서 전사로서 그에 걸맞은 삶을 살았다. 그러나 그 또한 한 여자의 남편이었고 한 아이의 아버지였다. 모든 사람을 사랑하고자 하는 섬세한 내면을 품고 있었던 김남주에게 박광숙과 토일이는 그야말로 삶의 희망이자 목표가 되었으리라고 짐작해볼 수 있다.

Ⅲ

김남주가 민중을, 대중을 사랑했던 민중의 아버지임은 익히 알려진 사실이다. 그는 모든 사람이 평등한 사회를 꿈꾸었고 그를 위해 자신이 한 알의 밀알이 되는 것을 자랑스럽게 여겼다. 그의 생각을 잘 반영하고 있는 작품이 「고목」이다.

대지에 뿌리를 내리고

해를 향해 사방팔방으로 팔을 뻗고 있는 저 나무를 보라

주름살투성이 얼굴과

상처 자국으로 벌집이 된 몸의 이곳저곳을 보라

나도 저러고 싶다 한 오백 년

쉽게 살고 싶지는 않다 저 나무처럼

길손의 그늘이라도 되어주고 싶다.

짧은 시이지만, 그가 어떤 사람인지 단적으로 알 수 있게 해주는 작품이다. "주름살투성이 얼굴과 / 상처 자국으로 벌집이 된 몸"이 된다고 하더라도 나무처럼 지나가는 길손에게 그늘이라도 만들어주고 싶다는 그의 생각은 분명 일상적이지 않다. 일상적이지 않은 이 생각 속에서 주변 사람들을 생각하는 그의 따뜻한 심성과 마음을 엿볼 수 있다.

김남주의 신념과 행동은 보통 사람들에 대한 애정에서 출발했다고 볼 수 있다. 김남주는 우리가 생각하는 것 이상으로 서정적인 작품을 많이 썼다. 서사적 느낌의 시 속에 본인의 사상과 신념을 강하게 표출하고 있다면 서정적 느낌의 시 속에서는 인간에 대한 근본적인 애정과 믿음을 담아내

고 있다. 「사랑은」이라는 다음 시를 살펴보자.

겨울을 이기고 사랑은
봄을 기다릴 줄 안다
기다려 다시 사랑은
불모의 땅을 파헤쳐
제 뼈를 갈아 재로 뿌리고
천년을 두고 오늘
봄의 언덕에
한 그루 나무를 심을 줄 안다

사랑은
가을을 끝낸 들녘에 서서
사과 하나 둘로 쪼개
나눠 가질 줄 안다
너와 나와 우리가
한 별을 우러러보며

겨울이라는 시련도 극복하고 가을 들녘의 과실도 나눠 가질 줄 아는 사랑의 힘을 아는 김남주는 자연의 아름다움을 누리고자 하는 소박한 심성을 지닌 박애주의자였다. 이광웅의 회고에 따르면 전주 감옥에 수감되어 있을 때, 김남주와 그는 침구와 빨래를 너는 시간을 좋아했는데, 그것들을 너는 동안 햇볕을 쪼이고 막혔던 시야를 열어볼 수 있었기 때문이라고 한다. 가을 어느 날 담요를 널고 잠시 머뭇거리며 가을 햇볕을 즐기고 있다가 어서 방으로 들어가라고 재촉하는 간수에게 떠밀려 음침한 벽그늘로 들어서면서 느닷없이 "이 무슨 놈의 잔인한 짓거리냔 말야. 자연이 주는 혜택에서마저도 우리를 제외시켜버리니 말야. 이렇게 고운 가을 햇살마저도 차단시켜놓으니 말야……"라고 소리 지르며 투덜댔다고 한다. 누구나 아무 대가 없이 자연스럽게 누릴 수 있는 혜택조차도 누릴 수 없도록 하는 감옥과 그러한 감옥을 유지하고 있는 사회에 대한 비판의식을 엿볼 수 있는 일화이다.

이러한 일화를 통해 김남주의 비판의식과 저항의식이 숭고한 이념과 흔들리지 않는 투철한 정신에 의해서만 형성된 것은 아님을 알 수 있다. 바다처럼 넓은 도량을 가진 느슨하고 섬세한 성격의 시인에게 인간으로서 누려야 할 최소한의 권리조차 누리지 못하게 하는 이 사회는 다른 사람이 평등하게 살 수 있는 환경이 되기 위해 마땅히 비판받을 수밖에 없었다.

> 김남주 시인은 사랑의 시인이다. 이 마구잡이 잔인한 착취사회에서도 김남주 시인은 "겨울을 이기고 봄을 기다릴 줄 아는 사랑"을 노래하는 사랑의 시인이다. "한 나라의 대통령이라는 자가 외적의 앞잡이이고 수천 동포의 학살자일 때"에도 "사과 하나 둘로 쪼개 나눠 가질 줄 아는" 민중의 사랑을 노래하기를 잊지 않는 사랑의 시인이다.(이광웅, 시와시학사 편집위원회, 1994 : 52~56 참조)

Ⅳ

김남주는 광주에 있는 중학교 입학시험에 합격하였으나 장학생이 되지 못하여 포기하고 읍내에 있는 해남중학교에 입학하였다. 해남중학교를 졸업하고 평생의 동지였던 이강과 함께 광주 제일고등학교 입학시험에 응시하였으나 낙방의 아픔을 맛보아야 했다. 수학에 관심이 없기도 했고 흔해빠진 참고서 한 권 제대로 사 보지 못했던 가정 형편상 공부다운 공부를 제대로 할 수 없었기 때문이다. 공부를 제대로 하기 위해 광주로 간 김남주는 1년 동안의 재수를 거쳐 광주 제일고등학교에 합격하였다. 부모님은 말할 것도 없고 온 마을이 기뻐하였다. 당시 시골 중학교를 나와 광주 제일고등학교에 합격하기란 매우 어려운 일이었기 때문이다.

광주 제일고등학교에서 김남주는 미국식 실용주의 교육을 받았다. 당연히 고등학교 2학년이 되었을 때 김남주는 심각한 고민에 빠질 수밖에 없었다. 학교에서는 아름다운 우리의 모국어보다는 영어를 더 많이 가르치고 중시하였다. 영어 실력이 뛰어났지만 김남주는 학교에 적응할 수 없었다. 그리하여 그는 학교를 자퇴하였다. "학교 공부란 것이 나와 무관한 것이었기 때문이었을 거예요. 무슨 말이냐 하면 나는 뭣이 되는 것을 싫어했어요. 뭣이냐 하면 관리 같은 것이, 무슨 회사 직원 같은 것이 맘에 들지 않았어요."(강대석, 2004 : 45)라는 그의 말을 통해 이미 고등학교 시절에 사회체제에 대한 강한 비판의식을 가지고 있었음을 확인할 수 있다.

고등학교 때부터 이미 싹트기 시작한 저항 정신은 김남주의 삶에 일관되게 작용하였다. 이 저항 정신의 매개가 된 것이 그의 시 작품이다. 김남주는 열심히 시를 쓰면서 투쟁을 계속하였다. 종이와 연필이 없어서 우유갑에 못으로 작품을 썼고 그것을 간수의 눈을 피해가며 밖으로 내보냈다. 10여 년 동안 250여 편의 작품을 이런 식으로 생산해냈다. 참으로 놀라운 집념이요 투쟁 의지라고 할 수 있다.

투사로서의 김남주의 삶과 생각을 잘 드러내고 있는 작품은 「조국은 하나다」이다. 김남주. 그에게서 시는 투쟁의 무기였고 시를 계속 써나갈 수 있는 토양은 민중의 삶이었으며 시를 옳게 쓸 수 있는 방향을 제시해준 것은 그의 확고한 세계관이었다.(강대석, 2004 : 101~105 참조)

조국은 하나다
이것이 나의 슬로건이다
꿈속에서가 아니라 이제는 생시에
남모르게가 아니라 이제는 공공연하게
조국은 하나다
양키 점령군의 탱크 앞에서
자본과 권력의 총구 앞에서
조국은 하나다

이제 나는 쓰리라
사람들이 주고받는 모든 언어 위에
조국은 하나다 라고
탄생의 말 응아응아로부터 시작하여
죽음의 말 아이고아이고에 이르기까지
조국은 하나다 라고
갓난아기가 엄마로부터 배우는 최초의 말
엄마 엄마 위에도 쓰고
어린아이가 어른들로부터 배우는 최초의 행동
아장아장 걸음마 위에도 쓰리라
조국은 하나다 라고

나는 또한 쓰리라

사람들이 오고 가는 모든 길 위에

조국은 하나다 라고

만나고 헤어지고 헤어지고 만나고

기쁨과 슬픔을 나눠 가지는 인간의 길

오르막길 위에도 쓰고

내리막길 위에도 쓰리라

조국은 하나다 라고

바위로 험한 산길 위에도 쓰고

파도로 사나운 뱃길 위에도 쓰고

끊어진 남과 북의 철길 위에도 쓰리라

오 조국이여

세상에서도 가장 아름다운 꽃이여 이름이여

나는 또한 쓰리라

인간의 눈길이 닿는 모든 사물 위에

조국은 하나다 라고

눈을 뜨면 아침에

당신이 맨 먼저 보게 되는 천정 위에도 쓰고

눈을 감으면 한밤에

맨 나중까지 떠 있는 샛별 위에도 쓰리라

조국은 하나다 라고

그리고 아침저녁으로 축복처럼

만인의 배에서 차오르는 겨레의 양식이여

나는 쓰리라 쌀밥 위에도 쓰고 보리밥 위에도 쓰리라
조국은 하나다 라고

바다에 가서 쓰리라 모래 위에
조국은 하나다 라고
파도가 와서 지워버리면 그 이름
산에 가서 쓰리라 바위 위에
조국은 하나다 라고
세월이 와서 지워버리면 그 이름
가슴에 내 가슴에 수놓으리라
아무리 사나운 자연의 폭력도
아무리 사나운 인간의 폭력도
감히 어쩌지 못하도록
누이의 붉은 마음의 실로
조국은 하나다 라고
그리하여 마침내 나는 외치리라

인간이 세워놓은 모든 벽에 대고
조국은 하나다 라고
아메리카 카우보이와 자본가의 국경
삼팔선에 대고 외치리라
조국은 하나다 라고
식민지의 낮과 밤이 쌓아 올린
분단의 벽에 대고 나는 외치리라

조국은 하나다 라고
압제와 착취가 날조해낸 허위의 벽
반공 이데올로기에 대고 나는 외치리라
조국은 하나다 라고

그리하여 마침내 나는 내걸리라
지상에 깃대를 세워 하늘 높이에
나의 슬로건 조국은 하나다를
키가 장대 같다는 양키의 손가락 끝도
가난의 등에 주춧돌을 올려놓고 그 위에
거재를 쌓아 올린 부자들의 빌딩도
언제고 끝내는 가진 자들의 형제였던 교회의 첨탑도
감히 범접을 못 하도록
최후의 깃발처럼 내걸리라
자유를 사랑하고 민중의 해방을 꿈꾸는
식민지 모든 인민이 우러러볼 수 있도록
남과 북의 슬로건
조국은 하나다를!

"양키 점령군의 탱크 앞에서 / 자본과 권력의 총구 앞에서"라는 시구를 통해 김남주가 적대시하는 집단이 누구인지 명확하게 알 수 있다. 이러한 인식은 시 전체에 일관되게 나타나 있다. "양키의 손가락 끝도", "부자들의 빌딩도", "교회의 첨탑도" 닿지 않을 곳에 "조국은 하나다"라는 슬로건을 내걸겠다는 시적 화자의 외침 속에서 시인의 투철하고 강경한 투쟁 의지를 확인할 수 있다.

> 광숙이, 그 짧은 전사 생활에서 나는 많은 것을 배우고 알았소. 아마 그것은 내가 전사가 되기 이전 30년 동안에 배우고 알았던 것보다 더 크고 깊은 것이었소. 나는 전사 생활을 통해 인간은 공동체의 선을 위한 집단적인 싸움 속에서 성숙하고 발전한다는 것을 피부로 느꼈소. 그것은 행복이었소. 이 행복은 내가 지금까지 맛보았던 어떤 행복보다도 더 깊고 큰 것이었소. 나는 또한 진리는 실천을(육체적) 매개로 해서만이 바르게 인식될 것이라고 믿게 되었소. 실천이야말로 진리의 척도인 것이오. 그래 나는 앞으로도 끊임없이 사회적 실천의 장에 있음으로써 내 자신의 행복을 찾고 세계에 대한 인식을 넓히고 깊게 해야겠소.(김남주, 1989 : 110)

실천하는 지식인. 투쟁의 기쁨. 김남주의 고단한 삶이 왜 고단한 삶이 아니라 행복한 삶이었는지 알 수 있게 해주는 고백이다. 얼마나 많은 사람들이 이 시대의 부조리에 대해 비판하고 절망하는가. 그렇지만 대부분의 사람들은 자신의 생각을 실천으로 승화시키지는 못한다. 생각이 실천으로 옮겨지는 순간 겪게 될 여러 불이익을 익히 알고 있기 때문에 귀찮아서라도 무서워서라도 행동의 순간이 다가오면 한 발짝 뒷걸음질 치게 된다. 김남주는 물러서는 법이 없었다. 학교에 세상에 체제에 대한 저항 정신은 행동으로 곧바로 이어졌고 그로 인해 보통 사람으로서는 견디기 어려운 고초와 시련을 겪을 수밖에 없었다.

김남주에게는 가족과의 작별, 삶과의 단절 또한 투쟁이었다. 그 참을 수 없는 고통을 〈떠나가는 배〉 노래 가사를 바꿔 불러가며 견뎌냈다. “저 거친 세상 헤치며 / 험한 쌈터로 떠나는 님 / 내 언제까지 기다리리 / 님 부른 조국은 거룩하니 / 날 잊지 말고 싸워 잘 싸워 / 기어이 이기고 돌아와요."(강대석, 2004 : 143) 그 과정을 지켜보는 가족과 지인들이 오히려 눈물지을 수밖에 없었던 슬픈 투쟁. 그렇게 전사는 투쟁으로 일관된 삶을 투쟁으로 마무리했다.

V

그의 내면을 들여다볼 수 있는 작품은 「솔직히 말해서 나는」이다. 이 작품을 통해 김남주는 자신의 삶을 솔직하게 들여다보고 있다.

> 솔직히 말해서 나는
> 아무것도 아닌지 몰라
> 단 한 방에 떨어지고 마는
> 모기인지도 몰라 파리인지도 몰라
> 뱅글뱅글 돌다 스러지고 마는
> 그 목숨인지도 몰라
> 누군가 말하듯 나는
> 가련한 놈 그 신세인지도 몰라
> 아 그러나 그러나 나는
> 꽃잎인지도 몰라라 꽃잎인지도
> 피기가 무섭게 싹둑 잘리고
> 바람에 맞아 갈라지고 터지고
> 피투성이로 문드러진

꽃잎인지도 몰라라 기어코
기다려 봄을 기다려
피어나고야 말 꽃인지도 몰라라

그래
솔직히 말해서 나는
별것이 아닌지 몰라
열 개나 되는 발가락으로
열 개나 되는 손가락으로
날뛰고 허우적거리다
허구헌 날 술병과 함께 쓰러지고 마는
그 주정인지도 몰라
누군가 말하듯
병신 같은 놈 그 투정인지도 몰라
아 그러나 그러나 나는
강물인지도 몰라라 강물인지도
눈물로 눈물로 눈물로 출렁이는
강물인지도 몰라라 강물 위에 떨어진
불빛인지도 몰라라 기어코
어둠을 사르고야 말 불빛인지도
그 노래인지도 몰라라

동지로서 평생을 같이했던 이강의 회고에 따르면 김남주는 '두 개의 얼굴'을 가진 인물이었다. 이강에게 김남주는 신중하고 조심스러웠으며 철저하게 자신을 단련하는 사람이었다. 비타협성과 전투성과 혁명성으로 가득 차 있는 인물이었다. 그렇지만 일반적으로 보이는 김남주는 '물봉'이나 '기인', '무량태수'로 평가받았다. 이 일반적인 남주는 누구나 그를 좋아하게 만들었고 심지어는 그를 고문했던 수사요원까지 "결코 미워할 수 없는 친구"라고 입을 모았다고 한다.(이강, 시와사회사 편집위원회, 1994 : 76~77) 이러한 양면은 모두 김남주라는 인간과 그의 시를 이해하는 데 중요한 실마리를 제공해준다. '물봉 선생' 김남주. 그는 본인이 지칭한 것처럼 이 시대의 어두운 새벽을 여는 빛나는 별로 사람들의 가슴속에 깊이 남아 있을 것이다.

참고문헌

강대석, 『김남주 평전』, 한얼미디어, 2004.
김남주, 『산이라면 넘어주고 강이라면 건너주고 : 김남주 옥중연서』, 삼천리, 1989.
김남주, 『함께 가자 우리 이 길을』, 미래사, 1991.
박광숙, 『빈들에 나무를 심다』, 푸른숲, 1999.
시와사회사 편집위원회 엮음, 『피여 꽃이여 이름이여—김남주의 삶과 문학』, 시와사회사, 1994.

김종삼

내용 없는 아름다움처럼

가난한 아희에게 온
서양 나라에서 온
아름다운 크리스마스 카드처럼

어린 양들의 등성이에 반짝이는
진눈깨비처럼

광야에서 영원을 찾는 순례

/ **오형엽** 고려대학교 교수

I 김종삼의 등단

김종삼(1921~1984)은 1921년 3월 19일 황해도 은율에서 부친 김서영과 모친 김신애의 4남 중 차남으로 태어난다. 부친은 신문기자 출신의 지식인으로 나중에 『평양공론』이라는 잡지를 내기도 한다. 모친은 기독교 집안의 외동딸로서 후에 김종삼의 정신세계에 기독교적 사유를 심어주는 중요한 계기를 제공하는 것으로 짐작된다. 부친이 평양으로 이사한 후 김종삼은 은율에 남아 외갓집에서 어린 시절을 보낸다. 형 김종문은 평양에서 자랐으며 후에 군인이자 시인이 된다. 1934년 3월(13세)에 평양 광성보통학교를 졸업하고 4월에 평양 숭실중학교에 입학하지만, 1937년 7월(16세)에 숭실중학교를 중퇴한다. 김종삼 자신의 회고에 의하면, 소학교 때부터 낙제가 다반사였고 중학교에서도 마찬가지였다고 한다.

1938년(17세)에 형 김종문의 부름을 받아 도일하여 동경 도요시마豊島 상업학교에 편입학하고, 이 학교를 졸업한 후 1942년(21세)에 일본 동경 문화학원 문학과에 입학한다. 문학보다 작곡에 관심이 많아 음악을 주로 공부한다. 야간학부생으로서 낮에는 막노동을 하며 밤에 공부하는 주경야독의 시절을 보낸다. 1944년(23세)에 동경문화학원을 중퇴한 후에는 영화인들과 접촉하면서 조감독으로 일하기도 하고, 동경출판배급주식회사에 입사했다가 그해 12월에 그만둔다.

1945년(24세)에 해방이 되자 일본에서 귀국하여 형 김종문의 집에 머물러 산다. 1947년(26세)에 양친, 형 종문, 아우 종수와 함께 월남한다. 이 무렵 김종삼은 극단 극예술협회에 입회하여 연출부에서 음악을 담당하고, 전봉건 시인의 동생인 전봉래 등과 교유한다. 1950년 6월(29세) 한국전쟁이 발발하자 대구로 피난하는데, 이때부터 시작詩作에 손을 댄다. 1953년(32세)에 형 김종문의 소개로 군 다이제스트 편집부에 입사하는 한편, 김윤성 시인의 추천으로 『문예』지에 등단 절차를 밟으려 하지만 거부당한다. 같은 해 5월에 종합잡지 『신세계』에 「원정園丁」을 발표하면서 등단하고 작품 활동을 시작한다. 1955년 12월(34세)에 국방부 정훈국 방송과에서 음악 담당으로 일하기 시작하는데, 이후 10년간 그곳의 상임 연출가로 근무한다. 1956년 4월(35세)에 형 김종문의 주선으로 27세의 정귀례와 결혼한다.

Ⅱ 전쟁과 음악과 희망과

김종삼은 등단 이후 몇 해 동안 작품 활동이 활발하지 않았는데, 1957년 5월(36세)에 김광림·전봉건과 함께 3인 연대시집 『전쟁과 음악과 희망과』를 자유세계사에서 발간하면서 본격적인 작품 활동을 전개한다. 그는 이 시집에 「G·마이나」 외 9편의 시를 발표한다. 『전쟁과 음악과 희망과』는 전후 모더니즘시의 중요한 특성인 '전쟁의 폐허'와 이에 맞서는 '시적 대응'의 방식이 '미학적'으로 응축된, 일종의 상징성을 지닌 산물이다. 김종삼 · 김광림 · 전봉건이 각각 10편의 작품을 수록한 이 연대시집의 '후기'에서, 이들은 '동인'의 체계가 아니라 '연대'의 형식을 통해 소박하지만 진지한 시대적 존재로서의 시인의 사명을 표명한다. "우리는 지금 '전쟁'과 '음악'과 '희망'을 동시에 지나고 있음을 자각하는 일에만 충실할 뿐이다"[1]라는 언급이 바로 그것이다. 김종삼은 1953년 등단한 이후 1957년에 이르기까지 『전쟁과 음악과 희망과』에 수록된 10여 편의 작품만을 창작하고 발표한 것으로 보인다. 전형적인 과작寡作인 셈인데, 연대시집의 '후기'에 의하면 "이와 같은 과작은 음악가 '세잘 후랑크'와 그의 작품의 몇 안 되는 수를 연상케"한다. 연대시집에 수록된 다음 작품은 김종삼 시의 음악적 특성을 선명히 보여준다.[2]

물
닿은 곳

신고神羔의
구름 밑

그늘이 앉고
묘연杳然한

1) 김종삼 · 김광림 · 전봉건, 『전쟁과 음악과 희망과』, 자유세계사, 1957. 5, 110쪽.

2) 『전쟁과 음악과 희망과』에 수록된 「G · 마이나」, 「받기 어려운 선물처럼」, 「돌각담—하나의 전정 비치」에 대한 해석은 졸고, 「전후 모더니즘시의 음악성과 시의식 연구」, 『현대문학의 구조와 계보』, 작가, 2010, 268~275쪽을 토대로 하였다.

옛

G · 마이나

—「G · 마이나」 전문

이 시는 제목에서 본문까지 음악적 요소로 가득 차 있다. 일반적으로 음악에서 마이너minor는 메이저major, 長調와 비교하여 단조短調와 단음계短音階[3]를 지칭한다. 간결한 단어와 풍부한 여백으로 이루어진 시의 형태는 침묵 속에서 은밀히 스며 나오는 음악인 "G · 마이나"를 그대로 체현한다. 이 시는 음절 수를 조절하고 행과 연을 교묘히 배치함으로써 호흡상 단조의 흐름을 만들어낸다. 이 시는 순수시의 극단인 무의미의 음악 자체를 들려주는 것처럼 보인다. 그렇다면 이 음악적인 시는 전쟁이 남긴 죽음 및 폐허의 현실과 무관한 순수예술의 경지만을 보여주는 것일까?

우리는 음악적 리듬 속에 담긴 시적 의미를 살펴봄으로써 이 질문에 대답할 수 있다. 이 시에서 호흡상 강조점이 주어지는 행은 1음절로 된 1연의 "물"과 3연의 "옛"이다. 이 두 시어를 해석하기 위해서는 2연에 제시된 시의 공간적 구도를 파악할 필요가 있다. 1연의 "물"이 "닿은 곳"과 3연의 "그늘이 앉"는 곳은 모두 "신고神羔의 / 구름 밑"이다. "물"과 "그늘"은 공통적으로 "구름"에서 "밑"으로 내려오는 '하강'의 움직임을 보여준다. 이것은 이 시의 공간이 '하늘'과 '땅'이라는 이원적 구도를 가지고 있음을 의미한다. 그렇다면 "물"도 "그늘"도 '하늘'의 "구름"에서 '땅'으로 내려온다. '신

3) 단음계는 온음계의 하나로서, 둘째와 셋째 사이, 다섯째와 여섯째 사이의 음정은 반음이고, 그 외 다른 음 사이의 음정은 온음을 이루는 음계이다. 계명으로 '라'음을 주음主音으로 한다. 국립국어원, 『표준국어대사전』 참고.

의 어린 양'이라고 번역될 수 있는 "신고神羔"[4]는 이 "구름"의 속성을 알려주는 결정적 역할을 한다. "구름"과 "신고"는 흰색과 양털 모양, 즉 색채 및 형태적 유사성에 근거하여 은유를 형성하는데, 이 은유에는 "물"과 "그늘"을 내려주는 "구름"을 '신의 어린 양'으로 보는 내용적 유사성도 함축되어 있다. 즉 김종삼은 삭막한 지상의 현실에 "물"과 "그늘"을 내려주는 것이 신의 은총이라고 생각하는 일종의 기독교적 시의식을 가지고 있는 것이다.[5]

이때 "물"은 종교적 의미의 생수生水, 즉 생명의 물이라는 의미를 가지고, "그늘"은 죽음과 폐허로 가득 찬 지상적 현실에 내려오는 위로와 평화라는 의미를 가진다. 이로부터 우리는 "G·마이나"가 지닌 "묘연"함과 "옛"의 의미를 유추할 수 있다. 그윽하고 아득한 "G·마이나"의 선율은 "물"이나 "그늘"과 마찬가지로 "구름 밑"으로 내려앉는다. '하늘'에서 '땅'으로 하강하는 이 음악은 '신의 어린 양'과 같은 '구름'으로부터 내려오는 은총이므로 "옛"부터 전해 내려오는 "묘연"한 것이다. '신의 어린 양'神羔이 예수를 의미한다고 간주한다면, 이 선율은 2000년 전부터 구름 밑으로 내려오고 있기 때문이다. 결국 순수음악에 가까운 듯한 김종삼의 시 내부에 지상적 현실의 폐허를 극복하는 천상의 은총이라는 의미구조가 숨어

4) 「G·마이나」가 처음 발표된 『전쟁과 음악과 희망과』(자유세계사, 1957. 5, 15쪽)에는 '신고神羔'로 표기되어 있으나, 『김종삼 전집』(청하, 1988, 105쪽)과 『김종삼 전집』(나남, 2005, 39쪽)에 '신양神恙'으로 오식誤植되어 있다. 김종삼의 조어造語인 이 시어가 지금까지 제대로 해석되지 못한 이유에는 전집의 이러한 오식도 한몫을 하는 것으로 보인다. '양恙'은 근심, 병, 독충 등을 의미하므로 '신양神恙'은 정체불명의 단어이지만, '고羔'는 새끼 양을 의미하므로 '신고神羔'는 '신의 어린 양'이라는 뜻을 가진 조어라고 간주할 수 있다.

5) 김종삼 시의 근저에 기독교적 시의식이 자리 잡고 있다는 견해는 졸고, 「풍경의 배음과 존재의 감춤—김종삼론」, 『1950년대 시인들』(나남, 1994)에서 처음 제기되었고, 이후 권명옥, 「적막과 환영」, 『김종삼 전집』(나남, 2005, 작품 해설), 김옥성, 「절대음악의 미학과 성스러움」, 『현대시의 신비주의와 종교적 미학』(국학자료원, 2007) 등에서도 제기된 바 있다.

있는 것이다. 이 시를 기독교적 시의식으로 해석하는 관점은 김종삼 시 전체의 의미구조에 의해서도 뒷받침될 수 있지만, 다음과 같은 시에서 보다 선명히 표면화되고 있다.

> 주일主日이 옵니다. 오늘만은
> 그리로 도라 가렵니다.
>
> (…중략…)
>
> 모-든 이들이 안식날이랍니다.
> 저 어린 날 주일主日 때 본
> 그림
> 카-드에서 본
> 나사로 무덤 앞이였다는
> 그리스도의 눈물이 있어 보이었던
> 그날이랍니다.
>
> 이미 떠나버리고 없는 그렇게
> 따시로웠던 버호니〔모성애母性愛〕의 눈시울을 닮은 그이의 날이랍니다.
> 영원히 빛이 있다는 아름다움이란
> 누구의 것도 될 수 없는 날이랍니다.
>
> 그럼으로 모-두들 머물러 있는 날이랍니다.
> 받기 어려웠던 선물처럼……
> ―「받기 어려운 선물처럼」 부분

"주일"과 "안식날"은 어린 시절 카드에서 "나사로 무덤"과 "그리스도의 눈물"을 보았던 바로 그날이다. "모-든 이들이 안식날"이라는 것은 안식의 은총이 개인이 아니라 만인에게 골고루 주어진다는 의미로서, 김종삼의 인간에 대한 관심과 연민을 잘 보여준다. 제목인 "받기 어려운 선물처럼"과 "오늘만은 / 그리로 도라 가렵니다"라는 구절은 김종삼을 포함한 인간들에게 안식의 은총이 항상 주어지는 것이 아니라는 사실을 암시해준다. 즉 "물"과 "그늘"을 동반한 묘연한 '음악'이 김종삼의 시에 등장하는 것은 흔한 일이 아니다. 오히려 김종삼 시의 대부분은 이러한 신의 은총과 손길이 느껴지지 않는 삭막하고 고통스런 지상의 현실을 보여준다. 김종삼의 대표작 중 하나인 「돌각담」은 은총의 '하강' 이미지와 인간적 노력의 '상승' 이미지가 결합되어 나타난다.

> 廣漠한地帶이다기울기
> 시작했다잠시꺼밋했다
> 十幸型의칼이바르꼽혔
> 다堅固하고자그마했다
> 힌옷포기가포겨놓였다
> 돌담이무너졌다다시쌓
> 았다쌓았다쌓았다돌각
> 담이쌓이고바람이자고
> 틈을타凍昏이잦아들었
> 다포겨놓이든세번째가
> 비었다
>
> ―「돌각담―하나의 전정 비치前程 備置」 전문

이 시는 일종의 형태시로서 전체적 외양을 하나의 돌각담으로 형상화한다. 마지막 행의 여백을 통해 돌각담의 세 번째가 비어 있음을 보여주기도 한다. 그러나 이 시는 시각적 형태뿐만 아니라 호흡상의 리듬감도 교묘히 활용하고 있다. 의도적으로 선택한 대상들을 조합하고 재구성한 이 시는, 행 갈음 부분에서 의미의 연속과 호흡의 단절이 상충하는 데서 오는 리듬의 효과를 얻고 있다. 즉 1행의 "기울기"는 2행의 "시작했다"와 의미상 연속적으로 읽혀야 하지만, 행 갈음으로 인해 호흡상의 정지가 생긴다. 이 사이의 휴지休止는 "기울기" "시작"하는 동작성을 독자의 심리에 연상시키는 효과를 낳는다. 3행의 "꼽혔"과 4행의 "다"도 그러하며, 이후도 마찬가지 효과를 얻는다. 반면에 2행의 "꺼밋했다", 4행의 "자그마했다", 5행의 "포겨놓였다"는 의미와 호흡이 일치하여 그 자체로 완결된 구문을 이룬다.

이런 형태와 리듬의 배치 속에 숨은 의미를 살펴보자. "광막한지대"는 지상적 삶의 공간으로서 죄와 고통과 환멸이 가득 찬 세계이다. "기울기 / 시작했다"는 이 세계의 유한성과 불완전성을 암시한다. 여기에 바로 꼽히는 "견고하고자그마"한 "십행형의칼"[6]은 절대적 완전성의 세계를 의미한다. 하늘에서 지상으로 내려오는 '하강'의 운동인 점에서, 이 이미지는 「G·마이나」의 "물", "그늘", "G·마이나"가 지닌 신의 은총이라는 의미와 상

6) '십행형十幸型의칼'은 '십자형十字型의칼'의 오식誤植으로 판단되므로 이후 고쳐서 인용한다. 첫 시집 『십이음계』(삼애사, 1969)에도 '십자형十字型의칼'로 표기되어 있는 점이 이러한 판단을 뒷받침한다. 『김종삼 전집』(나남, 2005, 40쪽)에도 '십자형十字型의 칼'로 표기되어 있는 반면, 『김종삼 전집』(청하, 1988, 103쪽)에는 '십자가十字架의칼'로 표기되어 있다. '십자가十字架의칼'은 역시 오식에 해당하는데, '십자형'이 '십자가'의 형태 및 의미를 연상시키므로 편자에게 은연중에 해석적 착시가 작용한 것으로 판단된다.

통한다. "십자형의칼"은 예수의 죽음을 상징한다고 볼 수 있는데, 다음 구절인 "힌옷포기가포겨놓였다"를 관련시켜 해석할 때, 이 두 구절에는 예수의 죽음과 부활이라는 성경의 가장 핵심적인 사건이 응축되어 있다. 십자가에 의해 예수가 죽었으나 부활하여 영적 실재가 되고, 빈 무덤에는 흰옷만 포겨 놓이게 되는 것이다. 한편 "돌담"은 "십자형의칼"과 대비되는 '상승'의 운동으로서, 인간적 노력을 통해 지상에서 하늘에 도달하려는 시도를 상징한다. "돌담이무너졌다"는 이러한 인간적 수고가 허사가 됨을, "다시쌓 / 았다쌓았다"는 그럼에도 불구하고 인간적 노력이 반복적으로 시도되고 있음을, "포겨놓이든세번째가 / 비었다"는 결국 그것이 절대적 완전성의 세계에 도달하지 못하는 한계를 보여준다.

지금까지의 분석을 요약하면, 「돌각담」은 전반부에서 "십자형의칼"과 "힌옷포기"로 대변되는 예수의 죽음과 부활이 신의 은총으로 내려왔음을 보여주고, 후반부에서는 그럼에도 불구하고 신의 임재를 경험하지 못하는 지상의 인간이 완전성의 세계에 도달하기 위해 불가능한 시도를 반복하고 있음을 보여준다. 이것은 곧 김종삼의 전체적 시 세계와 시적 추구를 요약하는 것이 된다. 김종삼은 신의 존재를 인정하지만 그 임재를 경험하지 못하고, 신이 부재하는 지상에서 은총과도 같이 하늘에서 내려오는 "물"과 "그늘"과 '음악'을 인간들에게 전달해주는 전령이다. 이 "물"과 "그늘"과 '음악'은 김종삼 시의 중핵을 이루는 '의미'와 '회화적 특성'과 '음악적 특성'을 함축하며, '돌담 쌓기'로 대변되는 시적 건축술은 김종삼 시의 중요한 형상화 방식을 암시한다.

Ⅲ 본적지 · 십이음계

『전쟁과 음악과 희망과』를 출간한 이후 김종삼은 1958년 10월(37세)에 장녀 혜경을 얻고, 1961년 4월(40세)에 차녀 혜원을 얻는다. 그는 평생 단칸방 월세살이에서 벗어나지 못했다고 회고하는데, 이 무렵에도 생활의 근거지를 성북구 성북동에서 종로구 도염동으로 옮긴다. 1963년(42세)에 현재의 KBS 제2방송인 동아방송 총무국에 촉탁으로 입사한다. 1964년 10월(43세)에 신구문화사에서 발간된 34인 공동시집 『전후문제시집』에 「주름간 대리석」 외 14편의 시가 수록되고, 1967년 1월(46세)에는 신구문화사에서 발간된 『52인 시집』에 「앙포르멜」 외 12편의 시가 수록된다. 1968년 11월(47세)에는 김광림 · 문덕수와 함께 성문각에서 3인 공동시집 『본적지本籍地』를 발간하는데, 김종삼은 여기에 「물 통」 외 7편의 시를 발표한다. 「물 통」은 핵심적 이미지를 중심으로 시적 기법과 의미론적 측면이 함축적이고 유기적으로 결합되어 있어, 김종삼 시의 전체적 의미구조에 접근하는 실마리를 제공해준다.[7)]

희미한

풍금風琴 소리가

툭 툭 끊어지고

있었다

---

7) 『본적지』에 수록된 「물 통」과 『십이음계』에 수록된 「북치는 소년」, 「문장수업」, 「묵화」에 대한 해석은 졸고, 「풍경의 배음과 존재의 감춤—김종삼론」, 『1950년대 시인들』, 나남, 1994, 313~322쪽을 토대로 하였다.

그동안 무엇을 하였느냐는 물음에 대해

다름아닌 인간人間을 찾아다니며 물 몇 통桶 길어다 준 일밖에 없다고

머나먼 광야廣野의 한복판 얕은

하늘 밑으로

영롱한 날빛으로

하여금 따우에선

—「물 통桶」 전문

이 작품은 '풍금 소리'(1연)—'물음과 대답'(2~3연)—'하늘 · 광야 · 날빛'(4연)의 세 부분이 불연속적으로 제시되어 있다. 2~3연만이 의미 연결이 가능할 뿐 각 연은 단편적인 장면을 하나씩 보여준다. 그러나 마치 풍경화의 부분들을 보여주는 듯한 이 불연속적 장면을 통해 독자는 미완성의 밑그림을 그려볼 수 있다. 그림의 전체적 배경이 되는 것은 4연의 "하늘"과 '광야'("따우")이며 그 사이에 "날빛"과 "풍금 소리"와 "물 몇 통"이 등장한다. '광야'는 사막 · 바다 · 돌과 같이 삭막하고 갈증 나는 지상적 삶의 현장이며 폐허 · 불모성 · 죄의 세계를 의미한다. 이와 대비되는 "하늘"은 지상적 삶을 초월하는 천상적인 공간이며 순결 · 행복 · 평화의 상징인 "영롱한 날빛"을 내려주는 은총의 근원이 된다.

그런데 하늘의 은총인 이 "날빛"은 "하여금"을 통해 "따우에"서 다른 형체로 변형된다. 그것은 땅 위에서 툭 툭 끊어지는 1연의 "풍금 소리"이다. 마지막 구절 "영롱한 날빛으로 / 하여금 따우에선" 이하의 생략된 여백은 여운의 효과를 얻으면서 동시에 1연의 첫 행 "희미한 / 풍금 소리가 / 툭

툭"으로 다시 연결된다. 그리고 2·3연의 "물"은 "하늘"에서 내리는 "날빛"이 "풍금 소리"로 전환되고 그것이 다시 변용되어 생성된 것이다. "물"은 하늘의 은총인 "빛"과 은밀히 연결되어 있으므로, 시인이 사막으로 여기는 이 세상에서 인간을 소생시킬 수 있는 생수生水와 같이 가치 있는 것이 된다. 이 "물"은 그에게 '시'와 같은 것으로 간주되며, 또한 '시각(날빛)'과 '청각(풍금 소리)'의 이미지 결합 속에 개입되는 시적 '의미'의 차원을 뜻하기도 한다.

'날빛→풍금 소리→물'로 변용되는 과정은 김종삼의 독특한 시적 기법을 보여준다. 그의 시는 빛과 소리, 즉 시각적 이미지와 청각적 이미지의 전환과 변용에 근거를 두고 있으며, 그 결합 방식 속에 시적 의미를 암시적으로 개입시키고 전달한다. 그것은 '시각→청각→의미화'의 과정을 뜻한다. 소리의 시각적 제시는 시의 전면前面을 이루는 풍경 속에 배경 음악으로 작용하여 묘한 여운과 분위기를 자아낸다. 소리 없는 음악은 풍경을 감싸는 배음背音이 되어 시를 비현실의 공간으로 떠오르게 한다. 장면의 제시가 주는 영상 속에 음향을 개입시켜 풍경을 신비스런 경지로 변화시키는 것이다. 풍경을 신비롭게 변화시키는 소리의 경지인 '풍경의 배음背音'은 김종삼 시의 중요한 기법인데, 이는 기존 연구들이 지적한 묘사·절제·여백의 시, 그리고 잔상의 미학 등의 기법적 측면을 더 구체적으로 규명한 것이 된다.

이상에서 살펴본 시적 기법 이외에도 김종삼 시의 의미론적 특성을 해명하기 위해서는 「물 통」에 감추어진 주체를 발견해야 한다. "길어다 준 일밖에 없다고"에는 물을 만드는 일은 자신이 할 수 없고 다만 길어다 주는 일만을 할 수 있을 뿐이라는 의미도 포함되어 있다. "물"은 "하늘"이 내려주는 "영롱한 날빛"이 "풍금 소리"로 변용되어 생성된 것이며, 시적 화자는 그렇게 생성된 "물"을 인간들에게 길어다 주는 전령일 따름이다. 따라서 물을 길어다 주는 주체는 시적 화자이지만, 물을 만든 주체는 하늘이다. 이처럼 하늘, 혹은 하늘에 있는 존재는 시의 표면에 나타나지는 않지만 본질적인 근원으로 존재하여 사막과 같은 현실에 평화와 위안을 주는 힘으로 작용한다. 따라서 김종삼 시에는 인간의 주체보다 더 큰 근원적 주체를 인정하는 시의식이 내재되어 있다.

『본적지』를 출간한 이후 김종삼은 1969년 3월(48세)에 첫 개인 시집 『십이음계』를 삼애사에서 출간한다. 이 시집은 한국시인협회 후원으로 '오늘의 한국시인집' 시리즈의 하나로 간행된 것이다. 이 시집에는 「북치는 소년」, 「문장수업」, 「묵화」 등을 비롯해 총 35편의 작품이 수록되어 있다. 「북치는 소년」과 「문장수업」은 김종삼 시의 기법인 '풍경의 배음'을 잘 보여주는 작품이다.

내용 없는 아름다움처럼

가난한 아희에게 온
서양 나라에서 온
아름다운 크리스마스 카드처럼

어린 양羊들의 등성이에 반짝이는
진눈깨비처럼
—「북치는 소년」 전문

이 시는 세 연 모두 '~처럼'의 완결되지 않는 구문을 제시한다. 각 연의 세 가지 '~처럼'은 북 치는 소년이 그려진 크리스마스카드와 연관되는 단편적인 이미지들의 제시이며, 전체 시는 이 이미지들의 병치로 볼 수 있다. 북 치는 소년이 그려진 크리스마스카드가 있다. 화자는 이 카드가 "서양 나라에서" "가난한 아희에게 온" 것이고, 아름다우며, "반짝이는 / 진눈깨비처럼" 아름답지만 허전하다고 말한다. 그리고 그런 이미지들을 "내용 없는 아름다움" 같다고 요약한다. 이 단편적 이미지의 병치 사이에 북 치는 소년의 모습에서 연상되는 북소리가 잠재되어 있으므로 그림의 장면과 분위기를 암시하는 것이다. 따라서 이 시 역시 '풍경의 배음'이란 기법을 보여준다.

헬리콥터가 떠 간다
철뚝길 연변으론
저녁 먹고 나와 있는 아이들이 서 있다
누군가 담배를 태는 것 같다
헬리콥터 여운이 띄엄하다
김매던 사람들이 제집으로 돌아간다
고무신짝 끄는 소리가 난다
디젤 기관차 기적이 서서히 꺼진다
—「문장수업文章修業」 전문

이 시는 '문장수업'이란 제목이 암시하듯, 김종삼이 추구하는 시작 기법을 잘 보여준다. 그것은 우선 초점과 원근법을 갖춘 풍경화의 방식으로 나타난다. 화면 속에 고정된 것은 '서 있는 아이' 뿐이고 다른 것은 모두 멀어져 가고 사라져간다. 마치 '아이가 있는 풍경'이란 제목이 붙은 그림처럼 아이가 풍경의 초점이 되고 나머지는 흐릿한 배경으로 묘사되고 있다. 그런데 이 아이의 정체가 분명하지 않으므로 풍경화의 초점도 희미해지고, 냄새와 소리가 개입되어 더 미묘한 양상이 된다. 독자는 1행에서 헬리콥터가 떠가는 형태를 떠올리고 2~3행에서 서 있는 아이들의 모습을 상상하게 된다. 그러나 더 이상 구체적인 장면의 묘사는 없고 "담배를 태는" 냄새와 "헬리콥터 여운", "고무신짝 끄는 소리", "기관차 기적"의 음향으로 여운만을 암시한다. 초점은 있으나 분명하지 않은 풍경을 제시하면서 그 속에 주로 소리를 개입시켜 여운을 통해 의미를 전달하는 것이다.

이처럼 「북치는 소년」과 「문장수업」은 김종삼 시의 기법이 잘 드러나지만, 시적 의미는 은밀히 숨어 있다. 은폐된 채 함축되어 있는 김종삼의 시적 주제 및 의미는 「묵화」에서 "물"의 이미지를 통해 그 은밀한 정체를 드러낸다.

> 물먹는 소 목덜미에
> 할머니 손이 얹혀졌다.
> 이 하루도
> 함께 지났다고,
> 서로 발잔등이 부었다고,
> 서로 적막하다고,
> ―「묵화墨畵」 전문

이 시는 제목에서 회화임을 표시하고 본문에서는 그 화면의 내용을 설명한다. 제목과 설명의 대비를 통해 독자는 상상 속에 장면을 떠올리고 그것이 주는 의미를 음미하게 된다. 1~2행은 장면의 재현이며, 3~4행, 5

행, 6행은 그 장면에 내포된 의미를 할머니와 소의 내면적 대화를 통해 각각 설명한다. 삶의 현실은 소와 할머니 서로에게 힘겹고 적막하다. 그 하루를 보내고 마시는 "물"은 생수와 같이 위안과 평화를 준다. 그리고 이 느낌은 할머니와 소 사이에 형성된 유대감과 사랑의 관계에서 더 강화되고 있다. 따라서 「묵화」의 "물"은 「G·마이나」와 「물 통」에 나타난 은총으로서 "물"의 이미지가 변주된 것으로 볼 수 있다.

대부분의 김종삼 시는 진술의 방식이 아니라 풍경의 일면을 시각적으로 제시하는 묘사의 방식을 취한다. 이 장면의 제시는 불연속적이어서 독자는 풍경의 부분과 부분만을 엿보게 된다. 그 사이에 소리 없는 배경음악이 흐르고 있으므로 독자로 하여금 상상 공간에서 미완성의 그림을 채우게 한다. 이때 일어나는 연상 작용을 통해 독자는 시의 풍경에 참여하고 의미를 감지하게 된다. 풍경과 소리가 결합된 그림은 환상적 요소를 띤다. 풍경과 배음의 미묘한 결합 방식이 그의 시를 현실 위에 떠 있는 환상으로 살아 움직이게 하는 것이다. 김종삼은 이로써 현실에 맞서는 환상의 방식을 보여준다. 김종삼이 '풍경의 배음'이란 시적 기법으로 형상화하는 환상은 표면적으로 회화와 음악의 순수성을 추구하지만, 그 내면에는 광야와 같은 현실에 맞서는 시적 대응으로서 신의 은총과 그 좌절이라는 주제 및 의미가 은밀히 함축되어 있는 것이다.

Ⅳ 시인학교 · 누군가 나에게 물었다

『십이음계』를 출간한 이후 김종삼은 1971년 10월(50세)에 「민간인」, 「연인의 마을」 등의 작품으로 제2회 현대시학 작품상을 수상한다. 이 작품들은 심사위원인 박남수 · 조병화 · 박태진에게서 "길이에 비해 벅찬 체험을 지적으로 감칠맛 있게 잘 처리했다"는 평을 받는다. 1976년 5월(55세)에 방송국에서 정년퇴직하고, 1977년 8월(56세)에 두 번째 시집 『시인학교』를 신현실사에서 300부 한정판으로 출간한다. 이 시집에는 「민간인」 외 38편의 작품이 수록되어 있다. 「민간인」은 김종삼의 현실에 대한 태도 및 시적 대응을 잘 보여주는 작품이다.[8]

> 1947년 봄
> 심야深夜
> 황해도黃海道 해주海州의 바다
> 이남以南과 이북以北의 경계선境界線 용당포浦
>
> 사공은 조심 조심 노를 저어가고 있었다.
> 울음을 터뜨린 한 영아嬰兒를 삼킨 곳.
> 스무 몇 해나 지나서도 누구나 그 수심水深을 모른다.
> ―「민간인民間人」 부분

인용 시에서 비극적 사건은 절제된 묘사를 통해 내부에 감추어져 있다. 아무도 알지 못하는 수심水深은 그 비극의 깊이를 더해준다. 그것은 현실의 비애를 숨기는 깊이이며, 김종삼 시가 지닌 절제의 미학적 거리를 보여

---

8) 『시인학교』에 수록된 「민간인」과 『누군가 나에게 물었다』에 수록된 「외출」에 대한 해석은 졸고, 「풍경의 배음과 존재의 감춤―김종삼론」, 『1950년대 시인들』, 나남, 1994, 334~336쪽을 토대로 하였다.

주는 것이다. 김종삼의 상상력은 햇볕과 푸름이 넘치는 아름다운 공간을 찾아가지만, 그 공간의 대척점에 있는 환멸의 세계인 비극과 참상의 공간도 찾아간다. 이때 상상력이 찾아가는 비극과 참상의 공간은 사막과 같은 현실세계를 관조적·미학적 거리를 두고 보는 것이 된다. 이 거리는 현실의 고통을 환상으로 대면하고 견디는 김종삼의 시적 태도와 관련이 있다. 결국 '광야에서 영원을 찾는 순례'라고 요약될 수 있는 그의 시 세계는 광야의 현실에서 불구의 영혼을 이끌고 영원에 도달하려는 시인의 의지와, 그 좌절에서 오는 술과 먼 나라에 대한 동경이라는 비극적 낭만주의와, 아름다운 세계와 비극의 세계를 미학적 거리를 두고 바라보는 상상력이 결합되어 나타나는 것이다.

『시인학교』를 출간한 이후 김종삼은 1978년 3월(57세)에 이 시집으로 제10회 한국시인협회상을 수상하고, 1979년(58세)에 시선집 『북치는 소년』을 민음사에서 출간한다. 그리고 1982년(61세)에 세 번째 시집 『누군가 나에게 물었다』를 민음사에서 출간한다. 이 시집에는 「외출」 외 41편의 작품이 수록되어 있다. 「외출」은 김종삼의 시적 상상력이 가진 지향성을 잘 보여주는 작품이다.

> 밤이 깊었다
> 또 외출外出하자
>
> 나는 비상飛翔할 수 있는 초능력超能力의 괴물체怪物體이다
>
> 노트르담사원寺院
> 서서히 지나자 측면側面으로 한 바퀴 돌자 차분하게

화란和蘭

루벤스의 방대尨大한 천정화天井畵가 있는

대사원大寺院이다

화면畵面 전체全體 밝은 불빛을 받고 있다 한귀퉁이 거미줄 쓸은 곳이 있다

부다페스트

죽은 신神들이

점철點綴된

슬흑膝黑의

마스크

외출外出은 단명短命하다.

—「외출外出」 전문

김종삼이 광야의 현실에서 벗어나는 방법은 비상할 수 있는 초능력의 괴물체, 즉 상상력을 작동하는 것이다. 상상력은 그의 시를 환상의 세계로 이끌어 노트르담 사원, 루벤스의 천정화가 있는 대사원으로 안내한다. 이 천정화의 화면 전체는 밝은 불빛을 받고 있다. 이를 통해 사원과 루벤스의 그림이 있는 세계는 햇볕과 푸름이 있는 아름다움의 세계와 상응함을 알 수 있다. 그러나 그 화면의 한 모퉁이에는 거미줄 슨 곳이 있고 그것은 부다페스트 죽은 신神들의 마스크로 연결된다. 즉 그의 상상력이 찾아가는 공간은 불빛을 받고 있는 아름다움의 세계인데, 그 한구석에서 다시 환멸의 세계를 보게 되는 것이다. 그것은 부다페스트, 아우슈비츠, 6·25전쟁

등으로 대표되는 전쟁의 참상, 인간 비극의 세계이다. 따라서 이 시는 김종삼의 시적 상상력이 지향하는 '영원의 세계'와 그 대척점에 있는 '광야의 현실'이라는 양극의 시적 공간을 대비적으로 제시한다. 이러한 관점으로 보면, 앞선 살핀 「G · 마이나」, 「물 통桶」 등이 양극의 시적 공간 중 '영원의 세계'을 보여주는 대표적인 작품이고, 「민간인」뿐만 아니라 「아우슈비츠 1」, 「아우슈비츠 2」, 「아우슈비츠 라게르」 등이 '광야의 현실'을 보여주는 대표적인 작품이라면, 「외출」과 「돌각담」은 이 양극이 공존하는 대표적인 작품이라고 볼 수 있을 것이다.

V 김종삼의 시비와 전집

『누군가 나에게 물었다』를 출간한 이후 김종삼은 이 시집으로 1983년 12월(62세)에 대한민국문학상을 수상하고, 1984년(63세)에 시선집 『평화롭게』를 고려원에서 출간한다. 같은 해 12월 8일 간경화로 미아리 소재 성수병원에서 사망한다. 그가 유품으로 남긴 것은 현대시학 작품상 상패, 혁대 1점, 도민증 1점, 볼펜 1점, 물통 1점, 모자 1점, 체크무늬 남방 1벌, 본인 시집 2권이 전부이다. 그의 유해는 경기도 송추 울대리 소재의 길음성당 묘지에 안장된다. 무덤에 빗돌과 더불어 시 「북치는 소년」을 새긴 시비를 세운다.

1988년 12월 박중식 시인이 김광림 시인의 도움을 받아 청하에서 『김종삼 전집』을 출간한다. 장석주 편저인 이 전집에는 시 180편, 산문 2편, 생애, 작품 연보 등이 수록된다. 1989년 12월에 103편의 시를 수록한 시선집 『그리운 안니 로리』가 문학비평사에서 출간되고, 1991년 11월에는 115편의 시가 수록된 시선집 『스와니강江이랑 요단강江이랑』이 미래사에서 출간된다. 1991년 청하에서 발행하는 『현대시세계』에서 '김종삼문학상'을 제정했다. 제1회 수상자로 황동규 시인이 선정되었는데, 이후 출판사의 도산으로 이 상은 유명무실하게 된다. 1992년 12월 7일 김종삼의 8주년 기일에 광릉수목원 중부임업시험장 앞 '수목원가든'이라는 음식점 앞에 시비를 건립한다. 시비 건립은 박중식 시인을 비롯한 39인의 선후배 문인들의 모금전시회를 통해 이루어진다. 시비의 글씨는 서예가 박양재, 조각은 최옥영이 담당한다. 시비의 윗면에는 「북치는 소년」, 옆면에는 「민간인」이 새겨져 있다. 1996년 홍수 피해로 묘지의 봉분과 시비가 유실되자 김종삼을 사숙私淑했던 박중식 시인의 도움으로 같은 성당묘지의 다른 곳으로 이장한다.

2005년 10월에는 『김종삼 전집』이 나남에서 새로 간행된다. 권명옥이 엮고 해설을 붙인 이 전집에는 시 216편, 산문 5편, 신문 기사 및 인터뷰 4편이 실려 있는데, 기존 전집에는 수록되지 않은 시 47편을 새로 발굴하여 수록한다. 서범석 교수가 회장을 맡고 있는 '김종삼 시인 기념사업회'는 2002년 11월 17일 대진대학에서 사업회 산하에 '김종삼 시문학 연구회'를 발족시키는 창립총회와 함께 제1회 학술대회를 개최한다.

김춘수

존재의 흔들리는 가지 끝에서

너는 이름도 없이 피었다 진다.

눈시울에 젖어드는 이 무명의 어둠에

추억의 한 접시 불을 밝히고

나는 한밤내 운다.

나의 울음은 차츰 아닌 밤 돌개바람이 되어

탑을 흔들다가

돌에까지 스미면 금이 될 것이다.

의미와 무의미 사이에서 김춘수를 만나다

/ **김남희** 우석대학교 교수

I 꽃과 무의미의 시인 김춘수

대여大餘 김춘수(1922~2004)는 우리에게 '꽃'의 시인, 혹은 '무의미'의 시인으로 널리 알려져 있다. 그의 시 「꽃」은 일반 독자들뿐 아니라 시인들에게도 가장 널리 사랑받는 시 중의 하나이다.[1] 또한 김춘수 본인이 「의미와 무의미」 등의 무의미시론을 통해 자신의 창작방법론을 스스로 명명한 이후 '무의미시' 역시 연구자들에게 끊임없는 연구와 관심의 대상이 되어왔다.

많은 사람들이 이해하고 있는 것처럼 「꽃」은 "이름을 불러주"는 호명행위, 즉 언어를 통한 의미 부여를 통해 개별적 대상들이 "꽃"이 되거나, "무엇"이 되거나, "잊혀지지 않는 하나의 눈짓", 즉 의미 있는 존재가 될 수 있다는 사유를 바탕으로 하고 있다. 하지만 다음과 같은 시는 이와 같은 사유의 연속선상에서 이해되기 어려운 면모를 지니고 있다.

---

1) 『시인세계』 2004년 가을호 특집 「시인들이 좋아하는 애송시」 참조.

남자와 여자의

아랫도리가 젖어 있다.

밤에 보는 오갈피나무,

오갈피나무의 아랫도리가 젖어 있다.

맨발로 바다를 밟고 간 사람은

새가 되었다고 한다.

발바닥만 젖어 있었다고 한다.

—「눈물」

남자와 여자, 오갈피나무, 맨발로 바다를 밟고 간 사람이라는 시적 대상이 그 어떤 의미상의 연결 고리 없이 파편적으로 등장하고 있는 이 시에서 뚜렷한 의미를 읽어내기란 쉽지가 않다. 표면적으로는 남자와 여자, 그리고 오갈피나무 사이를 연결해줄 수 있는 연결 고리로, '젖어 있는 아랫도리'라는 이미지가 공유되고 있지만, 그 이미지가 환기하는 의미를 떠올리기에는 실체가 모호하고 막연하다. 어느 비평문에서 해석하고 있는 것처럼 남자와 여자의 아랫도리로부터 성적 연상을 하는 것도 가능하지만[2] 그 연상이 오갈피나무의 아랫도리로 이어지면서 발생하는 의미 맥락을 구성해내기란 쉬운 일이 아니다. 「꽃」에서 시인이 추구했던 것과 같이 개별 대상들을 의미 있는 존재로 엮어내는 차원까지는 아니더라도, 독자들은 적어도 최소한의 의미 맥락은 기대하게 마련이다.

그러나 미리 말하자면, 시인은 이 시에서 의미를 생성해내는 어떤 관념

2) 윤지영, 「합일의 지향과 좌절의 반복—김춘수 시 세계의 전개」, 『현대시의 주제학을 위한 시론』, 태학사, 2006.

도 배제하려는 의도를 가지고 있었다. 시인은 후일 이 시와 관련하여 "이미지는 의미의 그림자를 늘 거느리고 있다. 특히 독자는 이미지를 통하여 의미(관념)를 보려고 한다. 나는 이미지의 이런 따위 속성을 경계해왔다. 시는 의미(관념) 이전의 세계, 아주 소프트한 세계가 아닐까 하는 인식을 하게 됐기 때문이다"[3]라고 언급한 바 있다. 시인의 무의미시에 대한 지향은 이런 식으로 시작되었다고 볼 수 있다.

그렇다면 시인은 어떤 계기로, 혹은 어떤 이유로 이와 같은 무의미시를 지향하게 되었을까. 또 「꽃」의 세계와 「눈물」의 세계는 시인의 삶 속에서 어떻게 이어지고 있을까. 시인의 시 세계는 삶의 궤적과 함께 어떤 변화를 보이고 있을까. 도대체 시인의 어떤 면모가 독자들에게, 그리고 후배 시인들에게 그토록 커다란 매력으로 다가왔을까. 김춘수 시인의 생애를 살펴보면서, 이런 궁금증들을 조금씩 풀어보기로 하자.

Ⅱ 김춘수 시의 유년 이미지

김춘수는 1922년 경남 통영의 유복한 집안에서 삼남 일녀의 장남으로 태어났다. 봄이면 연두색이 되었다가 신록과 함께 짙은 초록으로 바뀌는 물빛의 변화를 세심하게 느낄 수 있는 아름다운 바닷가 도시 통영에서 시인은 유년 시절을 보냈다.

그 어렵디어렵던 시절에도 양복을 입고 중절모를 쓰고 회중시계를 찬 부유한 신사 아버지와, 늘 깨끗하게 다림질된 하얀 한산 모시 치마 적삼을

3) 김춘수, 「이미지 전개의 몇 단계—나의 시작詩作 과정」, 『현대문학』 562호, 2001. 10, p.141.

차려입은 젊은 어머니의 모습은 김춘수가 두고두고 기억하는 평화로운 유년의 이미지이다. 수박 하나를 먹어도 대접에 살을 퍼내어 벌꿀을 타서 먹을 정도로 격식과 품위를 중시했던 아버지와, 지극하고 조용한 애정을 느끼게 해준 어머니 밑에서 김춘수는 평화롭고 행복한 유년을 보낼 수 있었다.

또래의 식모아이가 젖먹이 동생을 업고 다니고, 그 자신도 머슴의 등에 업혀 병원에 왔다 갔다 하기도 하고, 가끔은 침모 할머니를 따라 예배당에 가기도 하는 일상화된 부유의 경험은 어린 김춘수의 내면에 고유한 질감을 형성하였을 것이다.

조화롭고 안온하던 일상 가운데 예외적으로 어린 김춘수의 내면에 설명하기 어려운 인상을 남긴 경험은, 자신이 다니던 유치원을 운영하던 호주 선교사 부부의 아이들을 예상치 못한 상태에서 조우한 경험 정도이며, 이 역시 일상의 고민 차원에서가 아니라 신비하고 비일상적인 심리적 충격 정도로 김춘수의 내면에 자리하게 된 것으로 보인다. 훗날 그의 시에 이국적 풍경과 비현실적 서양 아이의 이미지가 종종 제시되기도 하는데, 이때의 심리적 풍경이 오래도록 그의 내면에 자리 잡고 있었기에 가능한 것이었다. 「유년시」 연작이 그 대표적인 경우이다.

호주아이가

한국의 참외를 먹고 있다.

호주선교사의 집에는

호주에서 가지고 온 뜰이 있고

뜰 위에는 그네들만의

여름 하늘이 따로 있는데,

길을 오면서

행주치마를 두른 천사를 본다.

—「유년시 1」

어린 김춘수로서는 설명도 이해도 불가능한 낯선 장면이었기에 오래도록 그의 심리 내부에 잔상으로만 있던 이미지들이 훗날 시의 소재가 된 경우라고 볼 수 있다. 훗날 자신의 에세이에서 김춘수도 다음과 같이 그때의 경험을 회상하고 있다.

그때는 그 아이들이 그림처럼만 보였다. 살결이 종이처럼 솜처럼 희고 눈빛은 바닷물 같았다. 선교사와 그의 부인을 우리는 알고 있었지만, 그들과도 달랐다. 아이 둘이 어디서 날아와 거기 잠깐 머물고 있는 듯한 느낌이었다. 말하자면 사람의 아이 같지가 않았다. 너무도 깨끗하고 아름다웠다. (…중략…) 그것은 그대로 빛이다. 나는 한참 뒤에 「천사」라는 제목의 시를 한 편 쓴 일이 있지만, 그때의 느낌이 많이 들어 있다고 생각된다.[4]

그런데 이 회상에 따르면, 어린 시절 김춘수가 경험한 비일상적이고 특별한 이미지는 이후 그의 시에서 부분적인 소재로만 쓰인 것이 아니라, '빛'이라는 절대적인 이미지로 확산되어 나타남을 알 수 있다. 여기 언급된 시 「천사」의 전문은 다음과 같다.

4) 김춘수, 「나를 스쳐간 그 1」, 남진우 엮음, 『김춘수 대표 에세이—왜 나는 시인인가』, 현대문학, 2005, p.44.

그것은 처음에 한 줄기의 빛이었다.
느릅나무 가지에 가 앉더니
수천 수만의 빛줄기로 흩어지면서
멀리 한려수도로까지 뻗어가고 말았다.
그 뒤로 내 눈에는 아지랑이가 끼이고
내 귀는 자주 자주 봄바다가
기슭을 치는 소리를 듣게 되었다.
—「천사」[5)]

김춘수는 이 에세이와 시를 통해, 설명도 이해도 불가능한 어떤 조우의 경험을 '빛'이라 칭하고 있다. 이때 그가 경험한 '빛'은 비일상적인 것이면서, 절대적으로 순수한 것으로부터 오는 심리적 충격의 다른 이름일 것이다. 김춘수의 유년 시절 시를 '순진함의 시, 존재의 빛이 환하게 드러나고 있는 시'라고 부른 평론가 김현은 "순진함의 가장 큰 정치적 의미 중의 하나는 가짜 이름의 압력, 일상성·관습성이 사물에 부여한 가짜 이름의 무게를 직관적으로 제거하는 데에 있다"라고 통찰한 바 있다.[6)] 시인 김춘수가 일생을 두고 자신의 시작에서 일관되게 추구한 바가 있다면 그것은 바로 일상성과 관습성, 가짜 이름의 압력을 끊임없이 거부하면서 절대적 순수를 추구하는 작업이었던바, 유년 시절 김춘수 자신에게 각인된 특별한

5) 위의 글, pp.44~45.
『김춘수 전집 1—김춘수 시전집』(현대문학, 2004)에는 「천사」가 산문시의 형태로 수록되어 있으며 일부 문장의 형식도 상이하나, 시에서 환기되는 천사의 이미지를 더 잘 표현할 수 있는 형태가 에세이에 수록된 형태라고 판단하여 이를 인용 텍스트로 선정하였다.

6) 김현, 「김춘수의 유년 시절 시」, 『문학과 유토피아』, pp.169~173.

이미지로부터 우리는 이와 같은 시적 지향의 근원을 엿볼 수 있다.

Ⅲ 김춘수 시의 출발과 시의 의미

김춘수 시인의 경우 학창 시절부터 문학에 뜻을 두고 시인의 길을 걸었던 것은 아니다. "그와 내가 줄다리기를 벌이는 동안에 이렇다 할 대학 예과와 고등학교의 입시를 놓치고 말았다. 그래도 나는 별로 감각이 없었다. 그러다가 우연한 기회에 어느 예술대학의 예과에 응시하여 입학하게 되었다"[7]라고 시인 자신이 고백한 것처럼, 시인은 니혼 대학 창작과에 입학하기는 하였지만 학창 시절 동안 그가 시인 지망생으로서의 자의식을 선명하게 가지고 있었던 것은 아니다. 중학교 5학년 때 학교를 자퇴하고 일본으로 건너가 대입 준비를 하면서, 고서점가에서 릴케 시집을 찾아 읽고 감동을 받았던 경험이 그의 초기시에 직접적 영향을 주었을 뿐이다.

그러나 중학교 이후 그의 순탄치 않았던 학창 생활은 청년 김춘수로 하여금 끊임없이 존재의 근원적 고독을 곱씹게 만드는 계기가 되었던 것으로 보인다. 평화롭고 안온하던 김춘수의 유년 시절은 그가 열네 살 되던 해 봄에 집을 떠나 서울의 한 중학교에 입학하면서 마감되었다. 섬세하고 예민한 내면을 가진 열네 살 소년에게 가회동 꼭대기에 있는 하숙집에서 시작된 서울 생활은 낯설기만 했고, 밑도 끝도 없는 불안과 함께 이어졌다. 시인 자신의 표현에 의하면 "학교 교문을 들어서면 곧 가슴이 죄어드는 듯이 답답해지고 숨이 막혔다"고 할 정도로, 학교 적응이 힘들었던 바

7) 김춘수, 「지금 나는 여기서 왜 이러고 있는가?」, 남진우 엮음, 앞의 책, p.38.

닷가 소년은 교실에 들어가지 않고 학교 뒷산에 누워 있는다든가, 시립도서관에 가서 수업 시간에는 대할 수 없는 책을 읽는다든가 하면서 방황의 나날을 보내기 시작했다. 급기야 시인 자신이 줄다리기를 벌인 대상이라고 고백한 바 있는 일본인 교사와의 불화 끝에 학교를 자퇴하기에 이르렀다.

서울에서도, 그리고 고향 통영에서도 더 이상 안정감을 느끼지 못하게 된 소년 김춘수는 학업을 지속하기 위해 일본으로 건너갔으나, 그곳에서 역시 영원히 동화될 수 없는 고립감을 느끼며 대학 생활을 이어갔다. 그러던 중 뜻하지 않게 불경죄로 일본 헌병에게 끌려가 반년 이상 도쿄 경찰서의 유치장에 갇혀 영어囹圄의 생활을 하게 된다. 이 경험은, 중학 이후 그를 지배해온 고독감에 근원적 공포감을 더하게 되는 계기가 되었다.

출옥 이후 학교에서도 퇴학당한 김춘수는 불령선인不逞鮮人의 낙인이 찍힌 채 1943년 일본 본토에서 추방되어 귀국하였으나, 한동안은 당국의 시찰과 징용을 피해 숨어 지낼 수밖에 없었다. 김춘수의 귀향과 본격적 습작은 1945년 광복과 함께 이루어졌다. 니혼 대학 창작과 재학 시절, 즉 20대 초반 시절에도 적지 않은 습작은 이루어졌으나, 시인의 고백에 따르면 일본 헌병대에 끌려간 이후 하숙집에 두고 온 습작 뭉치까지 압수당하면서 시인의 첫 번째 습작기는 어떤 흔적도 남기지 못하였다고 한다.

45년 가을, 해방과 더불어 귀향한 시인은 통영중학교에서 교편을 잡고, 유치환 · 윤이상 · 김상옥 등과 더불어 '통영문화협회'를 만들어 문화 운동을 시작하였으며, 동시에 부산 · 진주 등 인근 지역의 문인들과 교류하면서 몇몇 동인지에 시를 발표하기 시작한다. 김춘수 본인은 이 시기 자신의 시에 서정주, 그리고 청록파 시인들의 영향이 유형무형으로 스며 있었다고 고백하며 이 시기를 제2의 습작기라고 부르고 있으나, 이때 창작된 시들은 1948년 『구름과 장미』라는 제목의 처녀시집으로 자비 출판됨으로써 습작이 아닌 본격적 창작의 산물로 받아들여지게 되었다. 실제로 우리가 확인할 수 있는 『구름과 장미』 시절의 시편들에서는 당시 그를 압도하고 있던 기성 시인들의 흔적이 역력하게 묻어난다.

가자. 꽃처럼 곱게 눈을 뜨고, 아버지의 할아버지의 원한의 그 눈을 뜨고 나는 가자. 구름 한점 까딱 않는 여름 한나절. 사방을 둘러봐도 일면의 열사熱砂. 이 알알의 모래알의 짜디짠 갯내를 뼈에 새기며 뼈에 새기며 나는 가자.

꽃처럼 곱게 눈을 뜨고, 불모의 이 땅바닥을 걸어가 보자.

—「서시」[8)]

이 시에서 볼 수 있는, 아버지와 할아버지에게서 이어지는, 거부할 수 없는 운명적 한계에 대한 수용, 그리고 세계를 열사, 혹은 불모의 땅으로 인식하는 태도, 자신의 운명 및 세계에 대한 대결 의식 등은 별도의 비교 분석을 거치지 않고도 서정주 · 유치환의 시 세계를 닮아 있음을 알 수 있다.[9)] 그리고 그것이 바로 이 시를 문학청년의 습작기에 나타나는 시의 전형으로 볼 수 있는 이유이다. 『구름과 장미』에 수록된 대부분의 시들은 이처럼 선배 시인들의 흔적을 품고 있을 뿐 아니라, 섬세한 감성을 가진 문학청년들의 시에서 흔히 보이는 감상성과 무상감이 주조를 이루고 있다.

---

8) 이 시는 『구름과 장미』에 「도상途上」이라는 제목으로 수록되어 있으나, 『제1시집』에 재수록하면서 제목이 「서시」로 수정되었다.

9) 첫 번째 시집 『구름과 장미』, 두 번째 시집 『늪』의 서문을 각각 유치환과 서정주가 썼다는 점에서도 이 두 시인에 대한 김춘수의 관심과 존경이 얼마나 컸는지 알 수 있다. 실제로 『늪』의 서문을 서정주에게서 얻고 싶어 그를 찾아간 일화는 김춘수 본인이 상세하게 밝힌 바 있다. 김춘수, 「시인이 된다는 것」, 남진우 엮음, 앞의 책, p.75.

시인이 스물아홉이던 1950년 간행된 두 번째 시집 『늪』 역시 사라지는 것들, 흔들리는 것들에 대한 애상과 비탄의 정조를 섬세하게 엮어내고 있다. 시집의 표제시인 「늪」 또한 늪을 지키고 있는 수양버들, 소금쟁이, 물장군, 물달개비, 그리고 갈대 등 작고 여린 존재들에 깃들어 있는 근원적 슬픔에 주목하고 있는바, 젊은 문학청년들이 흔히 보이는 감상적 낭만주의를 넘어서지 못하는 측면이 있다. 서문을 쓴 서정주 역시 서문의 첫 부분에서 이 시집이 『구름과 장미』에 비해 월등한 비약을 보여주지 못했다고 평하면서 이 시기의 한계를 언급하고 있다.

시인의 시적 인식이 한 단계 진전을 보인 것은, 전시 수도인 부산에서 조향과 접촉하면서부터이다. 시인은 '후반기' 동인으로부터 일종의 신선한 자극을 받는 과정에서 자신만의 시 세계를 모색하고자 하는 자의식을 갖게 되었다. 특히 이 시기 김춘수에게 새로운 시적 지평을 열어준 것은 당대를 풍미하던 실존주의 철학으로, 시인은 실존주의 서적을 탐독하면서 새삼 학창 시절 접했던 릴케의 시 세계를 다시 떠올리게 된다. 우리가 익히 아는 「꽃」 연작 시리즈가 창작된 것이 바로 이 무렵으로, 시인은 이 시기에 대해 "이때로부터 나는 선배를 의식하지 않게 되었다. 내 나이 이미 서른을 넘어서고 있었다. 몹시 늦은 각성이다"[10]라고 술회한 바 있다.

꽃을 소재로 한 일련의 시들을 시작으로, 시인 김춘수는 존재와 언어의 본질을 탐구하고 그 과정에서 개별 존재들이 내포하는 의미를 포착해내려는 노력을 끊임없이 시도하였다. 그와 같은 의미 추구의 노력들이 김춘수의 시 세계를 관통함으로써 그 자체로 김춘수 초기시 특유의 의미망을 형성하게 되었다. 그리고 그 배후에는 릴케 및 실존주의 철학의 영향이 강하

10) 위의 글, p.76.

게 자리하고 있었던 것이다.

Ⅳ 의미의 그늘과 새로운 의미 지향

습작기를 벗어나 시인으로서의 자의식을 가지고 시작된 김춘수의 본격적인 초기 시작에서 주목되는 것은 대상의 의미를 추구하려는 노력이 언어 문제에 대한 집요한 탐구로 나타난다는 점이다. 그의 초기시를 대표하는 시집 『꽃의 소묘』(1959)는 기정사실화된 것들에 대한 의문과 확인 작업을 주된 테마로 하고 있다.[11] 앞서 언급한 바 있는 김춘수 시작의 일관된 지향, 즉 일상성과 관습성, 가짜 이름의 압력을 끊임없이 거부하고자 하는 태도가 이 시기에 비로소 본격화되기 시작하는 것이다. 이 과정에서 시인은 그것이 기정사실이 되었든, 일상의 의미 맥락, 혹은 관습이 되었든, 대상과 인식 주체 사이에 매개물로 작용하는 것이라면 무엇이든 거부하고, 대상의 본질적 의미로 육박해 들어가기 위해 언어를 사용하고자 한다.

그러나 우리가 잘 아는 「꽃」이 그와 같은 언어의 가능성과 의의에 대한 믿음을 노래한 것이라면, 다음의 시는 언어가 가질 수밖에 없는 근원적 한계에 대한 절망을 담고 있다.

> 나는 시방 위험한 짐승이다.
> 나의 손이 닿으면 너는
> 미지의 까마득한 어둠이 된다.

---

11) 문혜원, 「김춘수론—절대순수의 세계와 인간적인 울림의 조화」, 『문학사상』, 1990. 8, p.136.

존재의 흔들리는 가지 끝에서
너는 이름도 없이 피었다 진다.
눈시울에 젖어드는 이 무명의 어둠에
추억의 한 접시 불을 밝히고
나는 한밤내 운다.

나의 울음은 차츰 아닌 밤 돌개바람이 되어
탑을 흔들다가
돌에까지 스미면 금이 될 것이다.

……얼굴을 가리운 나의 신부여,
—「꽃을 위한 서시」

시인이 이 시를 통해 노래한 "위험한 짐승"이란 좀처럼 존재의 본질을 밝히기 어려운, 명명의 한계를 자각한 인식 주체의 모습이라고 할 수 있다. 「꽃」에서 인식 주체가 대상에 대한 명명 행위를 통해 존재의 본질을 인식했던 것과는 달리, 이 시에서 인식 주체의 관계 맺기는 대상을 오히려 더 어두운 미지의 존재로 몰아낸다. 그럼에도 불구하고 주체는 '울음'이라는 진정성 있는 태도를 잃지 않는다.

실제로 시인은 이 시에 대해 스스로 매우 '애착이 가는 시'라고 고백하였는데,[12] 이는 본인이 가지고 있던 시와 언어에 대한 근본적인 사유를 잘 담아냈기 때문이라고 볼 수 있다. 이 시기 시인은 언어의 가능성과 한계,

12) 김춘수, 앞의 글, p.76.

즉 언어가 구성해내는 의미의 가능성과 한계를 동시에 고민하고 있었던 것으로 볼 수 있다. 언어에 대한 집요한 관심은 시인으로 하여금, 시적 언어를 통해 언어에 묻어 있는 일상성의 껍질을 벗겨내고, 새로운 의미, 새로운 '눈짓'을 창출해내려는 노력을 끊임없이 시도하도록 추동하였다. 그럼에도 불구하고 시인이 맞닥뜨린 현실은 명명에 개입하게 마련인 의미의 그늘이었고, 이와 같은 의미의 그늘에 대한 시인의 인식은 「꽃」 연작에서 반복적으로 나타난다. 「꽃 II」의 "「꽃이여!」라고 내가 부르면, 그것은 내 손바닥에서 어디론지 까마득히 떨어져 간다", 「꽃의 소묘」의 "멀고 먼 곳에서 / 너는 빛깔이 되고 향기가 된다", 「나목과 시」의 "하나님, / 제일 위험한 곳 / 이 설레이는 가지 위에 나는 있습니다" 등에서 우리가 확인할 수 있는 것은, 언어가 가 닿을 수 없는 존재의 본질에 대한 시인의 절망적 인식에 다름 아니다. 이러한 인식의 끝에서 시인은 "존재의 비밀은 이름 붙일 수 없는 데 있다"[13]는 사유에 도달하게 된다.

그러나 「꽃을 위한 서시」의 화자가 '울음'이라는 진정성 있는 태도를 잃지 않았던 것처럼, 시인은 이름 붙일 수 없는 것들에 대해 이름 붙이기 위해 끊임없이 언어 실험을 모색한다. 이와 같은 고민과 모색의 끝에서 시인이 만난 세계가 바로 '무의미'의 세계였다고 볼 수 있다. 여기서 우리가 유의해야 할 것은 시인이 지향한 '무의미'가 문자 그대로의 '의미 없음'이 아니라는 사실이다. 무의미시 창작을 통해 시인이 버리고자 한 의미는 언어에 묻어 있는 관념과 관습으로서의 의미일 뿐이다. 시인은 오히려 관습적 의미 맥락을 넘어선 언어 행위를 통해, 기존의 언어로는 표현할 수 없었던

13) 김춘수, 「존재를 길어올리는 두레박」, 『김춘수 전집 3—김춘수 시론전집 II』, 현대문학, 2004, p.156.

새로운 의미를 창출하고자 하였다.

V 극단적 무의미 추구

무의미시에 대한 김춘수의 지향이 본격적으로 드러난 것은 1969년 출간한 시집 『타령조 · 기타』에서부터이다. 『꽃의 소묘』 이후 시인은 아이들이 장난을 익히듯 말을 새로 익히고자 50년대 말부터 60년대 전반에 걸쳐 의식적으로 트레이닝을 하였다고 한다.[14] 앞서 인용했던 시 「눈물」이 바로 이 시기의 산물이다. 시인은 트레이닝의 첫 단계에서 서술적 이미지 훈련에 주력하였는데, 이는 이미지로부터 배후의 관념 일체를 배제하기 위한 노력이었다. 이 시기 그의 사유들에 입각해 보면, 관념과 설명은 대상의 본질을 훼손하는 장애물이라고 할 수 있다. 따라서 그는 먼저 이미지에서 배후의 관념을 제하고, 이미지를 위한 이미지를 창출함으로써 시를 일종의 순수한 상태로 만들기 위해 노력하였다.

그러나 구체적인 의미와 대상에 대한 지향을 벗어나 새로운 의미를 실현하고자 하는 노력의 과정에서 시인은 이미지마저도 버리게 된다. 다음은 이 글의 앞부분에서 인용한 시 「눈물」에 대한 시인 자신의 설명이다.

> 내 시 「눈물」이다. 비사실적이다. 이 시에 등장하는 이미지들은 하나같이 현실성을 잃고 있다. 심리적으로 굴절돼 있다. 심리적이다. 그러니까 환상적이다. 이런 따위 환상은 존재론적 세계에 닿아 있다. 이 시는 인간의 한계성(유한성)을

14) 김춘수, 「대상 · 무의미 · 자유」, 『김춘수 전집 2－김춘수 시론전집 I』, 현대문학, 2004, p.533.

역설적으로 보여준다. 인간의 비애가 여기서 온다. 이 단계에 와서 나는 이미지를 버리게 됐다.[15)]

이어지는 설명에 따르면, 시인은 이미지가 환기하게 마련인 모종의 관념을 끊임없이 경계하는 과정에서 이미지 자체를 버리게 되었다고 한다. 시인이 이미지를 버리는 방식은 주로 "한 행이나 또는 두 행이 어울려 이미지로 응고되려는 순간, 소리(리듬)로 그것을 처단"[16)]하는 방식으로 나타난다. 김춘수의 무의미 지향이 도를 넘어서는 지점이 바로 이 지점이다. 「눈물」의 경우, 시인은 뚜렷한 하나의 관념을 배격하고 "내면 풍경의 어떤 복합 상태"[17)]를 묘사하고자 하였다. 그러나 관념으로부터 떠나면 떠날수록 시인은 불안과 한계를 느끼게 되고, 이를 주문과도 같은 리듬의 추구를 통해 극복하려 하게 된다. 다음의 시는 시인 자신이 이미지를 버리고 주문을 얻으려고 시도한 작품에 해당한다.

바보야,
우찌 살꼬 바보야,
하늘수박은 올리브빛이다.
바보야,
바람이 자는가 자는가 하더니
눈이 내린다 바보야,

---

15) 김춘수, 「이미지 전개의 몇 단계—나의 시작詩作 과정」, 『현대문학』 562호, 2001. 10, p.141.
16) 김춘수, 「의미에서 무의미까지」, 『김춘수 전집 2—김춘수 시론전집 I』, 현대문학, 2004, p.538.
17) 김춘수, 「대상의 붕괴」, 『김춘수 전집 2—김춘수 시론전집 I』, 현대문학, 2004, p.550.

하늘수박은 한여름이다 바보야,

올리브열매는 내년가을이다 바보야,

우찌 살꼬 바보야,

이 바보야,

—「하늘수박」

실체가 없는 '하늘수박'이라는 시어를 통해 「눈물」의 경우보다 더욱 극단적으로 비현실적 이미지를 제시하고 있는 이 시는, 말하자면 기의가 비어 있는 채로 기표만이 남아 일종의 주술 상태를 지향하고 있다. 그러나 리듬을 통해 주문을 얻고자 하는 시인의 노력은 여기서 그치지 않고, 다음과 같은 형태로 더욱 극단화되어 나타난다.

하늘수박은올리브빛이다바보야

,

역사는

바람이 자는가 자는가 하더니

눈이 내린다 바보야

우찌살꼬 ㅂ ㅏ ㅂ ㅗ ㅑ

,

ㅎ ㅏ ㄴ ㅡ ㄹ ㅅ ㅜ ㅂ ㅏ ㄱ ㅡ ㄴ 한여름이다 ㅂ ㅏ ㅂ ㅗ ㅑ

,

올리브 열매는 내년 ㄱ ㅏ ㅡ ㄹ ㅣ ㄷ ㅏ ㅂ ㅏ ㅂ ㅗ ㅑ

,

ㅜ ㅉ ㅣ ㅅ ㅏ ㄹ ㄲ ㅗ ㅂ ㅏ ㅂ ㅗ ㅑ
ㅣ 바보야,
역사가 ㅕ ㄱ ㅅ ㅏ ㄱ ㅏ 하면서
ㅣ ㅂ ㅏ ㅂ ㅗ ㅑ

,

—「처용단장」 제3부 39 부분

「하늘수박」이 수록된 『남천南天』(1977)을 거쳐 「처용단장」 제3부에 이르게 된 시인은, 이 시기에 와서는 의미의 기원이 되는 언어적 질서 자체를 해체하는 방식으로 시를 쓰게 된다. 그러나 「하늘수박」의 언어 단위 자체를 파괴하면서 실체를 알기 어려운 난해한 형상과 파편화된 소리만 남겨놓은 이와 같은 극단화된 무의미시 단계에 이르러, 김춘수의 시는 적지 않은 독자들로부터 외면을 받게 된다.[18)]

Ⅵ 다시 인간의 목소리로

1991년은 김춘수에게 있어 일종의 전환점이 된 시기라고 할 수 있다. 우선 1969년부터 연재를 시작한 장편 연작시 「처용단장」 제1부부터 제4부까지가 완간되어 시집 『처용단장』이 간행되고, 『현대시학』에 20회에 걸쳐 연재된 에세이 또한 『시의 위상』이라는 제목으로 묶여 둥지출판사에서 간행되었다. 특히 『시의 위상』에서 시인은 자신의 시 세계 전체를 조망하는 메타적 인식을 보여주는데, 그 과정에서 다음과 같은 고백을 하게 된다.

> 언어가 분해되어 의미 이전의 소리로 환원되어가는 과정의 상태다. 그렇다. 그 상태는 일종의 환원이다. 허무한 언어에서 낱말을 지워버리는, 즉 의미를 가지기 이전의 상태로 환원시켜준다는 것이 된다. 이런 따위 수작은 그러나 오래 지속되기가 어렵고 무의미하기도 하다. 몇 편이면 족하다. 한동안 나는 다시 정상적인 형식을 되찾게 되고 해체의 그 현기증 나는 심연을 먼발치에 두고 이따금 슬쩍슬쩍 바라보곤 했다.[19)]

실제로 시인은 『처용단장』이 간행되기 몇 년 전인 1988년, 소위 정상적인 형식에 해당하는 기행시편들을 엮어 시집 『라틴 점묘·기타』를 간행한

---

18) 황동규는 이 시기의 시적 한계에 대한 아쉬움을 다음과 같이 피력한 바 있다.
"만일 그가 「의미에서 무의미까지」의 뒷부분에 열거한 「처용단장 제2부」와 「하늘수박」 등이 진심으로 그가 믿는 무의미시라면, 제발 참으시고 의미의 세계로, 쉽게 말해서 「처용단장 제1부」나 「인동잎」의 세계로, 그 아름다움에로 돌아가 달라고 간청할 사람은 나 하나뿐이 아닐 것이다."
황동규, 「감상의 제어와 방임」, 김춘수연구간행위원회, 『김춘수연구』, 학문사, 1982, p.177.

19) 김춘수, 「시의 위상」, 『김춘수 전집 3－김춘수 시론전집 Ⅱ』, 현대문학, 2004, p.403.

바 있는데, 이 시집에서 시인은 스페인 · 그리스 등을 기행한 일상의 경험을 시로 담아내면서 극단화된 무의미시와는 거리를 두는 모습을 보인다. 1993년 간행된 『서서 잠자는 숲』에서는 일관되게 산문시를 지향함으로써, 『처용단장』의 세계를 의식적으로 벗어난다. 극단적인 무의미시 추구에 대한 자기반성의 결과라 할 수 있다. 1991년을 전후하여 김춘수 시인의 시 세계에 또 한 번의 변화가 시작되었던 것이다.

2004년 83세의 일기로 타계할 때까지 김춘수 시인은 시에 대한 실험을 꾸준히 지속하였다. 가령 『서서 잠자는 숲』(1993)의 경우처럼 의도적으로 산문을 수용한다든가, 『들림, 도스토예프스키』(1997)의 경우처럼 소설 속 인물들의 목소리를 빌려 편지 형식을 시도한다든가, 혹은 소설 속 한 장면을 극화한다든가 하는 방식으로 시인은 자신의 현재 관심을 그에 가장 부합하는 형식으로 시화하고자 하였다. 실험의 양상은 서로 다르지만, 이들 후기 시편들에서 시인은 무의미시 단계에서 애써 외면했던 타자, 일상, 그리고 의미를 자신의 시에 복원하는 모습을 보인다.

그중 시를 통해 일상의 경험과 심정을 고백하는 노시인의 육성이 가장 잘 드러나는 시편들은 아내의 사후에 간행된 『거울 속의 천사』(2001)와 『쉰 한 편의 비가』(2002)에 담겨 있다.

조금 전까지는 거기 있었는데
어디로 갔나.
밥상은 차려놓고 어디로 갔나.
넙치지지미 맵싸한 냄새가
코를 맵싸하게 하는데
어디로 갔나.

이 사람이 갑자기 왜 말이 없나.
내 목소리는 메아리가 되어
되돌아온다.
내 목소리만 귀에 들린다.
이 사람이 어디 가서 잠시 누웠나.
옆구리 담괴가 다시 도졌나. 아니 아니
이번에는 그게 아닌가 보다.
한 뼘 두 뼘 어둠을 적시며 비가 온다.
혹시나 하고 나는 밖을 기웃거린다.
나는 풀이 죽는다.
빗발은 한 치 앞을 못 보게 한다.
왠지 느닷없이 그렇게 퍼붓는다.
지금은 어쩔 수가 없다고.
—「강우」

『거울 속의 천사』에 수록된 이 시는 일상에 찾아온 아내의 부재를 그리고 있다. 그리고 아내의 부재와 더불어 겪게 되는 고독감과 그리움을 특별한 시적 장치 없이 담담하고 진솔하게 담아내고 있다. 시집 『거울 속의 천사』에서 부재하는 시인의 아내는 '두 쪽의 희디흰 날개를 놓고 간 천사'로, '거울 속의 천사'로, '손을 흔들지 않는 천사'로, '그슬리지 않는 천사'로 끊임없이 변주된다. 시인에 의하면, 아내라는 천사는 세 번째 천사로, 어릴 때 호주 선교사네 아이들로부터 느꼈던 천사, 그리고 대학 시절 읽은 릴케의 천사에 이어 세 번째 천사가 되었다.[20]

이처럼 아내가 시인의 심리 내에서 천사가 될 수 있었던 것은 그녀가 시인의 곁을 떠남으로써 비로소 '낯설고 신선한' 존재가 되었기 때문일 것이다. 김춘수에게 있어 아내는 세 번째의 천사이지만, 비로소 육화된 천사[21]라고 할 수 있다. 김춘수가 처음으로 경험한 천사, 즉 유년 시절의 천사가 김춘수에게 일상의 남루한 존재에게 환한 빛을 경험하게 함으로써 절대 순수의 세계에 대한 동경을 심어주었다면, '겨울에도 꽃을 피우는' 두 번째 천사는 존재의 비밀을 현현하는 현실 너머의 빛을 추구하게 하였다. 그리고 세 번째 천사는 시인으로 하여금 자신의 목소리를 통해 천사가 남긴 빛을 노래하게 하였다.

이렇게 보면 깊고 오랜 김춘수 시인의 시작 과정은 천사의 빛을 쫓는 과정이었다고도 볼 수 있는바, 이는 시인으로 하여금 의미와 무의미 사이에서 절대적 순수의 세계를 그려내는 노력을 그치지 않게 하는 신비한 동력이 아니었을까 한다. 다양한 편폭을 보이는 김춘수 시인의 시적 스펙트럼이 독자들의 내면과 만나 이루어내는 다채로운 빛깔 역시, 의미와 무의미 사이에서 펼쳐진 김춘수 시인의 순수 추구 노력이 빚어낸 아름다운 결실이 아닐까 한다.

20) 김춘수, 「거울 속의 천사—후기」, 『김춘수 전집 1—김춘수 시전집』, 현대문학, 2004, p.1043.

21) 오규원, 「김춘수의 초상, 그리고 접목시와 편집시」, 『현대문학』 562호, 2001. 10. p.210.

김현승

가을에는
기도하게 하소서……
낙엽들이 지는 때를 기다려 내게 주신
겸허한 모국어로 나를 채우소서.

가을에는
사랑하게 하소서……
오직 한 사람을 택하게 하소서.
가장 아름다운 열매를 위하여 이 비옥한
시간을 가꾸게 하소서.

신성과 고독의 변증법

/ **유성호** 한양대학교 교수

I

김현승(1913~1975)은 62년 동안 지상에 머물면서 모두 300편 가까운 시편과 여러 권의 논저를 세상에 내놓았다. 그는 프로테스탄트 가정에서 태어나 기독교 신앙에 충실한 삶을 줄곧 살았으며, 그 신앙에 회의하여 신으로부터 멀리 떠나 인간적 고독에 휩싸이기도 했다. 그는 고독의 내면에서 다시 적나라한 인간의 형상으로 시 세계를 확산하려 하였으나, 마침내 신에 절대 귀의하는 모습을 보이면서 생을 마감한다. 이러한 줄거리를 가지는 김현승의 시적 생애는 모두 4기로 구획 가능하다.

제1기는 그의 전집에 『새벽교실』이라는 시집 제목으로 묶인 시들의 세계이다. 일제강점기라는 불행한 시대를 민족적 감상주의로 노래했던 시기이다. 다시 말하면 숭실전문 재학 때 교지에 투고하려 했던 「쓸쓸한 겨울 저녁이 올 때 당신들은」 등이 양주동의 인정을 받고 〈동아일보〉에 발표됨으로써 문단에 발을 들여놓은 1934년부터 1945년 해방될 때까지의 시기이다(1934~1945). 제2기는 시집 『김현승시초』(1957)와 『옹호자의 노래』

(1963)를 중심으로 한 인간의 존재론적 성찰을 위주로 한 시와 사회정의에 대한 지사적 양심을 표백한 시들의 세계이다. 자연 사물에서 얻은 청신한 감각과 이미지, 내적 기질의 숨김없는 토로, 가을에 관한 사색, 현실에 대한 신념 등의 다양성을 보이는 시기이다(1946~1963). 제3기는 『견고한 고독』(1968), 『절대고독』(1970) 등으로 표상되는 '고독'의 시적 천착 단계이다. 이때 그의 시 세계의 초점은 신을 떠난 인간적 실존의 세계로 옮겨진다. 이 무렵 그의 시는 고독한 인간 조건, 문명적 시대 상황에 대한 탐구를 계속했으며, 그것을 견고한 비유로 형상화하였다(1964~1970). 마지막 제4기는 유고시집인 『마지막 지상에서』(1975)에 묶인 시들의 세계로서, 부정하고 회의했던 대상인 신에게 감사와 찬미를 드리는 편력의 마감 단계이다. 그의 생애를 통해 볼 때 극히 짧은 시기였지만 그의 필생의 단계라고 할 수 있는 신에 귀의하는 시기이다(1971~1975).

이러한 그의 시적 편력을 정리해보면 그의 시 세계는 '신성'과 '고독'이라는 이율배반의 지평으로 흔들리며 집중되고 있다고 할 수 있다. 그는 인간의 관념 속에 갈등적으로 내재하는 '신성'에 대한 추구와 그것에 대한 회의로서의 '고독'을 변증적으로 노래한 매우 드문 시인인 것이다.

Ⅱ

김현승은 1913년 4월 4일 평양에서 출생하였다. 그는 독실한 기독교 가정에서 출생하였는데 그의 아버지 김창국은 전북 익산 출신으로 평양신학교를 나온 인텔리 목사였다. 어머니 역시 독실한 기독교 신자였다. 그가 아버지의 유학 장소인 평양에서 태어난 것은 그의 사상적·종교적 운명을 미리 확정해버리는 결정적 매듭이 된다. 아버지의 부임지를 따라 평양에서 제주로 다시 제주에서 광주로 옮겨 다닌 김현승은 실질적 고향이자 정서적 모태인 광주에서 유소년 시절을 보낸다. 태생적으로 기독교 집안에서 태어나 미션계인 평양의 숭실중학을 다녔고, 다시금 숭실전문 문과에 다녔고, 마침내는 재직하던 숭실대학 채플 시간에 기도 중 쓰러져 타계한 그의 상징적 임종을 염두에 둘 때, 그의 일생은 종교적 분위기에서 한 치도 벗어나지 못했음을 알 수 있다. 이처럼 그는 '신'과 '인간'이라는 수직적 일원성보다는 신앙과 회의라는 복합성의 모순 속에서 자기를 긴장시킨 성실성을 보인 데서 한국 '기독교 시'의 영역을 넓혀준 시인이라고 할 수 있을 것이다.

1933년 병 치료를 위해 잠시 광주에 와 머물러 있던 김현승은 다시 복교하여 2학년 겨울방학 때 낙향하지 않고 손수 두 편의 장시를 탈고한다. 그 작품이 그의 공식적인 등단작인 「쓸쓸한 겨울 저녁이 올 때 당신들은」 등이다. 모두 두 편의 시를 교지에 투고했는데 당시 문과 교수였던 양주동이 그것을 읽고 그를 불러 교지에 발표하기 아까우니 중앙지에 발표하라고 권면한 것이 등단의 직접 동기가 되었다. 양 교수가 직접 소개서를 써주고 투고한 결과 〈동아일보〉 1934년 3월 25일자에 실리니 뜻밖의 등단이었다. 그의 시는 곧바로 〈조선중앙일보〉 학예부에 있던 이태준 눈에 들었고, 당시 선배 시인인 김기림 마음에도 들었다. 김현승은 개인적으로 동시대에 정열적으로 시를 썼던 선배 시인인 김기림이나 김광균 등의 모더니즘시를 좋아했고, 그들의 시를 사숙하였다. 이렇게 시작된 그의 시 세계는 현실 지향의 언어와는 언제나 일정 거리를 유지한 채 인간의 '관념' 속에서 역동적으로 내재하는 갈등 양상을 주목하였다.

그의 생애는 하나의 '편력' 그리고 그것의 극적 종결로 상징화할 수 있을 것이다. 마치 신약성서에 나오는 '탕자'의 비유처럼 그의 생애는 신과의 끊임없는 갈등 그 자체였고, 하나의 드라마틱한 여정이었다고 할 수 있는 성서적 이미지로서의 순례자상을 가지고 있다. 그가 신과 어떤 관계에 있었는지는 그가 스스로 밝힌 글 속에 잘 그려져 있다. 여러 글에서 뽑아본 그의 편력의 흔적이다.

(1) 내 시풍은 수월찮이 낭만조와 감상조에 기울어지고 있었다. 그 소재는 주로 자연이 대상이었으나 나는 소박한 자연을 단조롭게 노래하는 데 만족지 않고 즐겨 해학과 기지를 삽입시켜 인사와 결부시켜보려고 노력해본 것만은 사실이다. 그러한 예로서는 나의 초기 작품 가운데 아마 「새벽교실」과 같은 시편을 들 수 있을 것이다.(「시인으로서의 '나'에 대하여」)

(2) 중기까지의 나의 시는 이러한 청교도적 입장에서 썼다. 원죄 의식을 바탕으로 하여 우러나는 반성과 참회, 또는 정서와 의지를 노래하였다. 때로는 신앙과 순수와 정의에 입각한 사회적 관심을 표명하기도 하였다. 포괄적으로 말하면 신앙과 이상에 대한 긍정적 입장에서 초기와 중기까지의 시를 썼다.(「나의 고독과 나의 시」)

(3) 시 「제목」을 계기로 하여 나의 시 세계에는 적지 않은 변화가 일어났다. 나는 중기까지 유지하여오던 단순한 서정의 세계를 떠나, 신과 신앙에 대한 변혁을 내용으로 한 관념의 세계에 발을 들여놓았다.(「나의 고독과 나의 시」)

(4) 그러나 나의 나이 50대에 이르러, 나의 이러한 긍정적인 청교도 사상에는 큰 변혁이 일어났다. 간단히 말하여 무조건 부모에게 전습한 신앙에 대하여 나는 50을 넘어서야 회의를 일으키게 되고, 점점 부정적인 데로 기울어져 갔다.(「나의 고독과 나의 시」)

(5) 이 나의 신앙적 배반을 오래 참고 보시다 못하여 나를 주관하시는 하나

님 아버지께서 나를 치셨던 것이다. 나를 치셔서 영영 쓰러뜨리셨더라면 나는 그때부터 지금까지 지옥의 불덩이 속에서 후회막급하여 구원을 부르짖고 있었을 것이다. 그러나 하나님 아버지께서는 나를 다시 깨어나게 하시어 나의 과거를 회개할 기회를 주시고, 그리하여 나는 고혈압 증세를 앓기 전보다 신앙을 회복하고 나 자신의 죄과를 깨닫고 신앙에 전진하려고 지금은 노력하고 있다.(「하느님께 감사를 보내며」)

(1)→(5)로 끊임없이 변모해온 과정이 그가 언제나 자신의 삶 속에서 신과 자연 그리고 그 안에서 숨 쉬고 갈등하는 자기탐구에 열중했는가를 시간순으로 보여준다. 그것은 언제나 시적 대상과 시적 자아 사이에서 무한히 파동 치는 '관념적 진실'을 좇다가 이룩한 과정인 셈인데, 우리는 그 표면적 변모 행간에 흐르고 있는 그의 일관된 태도, 곧 어떤 의미에서건 절대자를 의식하고 있는 그의 태도를 볼 수 있다. 김현승은 이와 같이 궁극적으로 자기 자신을 탐구하기 위해 시를 쓴다는 지론을 가지고 있었다.

그러는 중에 그는 스스로 천착해 마지않던 '고독'에 이른다. '고독'은 믿음의 대상이었던 절대자와 시인의 내면세계가 조용히 교류하는 과정에서 발생하는 상황이다. 그리고 '고독'이란 기존의 최고 가치가 소멸된 이른바 '무'의 세계와도 연결된다. 따라서 신을 떠난 것 같은 외연적 의미를 띠는 '고독'은 그 내포에 절대자를 갈구하는 영혼의 역동하는 모습이 역설적으로 들어 있다. 왜냐하면 신앙이란 부조리를 포용함으로써만 획득될 수 있는 것인데, 그는 시적 영감 속에서 불가항력적 대상인 신을 외부로 끊임없이 밀어버리려고 했기 때문이다. 결국 신은 바깥으로 일시적으로 밀렸다가 용수철처럼 튀어 올라 다시 시인의 내면으로 들어온 셈이다.

그가 타계하기 전 약 4년간의 시작 활동은 신에 귀의한 행적으로 가득하다. 하지만 신에 대한 회의와 갈등 속에서 신을 잃고 인간적 고독을 시적 대상으로 삼았던 시기에도 그의 관념 안에는 여전히 신이 내재해 있었다. 그래서 우리는 극적이고 대단원적인 그의 귀의야말로, 그의 끊임없는 신에 대한 의식이 궁극적으로 가닿은 영역이라고 말할 수 있다. 그만큼 그에게 시는 자신의 교양과 인식 그리고 기질과 인생 체험을 표백하는 언어적 방식이었고, 따라서 그가 기독교라는 특정 종교에 의지했건 아니면 그것을 떠나려 했건 역설적으로 그에 연루되고 긴박된 그의 생애는 그로 하여금 시와 종교에 대한 통합적 인식을 가져다준 것이다. 이 점 우리 문학사에서 매우 드물고 귀한 것이다.

Ⅲ

김현승이 짧지 않은 절필 기간(1936~1945)을 거쳐 다시 펜을 잡게 되는 해방 후는 우리 현대사에서 굴곡 많은 그야말로 격동기였다. 해방과 분단, 전쟁으로 이어지는 시대의 가속도와 충격은 당대를 살아간 시인들에게 극단적인 시적 제재만을 허락한 채, 그들의 작품에서 이념적·방법적 다양성의 출현을 차단했다. 이때 김현승은 신이 될 수 없는 '고독'과 '신성'을 추구할 수밖에 없는 인간의 모순을 인간 존재의 양 축으로 사유하고 형상화하는 이채로움을 보여준다. 하지만 그 양 축은 하나가 다른 하나를 배제해 버리는 이질적 힘이 아니라 하나가 다른 하나를 존재하게 하는 상호 생성적 힘으로 작용하게 된다.

꿈을 아느냐 네게 물으면,

플라타너스,

너의 머리는 어느덧 파아란 하늘에 젖어 있다.

(…중략…)

이제 너의 뿌리 깊이

나의 영혼을 불어넣고 가도 좋으련만,

플라타너스,

나는 너와 함께 신이 아니다!

수고론 우리의 길이 다하는 어느 날,

플라타너스,

너를 맞아 줄 검은 흙이 먼 곳에 따로이 있느냐?

나는 오직 너를 지켜 네 이웃이 되고 싶을 뿐,

그곳은 아름다운 별과 나의 사랑하는 창이 열린 길이다.

—「플라타너스」 부분

이 시편은 '플라타너스(나무)'를 청자로 설정한 인생론적 작품이다. '플라타너스'라는 가로수에 인격을 부여하여 화자와 벗하는 필생의 반려로 비유하고, 그 둘 사이에서 환기되는 삶의 고독과 염원을 노래한다. 흔히 인생을 길 가는 나그네에 비유하여 덧없고 비극적인 것으로 보는데, 이 작품에서는 인생을 고독한 여정에 비유하면서도 '플라타너스'라는 고독의 길에 반려가 되는 존재를 상정하여, 그러한 '고독'과 '우수'에 신성적 가치를 부여하고 있다. 특히 마지막에 나오는 '창' 이미지는 유한한 존재인 인간과 영원성을 가진 절대자를 이어주는 구체적인 시적 상관물로서의 역할을 한다. 김현승은 그만큼 사물에 관념을 입혀 그것의 진실을 시적 명징성으로 구상화하는 독특한 시적 방법론을 구축했던 시인이라고 할 수 있다. 자신을 위무해주는 동반자로서 그리고 그 여정을 함께하는 반려자로서 '플라타너스'에 대한 한없는 친화를 보이는 이 작품에서, 김현승에게 '나무'로 비롯되는 자연은 탐닉이나 관조의 대상이 아니라 지상과 천상을 연결하고 결국 신의 세계에 닿으려는 인간의 욕망과 무의식을 표상하는 것으로 나타나게 된다. 다음 시편 역시 신성 추구의 열망이 진지한 자기성찰과 간구의 자세로 나타난 작품이다.

가을에는
기도하게 하소서……
낙엽들이 지는 때를 기다려 내게 주신
겸허한 모국어로 나를 채우소서.

가을에는
사랑하게 하소서……
오직 한 사람을 택하게 하소서,
가장 아름다운 열매를 위하여 이 비옥한
시간을 가꾸게 하소서.

가을에는
호올로 있게 하소서……

나의 영혼,

굽이치는 바다와

백합의 골짜기를 지나,

마른 나뭇가지 위에 다다른 까마귀같이.

—「가을의 기도」 전문

이 작품에는 '신'에 대한 강한 열망, 실존적 나그네 의식, 신의 편재성에 대한 인지 등이 강하게 나타나는데, 이러한 정신적 기조가 김현승의 무의식에 깔려 있던 존재 조건이었던 것이다. 이 작품의 청자는 '절대자(신)'이다. 초월자의 사랑과 은총에 순종하는 경건과 순응을 다룬 이 작품에서 화자는 '기도'와 '사랑'과 '홀로 있음'을 통해 순치되는 욕망의 세계를 경험한다. 그것이 '신성'을 추구하는 화자에게 '까마귀'와 '마른 나뭇가지'라는 본질만 남은 세계를 궁극적으로 허락하는 것이다. 이처럼 김현승은 시종 '신성'을 추구한 시인이다.

더러는

옥토에 떨어지는 작은 생명이고저……

흠도 티도,

금 가지 않은

나의 전체는 오직 이뿐!

더욱 값진 것으로

드리라 하올 제,

나의 가장 나아종 지니인 것도 오직 이뿐!

아름다운 나무의 꽃이 시듦을 보시고
열매를 맺게 하신 당신은,

나의 웃음을 만드신 후에
새로이 나의 눈물을 지어주시다.
—「눈물」 전문

시인이 어린 아들을 잃고 애통해하던 중에 쓰인 시편이다. '눈물'은 경험적 상상력에서 우러나오는 시적 표상으로서 '자기정화'라는 강한 상징성을 띤다. 자신의 "가장 나아종 지니인 것" 곧 궁극의 가치를 '눈물'로 표상하고 있는 시인은 '꽃/열매', '웃음/눈물'의 대립항을 통해 인간 삶의 역설적 가치에 대해 노래한다. 비록 구체적 정황은 사랑하는 아들을 잃었다는 구체적 개인사를 배경으로 하지만, 그 발상 구조는 철저히 성서적 비유에 입각한 인생론적 태도이다. 신약성서 「마태복음」에 보면 "더러는 옥토에 떨어지매 혹 백 배, 혹 육십 배, 혹 삼십 배의 결실을 하였느니라"(13 : 8)라는 구절이 나오는데, 이러한 정화와 희생, 거기에서 비롯되는 부활과 재생의 이미지를 그가 빌려 왔음은 충분히 유추할 수 있다. 따라서 이 시편의 구조는 '신'의 절대성을 승인하는 절차를 거치고 있다.

그런가 하면 김현승은 '4·19혁명'이라는 결정적인 정치사적 분수령에서 열정적 목소리를 내보인다. 우리로서는 그것이 일시적으로 분출된 우발적인 것이라기보다는 그의 일관된 '신성'에 대한 관심이 사회를 향하고 자신을 향할 때 얻어진 필연적인 시적 경향이라고 생각할 수 있다.

모든 것은 나의 안에서
물과 피로 육체를 이루어가도,

너의 밝은 은빛은 모나고 분쇄되지 않아,

드디어는 무형하리만큼 부드러운
나의 꿈과 사랑과 나의 비밀을,
살에 박힌 파편처럼 쉬지 않고 찌른다.

모든 것은 연소되고 취하여 등불을 향하여도,
너만은 물러나와 호올로 눈물을 맺는 달밤……

너의 차거운 금속성으로
오늘의 무기를 다져가도 좋을,

그것은 가장 동지적이고 격렬한 싸움!
―「양심의 금속성」 전문

자신이 몸담고 있는 사회와의 관계에서 빚어지는 주체의 태도를 문제 삼은 작품이다. 곧 공동체 성원으로서 가지는 연대 의식의 핵심인 '양심'을 의인화하여 그 이미지를 '무기'와 같은 차가운 '금속성'으로 형상화하고 있는 것이다. '양심'이란 사실 자기 자신의 윤리적 행동을 규율하는 근원적 원리인데, 그것은 사회적 자아의 윤리성과 결부될 수밖에 없다. 그러나 우리가 한 가지 주의해야 할 것은 그의 '양심'이라는 것이 자아의 '태도'의 차원이라는 것이다. 따라서 이 시인이 시 안에서 반영론적 핍진성을 추구한다든가 '전형'이니 '전망'이니 하는 리얼리즘적 창작 원리를 원용할 가능성은 전혀 없는 것이다. 그에게 '시'란 외계를 향한 적극적이고 참여적인 발언이라기보다는 자신의 내면을 향한 '자기탐구'의 일환일 뿐이기 때문이다. 이처럼 시적 자아와 도덕적 자아와의 일치를 향한 끊임없는 '자기탐구'가 김현승의 '고독'이 성채 안에 갇힌 박제품이 아님을 말해준다. 그것은 "순수 가치를 추구하고 실현하는 인간의 인간다운 기본 정신을 가지지 않고 그 아무리 위대한 구체적인 정신과 사상을 추구한들 그것이 무슨 보람과 의의가 있을 것이며 또 그러한 시가 어떻게 인간의 참된 양식이 될 수 있으며 남의 마음에 호소하는 힘을 가질 수 있을 것인가. 나는 인간으로서는 단점도 많지만 시에서만은 시를 쓸 때만은 참되고 정의롭고 양심적이려고 한다. 이러한 수련으로써 나의 인간까지도 점차로 순수로 연단될 수 있으리라는 기대를 스스로 가져보는 것이다"(「인간다운 기본 정신」)라는 시인의 발언 속에서도 그대로 나타난다. 따라서 이 시인에게 '양심'을 지키는 것은 곧바로 보편적 인간성을 옹호하는 것으로 전이되는 것이다.

이러한 양상은 그가 자신의 철학적 관념을 극한까지 추구하여 이르게 된 형이상적 궁극에 가서도 지속적으로 이어지게 되는데, 그것이 다름 아닌 '고독'에 대한 집요한 천착으로 나타난다. '고독'의 인식을 통해 김현승은 결국 가장 치열한 '자기탐구'의 극점에 이른다고 할 수 있다. 특별히 김현승이 자신의 시적 여정 중 가장 깊이 있는 '고독'에 이르고 또 그것을 끊임없이 애정을 가지고 형상화한 결과가 바로 『견고한 고독』과 『절대고독』일 것이다. 이 시기는 그의 시적 일생의 클라이맥스였고, '신앙'으로 원점회귀하기 직전의 한 정점이기도 하였다. 따라서 이 시기는 마치 마지막 불꽃을 태우며 피어나는 촛불의 찬란함과 아름다움을 연상시키는 기간이 아닐 수 없다. 시인은 '고독'의 시적 표상으로서 '견고함'과 '결정성結晶性'을 택하여 그만의 독특한 이미지를 형상화한다.

껍질을 더 벗길 수도 없이
단단하게 마른
흰 얼굴.

(…중략…)

뜨거운 햇빛 오랜 시간의 회유에도
더 휘지 않는
마를 대로 마른 목관악기의 가을
그 높은 언덕에 떨어지는,
굳은 열매

씹쓸한 자양
에 스며드는
에 스며드는
네 생명의 마지막 남은 맛!
—「견고한 고독」 부분

'이슬과 사랑'에도 녹지 않는 단단한 '고독', 그것은 어떤 인간적 열정과 의지로도 범접하기 힘든 자기 신성성을 누리고 있다. 여기 축축한 '감상'이 끼어들 자리는 없다. 또한 이 시편에서 말하는 '고독'은 단단한 각질을 두르고 있다. "껍질을 더 벗길 수도 없이 / 단단하게 마른" 얼굴을 하고 있고, "결정"과 "칼날" 또는 "목관악기", "굳은 열매" 등의 이미지를 동시에 가지고 있을 정도로 그 경도硬度는 매우 강하다. 하지만 마지막 연에서 그같이 견고하고 메마른 이미지에 단 하나의 습기와 윤기가 도는데, 그것이 다름 아닌 열매 안에 들어 있는 "네 생명의 마지막 남은 맛"이다. 따라서 그의 '고독'은 견고하면 견고할수록 불모성에 가까운 것이 아니라, 오히려 생명에 더 가까이 갈 수 있다는 역설적 인식을 보여준다. 그래서 우리는 그가 보여준 신성에 대한 회의가 또 다른 '질서'를 향한 역설적인 것이지 그 자체로 비관주의를 형성하지 않는다는 것을 알게 된다.

김현승 사후에 발간된 『마지막 지상에서』는 그 제호가 상징하듯, 지상에서 이룬 그의 시적 편력을 매듭짓고 마감하는 세계가 그대로 녹아 있는 시집이다. 일생을 치열한 자기탐구와 실존적 고투로 보낸 그의 말년의 시세계는 그 고투의 '흔적 지우기'의 몸짓, 그리고 치열했던 갈등의 해소와 '신'을 향한 평화로운 절대 귀의의 세계가 펼쳐진다. 이러한 변화가 한 시인이 누린 시적 편력의 상징적 결말이자 완결성 있는 '신앙인'의 귀로라는 데 우리로서는 이의를 제기할 수 없다. 누구에게나 '삶'은 '시'보다 앞서 가는 것이므로 더욱 그렇다. 아니 정확하게 말하면 '시'와 '삶'은 서로 앞서거니 뒤서거니 하면서 하나가 다른 하나를 견인해나가는 것이니까 말이다. 그 편력의 길에 '존재론적 딜레마'는 시인됨의 성실성을 방증해주는 것이기도 하다. 시시포스적인 순환성에 의한 절망을 겪으면서도 볼멘소리에 의한 과잉된 포즈를 취하지 않는 정결함과 단호함이 그의 시에는 녹아 있다. 이 점 우리 시문학사에서 드물게 보이는 오롯한 형이상성과 자기탐구적 성실성으로 오래 각인될 것이다.

산까마귀

긴 울음을 남기고

지평선을 넘어갔다.

사방은 고요하다!

오늘 하루 아무 일도 일어나지 않았다.

넋이여, 그 나라의 무덤은 평안한가.

—「마지막 지상에서」 전문

그의 유작인 이 시편은 그동안의 양자택일의 햄릿적 딜레마를 자신의 관념 안에서 극복해내고 이른바 절대 평화를 획득한 이의 평화로운 관조의 경지를 드러낸다. 한때 대립적 요소를 극한 상태로 몰고 가서 그중에서 결국 '고독'과 '영원'과 '눈물'과 '가을'과 '뼈마디'를 택했던 김현승은 이제 자신의 실존적 관념 속에서 그것들을 폭넓게 용해하고 포괄한다. 따라서 우리는 그의 시 세계가 미메시스적인 핍진성이나 분방한 열정적 로맨티시즘 또는 강렬한 실험성과 전혀 무관하지만 우리에게 만만찮은 정서적 울림을 던져주는 이유를 여기서 찾을 수 있을 것이다. 이처럼 다형 김현승의 시적 편력은 극적 과정, 곧 신성과 고독의 변증법으로 점철되어 있었다. 그 김현승을 만나는 일은 그래서 '신성'에 가까운 사랑과 평화와 축복과 전율의 경험이요, '고독'에 가까운 메마름과 단단함과 외따로움과 극한의 경험일 것이다.

박남수

하늘이 낮게

드리고

물 면이

보푸는

그 눌리워

팽창한 공간에

가쁜 갈매기 하나

있었다.

비상을 꿈꾸었던, 새의 시인

/ **손예희** 계명대학교 교수

I

박남수는 1939년에 「심야深夜」, 「마을」, 「주막酒幕」, 「초롱불」을, 1940년에 「밤길」, 「거리距離」를 『문장文章』지에 발표하면서 정지용의 추천으로 시단에 데뷔하였다. 이 무렵 같은 잡지를 통하여 시단에 데뷔한 조지훈·박목월·박두진 등의 시인들에 비해 그의 이름은 우리에게 익숙하지 않다. 그러나 그는 1940년 첫 시집 『초롱불』을 시작으로 1994년 타계하기까지 총 8권의 개인 시집을 상재한 바 있으며, 『현대시』, 『심상』, 『문학예술』, 『사상계』 등의 잡지를 중심으로 활발한 문단 활동을 펼친 시인이다.

박남수에 대한 기존 논의들을 살펴보면, 범대순의 「박남수의 새—절대적 이미지」(『현대시학』, 1974), 김진국의 「새의 비상—그 존재론적 환열」(『문학사상』 87권, 1980. 2), 박철석의 「박남수론」(『현대시학』, 1981. 1), 김춘수의 「박남수론」(『김춘수 전집』 2권, 1982), 이승훈의 「박남수와 새의 이미지」(『한국현대시사연구』, 1983), 이혜원의 「초월을 꿈꾸는 자의 언어」(『현대시학』, 1993. 4), 김명인의 「박남수론 2—새와 길」(『경기대 어문집』, 1995. 6), 이건청의

「경계인의 시세계」(『한국학논집』, 1998), 이명찬의 「박남수 시의 재인식」(『한국시학연구』, 2011) 등이 있다. 이러한 연구물들에서 시인 박남수를 논할 때 빠지지 않고 언급되는 것이 그의 시 속에 자주 등장하는 새의 이미지이다. 이 글에서 역시 새의 이미지를 그의 생애와 시 작품의 주요 연결 고리로 삼아 그에 대한 이야기를 시작하고자 한다.

Ⅱ

박남수는 1940년에 등단한 이후, 꾸준히 시업에 전념하여 『초롱불』(일본 삼문사, 1940), 『갈매기 소묘素描』(춘조사, 1958), 『신神의 쓰레기』(모음사, 1964), 『새의 암장暗葬』(문원사, 1970), 『사슴의 관冠』(문학세계사, 1981), 『서쪽, 그 실은 동쪽』(인문당, 1992), 『그리고 그 이후以後』(문학수첩, 1993), 『소로小路』(시와시학사, 1994) 등 8권의 시집과 선시집 『박남수 · 김종한』(한국현대시문학대계 21, 지식산업사, 1982), 『어딘지 모르는 숲의 기억記憶』(미래사, 1991) 등을 남겼다. 또한 『문장文章』, 『신사조新思潮』, 『심상心象』, 『문학文學』 등의 잡지에 여러 편의 산문을 발표한 바 있다. 이렇듯 그가 평생 동안 쓴 시 324편과 1편의 서사시 그리고 산문 자료들은 1998년 한양대학교 출판원에서 나온 『박남수 전집 1－시』와 『박남수 전집 2－산문』에 고스란히 담겨 있다.

시인 박남수를 알아가기 위해서 우리는 먼저 그가 남긴 시론을 통해 그의 작품을 지배하고 있는 문학관을 살펴볼 필요가 있다.

> 최대의 단순 속에 최대의 예술이 있다(부르-노 · 다우트).

이 말은 모름지기 동양 예술의 전통을 요약한 구句이라 믿는다. (…중략…) 훌륭한 표현이란 〈짧고 비약적인 함축적인 언어〉(이효석 씨)로, 자기가 의욕한 세계를 틈없이 그려내는 것이다. 절약미처럼 동양의 특징적인 것은 없다.

이런 의미에서 언어를 정복하지 못한 예술가(문학가)처럼 불쌍한 것은 없다. 좋은 소재(사상)를 소재로서만 제공한 것은 결국 예술 작품이 아니다. 그러나 하나의 소재를 갖지 못한 채 작품을 다룬다고 해도 역시 작품을 제작할 수 없다. 언어유희란 여기서 출발한 것이다. 적어도 사상이 예술 속에 포섭되어 있을 때만 예술은 탄생한다. 사상이란 거대한 그것만을 지칭함이 아님은 물론이다.(박남수, 「조선시의 출발점」, 『문장』 2권 2호, 1940. 2, 161쪽)

박남수는 "최대의 단순 속에 최대의 예술이 있다"는 부르-노·다우트, 그리고 "짧고 비약적인 함축적인 언어"라는 이효석의 말을 인용해서 자신의 문학관을 나타낸다. 그 내용을 간단히 정리하면, 문학은 짧고 비약적인 함축 있는 언어 표현으로 이루어져야 하며, 소재주의나 언어유희를 경계하고 표현과 사상의 예술적 조화를 강조해야 한다는 것이다. 이러한 문학관은 초기뿐만 아니라 후기에 이르기까지 지속되면서 그의 시에 영향을 끼치게 되는데, 첫 시집 『초롱불』에서도 시의 미학적 구축에 대한 시인의 생각을 읽을 수 있다.

외로운 마을이
나긋나긋 오수午睡에 조을고,

넓은 하늘에
솔개미 바람개비처럼 도는 날……

뜰 안 암탉이

제 그림자 쫓고

눈알 또락또락 겁을 삼킨다.

―「마을」

이 시의 구도는 단순 명확하다. 한가한 시골 마을에서 솔개미의 등장으로 잔뜩 겁을 삼킨 암탉의 긴장된 모습이 심미적으로 처리되고 있다. 이 시를 두고 시인 김춘수는 "이미지가 순수하고 동시에 투명하다(김춘수, 「박남수론」)"라고 하였거니와 김광림은 이 시의 솔개미와 암탉의 대비에 주목하여 "광포한 약탈자로서의 솔개미와 연약하고 무기력한 암탉의 표상을 통해 일제군국주의와 식민지 백성의 겁먹은 표정(김광림, 「암시와 배경의 흔들림」)"을 드러내는 작품으로 해석하기도 하였다. 그러나 이 시를 한 폭의 서경화로 보든지 민족의 현실을 비유적으로 처리한 작품으로 보든지 간에 시인의 이미지즘적인 면모가 잘 드러나는 작품이라는 데는 이론의 여지가 없는 듯하다.

1940년 첫 시집 『초롱불』 발간 이후 17년 만에 펴낸 두 번째 시집 『갈매기 소묘』는 그의 시업의 본격적 출발점이라고 이야기된다. 혹자는 박남수의 시적 역정을 "'새'에서 출발하여 '새'로 돌아간 회귀의 길(김명인, 「박남수론 2―새와 길」)"이라고 이야기한다. 그가 남긴 8권의 시집 중에서 새의 이름을 가지고 그 제목을 삼은 시집이 2권이며, 새를 주제로 하거나 새의 이미지를 사용한 시가 전체 시편의 많은 부분을 차지하고 있기 때문이다.

1

하늘이 낮게

드리고

물 면面이

보푸는

그 눌리워

팽창한 공간空間에

가쁜 갈매기 하나

있었다.

—「갈매기 소묘素描」 부분

이 시에서 갈매기는 가장 작아진 육신조차 가눌 수 없도록 무겁게 전쟁의 폐허 위에 떠 있는 새로 표상된다. 갈매기는 시인 자신의 은유이며 다섯 번째 시집 『사슴의 관』에 실린 '속續 갈매기 소묘'라는 부제를 달아놓은 「비가悲歌」와 함께 읽을 때 그 의미가 어렵지 않게 유추된다. 「비가」는 전쟁으로 인해 할머니와 어머니가 계신 고향을 등지고 시인이 부산으로 피난 오게 된 과정을 사실적이고 역사적인 관점에서 그리고 있다. 이에 따르면 이 시의 '가쁜 갈매기'는 현실에 찌든 시인 자신의 그림자임을 알 수 있다.

이렇듯 자기 분신으로서 새를 발견한 시인은 세 번째 시집 『신神의 쓰레기』에서 새가 새 그 자체로서 살아가는 공간을 만들어낸다.

1

하늘에 깔아논

바람의 여울터에서나

속삭이듯 서걱이는

나무의 그늘에서나, 새는

노래한다. 그것이 노래인 줄도 모르면서
새는 그것이 사랑인 줄도 모르면서
두 놈이 부리를
서로의 쭉지에 파묻고
다스한 체온體溫을 나누어 가진다.

2
새는 울어
뜻을 만들지 않고,
지어서 교태로
사랑을 가식假飾하지 않는다.

3
―포수는 한 덩이 납으로
그 순수純粹를 겨냥하지만,
매양 쏘는 것은
피에 젖은 한 마리 상傷한 새에 지나지 않는다.
―「새 1」

새는 하늘에서나 나뭇가지에서나 어디에서든지 노래한다. 그리고 그것이 노래인 줄도 모르고 노래한다. 이 시의 새는 살아서 노래하고 비상하면서 어떠한 가식도 허여됨이 없이 순결무구하다. 무의미한 울음을 울고 무작위적인 몸짓을 하는 새가 순수의 실체라면 그러한 순수를 지향하되 그것을 붙잡아 순수를 더럽히는 자가 인간이라는 관념이 이 시의 시작과 끝을 이루고 있다. 새와 인간의 거리에서, 하늘과 땅의 공간에서 시인의 시 의식은 깨어나고, 살아가고 있는 것이다. 그러나 시인은 이내 본질적으로 서로 다른 것처럼 보이는 새와 인간, 하늘과 땅이 필연적으로 연관되어 있음을 발견한다.

어둠은 새를 낳고, 돌을
낳고, 꽃을 낳는다.
아침이면,
어둠은 온갖 물상物象을 돌려주지만
스스로는 땅 위에 굴복한다.
무거운 어깨를 털고
물상物象들은 몸을 움직이어
노동勞動의 시간時間을 즐기고 있다.
즐거운 지상地上의 잔치에
금金으로 타는 태양太陽의 즐거운 울림.
아침이면,
세상은 개벽開闢을 한다.
—「아침 이미지 1」

네 번째 시집 『새의 암장暗葬』에 실린 이 시는 박남수의 후기시를 대표하는 '아침 이미지'라는 제목이 붙은 연작시의 하나이다. 이 시는 순간적으로 변환하는 여명의 세계를 형상화하고 있다. 밤의 어둠과 아침의 밝음으로 교차되어가는 질서 속에서 삶은 비로소 삶의 형태를 갖는다. 밝은 빛 속에서 물상들은 생기 있게 활동하며 노동의 시간을 즐긴다. 물상들의 즐거운 노동은 잔치와 다름없이 흥성거리고, 태양마저 금빛으로 어우러져 세상은 온통 즐거운 울림이 된다. 이처럼 충만한 빛의 세계, 물상과 태양이 어우러져 이루어진 아침 이미지는 개벽한 세상, 즉 완전히 새로운 공간으로 인식된다. 개벽한 세상의 즐거움에 들떠 있는 이 시에서 빛을 향하고자 하는 시인의 의식을 엿볼 수 있다.

새로서 순수를 이미지화하는 시인 박남수가 지닌 상상력의 근저에는 그가 월남으로 고향을 등진 이후, 평생을 두고 뿌리를 내리지 못한 채 떠돌았던, 이른바 경계인marginal man으로서의 의식이 자리하고 있다고 흔히 이야기된다. 잃어버린 것들에 대한 본연적인 향수가 새의 이미지를 통한 끊임없는 질문에 맞닿아 있다고 보는 것이다. 그런 의미에서 그의 시 세계는 초기시에서 후기시까지 유다른 일관성이 살펴진다. 물론 새의 의미에 대한 상상은 시인의 말처럼 자유지만 말이다.

> 나의 경우 〈새〉라는 말이 많이 사용되는데, 이 〈새〉를 구체적으로 설명한다면, 그 작품의 흥미는 반감될지도 모른다. 사실 나는 가끔 〈그 새는 무엇을 의미하죠?〉라는 질문을 받지만 멋쩍게 씩 웃어 보이는 것이 고작이요 아직까지 한번도 〈새〉의 풀이를 한 일이 없다. 나는 그때마다 오히려 〈그 새가 뭘로 보이죠?〉 하고 반문해본다. 그러면 각양한 답을 들려주어 나를 즐겁게 해준다. 그 각양각색의 풀이는 시인의 즐거움이 된다.(「구차한 설명」, 『문학사상』 통권 6호, 1974, 289쪽)

Ⅲ

이제 새의 시인 박남수를 그의 생애를 통해 보다 찬찬히 이해해보자. 그는 1918년 5월 3일 평양에서 출생하였으며 1994년 9월 17일 미국 뉴저지에서 타계하였다. 그는 일제 암흑기, 6·25전쟁, 4·19, 5·16 등 무수한 역경과 좌절의 세월을 지나오면서도 시작 생활을 계속해왔다. 1994년 이주의 땅 미국에서 시업을 마감하기까지 54년이라는 장기간에 걸친 그가 걸어온 시의 역정은, 1951년 월남 이후 연속되는 실향의 삶과 무관하지 않다.

1918년 5월 3일 평안남도 평양시 진향리에서 태어난 그는 중학생이던 1932년 〈조선중앙일보〉에 「삶의 오료悟了」라는 나이에 걸맞지 않은 조숙한 제목의 첫 작품을 발표한다. 이 시기 30~40편의 작품을 쓰고 '시계'라는 이름으로 시집 간행을 준비하였지만, 일제의 까다로운 검열과 경제적 여건으로 시집은 끝내 빛을 보지 못하였다. 또한 1935년 그의 나이 18세 때에는 『조선문단朝鮮文壇』의 현상 문예에 희곡 「기생촌妓生村」이 당선작 없는 가작으로 뽑혔으나, 학생 신분으로 게재료 5원을 내기가 어려워 연극·영화를 포기하게 되었음도 한 대담을 통해 밝힌 바 있다.(박남수·김종해, 「시적 체험과 리얼리티」, 『심상』, 1974. 8)

그러던 그가 중앙 문단에 등단하게 된 것은 김종한의 권유와 정지용의 추천으로 이루어진 『문장文章』지를 통해서였다. 추천을 받을 무렵인 40년대에 그는 시 작품과 함께 두 편의 시론도 발표한다. 「조선시의 출발점」(문장, 1940. 1)과 「현대시의 성격」(문장, 1941. 1)이 그것인데, 시의 예술성과 사상성의 관계를 다루고 있는 이 논문들은 박남수 시의 출발점과 성격을 이해하는 데 매우 중요한 자료가 되고 있다. 그는 「조선시의 출발점」에서 "훌륭한 표현만이 예술가의 특권이다. 전달에 그치는 예술이란 있을 수 없는 것이다"라고 말한다. '표현'이란 예술 작품을 만드는 방법이고, '사상'은 소재에 지나지 않으며 소재를 제공하는 것은 예술 작품이 아니라는 것이다. 「현대시의 성격」에서도 "예술이란 궁극에 있어 표현이라는 말로서 끝날 것"이라고 하여 표현의 중요성을 강조하고, 표현이란 "기교의 완성"이라고 단정하고 있다. 시의 예술성에 대한 그의 이러한 인식은 작품에 고스란히 반영되어 그를 한국 모더니즘 시사에서 중요한 궤적을 남긴 시인으로서 자리매김하게 하고 있다.

그의 첫 시집은 1940년 『초롱불』이라는 이름으로 간행된다. 이 시집에서 시인의 주된 관심은 고향에 있었고, 고향은 시집 전체를 통해 마을이라는 이름의 구체적 장소로 제한되어 있다. 여기에 실린 시들은 그의 이미지스트적인 면모를 가장 잘 보여준다고 평가되기도 하지만, 혹자는 여기에서 "마을로 상징되는 고향의 궁핍에 대한 고발의 형식(이명찬, 「박남수 시의 재인식」, 『한국시학연구』 31, 2011, 204쪽)"을 읽어내기도 하였다. 이 시집에 실려 있는 총 16편의 작품들 중 『문장』지 추천작의 하나이자 시인이 "농민들의 생활상을 시화詩化해놓은 것"이라고 언급했던 시 「밤길」을 통해 그 면모를 살펴보자.

개고리 울음만 들리든 마을에
굵은 비방울 성큼성큼 나리는 밤……

머얼리 山턱에 등불 두 셋 외롭고나.

이윽고 홀딱 지나간 번개불에
능수버들이 선 개천가를 달리는 사나히가 어렸다.

논뚝이라도 끊어서 달려가는길이나 아닐까.

번개불이 슬어지자,
마을은 비나리는속에 개고리 우름만 들었다.
—「밤길」

이 시에는 비 내리는 마을의 밤 풍경이 포착되어 있다. 단순한 밤 풍경의 스케치로 보이는 이 시를 "사회적인 데 관심을 가지고 있(박남수·김종해, 「시적 체험과 리얼리티」, 『심상』, 1974. 8)"다던 시인의 당시 언급에 비추어 살펴보면 한밤중이라는 시간 설정을 마을의 궁핍에 대한 상징화로 바라볼 수 있다. 이때 "홀딱 지나간 번개불"은 잠깐 동안이나마 어둠을 밝히는 장치가 되며, 이 번갯불에 어리는 "사나히"는 한밤중인 마을의 위기감을 구체화시키고 위기의식을 보여주게 된다. 이렇듯 이 시기 보였던, 주관적 서술을 배제하고 풍경을 객관화시켜 제시하는 시인의 태도는 이후에도 지속되며 그의 시적 특성을 형성하게 된다.

초기시의 세계를 정리한 다음 그는 10년간의 공백기를 갖는다. 10년간의 공백기를 거치고 그가 다시 본격적인 작품 활동을 하는 것은 피난지 부산에서이다. 그가 평양에서 다녔던 조선식산은행朝鮮殖産銀行을 사임하고 월남하는 것은 1951년 1·4후퇴 때이다. 그가 남하하여 쓴 작품으로는 「할머니 꽃씨를 받으시다」, 「시원류전始源流轉」, 「원죄原罪의 거리」 등이 있다. 이 무렵의 시 세계는 "전쟁의 악과 비참상을 그려 동족상잔의 비극을 은연중 고발하고 있지만 자연의 생명력과 영구불변의 아름다움을 통해 희망을 저버리지 않는(김광림, 「언어와 존재」, 『박남수·김종한』, 213쪽)" 것으로 요약된다.

피난지 부산에서 "가쁜 갈매기 하나"였던 그는 1958년 그의 두 번째 시집 『갈매기 소묘』를 상재한다. 그 후 그는 『신의 쓰레기』(1964), 『새의 암장』(1970), 『사슴의 관』(1981) 등의 시집을 펴낸다. 『갈매기 소묘』에서 최초로 분명하게 형상화되는 새의 이미지는 그가 1975년 미국 플로리다로 이주하기까지, 그리고 이주한 다음에도 한결같이 드러나는 시의 중심적 이미지이다. 이처럼 그의 시에는 새의 궤적을 통해 삶의 도정을 형상화하려는 노력이 지속적으로 나타난다.

김 : 때로는 〈새〉의 배후엔 죽음과 허무가 짙게 도사리고 있음을 봅니다. 근래엔 죽음과 허무에 대한 집착과 인식이 아주 깊게 나타나 보이고 있던데요. 특히 연작시 「새의 암장暗葬」에서는…….

박 : 6·25 전에는 나는 죽음이란 것을 보지 못했습니다. 6·25 때에 많은 죽음과 그 후 나의 장인과 처남, 친구들의 죽음을 보았지요. 아마 거기서 내 나름대로 죽음을 느끼게 된 것이고, 이것에 대한 체험적인 것에서도 그렇지만, 또 나이를 먹어가고 있다는 것에서도 관계되었겠지요.(박남수 · 김종해, 「시적 체험과 리얼리티」, 『심상』, 1974. 8)

박남수 시인처럼 소위 '삼팔따라지'[1]라 불리는 월남인들은 생활의 곤란과 사상 검증, 소외의 문제에 직면하였고, 이러한 부분들이 월남한 문인들의 작품 속에 소외와 고독, 망향과 같은 복잡한 감정으로 종종 발견되곤 한다. 그는 자신의 재북 시절 행보에 대해 현수玄秀라는 가명을 써서 『적치육년赤治六年의 북한문단北韓文壇』이라는 책을 발간하기도 하였다. 이를 통

1) '삼팔따라지'는 삼팔선 이북에서 월남한 사람을 속되게 이르는 말이다.

해 그가 재북했던 시기의 창작 활동을 추적할 수 있거니와 이는 한편으로 월남 문인으로서 남한에 스스로를 정위시키기 위한 그의 노력을 보여준다고 할 수 있다.

이렇듯 남한 땅에서의 정착을 꿈꾸었던 그가 1975년 4월 돌연 미국으로 이민을 가게 된다. 그 이민은 갑작스러워서 지인들은 "한편 놀라고, 한편 섭섭하고, 나아가서는 원망스럽기"(문덕수, 「박남수론」)까지 했다고 한다. 이민의 이유에 대해서는 다음과 같이 추측되었다.

> 남수 씨의 경우는 단순히 생활과 가족과의 재결합을 위해서인 듯하다. 씨는 가족들이 떠나간 후에도 하숙 생활을 하면서 일자리가 생기면 끝내 머물러 있으려 했다. 하마 생길 법했던 일거리마저 흐지부지되자, 대학의 시간 강사 10여년에 전임도 못 된 고국에서 체면이나 차리고 멘츠를 세우기 위해 아무 일도 못하느니보다 차라리 자유업을 할 수 있는 이국을 택했던 것 같다.(김광림, 「갈매기는 왜 날아갔는가」, 『사슴의 관冠』 해설, 1981)

도미 후 박남수는 청과상을 차려 3년 가까이 일을 해서 생활의 기반을 다졌고 시작도 게을리하지 않았다. 『사슴의 관』, 『서쪽, 그 실은 동쪽』, 『그리고 그 이후』, 『소로』 등이 모두 이민기에 낸 시집들이다. 도미 6년 후인 1981년에 간행된 『사슴의 관』은 도미 직전 국내에서 쓴 작품들이 주종을 이루고 있고 『그리고 그 이후』는 먼저 타계한 아내의 영전靈前에 바치는 것으로 되어 있다. 그리고 도미 이후 틈틈이 쓴 작품들을 모은 것이 시집 『서쪽, 그 실은 동쪽』이고 1994년의 『소로』는 그 이후의 시들을 묶은 것이다. 이 외에도 그는 서사시 「단 한 번 세웠던 무지개―살수대첩」(민족문학대계, 동화출판공사, 1975)을 남겼으며, 『박남수·김종한』(한국현대시문학대계 21, 지식산업사, 1982)과 『어딘지 모르는 숲의 기억』(미래사, 1991) 등 두 권의 시선집 및 한 권의 공동시집 『새소리』(삼성출판사, 1992)를 엮었다.

그를 떠올리면 처음 나고 성장하여 문학의 꿈을 키워 희곡과 시를 습작하던 숭인상업학교까지의 평양과, 일본 중앙대학 법학부 유학 중 김종한 시인 등을 만나 그 영향으로 『문장』지에 시가 추천되어 등단하였던 동경과, 1945년 문학 활동을 쉬고 조선식산은행에서 일했던 진남포와, 1951년 1·4후퇴 이후 월남하여 피난 생활 했던 부산과, 휴전 후 거의 4반세기를 보낸 서울과, 1975년 돌연히 서울을 떠나 이주해 살았던 미국으로 이어지는 지난했던 여정을 생각하지 않을 수 없다. 이 과정에서 우리는 실향인으로서 어느 한 곳에 제대로 뿌리박지 못한 채 떠돌 수밖에 없었던 시인 특유의 자의식을 작품과 함께 자연스럽게 떠올리게 된다.

Ⅳ

박남수 시의 전모나 특징을 논의하고 있는 글들은 많지 않다. 많은 글들에서 그는 주지적 이미지스트이자 모더니스트 시인이라고 평가받아 왔다. 김춘수는 박남수의 시편에서 드러나는 관념적 요소가 소박한 단계에 머문다고 이야기하며 이후 그에게 이미지스트 내지는 온건한 모더니스트라는 수식어를 달아주는 데 일조하였다.

> 날카로운 언어 감각을 때로 보여주고 있는 이 작자가 의외로 세계관이나 철학은 소박한 것 같다. 세계관이나 철학, 즉 관념을 담고 있는 작품들의 그 관념들이 예외 없이 소박하다. 이런 뜻으로서도 이 작자의 본령은 감각의 세계—감

각 위에 세워진(관념이 배제된) 미학에 있다고 하겠다. 즉 관념에 때 묻지 않은 순수한 이미지를 구축構築하는 것과 그것들의 연결에 있어 시적 논리를 참신한 방향으로 시도해보는 일에, 그 미학적 입지가 있다고 하겠다. 이러한 미학적 입지는 20년대의 고월古月 이장희李章熙와 30년대의 정지용鄭芝溶에게서도 뚜렷이 나타나고 있다.(김춘수, 「박남수론」, 『심상』, 1975. 6)

그의 말처럼 박남수가 추구한 순수의 절대 세계가 이미지스트 시인으로서의 입지를 굳건하게 했을 뿐 삶의 현실적 맥락과는 단절된 것인지도 모르겠다. 그러나 박남수 시의 상상력이 현실에 대한 반성적 인식이 배제되었다고 보든, 그것을 삼팔따라지의 필연적 선택으로 보고 그가 "경계인이 겪는 삶의 아픔과 극복 의지를 시로 형상화(이건청, 「경계인의 시 세계」, 『한국학논집』, 1998)"했다고 보든 간에 그가 보여준 시와 삶에 대한 끈질긴 집념과 성찰적 태도는 의미 있게 기억되어야 할 것이다. 그 의미를 되새기며 낯선 땅에서 언제나 고국을 그리워하고 새처럼 비상을 꿈꾸었던 시인 박남수에 대한 이야기를 마치고자 한다.

새처럼
날아오르고 싶다. 언제나
결국은 도로 내려와, 어느
난간이나 나뭇가지에 앉지만, 새는
앉아 있기보다 날기를 위해
존재한다. 우리가
끝없는 하강을 하면서도
항상 생각은 위로 오르듯이

모양으로는 보이지 않는

빛으로 찬 그곳을

언제나 그리워한다.

—「하늘에의 향수鄕愁」 마지막 부분

늦은 저녁 때 오는 눈발은 말집 호롱불 밑에 붐비다

늦은 저녁 때 오는 눈발은 조랑말 발굽 밑에 붐비다

늦은 저녁 때 오는 눈발은 여물 써는 소리에 붐비다

늦은 저녁 때 오는 눈발은 변두리 빈터만 다니며 붐비다.

따뜻한 겨울눈을 사랑한 시인

/**최미숙** 상명대학교 교수

I 겨울이 되면 생각나는 시

추운 겨울이 오고 눈이 내릴 즈음이면 생각나는 시들이 있다. 대략 그 시들을 꼽으라면 백석의 「나와 나타샤와 흰 당나귀」, 정지용의 「춘설春雪」, 김춘수의 「샤갈의 마을에 내리는 눈」, 김수영의 「눈」, 고은의 「눈길」, 박용래의 「저녁눈」, 최승호의 「대설주의보」 등을 들 수 있을 것이다. 이 시들 중에서 나에게 가장 먼저 떠오르는 시를 고르라면 단연 박용래의 「저녁눈」이다. 여러 시인들 중에 한 시인을 선택하여 원고를 써야 하는 이 상황에서 내가 다른 시인을 제쳐두고 굳이 박용래 시인에 대한 이야기를 써보겠다고 했던 것도 아주 오래전 어느 겨울 「저녁눈」을 처음 읽으면서 느꼈던 잔잔한 감동 때문이다.

박용래 시인이 살아온 이력을 잘 정리한 연보로는 박용래 시전집 『먼 바다』(창비, 1984)에 실린 이문구의 「박용래 약전略傳」, 홍희표 시집 『눈물점 박용래』(문학아카데미, 1991)에 실린 「싸락눈과 먼 바다 사이」를 참조하는 것이 좋다.[1]) 두 글에 따르면 박용래는 1955년 『현대문학』에 「가을의 노래」로 박두진 시인의 첫 추천을 받은 뒤, 이어서 「황토길」 「땅」 등으로 3회 추천을 받아 정식으로 문단에 오른 시인이다. 1961년 제5회 충청남도문화상을 수상했고 1969년에 첫 시집 『싸락눈』을 출간했으며, 「저녁눈」으로 『현대시학』이 제정한 제1회 작품상을 수상하기도 했다. 대전의 시인들인 최원규 · 조남익 · 홍희표 등과 함께 6인시집 『청와집靑蛙集』(1971)을 냈고, 이후 제2시집이자 시선집인 『강아지풀』(1975)과 제3시집 『백발白髮의 꽃대궁』(1979)을 출간했다.

박용래 시인은 1980년 11월 21일, 향년 55세에 심장마비로 별세했다. 그해 12월 시 「먼 바다」와 시집 『백발의 꽃대궁』으로 『한국문학』이 제정한 제7회 한국문학작가상을 수상했다. 박용래 시인 생전의 모든 시 작품을 총결산한 시전집이 『먼 바다』(1984)라는 제목으로 나왔는데, 이 시집은 제1부에 유고 4편을 비롯하여 74년부터 80년까지의 작품을 실어놓았고, 제2~4부에서는 이미 간행된 시집에 수록된 전 작품을 모아 엮어놓았다. 이후 박용래 산문집 『우리 물빛 사랑이 풀꽃으로 피어나면』(문학세계사, 1985)이 출간되기도 했다.

박용래의 시에 대한 문단의 평가는 풍성하다. 홍희표는 "우리의 풍광과 향토와 풍물을 통해 고유의 이미지와 운율을 만들기 위해 관념이 배제된 간결한 어조로 사물의 본질을 노래"(「싸락눈과 먼 바다 사이」)한 시인이라고 평가했고, 조창환은 "사라져가는 것들에 대한 허무한 아름다움을 사랑한

1) 홍희표는 「싸락눈과 먼 바다 사이」에서 이문구가 정리한 박용래 시인의 연보를 보완하여 작성하였다고 하였다. 이 점을 고려하여 이 글에서는 주로 홍희표가 작성한 연보를 참조하였다.

시인(「박용래 시의 운율론적 접근」, 『시와시학』 창간호, 1991)"이라고 했다. 신경림은 "자칫 투박할 수 있는 사물들을 꿰어 옥처럼 빛나게 하는 그 탁월한 미적 감각"(「눈물과 결곡의 시인」, 『시인을 찾아서』, 우리교육, 1998)을 지닌 시인이라고 했으며, 이문구는 "앞에도 없었고 뒤에도 오지 않을 하나뿐인 정한情恨의 시인"(「박용래 약전」)이라고 소개하기도 했다. 한편 이은봉은 박용래의 시가 지니고 있는 사회의식 혹은 현실의식에 대해서는 많은 연구가 눈을 돌리고 있는 것으로 보인다면서 "시인 박용래 또한 그 나름으로 당대의 사회적 모순을 형상화한 작품을 적잖이 남기고 있다"(「박용래 시의 한과 사회현실성」, 『시와시학』 창간호, 1991)라고 평하기도 했다.

대체로 보면 박용래 시인을 소개하거나 평하는 글에서 자주 등장하는 어휘는 '향토와 풍물', '사라져가는 것들', '잊힌 것들', '소멸', '정한', '눈물' 등이다. 왜 이런 수식어가 붙었을까. 이를 알기 위해서는 아무래도 박용래의 시와 함께 시인의 삶의 궤적을 따라가 보는 것이 필요할 것 같다.

박용래 시인에 대해 자세히 알고 싶으면 이문구의 「박용래 약전」, 홍희표의 「싸락눈과 먼 바다 사이」, 신경림의 「눈물과 결곡의 시인」을 참고하는 것이 좋겠다. 이 세 편의 글에 박용래 시인의 삶, 일화, 작품 세계에 대한 이야기가 자세하게 펼쳐져 있으며, 세 글쓴이 모두 박용래 시인 생전에 각별한 만남을 가졌던 문인들이기 때문이기도 하다. 특히 홍희표 시인은 박용래 시인이 아끼던 후배 시인이자 가장 자주 만났던 시인이기도 한데, 그가 출간한 『눈물점 박용래』는 박용래 시인과 관련 있는 시, 그의 시를 모방하거나 패러디한 시를 묶어 시집으로 낸 것이다. 이들의 안내를 받으며 박용래 시인의 삶과 문학의 세계로 함께 들어가 보자.

Ⅱ 작고 사소한 것들에 대한 애정과 연민

1991년 창간한 『시와시학』이 창간호 특집으로 현대 시인 집중 연구를 실었는데, 그때 다루었던 시인이 바로 박용래 시인이다. 특집 지면 첫 페이지에 실린 박용래 시인 소개 글은 박용래 시인의 특성을 잘 드러내주면서 동시에 박용래 시를 독자에게로 초대하는 역할을 하고 있다.

> 눈물의 시인 朴龍來(1925~1984)를 기억하시는지요?
>
> 요즘같이 거칠고 소란한 시대에는 도무지 어울릴 수 없는 분이지만, 그렇기에 더욱 그립고 소중하게 생각되는 분이시지요. 시란, 시를 쓰는 일이란 과연 무엇이겠습니까? 자연과 인간의 본원적인 쓸쓸함을 드러내고, 외로움과 그리움을 노래하며 착한 것, 약한 것, 슬픈 것을 사랑하는 휴머니즘의 고향으로 돌아가는 일이 아닐런지요. 한생애를 쓸쓸함과 그리움 속에서 쓸쓸하게 살다간 시인 박용래, 그의 시적 진실과 예술적 성취를 통해 이 시대 시의 바람직한 한 방향성을 모색해 보시면 어떠하시겠습니까?

이 글에서 표현한 것처럼 시란, 시를 쓰는 일이란 "자연과 인간의 본원적인 쓸쓸함을 드러내고, 외로움과 그리움을 노래하며 착한 것, 약한 것, 슬픈 것을 사랑하는 휴머니즘의 고향으로 돌아가는 일"이라면 이것을 가장 잘 드러낸 시인이 바로 박용래 시인일 것이다.

홍희표는 「싸락눈과 먼 바다 사이」에서 박용래 시인의 문학적 출발은 추천을 받은 1955년부터가 아니라 중학교 2학년 때로 거슬러 올라가야 한다고 말하고 있다. 그의 시의 중요한 소재 중 하나인 '홍래 누이'에 대한 죽음으로부터 박용래의 시적 출발과 시의 모티브를 이해할 수 있다는 것이다. 중학교 2학년 때의 박용래에게 도대체 무슨 일이 있었던 것일까.

이문구와 홍희표에 의하면 박용래는 1925년 음력 1월 14일, 충청남도 논산군 강경읍 본정리에서 밀양 박씨 가문의 3남 1녀 중 막내로 태어나 강경읍 중앙보통학교와 강경상업학교에서 수학했다. 중학교 2학년 때, 시집간 지 1년도 채 안 된 홍래 누이가 산후 대출혈로 사망하면서 박용래는 큰 슬픔에 빠졌다고 한다. 박용래 시인은 이때 받았던 충격을 「홍래 누님」(『우리 물빛 사랑이 풀꽃으로 피어나면』)이라는 글에서 다음과 같이 표현했다.

> 슬픈 전갈은 야심, 강 건너 마을에서 왔다. 어머니는 가슴을 치며 길길이 뛰시다 기절을 하고 아버지는 온 울안을 대낮처럼 등불로 밝히고 혹시나 기적을 기다리며 밤을 새웠다.
>
> 중학교 2학년 나는 울지도 못했다.
>
> 시퍼렇게 얼어붙은 강심만이 원망스러웠다.

이 사건으로 박용래는 삶에 회의를 품기 시작하고 내성적인 성격으로 돌변하였다고 한다.[2] 어렸을 때부터 유달리 따르고 사랑했던 누이를 잃은 데서 오는 충격, 그 누이에 대한 사무치는 애틋한 그리움이 아마도 박용래 시의 저변에 잠재된 채 스며들었을 것이다. 그래서일까, 많은 평자들이 박용래의 시에서 눈물, 비애, 슬픔, 한 등의 정서를 읽어낸다. 대표적인 예로 최동호는 「한국적 서정의 좁힘과 비움 : 박용래의 시 세계」(『시와시학』 창간호, 1991)에서 박용래를 "눈물이나 비애 그리고 슬픔의 감정 그 자체를 시

---

2) 한편으로 강인한 성격 역시 여전하여 정구 선수와 대대장으로 활약했다고도 한다.

적 원동력으로 삼"아 "한국적 서정시의 원점에서 조금도 비켜서지 않고 일관되게 자신의 시 세계를 전진시켜 갔던 시인"이라고 고평하면서 "그의 시는 잊혀진 것에 대한 연민이며, 버려진 것에 대한 공감을 기초로 하고" 있다고 하였다.

박용래 시에는 유독 착하고, 약하고, 슬픈 것, 그리고 작고 사소한 것들이 자주 등장한다. 고향 집 마늘밭, 마당귀, 김칫독, 시래기, 돌절구, 호롱불, 변두리 빈터, 아궁이, 쑥부쟁이, 곰팡이, 반짇고리 실타래, 얼레빗 참빗 등의 시어들은 작고 사소한 것들이기도 하거니와 또 사라져가는 것들이기에 슬프기도 한 것들이다. 또 너무 일상적인 것들이어서 평소 우리들의 주목을 받지 못하는 대상이기도 하다. 박용래는 이러한 대상들에 따뜻한 시선을 주어 숨을 불어넣고 있다.

眞實은
眞實은

지금 잠자는 곰팡이뿐이다
지금 잠자는 곰팡이뿐이다

누룩 속에서
광 속에서

酩酊만을 위해
오오직

어둠 속에서

…………

거꾸로 매달려

—「곰팡이」 전문

광에 있는 누룩 속의 곰팡이에게도 시인은 눈길을 주고 입김을 불어넣어 그 대상들에 고유한 언어를 창조해내고 있다. 이러한 표현들은 우리 주변의 작고 사소하고 여린 대상에 대한 애정과 연민이 없이는 가능하지 않을 것이다.

그 애정과 연민으로 작고 사소하고 슬픈 것들은 더 이상 작지 않으며 사소하지 않고 슬프지 않게 다가온다. 오히려 우리가 힘들고 어려울 때, 그 존재만으로도 따뜻하게 우리 마음을 가득 채우는 대상으로 되살아난다. 가끔 마음이 천근같이 시름겨울 때, 박용래 시인의 「버드나무 길」을 읽으며 우리의 시름도 함께 잊어보자.

맘 천근 시름겨울 때

천근 맘 시름겨울 때

마른 논에 고인 물

보러 가자

고인 물에 얼비치는

쑥부쟁이

염소 한 마리

몇 점의 구름

紅顔의 少年같이

보러 가자.

—「버드나무 길」 부분

Ⅲ 겨울눈과 박용래

박용래는 강경상업학교를 졸업한 후 조선은행에 입사하여 서울 본점에서 근무한 이력이 있다. 조선은행에 근무하던 1944년에 박용래는 블라디보스토크행 조선은행권 현금수송 열차의 입회인을 자청하여 두만강을 건너갔다 왔다. 블라디보스토크행 현금수송 열차를 타고 가면서 바라본 겨울눈에서 그는 매우 강렬한 인상을 받은 듯하다.

1970년대 말 어느 겨울 저녁때 이문구와 함께한 술자리에서 박용래는 그때의 감회를 털어놓는데, 그 장면을 이문구는 소설 「관촌수필」의 '공산토월空山吐月'에서 자세하게 서술했을 뿐만 아니라 「박용래 약전」에서도 인용하고 있다. 이 부분이 박용래의 시 세계를 이해하는 데 중요하다고 생각되어 여기에서도 다시 한 번 인용하고자 한다.

그러께, 눈발이 희뜩거리던 겨울 어느 날 이른 아침, 갑자기 내가 보고 싶어져 무턱대고 새벽 첫차로 상경했노라며, 내가 출근하기 전부터 내 근무처 건물의 지하 다방에서 기다리고 있었던 박용래 씨만 해도, 그가 정과 한에 어혈이 든 눈물의 시인이라는 사실을 깨닫게 된 것은 실로 그날 아침의 일이었다.

아침 9시부터 백제 유민 박씨와 나는 난로에 후끈한 중국집 식탁에 늘어붙어 창밖에 쏟아지는 함박눈을 내다보며 고량주를 마셨다. 하늘의 선심 같은 푸짐한 눈발 때문이었겠지만, 씨는 불쑥 밑둥 없는 말을 내놓았다.

"왜정 때, 내가 조선은행(한국은행)에 댕길 적에 말여……."

씨는 전재민같이 야윈 손가락으로 고량주잔을 삼키고 나서 말했다.

"조선은행권 현찰을 곳간차에 가득 싣고 경원선을 달리는디, 블라디보스톡까지 논스톱으루 달리는디 말여……."

"경비원으로 묻어 갔었다 그 말이라……."

"야, 너 왜 그러네? 왜 그려? 이래봬두 무장 경호원이 본인을 경호하던 시절이 있어야. 현찰 운송 책임을 내가 자원해서 했던 거여. 너 참 이상해졌다야. 왜 그려? 오— 그 눈…… 그 눈송이…… 그 두만강……."

"……."

"이까짓 눈두 눈인 중 아네? 눈인 중 알어? 너두 한심허구나야…… 원산역을 지날 때 눈발이 비치더니, 청진을 지나니께 정신읎이 쏟어지는디, 아— 그런 눈은 처음이었었어…… 아— 그 눈…… 그 눈……."

그는 이미 떨리는 음성이었고 두 눈시울에는 벌써 삼수갑산 저문 산자락에 붐비던 눈송이가 녹으며 모여 토담 부엌 두멍처럼 넘실거리고 있었다.

"차가 두만강 철교를 근너가는디…… 오! 두만강— 오, 두만강! 내 눈에는 무엇이 보였겄네? 눈! 그저 그 눈! 쌓인 눈, 쌓이는 눈…… 아무것두 안 보이구 눈 천지더라. 그 눈을 쳐다보는 내 마음은 워땠겄네? 이 내 심정이 워땠겄어?"

"워땠는지 내가 봤으야 알지유."

"그러냐, 야, 너두 되게 한심허구나야. 그래가지구 무슨 문학을 헌다구. 나는…… 나는 울었다. 그냥 울었다. 두만강 눈송이를 바라보며 한없이 한없이 그냥 울었단 말여……."

어느덧 그의 양어깨에 두만강 물너울이 실리면서 두 볼에는 강이 흐르고 있었다. 식민지 시대의 두만강이 흐르고 있었다.

"오, 두만강…… 오, 두만강 눈…… 오…… 오……."

그는 아침 9시 반부터 두만강을 부르며 울기 시작하여, 그날 밤 9시 반이 넘어 여관방에 쓰러져 꿈결에 두만강 뱃노래를 부를 수 있게 되기까지 쉬지 않고 울었다.

북녘의 추운 겨울, 블라디보스토크행 열차를 타고 가면서 바라본 눈 내리는 자연의 장엄함 앞에서 그는 그저 말을 잃는다. 자신의 눈앞에 그저 눈, 쌓인 눈, 쌓이는 눈, 정신없이 쏟아지는 눈, 아무것도 보이지 않은 채 그저 하얗게 펼쳐진 눈 천지를 마주하고 모든 것이 절연된 그 순간에 그가 할 수 있었던 것은 아무것도 없었다. 보잘것없는 한 인간이 대자연에 압도당한 채 웅장한 자연의 목소리를 듣는 순간이다. 판단은 정지되고 온몸의 감각은 오로지 당면한 광경 자체에 붙박여 버린 순간이기도 하다. 그 순간 언어를 잃어버린 그가 할 수 있었던 것은 오로지 한없이 한없이 우는 것뿐이었다. 아마도 그때의 심정을 대신할 수 있는 유일한 언어가 바로 울음 그 자체였을지도 모른다. 후일 만난 술자리에서 "그는 아침 9시 반부터 두만강을 부르며 울기 시작하여, 그날 밤 9시 반이 넘어 여관방에 쓰러져 꿈결에 두만강 뱃노래를 부를 수 있게 되기까지 쉬지 않고 울었다"라고 이문구가 회고한 것을 보면 그 강렬했던 순간의 울음은 그 기억을 회상하던 70년대 말까지도 생생하게 남아 있었던 듯하다.

그런 경험 때문이었을까, 눈에 대한 박용래 시인의 사랑은 각별한 듯하다. 블라디보스토크행 열차에서 바라본 눈은 기억 속의 저변에 남아 이후 박용래의 시에서 다른 모습으로 변주되면서 등장한다. 시전집 『먼 바다』에 실린 시 중에서 총 21편의 시에 '눈'이라는 시어가 등장한다. 새해 새 아침을 노래하는 시의 첫 행을 "눈을 밟는다"(「겨레의 푸른 가슴에 幸福 가득」)로 시작하는가 하면, 중학교 하급반 시절의 기억이 진눈깨비와 더불어 생각나기도 하고(「진눈깨비」), "희끗희끗 山門에 솔가린 양 날리는 눈발"을 보며 "넌 또 뭐라 할 것인가?"(「산문山門에서—홍희표에게」)라고 묻기도 한다. 시인에게 '눈'은 곧 새로운 출발이기도 하고 옛 기억이기도 하며 그리운 사람이기도 하고 사소한 일상이 문득 의미 있는 순간으로 다가오도록 하는 매개이기도 하다.

시에 등장하는 눈의 종류도 다양하다. 가장 많이 등장하는 시어는 '눈발'인데, 눈발 외에도 진눈깨비, 싸락눈, 송이눈, 함박눈, 눈보라, 폭설 등 다양한 눈이 등장하며, '눈' 앞뒤에 붙는 표현도 "눈발 털며 털며", "솔가린 양 날리는 눈발", "눈발 사근사근", "눈발 새록새록", "잦은 진눈깨비", "설레는 눈발", "장날 폭설", "송이눈 찬란히 퍼붓는 날", "눈보라 휘돌아간 밤" 등 다양하게 변주하며 등장한다. 이러한 변주 중에서 가장 주목할 만한 시, 박용래 시에 등장하는 눈의 특성이 가장 잘 드러난 시가 바로 「저녁눈」이라는 작품이다. 이 시가 표현하는 장면을 떠올리며 다음 시를 함께 읽어보자.

> 늦은 저녁 때 오는 눈발은 말집 호롱불 밑에 붐비다
>
> 늦은 저녁 때 오는 눈발은 조랑말 발굽 밑에 붐비다
>
> 늦은 저녁 때 오는 눈발은 여물 써는 소리에 붐비다
>
> 늦은 저녁 때 오는 눈발은 변두리 빈터만 다니며 붐비다.
>
> —「저녁눈」 전문

추운 겨울, 해가 지고 아직 밤이 찾아오기 전의 늦은 겨울 저녁은 을씨년스러우면서 고요하다. 그런데 그 고요함을 비집고 눈발이 붐비고 있다. 분주하게 붐비면서 그 고요한 정적을 깨고 눈발이 머무는 곳은 어디인가. 바로 말집 호롱불 밑, 조랑말 발굽 밑이며 여물 써는 소리가 들리는 곳이며 변두리 빈터 같은 쓸쓸한 장소다. 그런데 가만히 보면 이 시에서 붐비는 눈은 대자연의 장엄함을 연출하지도 않으며 겨울눈답게 차갑지도 않다. 오히려 소박하면서도 따뜻한 눈이다. 그렇게 느껴지는 이유는 무엇일까.

최동호는 "말집 호롱불, 조랑말 발굽, 여물 써는 소리, 변두리 빈터 등의 네 장면의 제시 이외에는 같은 주문의 반복에 불과한 이 시가 살아 있는 삶의 감각을 되살려주는 까닭"(「한국적 서정의 좁힘과 비움」)을 질문하면서 그 이유는 바로 가득 찬 것보다는 비워진 것을 또는 드러난 것보다는 가려진 것들의 의미를 일깨워 주기 때문이라고 했다. 그의 말대로 우리는 이 시에서 비워진 것, 가려진 것의 의미에 대한 깨달음을 얻을 수 있을 터인데, 실상 그것이 가능했던 것은 바로 대상에 대한 따뜻한 시각에서 연유한다.

일반적으로 이 시의 특성을 서술할 때 등장하는 '여백', '비움' 등이 단지 그것 자체를 드러내는 것에 그친다면, 우리는 이 시에서 연민이나 따뜻함을 느끼기 어려울 것이다. 이 시가 여백, 비움으로 끝나지 않고 우리에게 연민과 따뜻함을 느끼게 하는 이유는 바로 이 시에 등장하는 '눈발' 때문이다. 바로 그러한 빈 공간을 분주히 움직이는 눈발이 채워주고 있기 때문이며, 이 눈발이 평소 우리의 눈길이 머물지 않았거나 우리가 주목하지 않았던 장소와 소리를 찾아 붐비면서 우리의 마음을 채워주고 보듬어주기 때문이다. 이런 점 때문에 말집 호롱불, 조랑말 발굽, 여물 써는 소리, 변두리 빈터 같은 작고 소박하며 그동안 관심을 갖지 못했던 대상에 대한 따스한 연민과 애정의 시선을 느낄 수 있는 것이다.

박용래의 시에서 이러한 따뜻한 눈이 가능했던 것은 아마도 두만강을 지나며 바라본 숨 막힐 듯 압도당했던 대자연의 장엄함을 경험했기 때문이리라. 대자연과의 강렬한 만남은 이 우주 속에 존재하는 한 인간의 눈을 일순간에 변화시킨다. 눈발을 바라보던 그 순간 자신도 눈발이 되어 자연과 하나가 되는 경험 속에서, 내가 주체가 되고 자연물이 대상이 되는 관계가 아니라 자신이 이 우주 속에 존재하는 모든 대상과 동일한 하나의 개체라는 점을 온몸으로 느끼며 경험하게 된다. 박용래 시인도 그러했을 것이다. 이제 두만강에서 바라본 장엄한 눈발은 시인이 된 박용래의 언어와 만나면서 자연과 인간 존재에 대한 따뜻한 사랑의 언어가 되었고, 시 속에서 소박하면서도 따뜻한 눈이 되어 내린 것이다.

Ⅳ 마치며

박용래 시인의 시를 읽다 보면 시락죽, 아궁이, 변두리…… 이런 어휘들이 이렇게 아름다운 말이었던가 하고 새삼 놀라게 된다. 그냥 특별한 의미를 생각하지 않고 써오던 일상의 언어들이 박용래의 언어를 거치면 그들만의 각별하면서도 고유한 목소리를 가진 시가 된다.

박용래는 우리들의 일상적인 삶 자체가 최고의 시가 될 수 있다는 것을 보여준 시인이다. 일상에서 만나는 작고 사소한 것들이 박용래의 마음과 언어를 만나면서 아름답고 애틋하고 사랑스러운 것으로 다시 되살아난다. 그리하여 박용래의 시를 읽다 보면 내 주변의 작고 사소한 것들에 눈이 머물게 되고, 종내 그들을 사랑하게 된다. 눈발이 날리다 머무는 곳에 같이 시선을 주게 되고, 그곳이 또는 그 대상이 우리 삶에 갖는 의미를 생각해보게도 된다. 겨울눈을 사랑한 시인, 차가운 겨울눈을 따뜻한 눈으로 만들어 버린 시인 박용래. 이런 박용래 시인이 있기에 올겨울 내리는 눈도 푸근하고 따뜻하게 맞이할 수 있을 듯하다. 작고 사소하며 슬프고 나약한 것들을 사랑하면서 말이다.

맹렬한 겨울 추위다. 날은 춥고, 잠들지 못하는 긴 밤이 이어지고 있다. 잠들지 못하는 이 겨울밤, 박용래의 시 「겨울밤」을 읽으며 따뜻한 겨울잠을 청해보는 것은 어떨까.

잠 이루지 못하는 밤 고향집 마늘밭에 눈은 쌓이리.

잠 이루지 못하는 밤 고향집 추녀밑 달빛은 쌓이리.

발목을 벗고 물을 건너는 먼 마을.

고향집 마당귀 바람은 잠을 자리.

—「겨울 밤」 전문

박재삼

마음도 한자리 못 앉아 있는 마음일 때,

친구의 서러운 사랑 이야기를

가을 햇볕으로나 동무삼아 따라가면,

어느새 등성이에 이르러 눈물나고나.

제삿날 큰집에 모이는 불빛도 불빛이지만,

해질녘 울음이 타는 가을강을 보겠네.

정한의 깊이를 보여준 박재삼의 시와 시조

/**송희복** 진주교육대학교 교수

I 박재삼의 자전적인 삶과 사향 의식

박재삼의 시를 얘기할 때 간과할 수 없는 것 중의 하나는 슬픔과 한恨의 정서라고 말할 수 있다. 이 정서는 그 자신의 개인적인 기질에서 연유된 것이라기보다는 전통적인 토양이나 집단 문화의 지층과 무관하지 않으리라고 보인다. 박재삼의 시 세계를 논의, 논구하고자 하는 이들은 여기에서 다소 자유롭지 못할 것이다.

이와 관련하여 그 자신도 산문 한 편을 남긴 바 있다. 「팔포八浦, 슬픔과 그 허무의 바다」라는 제목의 글이 바로 그것이다. 조선일보사가 기획한 『작가가 쓴 작가의 고향』에 실려 있는 산문으로서, 작가의 전기비평에서 일차적인 자료로 분류될 수 있는 객관적인 데이터가 아닌가 한다. 박재삼은 이 글에서 요컨대 "고향은 내게는 오늘을 있게 한 정신의 주된 무대였다"라고 말하고 있다. 그의 고향은 생명력의 근원으로 환원하는 것이면서, 동시에 슬픔과 한의 원천이기도 하다. 그는 이렇게 말한다.

내 시와 고향과는 어떤 관계가 있을까. 가다가는 지명도 더러 등장하지만, 내가 시를 처음 시작했을 무렵에는 기쁜 시보다는 슬픈 시가 많았다.

아마도 집이 가난한 데서 자꾸 슬픔만 팠던 것 같다. 그래서 나는 어디에선가 본 '가장 슬픈 것을 노래한 것이 가장 아름다운 것을 노래한 것이다.'라는 말을 금과옥조로 삼았었다.

바다에 따뜻한 햇빛이 내리던 것은 '쟁쟁쟁 반짝이고 있다.'고 했고, 나뭇잎 빛나는 것에 혼을 빼앗기고 있었고, 강물이 바다에 빠져드는 것을 보고 그럴 수 없는 허무를 느끼고 있었다. 그러나 그것도 초기 적이 그렇고, 뒤에 올수록 슬픔은 또 하나 덧없다는 이미지를 천착했다는 것을 말하고 싶다.[1)]

박재삼에게 있어서의 슬픔과 한의 정서는 사랑의 잃음이나 본원적인 것의 탓이기보다는 생활감정에서 기인했던 바 크다. 고향을 생각할 때 늘 궁핍하고 남루한 것의 기억을 떨쳐버릴 수 없었던 것이 시인으로서의 운명이었다고 말해질 수 있겠다. 또한 그의 시가 여성적인 것의 특징이 있는 것도 환경의 요인과도 무관하지 않다. 그의 고향은 바닷가요, 그를, 그의 삶을 둘러싼 바다는 호수와 같이 잔잔한 바다, 늘 졸음이 올 것만 같은 평화로운 바다인 것이다. 그 바다는 한려수도라고 일컬어진다. 한려수도의 여성적 특징이 그의 시에 영향을 주었다고 그가 시인하기도 했다. 가난에 대한 분노의 감정이 남성적인 성향의 능동성을 지닌다면, 그에 대한 슬픔의 정서는 여성적인 성향의 수동성을 띤다. 그의 시가 공격적이라기보다 수세적인 것은 그의 고향 바다 팔포가 한려수도의 일부라는 데 까닭이 있다.

---

1) 박재삼, 「팔포八浦, 슬픔과 그 허무의 바다」, 『작가 쓴 작가의 고향』, 조선일보사, 1987, 275면.

밤이면 밀려오던

조수潮水 소리도 귀에 멀어

한려수도는

하나 목숨발같이

잔잔한 결을 지어서

흐르고만 있고나.

—「남해유수시」 부분

운문으로 된 박재삼의 작품은 시와 시조로 나누어진다. 그의 시와 시조에 고향에 관련된 자전적인 삶의 체험이 적잖이 반영되어 있다. 그의 작품 속의 여러 가지 경향 중에서 하나가 있다면, 이른바 사향思鄕 의식이다. 사향이란, 고향 생각으로 바꿔지는 말이다. 그의 말에 의하면, 경상도 지방에서는 '그립다'라는 말 대신에 '생각하다'라는 말을 즐겨 쓰고 있다고 한다.[2)]

그에게 있어서 고향은 자신의 충족되지 못한 결여된 삶이요, 이를테면 정한情恨이랄까, 버리고 싶어도 버릴 수 없는 두 겹의 뜻겹침이 함께 자리하고 있는 기억의 공간이다. 그의 복잡한 감정이 애증이나 분노로까지 나아갔다면, 그의 고향 바다도 남성적이거나 공격적이었을 것이다. 시조「남해유수시」(1955)에서 한려수도가 잔잔한 결을 지어 흐르고 있다고, 그는 묘사하고 있다.

2) 박재삼,『노래는 참말입니다』, 도서출판 열쇠, 1980, 33면 참고.

Ⅱ 박재삼의 시와 시조에 반영된 정한과 슬픔

박재삼의 대표적인 작품이라면, 거의 누구랄 것도 없이 「추억에서」와 「울음이 타는 가을강」을 제시할 수 있을 것이다. 그의 시적인 성취에 있어서 쌍두마차라고 할 수 있다. 그의 시 세계로 일컬어지는 정한의 세계와 슬픔의 정조가 가장 전형적으로 드러나 있기 때문일 것이다. 물론 이 두 편의 시 작품으로 인해 자신의 문학적인 성취를 완수했다고 한다면 본인으로서는 전혀 동의하지 않는 얘깃거리가 될 것이다.

진주 장터 생어물전에는
바닷밑이 깔리는 해다진 어스름을,

울엄매의 장사 끝에 남은 고기 몇 마리의
빛 發하는 눈깔들이 속절없이
銀錢만큼 손 안 닿는 恨이던가
울엄매야 울엄매.

별밭은 또 그리 멀리
우리 오누이의 머리 맞댄 골방 안 되어
손 시리게 떨던가 손 시리게 떨던가.

진주 남강 맑다 해도
오명 가명
신새벽이나 밤빛에 보던 것을,

울엄매의 마음은 어떠했을꼬.

달빛 받은 옹기전의 옹기들같이

말없이 글썽이고 반짝이던 것인가.

—「추억에서」 전문

인용한 시는 두루 알다시피 박재삼의 시편 「추억에서」이다. 서정시의 명편으로 사랑을 받고 있는 것은 그와 지역적으로나 정서적으로 가장 가까운 글벗인 이형기의 「낙화」와 잘 비견되는 것이라고 하겠다. 가난에 대한 한 맺힌 기억은 달빛 받은 옹기전의 옹기들같이 말없이 글썽이고 반짝이는 것으로 승화된다. 일종의 환혹적幻惑的인 빛남의 미학이라고 할 수 있을 것이다.

이 시는 내가 한 발표회장의 토론자로 참여할 때 발표자로 나선 장만호 교수(경상대 국문과)가 시적 주체가 과거의 기억을 추억으로 소환하지만 시적 대상들을 정물화하지 않으며, 오히려 시적 대상에 의해 시적 주체가 움직인다고 주장한 적이 있었다. 이 움직임이야말로 두말할 필요도 없이 '타자에의 공감'이 아닐까.

다음에 인용된 시는 「울음이 타는 가을강」이다. 「추억에서」 못지않게 박재삼 시의 명편으로 잘 알려져 있다.

마음도 한자리 못 앉아 있는 마음일 때,

친구의 서러운 사랑 이야기를

가을 햇볕으로나 동무삼아 따라가면,

어느새 등성이에 이르러 눈물나고나.

제삿날 큰집에 모이는 불빛도 불빛이지만,

해질녘 울음이 타는 가을강을 보겠네.

저것 봐, 저것 봐,

네보담도 내보담도

그 기쁜 첫사랑 산골 물소리가 사라지고

그 다음 사랑 끝에 생긴 울음까지 녹아나고

이제는 미칠 일 하나로 바다에 다 와 가는

소리 죽은 가을강을 처음 보겠네.

—「울음이 타는 가을강」 전문

이 울음이 타는 강의 이미지로 인해 박재삼은 한국인에 의한 다정다한의 시심을 일깨우고 자극하는 전통 서정시의 계보에 편입되었다고 평가할 수 있겠다. 슬픔을 시각화한 가을강 어스름에 대한 관조와 침잠은 노을조차 울음의 아름다운 승화로 변용시킨 상상력이 매우 돋보인다.

이 시는 무엇보다도 시의 화자가 친구의 사랑(실연) 이야기를 공감, 공명한다는 데 뚜렷한 시적인 가치가 매겨질 수 있다고 판단할 수 있을 것 같다. 박재삼의 시가 사랑의 수동적임을, 시적 주체의 사랑의 대상인 타자를 억압하거나 사물화하지 않았음을 밝힐 수 있는 근거가 되는 시편이 바로 「울음이 타는 가을강」이라고 보인다. 이처럼 분노의 감정을 극도로 자제하는 것이야말로 박재삼 서정시의 비폭력성이라고 말해지지 않을까.

박재삼의 서정시가 가지는 여성적인 특징 혹은 비폭력성은 한계가 될 수도 있다. 이를 매양 심미적인 가치의 기준으로 삼을 수는 없을 것이다. 그의 시는 슬픔이 현실을 변혁시킬 만한 힘과 에네르기가 부족하다. 슬픔을 정화하는 이른바 카타르시스만이 있을 뿐이다. 슬픔을 실재의 높이에서 부상시킨 것은 신경림의 시집 『농무』가 아닐까 한다. 신경림의 가난, 상대적인 박탈감, 슬픔의 사회적인 차원은 생생한 삶의 악센트를 획득하고 있다.

무거운 짐을 부리듯
강물에 마음을 풀다.
오늘, 안타까이
바란 것도 아닌데
가만히 아지랑이가 솟아
아뜩하여지는가.

물오른 풀잎처럼
새삼 느끼는 보람,
꿈 같은 그 세월을
아른아른 어찌 잊으랴,
하도한 햇살이 흘러
눈이 잘로 감기는데……

그 날을 돌아보는
마음은 너그럽다.
반짝이는 강물이사
주름살도 아닌 것은,
눈물이 아로새기는

내 눈부신 자욱이여!

―「강물에서」 전문

인용한 시조 「강물에서」는 『문예』 1953년 11월호에 발표된 것이다. 공식적인 의미에서 이 작품은 박재삼의 처녀작이다. 그는 이 시조를 통해 초회 추천을 받았다. 추천자는 모윤숙이었다. 그의 대표적인 시가 회상 모티프를 주류로 이루고 있듯이, 시조 「강물에서」의 경우도 마찬가지다. 시조 시인인 이지엽은 이 작품을 가리켜 무한적인 자연현상인 강물과 유한적인 개체인 서정 자아의 회상이 교차하는 공간의 내밀성을 잘 제시하고 있다고 말한 바 있었다.[3] 이 작품 역시 박재삼 시정신의 요체가 되는 정한과 슬픔의 미학을 잘 보여주고 있는 적례의 시조 작품이라고 할 수 있다. 시인은 반짝이는 강물을 두고 시적 화자의 '눈물 아로새기는 자욱'으로 비유하고 있다. 한 종류의 슬픔을 심미적인 차원으로 승화하는 순간이다.

Ⅲ 서정시의 황홀경 : 율려의 조율, 그늘의 형성

뭐니 뭐니 해도 서정시의 본령은 황홀경이라고 해야 할 것 같다. 일언이 폐지하여, 그것은 황홀경의 소산인 것이다. 근대소설이 본질적으로 황홀경을 지양하는 반면에, 서정시는 본질적으로 황홀경을 지향한다. 그러면 황홀경은 무엇일까. 이것이야말로 "동조를 통해서 자신을 실재에 합일시킨 상태"[4]를 의미하는 것은 아닐까. 여기에서 동조라면 대체로 동정과 공

3) 이지엽, 「아름다운 슬픔과 탄력의 미학」, 박재삼 시조집, 『내 사랑은』, 태학사, 2006, 96면 참고.

감을 가리키는 개념일 터이다.

박재삼의 서정시의 구경이 황홀경을 지향하는 것은 아닐까.

앞서 보았듯이, 「추억에서」에서 소위 "울엄매의 마음"이라는 것이 동정에 속하는 것이며, 「울음이 타는 가을강」에서 "친구의 서러운 사랑 이야기"는 공감의 영역에 해당하는 것이다. 물론 그 마음과 그 이야기가 시에서 황홀경을 각각 획득하고 있거니와, 황홀경이란 것도 사실 실체를 부인하면 미혹에 빠지게 된다. 그것이 시각화될 때만이 환각의 차원을 들어서게 되는 것. 달빛 받은 옹기전의 옹기들같이 말없이 글썽이고 반짝이던 것, 또한 해 질 녘 울음이 타는 가을 강처럼 시각화가 이룩될 때 박재삼의 시에서 진정한 의미의 황홀경을 획득하는 것이 아닌가 여겨진다.

박재삼의 서정시는 주지하듯이 전통 서정시의 계보에 놓이게 된다. 이 사실은 아무도 부인할 수 없는 엄연한 객관적인 사실로 인지되고 있다. 그렇지 않다는 입론立論이 있으려면 상당한 데이터가 필요하고 비평적인 노력과 정성도 얼마큼 기울여야 한다.

그의 서정시는 우리의 전통적인 정한의 깊이를 반영하고 있다. 나는 장만호 교수가 이를 서양의 잣대로 그것도 영미권의 문학비평이나 독일의 문예학이 아니라 하이데거와 헤겔을 거론하면서 '주체－타자의 이론'으로 재단하려고 드는 것이 과연 온당한 것이며, 과연 유효함과 적절성을 가지는 것인지 하는 의문이 들었다.

나는 박재삼의 서정시는 서양철학의 논리 체계로 분석되는 것이 아니라, 동양사상의 직관력에 의해 재조명되어야 하는 것이 아닐까 하고 생각해보았다. (물론 담론을 구성하는 것과, 담론이 구성되는 방향의 결과가 같다는

4) 조용헌, 「자연, 생명, 인간(1)」, 『신생』, 2011, 여름, 233면.

사실은 별개의 사안으로 돌려져야 할 것이다.)

이 대목에서, 나는 시인이자 사상가인 김지하의 화두를 애써 생각해낸다. 왜 태극이면 태극이고 궁궁弓弓이면 궁궁이지, 태극이면서 궁궁이라는 것인가?[5)]

태극과 궁궁은 동양사상에서 대립되는 개념이다. 태극은 주역周易의 구경적인 가치 개념이며, 궁궁은 우리나라 동학東學에서 운위됐던 세계상의 패러다임인 듯하다. 태극이 음양陰陽·사상四象·팔괘八卦로 나아가는 짝수, 안정수, 코스모스의 상징이라면, 궁궁은 이와는 다른 차원에서 본 홀수, 역동수, 카오스의 상징인 것이다. 중국의 고대적인 문화 원형과, 한국(동이족)의 고유 사상은 이래서 차이가 확연히 드러나는 것은 아닐지. 어쨌든 김지하는 태극과 궁궁을 통합하는 제3의 상징 개념으로 율려律呂라는 용어를 제안한 바 있었다. 율려란, 다름 아니라 인간과 우주의 음악적인 관계(망)를 상징하는 개념이다.

한의 긍정적인 측면은 포용이요, 그 부정적인 측면은 증오와 복수 같은 폭력의 세계일 것이다. 김지하는 한을 가리켜 그늘로 비유한 적이 있었다. 그는 판소리에서 한을 풀지 않고 삭히는 시김새가 그늘을 형성한다고 보았다. 이때 그늘은 서양의 아우라(영성)와 비슷한 개념이 된다. 이때 그늘은 예술의 높은 경지가 되기도 한다. 율려의 개념은 우리 문화에 비추어 그늘을 이룩한다.[6)] 김지하 사상의 웅숭깊음이 돋보이는 대목이다.

박재삼의 시편 「추억에서」에서 "달빛 받은 옹기전의 옹기들같이 / 말없이 글썽이고 반짝이던 것"은 한의 초월, 포한의 예술적인 승화, 그늘진 영성

5) 김지하, 『율려란 무엇인가』, 한문화, 1999, 53면.

6) 같은 책, 61면 참고.

의 이룩됨, 한국적인 변용의 아우라를 감지하게 한다. 그의 스승이기도 한 조지훈이 「승무」에서 번뇌를 별빛으로 비유한 것과 같은 차원이 될 것이다.

김지하에게 있어서 율려니 그늘이니 하는 것은 새로운 시대의 발상 전환으로서 융합과 회통의 개념이 되기도 한다. 기쁨과 슬픔, 환幻과 실재가 넘나들고, 의식과 무의식, 자연과 초자연이 혼합하고, 주체와 타자가 이중적으로 교호하는 개념이 되기도 한다.

장만호 교수는 박재삼을 가리켜 '능동적 수동성의 시인'이라고 했다. 또 타자의 존재 기반과 사유를 숙고하는 태도, 타자의 삶에 자신을 개방시키고 자신을 내맡긴 끝에 길어 올린 그의 시를 두고 수동적이되 능동적인 수동성의 산물이라고 했다. 박재삼 시 세계의 정곡을 찌르고 있다. 그러나 담론을 구성하는 과정에서 독일어가 난무하고, 서양철학의 기반을 건드리고, 애최 얘기조차 되지 않는, 무지와 편견으로 가득한 헤겔의 동양시를 보는 관점을 두고 안 해도 될 말을 한 것이 아닌가 하는 생각이 들었다.

박재삼의 말마따나 슬픔도 또 하나의 덧없음이기도 하다. 이 덧없음의 그늘, 내지 적멸에 이르러 시각화된 것이 울음(노을)이 타는 다름 아닌 가을 강이다. 이 가을 강은 사랑의 기쁨과 슬픔이 아우른 것의 결과인 것. 시조 「강물에서」가 보여준 아뜩해진 아지랑이 역시 기쁨과 슬픔, 즉 정한의 융합된 상태를 제시하고 있다. 시의 내용 가운데 "물오른 풀잎처럼 / 새삼 느끼는 보람"에서 시적 화자가 슬픔을 제어하려는 노력의 흔적을 드러내고 있지 아니한가. 그래서 반짝이는 강물을 눈물 아로새기는 자욱으로 비유한 것도 일종의 환각이요, 황홀경이다.

박재삼의 시적인 정서를, 동양적인 의미의 성정론性情論을 뛰어넘어 정의적인 측면에서의 독일적인 그리움 정조情調의 역동성과 연결하려고 한다면, 유효성의 있고 없음과 상관없이 동양적인 것의 슬픔의 근원적인 조건을 외면했다는 인상을 끝내 떨칠 수가 없다.

코스모스이면서 동시에 카오스인 것.

박재삼 시의 한과 슬픔의 정서는 율려의 세계로 조율되고, 빛과 어둠의 통합 상징으로서의 그늘을 형성한다. 서양철학의 비주류임에 스스로 절망하면서 자살에 이른 저 질 들뢰즈Gills Deleuze만이 코스모스이면서 동시에 카오스인 것을 가리켜 카오스모스chaosmos라고 이름했다. 그는 제임스 조이스를 거론하는 과정에서 현대의 문화 원형을 두고 이렇게 불렀던 것이다. 카오스모스는 율려와 그늘의 딴 이름에 지나지 않는다고 하겠다.

Ⅳ 모국어의 진경에 이르는 길

박재삼은 비평적으로 높은 평가를 받지 못했다. 모더니즘의 시를 옹호하는 이들은 그의 시대착오를 지적했고, 참여시를 편애하는 이들은 그의 순수 서정에 고개를 돌리고는 했다. 그의 시가 참여는 아니지만 현실주의에 뿌리가 내려져 있는 것은 맞는다. 한 젊은 연구자는 그가 어릴 때부터 궁핍한 생활을 했으므로 보통의 지식인들과 달리 소시민 의식이나 소시민이 느끼는 자괴감이 없다고 했다.[7)]

시인 박재삼은 언어의 경제성에 관해 관심과 주의를 기울였다. 말을 아끼고 사랑하는 것을 시인의 덕목으로 알았다.[8)] 이별의 슬픔을 노래한 시

---

7) 권정우, 「박재삼 시에 나타난 슬픔 연구」, 한국시학회 제31차 전국학술발표대회 자료집, 『한국시의 현실 응전』, 한국시학회, 2013, 80면 참고.

8) 박재삼, 『노래는 참말입니다』, 앞의 책, 55면 참고.

가 무수히 많지만 천언만사千言萬辭를 아무리 늘어놓는다고 해도 다 시가 되는 건 아니다. 그는 중국 당나라 시대의 왕유王維의 말 아낀, 다음의 이별시를 한 예증의 힘으로 삼고 있다.[9)]

그대를 보내고
홀로 돌아와

사립문 닫노니
해가 기운다.

박재삼의 언어에 대한 주의와 정성은 시보다 시조에 있어서 더 빛이 나지 않을까 한다. 시조는 아무래도 언어의 형식으로 인해 제한된 어휘 선택과 함축성에 마음을 쓰지 않으면 안 되기 때문이리라. 그의 모국어의 진경은 다음과 같은 데서 아낌없이 보여주고 있지 않을까? 그의 싯말들을 하나의 저작물詛嚼物처럼 꼭꼭 씹어보자. 우리는 다음의 인용 시에서 어떠한 맛이 우러나는지를 음미하고 감지할 수 있을 것이다.

언제는 그 세월을
붙잡아 두었던가
가까이 바다 밑이
저승처럼 환한데
환장換腸한 봄볕은 시방

9) 같은 책, 39면.

머리 풀고 울고나.

—「삼천포 앞바다 즉흥」 부분

풀과 나무가 짙은

그 속에 얼마를 지내,

손 끝 가난하니

등 올리는 마음씨야

쪽빛진 하늘이 새삼

쪽빛으로 트이어.

—「숲에서 보는 하늘」 부분

박재삼의 정한은 초월의 저편으로 승화한다. 그의 결곡한 모국어도 생활어의 차원을 넘어서 시적 감성의 투명성을 확보하기에 이른다. "인생은 정이 많아 눈물이 가슴을 적시는데, 이 강물, 이 강 꽃이 어찌 다할 날이 있을까 보냐."[10] 원문을 확인하지 않았지만, 이 글은 두보의 시를 옮긴 것이라고 한다. 박재삼 시인이 소설가 오영수가 타계했을 때 영전에 바친 것. 그가 천생의 서정시인, 생의 그늘에서 우러나오는 한恨마저도 '쟁쟁한 반짝임의 이미지'로 승화시킬 수 있었던 한 시대의 정승情勝의 시인이었다.

10) 같은 책, 85면.

서정주

한송이의 국화꽃을 피우기위해
봄부터 솥작새는
그렇게 울었나보다

한송이의 국화꽃을 피우기위해
천둥은 먹구름속에서
또 그렇게 울었나보다

'떠돌이'의 자유로운 영혼과 영원주의

/ **박호영** 한성대학교 교수

미당 서정주는 전북 고창군 부안면 선운리, 속칭 질마재로 불리는 마을에서 1915년 5월 18일 태어났다. 질마재는 삼면이 나지막한 산으로 둘러싸여 있고, 한쪽은 바다를 바라볼 수 있는 경관이 수려한 마을이다. 질마재의 '질마'는 마을을 넘어서는 고개의 모양이 길마(수레를 끌 때 말이나 소 등에 안장같이 얹는 제구)와 같다고 하여 붙여진 것이다.

미당은 그의 고향 사람들을 세 파로 나누어 얘기하고 있다. 첫째는 유자, 즉 유학 정신이 뿌리박힌 선비이다. 철저한 유생이었던 시인의 부친도 이에 속한다. 둘째는 '자연주의자'이다. 이는 다시 말해 자연 속에서 자연의 맛을 즐기는 사람들인데, 시인은 어려서 유자층보다는 자연주의자들을 좋아했다. 셋째는 심미파, 노래 잘하고 춤 잘 추고 소고·장구·꽹과리 잘 치고 멋 내길 좋아하는 건달패이다. 미당은 이런 세 갈래 정신의 영향을 받으며 성장했다.[1] 미당의 부친 서광한은 재주가 많은 사람이었으나, 미당 조부의 노름벽 때문에 가산이 탕진되어 먹고살기 위해 질마재에 들어

1) 『미당 자서전 1』, 55쪽.

와 터전을 잡았다. 미당은 그의 「자화상」이란 시 서두에 "애비는 종이었다"라고 도발적으로 서술함으로써 과연 미당 부친의 신분이 종이었느냐를 두고 학계에 많은 논란을 일으켰으나, 사실은 호남 대지주 동복 김기중(인촌 김성수 씨의 부친) 집안의 마름 역할을 했을 뿐 종은 아니었다. 나중에는 미당의 간청으로 그 일마저 그만둔다.

시인으로서 그의 등단 작품은 1936년 〈동아일보〉 신춘문예 당선작인 「벽」이지만, 역시 초기 시 세계의 대표작으로는 「화사」, 「문둥이」, 「대낮」 같은 작품을 꼽아야 될 것이다. 이들은 모두 1936년 『시인부락』에 발표한 작품들이다. "우리가 잠복한 세계는 다만 '사람' 그것 속이었다"[2]는 미당의 고백대로 '시인부락' 동인들은 저 나름대로 상실되어가는 인간 원형을 돌이키려는 의욕을 작품으로 표현하였다. 그렇다면 1936년 즈음 미당의 모습은 어떠했는가? 미당 자서전에 따르면 그는 「벽」이 당선된 이후 합천 해인사로 가서 이 절이 경영하는 해명학원이란 학당에서 훈장 노릇을 하며 숙식을 의탁했다. 그러나 절에 들어간 것이 불교로의 회귀는 아니었다. 식민지의 혼돈과 암흑의 역경 속에서 그리스 신화 속의 아폴로 신 같은 거나, 구약의 솔로몬의 노래 속의 사내 비슷한 무엇 그런 것에 가까우려는 의욕이 있었다. 그리고 더 절실한 것은 비극의 극복과 회생을 위한 싱싱한 육체의 회복이었다.[3] 「화사」는 그런 의식의 성장 속에서 나온 결과물이라고 볼 수 있다.

麝香 薄荷의 뒤안길이다.

---

2) 서정주 『현대조선시약사』, 266쪽.

3) 『미당 자서전 2』, 52~53쪽. 참조.

아름다운 베암…

을마나 크다란 슬픔으로 태여났기에, 저리도 징그라운 몸둥아리냐

꽃다님 같다.

너의할아버지가 이브를 꼬여내든 達辯의 혓바닥이

소리잃은채 낼룽그리는 붉은 아가리로

푸른 하눌이다. …물어뜯어라, 원통히무러뜯어,

다라나거라, 저놈의 대가리!

(하략) (출전 :『미당 시전집 1』1판 12쇄, 민음사, 2002. 이하 同)

이 시의 발상은 아담과 이브의 신화에서 얻었다. 창세기 신화에서 보이는, 뱀의 유혹으로 인한 아담과 이브의 에덴동산에서의 추방, 인류의 조상인 그들이 뱀의 유혹을 이기지 못하여 선악과를 따 먹고 그로 인한 벌로 낙원에서 추방되었다는 것은 인간이 태어나서 원죄로 인해 짊어지고 가야 할 업고를 말해주는 것이다. 뱀 역시 원죄로 인한 벌을 받기는 마찬가지다. 그는 아담과 이브를 유혹한 죄로 자신의 몸을 비벼 땅을 기어 다닐 수밖에 없는 운명에 처한다. 철저히 대지적 존재가 된 것이다. 그러나 징그러운 몸뚱이지만 또 한편으로는 꽃대님보다도 아름다운 빛깔을 지녔다. 미와 추의 상반된 두 모습을 지닌 것이 뱀이다. 인간은 인간에게 닥칠 원죄의 형벌을 피하기 위해서라도 뱀을 쫓아야 한다. 그러나 인간이 뱀으로부터 자유로울 수 있을까? 그렇지 못하다. 쫓아야 할 존재가 뱀이라는 것을 알면서도 아름다운 모습을 한 뱀에 도취된다. 그것이 바로 인간이 지니는 한계이기도 하다. 원초적 본능으로 인해 원죄의 굴레로부터 벗어나지

못하는 것이 인간인 것이다.[4]

미당이 「화사」를 썼던 것은 해인사 원당암이라는 암자에 있던 어느 여름밤이었는데, 당시 그 근처 여관에 머물던 여류 화가가 그를 초대했지만, 여자에 숙맥이었던 그는 그녀를 찾아가지 않았다. 그녀와 자신의 신분이나 처지의 차이가 너무 컸던 까닭이다. 그러나 어찌 20대 초반의 혈기왕성한 그에게 갈등이 없었겠는가? '마음속의 도가니'에서는 펄펄 이성에 대한 욕망의 본능이 끓었지만 그것을 자제했던 것이다. 하여튼 이때의 일이 시적 체험이 되었고, 실제로 그가 이 시를 쓴 것은 암자의 창틈으로 날아 들어온 박쥐 새끼 한 마리를 양말 깁기용 큰 바늘로 벽에 꽂아놓고 여름에 구상해오던 것을 술술 썼다고 하고 있다.[5] 미당의 고백에 따르면 이 시를 비롯해 「대낮」, 「정오의 언덕에서」 같은 작품에는 니체적인 초극의 의지가 내포되어 있다고 한다. 니체의 『자라투스투라는 이렇게 말했다』는 그리스 신화와 더불어 그에게 큰 영향을 준 작품인데, 그가 그러한 독서 체험에서 크게 감명받은 것은 인간도 초인이나 신화적 인물과 같이 얼마든지 '神人' 같은 존재로 자기 존엄을 지닐 수 있다는 것이었다. 그가 며칠 동안 넝마주이 노릇을 한 것이라든가, 1937년 초여름 제주도 서귀포 보리밭 길에서 배꼽을 드러내고 햇빛을 쬐며 누워 있었던 것도 모두 이런 의식이 마음속에 있었기 때문이었다.

그러나 1938년 결혼을 하고 1940년 첫아들을 가지게 되면서부터 그는 '속인으로서의 살 길'을 찾지 않으면 안 되었다. 니체적인 '神人'이 되고자 하는 패기는 약화되고, 순응과 체념을 수용하는 달관의 상태에 놓이게 된

4) 박호영, 『서정주』, 건국대출판부, 2003, 112~113쪽.

5) 위의 책, 115쪽.

것이다. 일제 말에 『국민문학』에 몸을 담으면서 「항공일에」와 같은 친일시 몇 편을 쓴 것도 순응과 체념의 마음가짐에 따른 것이었음을 그는 밝히고 있다. 하지만 그의 예상과는 달리 해방은 얼마 지나지 않아 왔다. 누구에게나 그러했겠지만 미당에게 해방은 '완전히 새로운 천지개벽' 같았다. 그는 친구 미사와 함께 서울역으로 몰려가는 인파 속에 끼여 그 감격을 만끽하였다. 거처도 해방 전에 알고 있던 일본 시인, 즉삼무웅이 세 들고 있던 공덕동 집을 세로 얻어 들었다. 그러나 그의 고초가 끝난 것은 아니었다. 그는 먹고살기 위해 일본 사람들이 남기고 간 책들을 서너 권씩 싼값에 사서 고본서점에 비싼 값으로 팔아넘기며 그 이윤으로 호구지책을 마련하였고, 친한 친구 오장환으로부터 '친일파'란 냉대를 받게 되는 아픔을 겪기도 했다. 그가 다시 시작에 손을 댄 것은 해방의 흥분이 가라앉은 1945년 겨울부터였다. 그리고 얼마 지나지 않아 그의 대표작인 「국화 옆에서」를 발표하게 되었다.

한송이의 국화꽃을 피우기위해
봄부터 솥작새는
그렇게 울었나보다

한송이의 국화꽃을 피우기위해
천둥은 먹구름속에서
또 그렇게 울었나보다

그립고 아쉬움에 가슴 조이든
머언 먼 젊음의 뒤안길에서

인제는 돌아와 거울앞에 선
내 누님같이 생긴 꽃이여

노오란 네 꽃닢이 필라고
간밤엔 무서리가 저리 내리고
내게는 잠도 오지 않었나보다

이 시는 미당이 40대 여인의 미의 영상을 읊은 것이다. 30대가 넘어선 그에게 40대 중년 여인의 원숙미는 새롭게 다가왔고, 그는 정일한 여인의 모습을 마음속에만 담고 시로 표현하지 못하고 있다가 1947년 가을 어느 해 어스름 때 문득 그의 눈이 정원의 한 그루 국화꽃에 머물게 되자 시로 형상화할 수 있었다. 이것이 가능했던 것은 "민족적으로, 개인적으로 겪을 만한 것을 겪은, 그래서 인생과 사물을 젊은 날의 그것과는 다른 눈으로 바라볼 수 있는 나이에 이르렀기 때문"이라고도 볼 수 있다.[6]

이 시는 지상에 발표되면서 많은 시 독자들에게 관심과 사랑을 받았다. 한국전쟁을 치르고 난 뒤 폐허의 서울에서 한 여성이 애인인 불란서 종군기자에게 이 시를 암송하여 들려주고 불어로 번역하여 그 의미의 대강을 말해줬을 때, 그가 감동하여 "이 시인을 만나고 싶은데 시간이 없어서 그냥 떠나는 것이 유감"이라고 아쉬움을 전했다는 일화[7]도 있지만, 젊은 시절 역경을 겪고 난 누이가 나이 들어 과거를 되돌아보며 자기성찰을 하는 태도, 그러한 누이를 성숙의 계절인 가을에 핀 국화에 비유한 시적 발상

6) 위의 책, 133쪽.

7) 이봉구, 『명동 백작』, 일빛, 2004, 127～128쪽.

등이 시대 상황과 맞물려 객관적 설득력을 얻은 것 같다. 지금까지도 이 시는 독자들이 애송하는 한국 대표 시 중의 하나로 손꼽히며, 중고등학교 교과서에도 수록되어 널리 읽혔었다.

그러나 이 시에 대해 긍정적인 시각만이 있는 것은 아니다. 박광용이나 김환희 같은 이들은 이 시가 이승만 대통령을 찬양한 시라거나, 일황을 찬양하는 친일시라는 견해를 펼쳤다. 박광용은 미당이 이 대통령의 전기를 집필하기 위해 경무대(지금의 청와대)를 들락거리며 가까이 지낸 사실을 들어 「국화 옆에서」를 이 대통령과 연결 지었다. 그러나 이 견해는 논거가 부족하고, 미당과 이승만 대통령 사이의 교류 시기와 이 시의 발표 시기가 맞지 않기 때문에 잘못된 주장으로 받아들여지고 있다. 김환희의 경우는 『국화꽃의 비밀』이라는 한 권의 책으로 자신의 주장이 근거가 있음을 보여줄 만큼 논지 전개가 치밀하여 그 나름대로 수긍되는 바가 없지 않다. 간단히 논지를 정리하면 일본제국주의 시대에 황국은 일본 왕실과 태양을, 거울은 일본 신화 속의 아마테라스를 상징한다는 것이다. 뿐만 아니라 아마테라스 탄생신화에 등장하는 여러 모티프가 「국화 옆에서」의 소쩍새와 천둥에 상응하며, 아마테라스 동굴 칩거 신화에 등장하는 거울과 누님의 귀환이 이 시 3연의 시상과 유사하다는 것이다.[8] 그러나 결론을 요약하는 문장의 말미가 '유사하다', '개연성이 높다', '가능성이 크다'는 식으로 끝나는 데에서 알 수 있듯이 이 시가 친일시라는 결정적인 증거 제시는 없다. 쉽게 말해 심증은 있지만 물증이 없는 식이다. 「항공일에」나 「마쓰이 히데오 송가」처럼 시 자체에서 친일의 요소가 추출되지도 않고, 이 시의 배경이 일본 왕실과 관련이 있다는 시인 자신의 직접적인 고백도 없다는

8) 김환희, 『국화꽃의 비밀』 초판 2쇄, 새움, 2001, 95~97쪽. 참조

것이다. 그러므로 「국화 옆에서」를 친일시로 단정 내릴 수는 없다. 한 편의 시를 대하는 데에 있어 기본적인 태도라고 볼 수 있는 "시인이 시를 완성하는 순간 그 시는 시인의 것이 아니다"라는 경구도 음미해볼 만하다. 그러므로 이 시는 잘 정제된 한 편의 서정시로 받아들여야 할 것 같으며, 그에 따라 '국화'나 '누님'이나 '거울'도 자기 나름대로 해석을 하는 쪽이 더 타당할 듯싶다.

미당은 이 시가 〈경향신문〉 지상에 발표된 이듬해인 1948년 봄에 거리에서 인촌 김성수의 넷째 아들인 김상흠을 만나게 된다. 그리고 그의 권유로 동아일보에 입사하게 되고, 사회부장을 거쳐 문화부장을 역임한다. 문화부장 휴직 시에는 고하 송진우의 전기를 의뢰받아 그 자료를 수집하는 데 주력하기도 한다. 또 그즈음에 이승만 대통령 전기 집필 때문에 대통령과 영부인 프란체스카를 몇 차례 만나기도 한다. 그러다가 한국전쟁이 채 끝나기 전인 1951~1953년 전주와 광주 피난 시절에 "신라에 관계되는 문헌들을 반추하고 관주 찍고 그 관주 찍은 것을 다시 카드들을 만들어 베끼고 하는 일"[9]에 골몰하게 된다. 특히 『삼국유사』 속의 예지와 우화들은 미당에게 시정신을 안립하게 해주었다. 그는 고백하길 "『삼국유사』 속 관주 친 곳에서 내가 얻은 것은 죽은 자의 마음과 산 자의 마음을 연결하는 그 신라식 혼교이다. 몇백 년이든 상관없이 전화하듯 통화하고 있는 그 신라식 불교식 영통靈通이라는 것이다. 그래 시 표현에서는 이 불교적 은유의 방식이 서서히 내게 옮아져"[10] 왔다고 하고 있다. 1950년대 후반에 발표된 「노인헌화가」, 「꽃밭의 독백」, 「두번째의 사소의 편지」, 「마른 여울목」,

---

9) 『미당 자서전 2』, 223쪽.

10) 위의 책, 224쪽.

「내 영원은」 등은 그 관심의 일환이다. 그중 「꽃밭의 독백」을 살펴보기로 한다.

노래가 낫기는 그 중 나아도
구름까지 갔다가 되돌아오고,
네 발굽을 쳐 달려간 말은
바닷가에 가 멎어버렸다.
활로 잡은 山돼지, 매鷹로 잡은 山새들에도
이제는 벌써 입맛을 잃었다.
꽃아, 아침마다 開闢하는 꽃아,
네가 좋기는 제일 좋아도,
물낯바닥에 얼굴이나 비취는
헤엄도 모르는 아이와 같이
나는 네 닫힌 門에 기대 섰을 뿐이다.
門 열어라 꽃아. 門 열어라 꽃아.
벼락과 海溢만이 길일지라도
門 열어라 꽃아. 門 열어라 꽃아.

이 시는 '사소 단장'이라는 부제가 붙은 작품이다. 그러니까 이 시의 화자는 사소가 된다. 사소는 신라의 시조인 박혁거세의 어머니이다. 건국신화가 대개 그러하듯이 신라의 시조를 낳은 사소도 처녀로 혁거세를 잉태한 것으로 되어 있다. 시인은 그녀가 애를 밴 후 신선 수행을 하고자 산에 들어가기 전 그의 집 꽃밭에서 독백을 한 것으로 설정을 했다. 미당의 언급에 따르면 그가 『삼국유사』나 『삼국사절요』 같은 책을 통해 매력을 느낀 것은 '자연과 인생의 조화'였다. 혁거세 설화의 근간인 국선 사상의 근본정신도 이에 있는 것을 이해하게 되었다. 이 시에서 "문 열어라 꽃아"라고 화자가 외치는 것도 "신선과 선녀들이 체감하던 공기의 느낌이라는 것을 모색해 표현"[11] 하고자 한 결과의 산물이다. 그는 우리 국선도를 알기 위한 두 개의 중요한 열쇠로 『삼국유사』의 '고조선조'와 『삼국사기』 신라본기의 '진흥왕조'에 보이는 최치원의 「난랑비서」를 손꼽는다. 그리고 거기 나타난 풍류에서 '자연과의 융화'와 '영원성'을 배운 것이다. 미당의 신라 정신과 풍류를 언급함에 있어 빼놓아서는 안 될 인물이 있다. 그 인물은 소설가 김동리의 친형 범부 김정설(1897~1966)이다. 미당이 범부를 처음으로 만난 때는 1934년 정월인가 2월이다.[12] 미당은 김동리하고 '시인부락' 동인 이전부터 친교를 맺고 있었고, 범부는 동리를 통해 알게 되어 자주 그를 찾아가 고견을 들었다.[13] 그는 서정주에게 정신적으로 큰 영향을 준 인물로 평가되고 있으며, 미당의 신라 정신, 그 원류로서의 풍류 정신은 범부와 깊은 연관 속에 있다. 범부가 1966년 12월 70세에 간암으로 별세했을 때 미당은 「신라의 祭主」라는 제목의 애도시에서 그를 "하늘 밑에서는 제일로 밝던 머리"라고 표현하며 추모하였다.

1950년대에 모색되어온 미당의 신라 정신 탐구는 1960년 시집 『신라초』(정음사, 1960)로 묶여져 나온다. 시인 스스로도 이 시집의 일부가 '신라의 내부에 대한 약간의 모색'이라고 밝히고 있다. 그리고 1963년 신라 정신의 근간 중의 하나인 영원주의를 추구했다고 할 수 있는 「외할머니네 마

---

11) 『서정주 문학앨범』, 178~179쪽.

12) 서정주, 『미당 산문』, 민음사, 1993, 228쪽.

13) 정봉래 편, 『시인 미당 서정주』, 좋은 글, 1993, 50~51쪽. 참조.

당에 올라온 해일」이 발표된다.

외할먼네 마당에 올라온 *海溢*엔요
예쉰살 나이에 스물한살 얼굴을 한
그러고 천살에도 이젠 안 죽기로 한
신랑이 돌아오는 풀밭길이 있어요.

생솔가지 울타리, 옥수수밭 사이를
올라 오는 *海溢* 속 신랑을 마중 나와
하늘 안 천길 깊이 묻었던델 파내서
새각시때 연지를 바르고, 할머니는

다시 또 파, 무더기 웃는 청사초롱에
불 밝혀선 노래하는 나무나무 잎잎에
주절히 주절히 매여달고, 할머니는

갑술년이라던가 바다에 나갔다가
*海溢*에 넘쳐오는 할아버지 *魂身* 앞
열아홉살 첫사랑쩍 얼굴을 하시고

이 시는 시인이 '소네트 試作'이라는 부제를 달았듯이 전체 14행, 1행이 14자로 구성된 작위적 형식의 시였다. 시의 내용을 보면 갑술년(미당이 '갑오년'을 착오한 것.)[14] 인가 어느 때에 남편이 바다에 나가서 빠져 죽었기에 바다를 남편처럼 인식하고 살아온 외할머니 앞마당에 해일로 바닷물이 넘쳐 들었고, 외할머니는 그것을 남편이 실로 오랜만에 돌아온 것으로 인식한다. 그래서 그녀는 새각시 때 연지를 바르고 청사초롱에 불을 밝혀 나무의 이파리마다 그것을 걸고 신랑을 마중 나온다. 이때 그녀의 얼굴은 열아홉 살 첫사랑을 할 때처럼 부끄러운 모습이 된다. 이 외할머니의 부끄러움은 보이지 않는 사랑이란 것이 보이는 육신과의 접합에서 확인이 되는 것이라고 볼 때, 보이지 않는 남편의 혼령과 접하고 살아 피부로 느낄 수 없었던 그녀의 사랑이, 남편의 육신이 넘쳐 드는 바닷물로 외할머니에게 들이닥침으로써 느끼는 부끄러움이다. 이는 사랑이란 것이 현실에서 육신과 육신의 격리로 끝나는 것이 아니고 혼과 혼, 육신과 혼의 인연적 조우로서 영속된다는 미당의 영생적 정신주의; 그의 사랑의 대위법인 것[15]이다. 미당은 이 시를 9년이 지난 1972년에 「해일」이란 제목의 산문시로 발표를 하였다. 이 시의 내용은 「외할머니네 마당에 올라온 해일」에서보다 좀 더 구체적이다. 아마도 외할머니의 이야기를 자세히 소개할 필요성을 느꼈기 때문일지 모른다.

미당의 신라주의 내지 영생주의는 1975년에 발간된 시집 『질마재신화』에서도 그대로 이어진다. 박재삼이 발문에서 "산문시로서 토속적이고 주술적이기까지 한 세계가 눈치를 살피지 않는 대담한 언어 구사를 통하여 파헤쳐지고 있다"라고 했듯이 이 시집에 실린 시들의 내용은 고향에서 구전되어온 설화를 『삼국사기』나 『삼국유사』의 고사와 관련을 짓거나 절충

---

14) 갑술년은 연대를 따지자면 1874년이다. 그런데 서정주의 모친 김부자 씨는 1894년 10월 10일생이다. 결국 모친이 태어나기 전에 모친의 아버지께서 돌아가셨다는 얘기가 되므로 이는 성립되지 않는다.
(박호영, "서정주의 「자화상」에 대한 재론", 『한국문예비평연구』 40집, 2013. 4. 30, 97쪽. 인용.)

15) 박호영, 『서정주』, 건국대출판부, 2003, 121~122쪽.

시키고 있다.

> 新婦는 초록 저고리 다홍치마로 겨우 귀밑머리만 풀리운 채 新郎하고 첫날밤을 아직 앉아 있었는데, 新郎이 그만 오줌이 급해져서 냉큼 일어나 달려가는 바람에 옷자락이 문 돌쩌귀에 걸렸읍니다. 그것을 新郎은 생각이 또 급해서 제 新婦가 음탕해서 그 새를 못 참아서 뒤에서 손으로 잡아당기는 거라고, 그렇게만 알곤 뒤도 안 돌아보고 나가 버렸읍니다. 문 돌쩌귀에 걸린 옷자락이 찢어진 채로 오줌 누곤 못 쓰겠다며 달아나 버렸습니다.
>
> 그러고 나서 四十年인가 五十年이 지나간 뒤에 뜻밖에 딴 볼일이 생겨 이 新婦네 집 옆을 지나가다가 그래도 잠시 궁금해서 新婦방 문을 열고 들여다보니 新婦는 귀밑머리만 풀린 첫날밤 모양 그대로 초록 저고리 다홍치마로 아직도 고스란히 앉아 있었읍니다. 안스러운 생각이 들어 그 어깨를 가서 어루만지니 그때서야 매운재가 되어 폭삭 내려앉아 버렸읍니다. 초록 재와 다홍 재로 내려앉아 버렸읍니다.

미당의 자술에 의하면 사실 이 이야기는 질마재에 전해 내려오는 이야기가 아니다. 그가 만주의 국자가局子街에 갔을 때 그의 친구 부친으로부터 들은 이야기이다. 그러나 질마재에도 능히 전해 내려올 법한, 아니 우리나라 어느 마을에서도 구전되었을 법한 이야기이다. 이 시에 기본적으로 깔려 있는 질서는 유교적 도덕관에 입각한 여필종부의 세계관이다. 한 여자는 오로지 한 남편을 섬겨야 한다는 윤리에 얽매여 신랑이 오해를 하여 가 버렸음에도 불구하고 한평생을 그 자리에 앉아 신랑이 돌아오기를 기다렸다. 그동안 신부에게 맺힌 한과 설움이 어떠했을까? 그러나 한과 설움을 밖으로 드러내지 못하고 안으로 삭이고 있다가 비로소 신랑이 40년 내지

50년 만에 돌아와 만져주니 매운재로 폭삭 내려앉아 버렸다.[16] 얼마나 눈물겹고 고귀한 신부의 자세인가? 그러나 또 한편으로 생각하면 미당은 이 시를 통해 신라 정신의 하나인 영원주의를 강조하려고 했는지 모른다. 부부로 맺어지는 것도 상당한 인연인데, 인연이 고귀한 아름다움으로 완성되려면 영속성을 지녀야 한다는 그런 유의 영원주의 말이다. 이 영원주의는 「상가수의 소리」란 시에서도 찾아볼 수 있다. 질마재에서 노래를 잘하는 상가수는 비록 똥오줌 걸러내는 일을 하지만 그의 노래가 우리 민족의 숨결을 담고 있기에 이승과 저승에 두루 무성할 수밖에 없다는 내용은 과거와 현재, 그리고 미래를 잇는 영원주의의 추구라고 할 수 있으며, 외할머니의 툇마루가 거울처럼 번들번들 닦여 외할머니의 얼굴과 내 얼굴이 나란히 비친다는 내용의 「외할머니의 뒤안 툇마루」 같은 시도 모두 영원주의의 표상에 포함된다.

『질마재 신화』 이후 미당은 『떠돌이의 시』를 비롯해 『서으로 가는 달처럼』 『학이 울고 간 날들의 시』 『안 잊히는 일들』 『노래』 『팔할이 바람』 『산시』 『늙은 떠돌이의 시』 등의 시집을 계속 펴냈다. 이들 시집을 펴낼 때의 정신을 미당 스스로 "만보漫步의 산책 정신"이라고 표현했듯이 떠돌이로서의 자유가 이들 시집 속에 임리되어 있다. 그의 20대의 떠돌이 의식이 주체할 길 없는 젊음과 정열의 소산으로서의 방황이었다면, 70대 이후의 '떠돌이'는 동양적이면서도 한국적인 정신주의, 형이상학적 세계에 대한 천착 내지 그러한 세계에 대한 산책이라고 볼 수 있다.[17]

미당은 1970년부터 2000년 타계할 때까지 30년간을 서울 관악구 남현

16) 위의 책, 95~96쪽. 인용.

17) 위의 책, 101~102쪽. 인용.

동의 그의 집 '봉산산방'에서 살았다. '봉산산방'은 곰이 쑥(봉)과 마늘(산)을 먹으면서 웅녀가 됐다는 단군신화에서 따온 이름이다. 택호를 이렇게 명명한 데에서도 풍류 사상의 근원으로서의 단군에 대한 미당의 숭배 정신을 엿볼 수 있다. 그는 말년에 외부 방문객을 차단한 채 부인 방옥숙 여사와 그야말로 도타운 정을 나누며 살았다. 물론 방문객을 사절한 것은 건강이 좋지 않았기 때문이다. 그가 고생한 심장병은 정확히 말해 심장표피 건조증으로, 심장을 혹사하고 가슴을 너무 많이 써서 생긴 병이었다. 이에 대해 미당 스스로는 "시란 모름지기 독자의 콘크리트 같은 가슴을 허물어뜨리는 감동이 있어야 하는 것, 독자의 심금을 울리려면 우선 내 심장을 북 두드리듯 둥둥 울려대야 했으니 심장 표피가 말라붙어 북 가죽같이 되지 않을 재간이 없지"라고 그 나름의 위안을 했다. 그러나 정작 부부 중 이승을 먼저 하직한 쪽은 부인 방옥숙 여사였다. 미당이 방 여사 살아생전에 "그래, 나는 천국이나 극락에 가더라도 그녀와 함께 가 볼 생각이다"라고 애정을 표현하던 부인이 먼저 세상을 뜬 것이다. 2000년 10월 10일의 일이었다. 그 후 미당은 그 충격에 곡기를 끊은 채 맥주로 연명하다가 두 달 십여 일이 지난 12월 24일 부인의 뒤를 따랐다. 두 분의 묘는 미당 생가 맞은편 야산에 자리 잡고 있다.

신동엽

껍데기는 가라.

4월도 알맹이만 남고

껍데기는 가라.

껍데기는 가라.

동학년 곰나루의, 그 아우성만 살고

껍데기는 가라.

그리하여, 다시

껍데기는 가라.

살며, 사랑하며, 알맹이를 꿈꾸었던 신동엽 시인을 찾아서

/임경순 한국외국어대학교 교수

I

이 글을 쓰면서 나는 서재 귀퉁이에 오래 묶어둔 시집들 가운데, 『누가 하늘을 보았다 하는가』(신동엽, 1979 ; 개정판 1989)를 빼 들었다. 이 시집은 아마도 대학 시절 '사대문학회'에서 활동할 때 구해 읽었던 듯하다. 최루탄이 대학생들의 폐부를 난도질하던 당시, 우리들은 밤을 새워가며 민족문학론을 논의하였고, 신동엽은 그 한복판에 놓여 있었다. 시집의 목차를 보니, 「아사녀」, 「껍데기는 가라」, 「술을 많이 마시고 잔 어젯밤은」, 「누가 하늘을 보았다 하는가」 등의 시에는 동그라미가 쳐 있고, 시집 군데군데 밑줄과 낙서가 있었다. 거의 30년이라는 세월을 훌쩍 넘고 보니, 그동안 나는 무엇을 하면서 살아왔는가라고 자문을 하게 된다.

내가 우리 학교 교육 현장에서 신동엽을 만난 건, 1992년에 나온 중학교 3학년 2학기 『국어』 교과서이다. 윤동주의 「자화상」, 조지훈의 「승무」, 이동주의 「강강술래」, 김현승의 「플라타너스」, 홍윤숙의 「오라, 이 강변으로」와 더불어 신동엽의 「산에 언덕에」가 실렸던 것이다. 당시 나는 1991년에 군 생활을 마치고, 새 학기부터는 3학년 국어를 담당했기 때문에 개정된 『국어』 교과서에서 그의 시를 만나게 되었다. 대학 시절에 만났던, 신동엽의 시를 다시 만났을 때의 감회란 남달랐다. 이어 2003년에는 중학교 3-1학기 『국어』 교과서에 그의 「봄은」이 실렸고, 1997년 이후 고등학교 『문학』 교과서에는 「산에 언덕에」, 「껍데기는 가라」, 「너에게」, 「누가 하늘을 보았다 하는가」 등이 실려 신동엽은 김수영과 함께 1960년대를 대표하는 참여시인으로 국민이면 누구나 알 수 있게 되었다. 특히 「껍데기는 가라」는 여러 『문학』 교과서에 실려, 이 시는 그의 대표작으로 알려지게 되었다.

그간 문학 기행 형식으로 된 안내서들, 예컨대 김용성의 『한국현대문학사탐방』, 신경림의 『시인을 찾아서』, 그리고 김학동의 『문학기행 시인의 고향』 등이 발간되어 문학인들을 탐방하는 데에 도움을 준다.[1] 그리고 그동안 신동엽에 대한 많은 연구서와 자료들이 출간되었다.[2]

이렇듯 신동엽은 우리들에게 익히 알려져 있지만, 교과서나 문학사 속에서 글과 기억으로만 존재하던 신동엽의 흔적을 더듬어보고 싶었다. 서둘러 카메라와 메모지를 들고 그가 태어나 자랐던 부여로 떠나기로 했다.

부여로 가는 차 안에서 긴급조치 9호는 헌법상 보장된 국민의 기본권을 지나치게 제한하거나 침해한 것으로 유신헌법은 물론 현행 헌법에도 위반

1) 김용성, 『한국현대문학사탐방』, 현암사, 1984 ; 신경림, 『신경림의 시인을 찾아서』, 우리교육, 1998 ; 김학동, 『문학기행 시인의 고향』, 새문사, 2000.

2) 구중서 · 강형철 편, 『민족시인 신동엽』, 소명출판, 1999 ; 김응교 엮음, 『신동엽 사랑과 혁명의 시인』, 글누림, 2011 ; 김준오, 『신동엽, 60년대 의미망을 위하여』, 건국대출판부, 1997 ; 김응교 글 · 인병선 유물 보존 공개 고증, 『시인 신동엽』, 현암사, 2005 ; 신동엽, 『신동엽 전집』, 창작과비평사, 1975(1985, 3판) ; 강형철 · 김윤태 엮음, 『신동엽 시전집』, 창비, 2013.

돼 무효라는 대법원 판결 소식을 들었다. 당시 집권 세력은 1972년에 이른바 '10월 유신'을 단행하고, 더욱 강력한 통치를 위해 무려 아홉 차례에 걸쳐 긴급조치를 취했다. 긴급조치 9호란 유신헌법 철폐와 정권 퇴진을 요구하는 민주화운동이 거세게 일어날 무렵 이를 탄압하기 위해 1975년 5월 13일에 내려진 조치가 아니었던가. 이로써 4년여 동안 8백여 명이 구속되고, 수많은 언론에 재갈을 물렸던 것이다. 1975년 6월 『신동엽 전집』(창작과비평사)도 긴급조치 9호를 피해 갈 수 없었다. 7월에 판매 금지 처분이 내려졌던 것이다. 이러한 사연으로 볼 때 신동엽의 시가 국가가 검인정한 『국어』 교과서에 등장했다는 것은 인간이 하는 일에 대하여 다시 생각하게 해준다. 나는 신동엽을 떠올리지 않을 수 없었다.

Ⅱ

신동엽의 생애는 이미 여러 사람에 의해 정리되어 있다. 김응교가 글을 쓰고 신동엽의 부인인 인병선이 유물 보존 · 공개 · 고증을 했다는 『시인 신동엽』의 부록에 실린 신동엽 시인의 간추린 생애사는 이렇다.[3] 그는 1930년 8월 18일, 충청남도 부여군 부여읍 동남리 249번지 초가에서 신연순의 장남으로 태어나 식민지 농촌 생활을 하며 자랐으며, 부여 공립 진조尋常소학교를 다녔다. 1942년(12세)에는 '내지 성지 참배단'으로 뽑혀 다른 학생 5백여 명과 더불어 보름간 일본을 다녀왔으며, 1944년 부여국민학교를 졸업하고 1945년(15세) 3월에는 전주사범학교에 입학한 후, 1948년(18세)

3) 김응교 글 · 인병선 유물 보존 공개 고증, 『시인 신동엽』, 현암사, 2005.

4학년 때 동맹휴학에 가담하여 퇴학당했다. 1949년(19세)에는 단국대 사학과에 입학하고, 1950년 인민군 치하에서 부여 민청 선전부장을 하였고, 12월에는 '국민방위군'에 소집되어 전쟁터로 끌려갔다가 죽을 고생 끝에 병든 몸으로 귀향을 했다. 1953년(23세) 단국대 사학과를 졸업하고, 1957년(27세) 결혼한 후 1958년(28세)에는 잠시 주산농고에서 교편을 잡다가 부여읍 동남리 501-3에서 시작에 몰두하기도 했다. 그리고 1959년(29세)에 장시 「이야기하는 쟁기꾼의 대지」가 〈조선일보〉 신춘문예에 입선하여 문단에 등장했고, 1960년(30세)에 4·19가 일어나자 『학생혁명시집』을 출간했다. 1961년(31세)에 명성여고에서 학생들을 가르치기 시작했으며, 1963년(33세) 첫 시집 『아사녀』를 출간하고, 1967년(37세)에 「껍데기는 가라」 등과 장편서사시 「금강」을 발표했다. 1968년 6월 김수영의 타계에 이어 1969년(39세) 4월 7일 서울 동선동 집에서 간암으로 세상을 떠났다. 사후 1970년에는 백마강 기슭에 그의 시비가 세워졌고, 1975년 6월 『신동엽 전집』이 출간되자마자 판매 금지가 되었다. 1993년에는 경기도 파주군 금촌읍 월롱산 기슭에 있던 묘를 부여읍 염창리 능산리 고분 맞은편에 있는 부모 산소 아래로 이장하였다. 2003년에는 대한민국 은관문화훈장이 수여되었고, 2013년에는 신동엽문학관이 공식 개관되었다.

나는 신동엽이 살아온 생애사를 중심으로 그의 문학적 행적을 더듬어보기로 했다. 부여에 도착하자마자 가장 먼저 그가 태어났던 생가를 찾았다. 그런데 문제가 생겼다. 김용성과 김준오, 김학동의 저술에는 그의 출생지를 충남 부여읍 동남리 294번지로 기록하고 있고, 김응교와 강형철·김윤태의 저술에는 동남리 249번지로 되어 있었다.

내가 십여 년 전 처음 이곳에 찾아왔을 때만 해도 신동엽이 태어났던 동남리

294번지는 빈터로 남아 있었다. 바로 그 옆에 당시부터 사용하고 있었던 우물도 그대로 사용하고 있었다. 그러나 지금은 부여읍의 시가지가 확장되어 그때와는 전혀 다르게 변한 것이다.[4)]

김학동은 294번지 생가 터를 공동샘 사진과 함께 소개하고 있다. 누구의 기록이 맞는지 정확한 것은 알 수 없지만, 그저 본능적으로 그가 태어났던 곳을 찾아보고 싶었다. 찾아간들 그가 태어났던 당시의 흔적을 볼 수 없다는 것을 알면서도……. 거의 정확하게 번지를 찾아주는 내비게이션 덕분에 그곳을 찾았지만, 예상했던 대로 현대식 주택과 건물이 들어서 있어, 옛 모습이라고는 찾을 길이 없었다. 신동엽이 살아 있다면, 그가 태어났던 집을 정확히 기억할 수 있을까. 아마 그도 그러지 못할 것이다. 그렇지만 우연히 어떤 계기로 이를테면 이번 기행과 같은 기회가 찾아왔을 때, 그가 지금과 같은 건물들을 보고 어떤 생각을 갖게 될 것인가? 나는 몇 년 전에 내가 태어났던 고향을 우연히 찾아봤던 기억이 있다. 내가 살았던 건물의 흔적과 땅의 형태가 바뀌었으므로 찾기가 쉽지 않았지만, 골목길과 폐허로 변한 집들을 통해 그 흔적을 찾을 수 있었다. 그곳에는 적지 않은 자식들을 먹여 살리기 위해 박봉에 힘겨워 하시던 아버지와, 아이들을 돌보면서 가난한 살림을 꾸려가시던 어머니, 그리고 철부지였던 1960년대 후반의 내가 있었다. 1930년에 신동엽은 아버지 평산 신申씨 연순과 어머니 광산 김金씨 영희 사이에서 장남으로 태어났다. 일찍 타계한 그의 아버지 첫째 부인이 딸과 아들을 낳았으나, 아들은 갓 돌을 넘기고 죽었기 때문에 신동엽은 2대 독자가 된다. 여덟 명의 여동생 중 넷은 어릴 때 영영

4) 김학동, 앞의 책, 141쪽. 김학동이 이 글을 쓴 것은 1996년 10월 20일로 되어 있다.

이별했다 한다. 신동엽이 태어날 무렵에는 일제의 탄압이 점차 심화되어 갔고, 만주사변 이후 기근과 착취가 더욱 심해졌던 시기였다. 그들이 살아남기 위해 겪어야 했던 고통은 상상하기가 어렵다.

차를 돌려 충남 부여읍 동남리 501-3로 향했다. 골목 입구에는 신동엽 문학관과 신동엽 생가를 안내하는 표지판이 세워져 있어, 이정표를 따라 골목 안으로 2백여 미터 들어섰다. 흔히 생가로 알려져 있지만 그곳은 신동엽이 국민학교(부여공립심상소학교)에 들어가는 해 이사한 후 줄곧 소년과 청년 그리고 신혼 시절을 보냈다는 집이다.[5] 그곳으로 이사를 간 것이 1938년이었으니 파란 기와로 담장과 지붕이 덮여 있는 지금의 그 집은 옛 모습 그대로일 리가 없었다. 대문에는 '시인 신동엽 생가'라는 현판이 걸려 있고, 대문 왼쪽에는 '시인 신동엽申東曄 생가'를 알리는 알림판이 있다. 거기에는 시인 신동엽(1930~1969)에 대한 출생과 학교, 직장, 그리고 문단에 나와 활동한 것이 소개되어 있었다. 또한 "민족문제와 역사의식을 일깨우는 명작을 발표하여 우리나라 대표적인 민족시인으로 추앙받고 있"다는 평가와 함께 "이 집은 신동엽 시인이 소년기부터 청년기를 보낸 곳으로 1985년 5월 유족과 문인들에 의해 복원되었고 2003년 부여군에 기증되었"다고 기록되어 있다. 대문 오른쪽에는 담장 사이에 '신동엽 가옥터'를 알리는 표지석이 있다. 대한민국 등록문화재 제339호로 지정된 가옥터는 잘 보존하여 후손들에게 전승하고자 2007년 7월 3일 등록문화재로 등록하여 보존 · 관리하고 있다는 부여 군수의 알림말이 쓰여 있다. 가옥터, 즉 집의 터라는 말이 말해주듯, 그가 살았던 집터에는 원래의 모습과는 다른 집으로 복원되어 있는 것이다. 이곳 사람들이 그의 흔적을 보존하려고 애

5) 김용성, 앞의 책, 558쪽.

쓴 모습을 볼 수 있었다. 그러나 관리가 어렵다는 이유로 담장과 지붕 등이 바뀐 것을 두고 생가라는 느낌을 전혀 가질 수 없었다.

'생가'라는 곳에는 이제 김학동이 십여 년 전에 이곳을 찾았을 때 미수의 나이를 넘기고도 "정신은 맑고 매무새가 조금도 흐트러짐이 없으셨"던, 그리고 "외아들을 가슴에 묻은 한을 되새기며 홀로 집을 지키고 계"시면서 방문객을 맞이하셨던 그의 부친은 없었다(김학동은 1996년에 그곳을 다시 찾았다).[6] 나는 특별히 관심을 갖고 찾아보기로 했던 것이 있었다. 방문 위에 걸린 그의 아내 인병선이 짓고 신영복 선생이 글씨를 썼다는 '생가生家'라는 글과 방 안에 걸린 천상병 시인이 지었다는 '곡 신동엽哭 申東曄'이라는 글이었다. 그러나 그것들은 온데간데없고 방문은 열쇠로 잠겨 있었다. 방 안에는 들어갈 수 없다고 하여도 방문 입구 위에 걸려 있다던 '생가生家'라는 글이라도 보고 싶었다.

生家

우리의 만남을
헛되이
흘려버리고 싶지 않다

있었던 일을
늘 있는 일로
하고 싶은 마음이

---

6) 김학동, 앞의 책.

당신과 내가
처음 맺어진
이 자리를
새삼 꾸미는 뜻이라

우리는
살고 가는 것이 아니라
언제까지나
살며 있는 것이다

글 인병선
글씨 신영복

신동엽의 아내 인병선이 뜻을 담아 새삼 꾸린 바로 '이 자리'에 그녀의 목소리는 없었다. 잔디가 심어진 마당을 거닐어보고, 집 안을 한 바퀴 돌아도 보았지만 감흥이 일지가 않았다. 착잡함을 나만 느낀 것은 아닐 것이다.

생가 바로 뒤로는 신동엽문학관이 자리를 잡고 있었다. 생가를 빠져나와 신동엽문학관으로 향했다. 2011년 신동엽문학관이 준공되고, 2013년에 공식 개관된 것이다. 건물 왼편에 있는 북카페를 지나 신동엽문학관에 들어서는 입구에는 이곳이 움집터였음을 알려주는 안내 표지판이 있다. 안내 표지판에는 이렇게 쓰여 있다.

이곳 신동엽문학관 부지는 충청남도역사문화연구원이 2005년 11월 22일부터 12월 6일까지 시굴조사를 실시한 결과 백제시대의 저장시설로 추정되는 가로 4.6m, 세로 3.7m 크기의 방형 수혈유구 1기를 확인하였다. 이 외에도 조선시대 주거지 2가와 토 도기류 29점, 자기류 32점, 기와류 17점의 유물이 출토되었다.

그러고 보니 부여는 538년 무령왕의 뒤를 이은 백제 성왕(523~554)이 수도를 사비(지금의 부여)로 천도하고 국호를 남부여로 바꾸는 등 관제를 정비하고 국력의 중흥에 힘을 쏟았던 수도였으며, 의자왕을 끝으로 660년 신라와 당나라의 연합군에 의해 멸망한 곳이 아니었던가? 그렇기에 어디를 가든 부여는 온통 백제의 유물로 가득하다. 신동엽문학관이 들어선 자리도 예외는 아니었던 것이다.

문학관에 들어서니 정면에 조각가 심정수가 만든 신동엽 흉상이 있다. 조각가 심정수는 원주시 박경리문학관에 있는 박경리 선생 동상과 서울 양재시민의숲 공원에 자리한 매헌 윤봉길 의사 동상을 제작한 예술가란다. 신동엽 흉상은 오른손에 펜을 들고, 눈은 정면을 응시한 채 탐방객을 맞이한다.

흉상 오른쪽으로 이어진 신동엽 시인이 걸어온 이야기는 「서둘고 싶지 않다」의 한 대목에서 시작한다.

> 내 **인생**을 **시**로 장식해 봤으면
> 내 인생을 **사랑**으로 채워 봤으면
> 내 인생을 **혁명**으로 불질러 봤으면
> 세월은 흐른다
> 그렇다고 서둘고 싶진 않다
> —신동엽, 「서둘고 싶지 않다」 부분

도드라지게 키워놓은 인생, 시, 사랑, 혁명이라는 시어가 신동엽의 삶을 말해주고 있는 듯하다. 백낙청은 신동엽 시인의 20주기를 맞아 아직도 독자들에게 생생하게 살아있는 시인으로 평가한 바 있으며,[7] 채광석은 신동엽이 외세가 우리 민족의 분단의 원인이자 장애라는 것을 인식하고, "외세와 그 추종 세력을 몰아내는 통일 열망을 줄기차게 노래한 60년대의 가장 뛰어나고, 「휴전선」의 박봉우를 제외한다면 거의 유일한 시인이었다"[8]라고 평가하였듯이, 신동엽은 살며, 사랑하며, 혁명을 꿈꾸었던 시인이었던 것이다.

신동엽문학관에는 그가 1930년 부여읍 동남리 269번지 초가에서 신연순의 장남으로 태어난 것으로 되어 있었다. 앞에서 여러 사람들이 294번지 혹은 249번지를 그가 태어난 곳으로 기록하고 있는 것과는 달리 이곳에서는 269번지로 되어 있어, 어느 곳이 정확한 곳인지 더욱 혼란스러웠다. 그곳에서 일하는 사람에게 물어도 정확한 것은 알 수 없었다.

국민학교에 입학하기 전인 1930년대 초반 만주사변과 함께 찾아온 극심한 가뭄으로 온 마을 사람들이 기근을 겪고, 어린 신동엽도 제대로 먹지 못하고 어려운 시절을 보냈던 것으로 기록하고 있다. 식민지하의 가난과 굶주림 속에서 어린 시절을 보내고, 1945년 해방과 1950년 한국전쟁을 거친 후 1950년대 중반 구상회·노문·이상비·유옥준 등과 문학적 교류를 하면서 습작기를 갖고, 1958년 현 생가에서 시작에 몰두한 결과 석림石林이라는 필명으로 〈조선일보〉에 장시 「이야기하는 쟁기꾼의 대지」를 응모하여 입선하게 된다. 시인 박봉우의 눈에 띄어 예심을 거쳐 본심에 오른 이 시는 심사위원들 사이에 논란을 일으켰고, 일부 손을 본 뒤 가작으로

7) 백낙청, 「살아있는 신동엽」, 구중서·강형철 편, 앞의 책, 13쪽.

8) 채광석, 「민족시인 신동엽」, 구중서·강형철 편, 앞의 책, 152쪽.

결정된 것이다. 「이야기하는 쟁기꾼의 대지」는 총 3백여 행으로 서화序話, 제1～6화, 후화後話로 구성되어 있다.

당시의 입술에선 쓰디쓴 풀맛 샘솟더군요. 잊지 못하겠어요.

몸양은 단 먹뱀처럼 애절하고, 참 즐거웠어요. 여름날이었죠.

꽃이 핀 고원을 난 지나고 있었어요. 무성한 풀섶에서 소와 노닐다가, 당신의 가슴으로 날 불렀죠.

—「이야기하는 쟁기꾼의 대지」 서화序話 첫 연[9)]

쟁기꾼을 통한 대지와의 대화를 내용으로 한 이 시는 조태일에 의하면 대지에 뿌리박은 원초적인 생명에의 귀의를 주제로 한다. 물질문명의 발달로 인한 반인간적·반생명적 요소를 원초적인 세계와 대비시켜 인간 정신의 구원은 전체성으로서의 대지에서 되찾아야 한다고 주장하고 있다고 해석한다.[10)]

신동엽은 1963년 3월에 첫 시집 『아사녀』를 출간한다. 이 시집에는 「진달래 산천」, 「풍경」, 「그 가을」, 「정본 문화사대계正本文化史大系」,「이야기하는 쟁기꾼의 대지」 등 발표작 10편과 「눈 날리는 날」, 「빛나는 눈동자」, 「산사山死」, 「산에 언덕에」 등 신작 8편이 수록되어 있다. 조태일은 『아사녀』에 수록된 시를 총평하면서 "그의 원수성 세계에의 그리움이 『아사녀』

---

9) 강형철·김윤태 엮음, 앞의 책, 56쪽.

10) 조태일, 「신동엽론」, 구중서·강형철 편, 앞의 책, 98쪽. 강형철은 〈조선일보〉 판본과 『아사녀』 판본을 참고하여 「이야기하는 쟁기꾼의 대지」의 원본 확정을 제시한 바 있다. 강형철, 「신동엽 시의 텍스트 연구—「이야기하는 쟁기꾼의 대지」를 중심으로」, 구중서·강형철 편, 앞의 책.

에 와서 보다 짙은 토속어를 구사하면서 지나간 역사에의 막연한 향수로 나타나 있는 듯이 보인다"라고 하면서 "그러한 복고주의적 경향은 현재에 서서 과거를 더듬어보고, 현재에 어떻게 용해되어 있는지를 이해하여 미래 설정을 위한 수단으로 삼으려는 과거 차용인 것으로 보인다"라고 하면서도 "그럼에도 추상적·관념적인 시의 체취를 씻어내지 못하고 있는 이유는 시를 다루는 데 있어서 기교에 관한 문제에 별로 관심을 두지 않았기 때문"이라고 평가한다.[11]

여기에서 원수성의 세계란 신동엽의 독특한 용어에 근거를 두고 있다. 그는 젊은 날 무정부주의뿐 아니라 노장사상과 동양적 신비주의에도 탐닉했다 한다. 대부분 그의 시에 나타난 과거나 미래 지향적 태도는 동양적 형이상학에 기인한 것이며, 그가 사용하고 있는 원수성原數性, 차수성次數性, 귀수성貴數性도 여기에 근거를 두고 있다. 원수성의 세계란 인간, 자연, 신이 하나의 공동체, 즉 원초적 통일성을 이룬 시대이다. 차수성의 세계는 이런 원초적 통일성이 상실된 분업과 분열의 문화이자 맹목적 기술자들의 세계이며, 국가 등 모든 인위적인 제도가 인간을 구속하는 세계이다. 신동엽에게 구원은 다시 원수성의 세계로 돌아가는 것이며 그것이 바로 귀수성의 세계이다.[12]

1967년 1월, 신동엽의 작품 가운데 가장 잘 알려진 시 「껍데기는 가라」가 『52인 시집』(현대문학전집 제18권, 신구문화사)에 발표된다.[13]

11) 조태일, 앞의 글, 101~104쪽.

12) 김중오, 앞의 책, 34~35쪽. 여기에서 '수'란 숫자를 비롯하여 운명, 기술, 자연의 이치 등의 의미로서 우주 생성을 해석하는 데 사용하는 용어이다.

껍데기는 가라.
4월도 알맹이만 남고
껍데기는 가라.

껍데기는 가라.
동학년東學年 곰나루의, 그 아우성만 살고
껍데기는 가라.

그리하여, 다시
껍데기는 가라.
이곳에선, 두 가슴과 그곳까지 내논
아사달 아사녀가
중립中立의 초례청 앞에 서서
부끄럼 빛내며
맞절할지니

껍데기는 가라.
한라에서 백두까지

---

13) 신동엽문학관에서 만난 사단법인 신동엽 기념사업회 상임이사인 김윤태(강형철과 함께 『신동엽 시전집』을 엮은 이)는 「껍데기는 가라」의 최초 발표가 『52인 시집』(1967)으로 알려져 있으나, 최근 1964년 12월에 『시단』이라는 잡지(동인지로 추정됨) 6호에 이미 발표된 바 있다고 하면서 이와 관련된 홍윤표의 「민족시인 신동엽의 '껍데기는 가라'의 첫 발표연대 오류와 연보 바로잡기」(『근대서지』 4호, 2011. 12)라는 논문을 소개해주었다. 그는 말하길 현재 『시단』 소유자로부터 문학관에 양도 의사를 간접적으로 들었고, 적정선에서 구매하도록 추진해야 할 것이며, 아울러 전시실 해당 부분도 수정하는 방향으로 준비해야 할 것이라고 했다.

향그러운 흙가슴만 남고

그, 모오든 쇠붙이는 가라.

—「껍데기는 가라」 전문[14)]

『문학』 교과서에도 가장 많이 실렸고, 문학사에서도 가장 비중 있게 다루고 있는 이 시는 많은 평자들의 주목을 받아왔다. 백낙청은 이 시가 "4·19에서 진짜 알맹이에 해당하는 것은 민중들의 외세를 배격하고 민중의 해방을 위해서 심지어 무기까지 들고 일어섰던 동학년 곰나루의 그 아우성, 이것이 4·19에서 우리가 진정으로 살려야 할 알맹이와 통하는 것이라는 점을 신동엽은 60년대 중반의 시점에서 이미 밝혔"[15)]다고 평가하고 있다. 구중서는 이 시에서 "'알맹이', '가슴과 그곳까지 내논' 알몸, 모든 쇠붙이에 대치되는 '향그러운 흙가슴'은 귀수성의 세계, 최대재로서의 대지에서 자기회복을 성취한, 인간다운 인간인 것"이며, 이 기본 바탕에서, "생명의 침투며 파괴며 조직인, 인식의 전부 위에서 한국 민족의 역사적 현실의 구체성을 더 파고들어, 4·19, 동학, 국토 분단의 부조리를 용해해내고, 헹궈내려 한 것"[16)]이라는 견해를 피력하고 있다. 이 시에서 '중립'의 의미를 조태일이 "핵심, 정상, 근원, 집중, 순수 등의 여러 의미가 뭉뚱그려진 이 '중립'은 바로 영원한 생명의 힘을 나타내 주고 있으며 영원한 민중적인 힘을 뜻한다"[17)]고 본 점은 국제정치학적인 개념을 넘어서는 것으로 보았으나,

14) 강형철·김윤태 엮음, 『신동엽 시전집』, 창비, 2013, 378쪽에서 재인용.

15) 백낙청, 앞의 글, 18쪽.

16) 구중서, 「신동엽론」, 구중서·강형철 편, 앞의 책, 85쪽.

17) 조태일, 앞의 글, 110쪽.

백낙청이 언급하고 있듯이 "국제정치적인 의미의 중립도 신동엽 시인에게 절실한 문제였고 그것이 민족의 화해라는 사상, 반전 · 자주의 사상과 직결된 것이었음을 알 수 있"[18]다고 한 점은 결코 간과할 수 없을 것이다.[19]

펜클럽 작가기금으로 창작한 4800여 행에 이르는 장편서사시 「금강」을 『한국현대신작전집』(을유문화사)에 발표한 것은 그의 나이 37세 때인 1967년이다.

> 우리들의 어렸을 적
> 황토 벗은 고갯마을
> 할머니 등에 업혀
> 누님과 난, 곧잘
> 파랑새 노랠 배웠다.
>
> 울타리마다 담쟁이넌출 익어가고
> 밭머리에 수수모감 보일 때면
> 어디서라 없이 새보는 소리가 들린다.
>
> 우이여! 훠어이!
>
> 쇠방울 소리 뿌리면서 순사의 자전거가 아득한 길을 사라지고

18) 백낙청, 앞의 글, 21쪽.

19) 김종철은 중립의 의미에 무위의 개념도 내포되어 있다고 지적하고 있다. 김종철, 「신동엽의 도가적 상상력」, 구중서 · 강형철 편, 앞의 책.

그럴 때면 우리들은 흙토방 아래
가슴 두근거리며
노래 배워주던 그 양품장수 할머닐 기다렸다.
—「금강 1」 부분

「금강錦江」 첫머리는 이렇게 시작한다. 화자는 순사가 사라진 황토 벗은 고갯마을에서 할머니 등에 업혀 누님과 함께 파랑새 노랠 배웠던 회상으로부터 시작한다. 그리고 1960년 4·19, 1919년 기미 독립운동, 1894년 동학운동으로 이어지면서 "잠깐 빛났던 / 당신의 얼굴은 / 영원의 하늘, / 끝나지 않는 우리들의 깊은 가슴이었다"로 「금강錦江」의 서화序話에 해당하는 1, 2를 끝맺는다. 그리고 동학운동을 주 내용으로 하는 제1장~제26장에서는 시인의 의식을 대변하는 듯한 '신하늬'라는 인물이 동학의 최제우, 해월과 함께 등장하는 서사시가 펼쳐진다. 착취와 폭거에 분연히 항거하며 일어난 동학운동은 '빛나는 눈동자'이자 '열린 하늘'이었다. 그렇기 때문에 동학운동의 실패는 영원한 실패가 아니라 또 다른 가능성과 희망을 안겨준 것이다.

1894년 3월
우리는
우리의 가슴 처음
만져보고, 그 힘에
놀라,
몸뚱이, 알맹이째 발라,
내던졌느니라.

많은 피 흘렸느니라.

겨울 속에서
봄이 싹트듯
우리 마음속에서
연정이 잉태되듯
조국의 가슴마다에서,
혁명, 분수 뿜을 날은
오리라.
—「금강」 후화 2 부분

신동엽은 「금강」 후화後話 1, 2에서 동학운동, 3·1운동, 4·19혁명의 실패를 언급하면서 "겨울 속에서 / 봄이 싹트듯" "혁명, 분수 뿜을 날은 / 오리라"라고 희망·예언·확신하고 있다. 구중서는 "동학운동, 3·1운동, 4·19로 이어진 정신사적 맥락도 결국 신동엽 특유의 귀수성적 생명의 대지에 연결되기를 그는 바란 것이며 그러한 정신적 차원에의 지향점들이 서사시 「금강」 안에 누누이 나타나 있다"[20]고 보았다. 그러나 이 서사시는 시인의 역사관이 다분히 반복적 순환론적인 관점에 입각해 있으며, 투쟁의 지속성에 대한 믿음이 곧 역사의 진보에 대한 믿음으로 직결되는 것은 아니라고 비판받기도 한다.[21]

1969년 신동엽의 나이 39세. 3월 간암 진단을 받은 지 한 달 후인 4월 7

20) 구중서, 앞의 글, 90쪽.
21) 김종철, 앞의 글, 73쪽.

일 그는 서울 동선동 집에서 세상을 떠났다.

신동엽문학관 상설 전시실에는 사진, 초고와 성적표, 시작 및 생각노트, 편지, 발간 서적, 그가 읽었던 책 등이 잘 정돈되어 있었다. 김응교가 말했듯이 한국문학사에서 작가의 가족이 작가 생전이나 사후에 자료를 귀중하게 보존해온 예는 드물다. 신동엽의 경우 부친 신연순과 신동엽 자신, 그리고 부인 인병선의 노력으로 이만큼의 자료를 볼 수 있었다.[22)]

그곳에서 생가에서 볼 수 없었던, 그의 아내 인병선이 짓고 신영복이 쓴 '생가生家' 목판과 천상병이 쓴 '곡 신동엽哭 申東曄' 시를 담은 액자를 만날 수 있었다.

> 어느 구름 개인 날 어쩌다 하늘이
> 그 옆 얼굴을 내어보일 때
>
> 그 맑은 눈 한곬으로 쏠리는
> 곳 거기 네 무덤 있거라
>
> 雜草 무더기 저만치 가장자리
> 에 꽃이 그 외로움을 자랑하듯
>
> 申東曄! 너는 꼭
> 그런 사람이었다.

22) 김응교, 앞의 책, 213~216쪽.

아무리 잠깐이라지만 그 잠깐만
두어두고 너는 갔다

저쪽 저 榮光의 나라로

哭 申東曄

전시실을 돌아 나오는 길에 방명록에 쓴 어느 경찰 서장이 남긴 글이 인상적이었다. "선생님께서 헤엄치던 비단강 금강은 지금도 흘러가고 있는데…… 님의 긴 흔적만이 여기 있네요. 부여, 행복을 '부여'하는 부여 경찰, 문화와 예술을 아는 경찰이 되겠습니다."

문학관을 나서면서, 신동엽이 "잡초雜草 무더기 저만치 가장자리 / 에 꽃이 그 외로움을 자랑하듯" 잠깐 살다 간 그런 사람이라는 천상병의 시구절이 머릿속에 맴돌았다. 문학관 앞뜰에는 설치미술가이자 화가인 임옥상이 만든 그의 대표 시 구절들이 깃발처럼 휘날리고 있었다.

Ⅲ

문학관을 나서자 신동엽문학관에 기록된 그의 출생지가 궁금했다. 내비게이션이 안내해준 부여읍 동남리 269번지를 가보니 그곳은 부여선거관리위원회가 있는 앞길이었다. 따라서 그가 태어난 곳이 어떤 곳이었는지 알 길이 없었다. 나는 다시 신동엽이 다녔던 부여초등학교(부여 공립 진조尋常소학교)로 향했다. 부여초등학교 정문 앞에서 문구점을 하는 할머니를 만났다. 부여초등학교에 대해 뭔가 정보를 얻을 수 있을까 해서였다. 부여군 은산면에서 시집온 할머니는 팔순이 넘으신 분으로 30년 전 남편과 사별하고 부여에만 사셨다고 하였다. 최근에는 결석으로 한 달 이상을 입원하셨다가 퇴원한 지 얼마 되지 않았다고 하시면서 부여초등학교는 옛날부터 그 자리에 있었다고 한다.

부여초등학교 정문에 들어서니 오른쪽에 '개교백주년기념비'가 세워져 있었다. 경비실에 있는 아저씨에게 신동엽의 시비가 어디에 있느냐 물으니, 그 이야기는 처음 듣는 거란다. 교사 1층에 들어가 낯선 이를 보고 다가온 그곳 아저씨에게 물으니 잘 모르겠단다. 그가 교실에 들어가 교사에게 문의해본 결과도 모르겠다는 답변만 들었다. 문학관에서 분명 1999년에 그곳에 시비가 세워졌다고 했기 때문에, 나는 직접 그것을 찾아 나섰다.[23] 그의 시비는 서쪽 교사 사이에 한 그루 소나무와 함께 외롭게 서 있었다. 시비에는 "백제, / 천오백 년, 별로 / 오랜 세월이 / 아니다 // 우리 할아버지가 / 그 할아버지를 생각하듯 / 몇 번 안 가서 / 백제는 / 우리 엊그제, 그끄제에 / 있다. // 진달래, / 부소산 낙화암 / 이끼 묻은 바위서리 핀 / 진달래, / 너의 얼굴에서 / 사랑을 읽었다"는 「금강」 제5장의 한 부분이 새겨져 있었다.

나는 다시 백제교 근처 금강 기슭에 있는 그의 시비를 찾아갔다. 계백로를 따라가다 백제교 남쪽에서 유턴하여 건양대 부속 옆 주차장에 차를 세웠다. '반공순국애국지사추모비'를 지나 시인 신동엽의 시비가 보인다. 신동엽이 세상을 떠난 뒤 구상을 위원장으로 한 '신동엽 시비 건립위원회'가

23) 신동엽 사후 그의 시비는 1970년 부여 동남리 백마강 기슭, 1990년 단국대, 1999년 부여초등학교 등에 세워졌다.

결성되고, 문인, 동료, 제자 등이 경비를 모아 1970년 4월 18일 부여읍 나성터 백마강 변에 시비가 세워졌던 것이다.[24] 입구에는 "부여가 낳은 대표적인 민족시인으로 짧은 인생을 시작 활동에 전념"했던 인물로 시작하는 안내 글이 있다. 네 개의 계단을 올라가면 신동엽 시비 전면에는 그의 시 「山에 언덕에」가 새겨져 있다.

그리운 그의 얼굴
다시 찾을 수 없어도
화사한 그의 꽃
산에 언덕에 피어 날지어이

그리운 그의 노래
다시 들을 수 없어도
맑은 그 숨결
들에 숲 속에 살아 갈지어이

그리운 그의 모습
다시 찾을 수 없어도
울고 간 그의 영혼
들에 언덕에 피어 날지어이
—「산에 언덕에」 전문

24) 김응교, 앞의 책, 179쪽.

『아사녀』에 실린 「산에 언덕에」는 중학교 교과서에도 실려 있고, 이곳 백마강 변 그의 비문에도 새겨져 있는 시이다. 그러나 비문에 새겨진 시는 『아사녀』에 발표된 시 전문이 아니다. 비문에는 원시의 3연과 4연, 즉 "쓸쓸한 마음으로 들길 더듬는 행인가. // 눈길 비었거든 바람 담을지네 / 바람 비었거든 인정 담을지네"가 빠져 있다. 그러니까 시비에는 원문의 1, 2, 5연이 실려 있는 것이다. 시비 주위에는 그의 여러 대표 시가 다양한 형태로 세워져 있는데, 그중 나무에 쓴 「껍데기는 가라」는 거의 알아볼 수 없게 지워져 있었다. 무성한 잡초와 함께 세월의 흔적을 말해주는 듯하였다.

나는 발길을 돌려 그의 무덤으로 향했다. 경기도 파주군 금촌읍 월롱산 기슭에 있던 그의 묘는 1993년 11월 부여읍 능산리고분(백제 왕릉) 맞은편 앞산으로 이장되었다. 24년 만에 부모가 묻힌 고향에 돌아온 것이다. 그의 묘지를 찾아가는 길은 쉽지 않았다. 입구에 '시인 신동엽 묘소'라는 표지가 있었지만 잘 보지 못하고 지나쳤다가 다시 되돌아왔다. 팻말이 지시한 좁은 길을 따라 끝까지 갔지만 아무런 안내 표지가 없었다. 마침 밭에 나와 있던 아주머니에게 신동엽 묘지를 물으니, 어디에서 왔느냐고 대뜸 묻는다. 그러면서 나와 같은 사람들 때문에 무척 귀찮다는 말을 덧붙인다. 길도 없는데 자기네 땅을 무단으로 다니기도 하거니와, 자세한 안내 표지가 없기 때문에 시도 때도 없이 방문객들이 문의를 해 온단다. 교과서에 나올 정도로 유명한 사람이라면 군청에서 땅을 사서 길을 만들든지 해야 하지 않겠느냐고 하소연한다. 얼마 전에 밤늦은 시각에 두 사람이 찾아와 풀이 무성하게 자란 길을 들어가지도 못하고 결국 꽃다발만 두고 갔다는 말도 전한다. 마침 풀을 제거하고 길이 났기에 신동엽 묘지를 찾아갈 수 있었다. 묘지 앞에 있는 '시인 신동엽申東曄의 묘'라는 안내문에는 소재지가 부여군 부여읍 능산리 산 56-2로 되어 있고, 묘지가 월롱산에서 지금의 자리로 옮겨졌다는 것과 시인에 대한 간략한 평가가 제시되어 있었다.

시인 신동엽은 장편 서사시 「금강」을 비롯한 분단 현실 극복에 역점을 둔 수많은 창작을 통하여 한국현대문학사에 새로운 이정표를 제시한 우리나라의 대표적인 민족시인으로 추앙받고 있다.('시인 신동엽申東曄의 묘' 안내문에서)

묘비를 보니, "1969년 4월 7일 문득 요절 여기 월롱산 기슭에 잠들다"로 되어 있는 것으로 봐, 묘비는 월롱산에 있던 것을 그대로 옮겨 온 것으로 보인다. 산속에 어둠이 내리기 시작했다. 나는 서둘러 이번 기행의 마지막 행선지로 향했다. 신동엽의 장편서사시의 제목이기도 하고, 그의 시비가 굽어보고 있는 곳, 금강이다. 낙화암과 백마강 유람선 선착장 그리고 멀리 그의 시비가 보이는 금강 변에 앉았다. 해가 지고 있었기 때문에 때마침 여정의 끝마무리를 백마강을 바라보며 할 수 있었다. 금강을 찾은 것은 신동엽의 시와 관련되어 있기도 하지만, 그것보다 신동엽이 「금강잡기錦江雜記」(『재무財務』, 1963. 10)에 언급한 이야기와 관련되어 있다. 18세, 22세, 23세의 어리고 젊은 여승 셋의 애절한 전설을 간직하고 있는 강가의 조그만 고찰古刹에 들렀는데, 백제가 패망할 때에 그녀들은 조약돌이 가득 담긴 바랑들을 허리와 어깨에 졸라매고 나란히 강 속으로 걸어가 죽었다는 이야기이다.

이승 저켠 피안彼岸의 세계에 무엇을 보았길래 그들은 세 사람이 동시에 서쪽 하늘을 향해 합장하고 행렬 지어 한 가닥 미련 없이 점점 깊어지는 물속으로 걸어 들어갈 수 있었을까. 무엇이 그들로 하여금 멀고 먼 그 겨냥을 향해 아무 잡티 없이 달려가는 빠른 화살이 되게 했을까. (…중략…) 무거운 자갈바랑을 몸에 묶고는 흔한 유서 나부랭이, 유품 하나 남기지 않고 깨끗이 일렬로 승천했다고 하는, 그 극적인 죽음 앞에 위대한 예술에서와 같은 법열을 느끼고 있었을 뿐이다. 그들이 바랐던 것은 떠들썩한 이 남은 세상의 소문이 아니고 그대로 슬쩍 숨어버리고 싶었던 것이리라. 나는 요새도 가끔 그 세 여승의 죽음을 생각하면 종교·예술이 지니는 어떤 지상의 자세 같은 것을 그들의 마지막 행렬에서 느끼게 된다.(「금강잡기」에서)[25]

나는 백제 패망의 고도에 흐르고 있는 백마강 석양을 바라보면서 세 여승의 죽음과 신동엽의 죽음을, 그리고 역사 속에 숨져간 이름 모를 수많은 죽음을 생각하였다.

25) 신동엽, 『신동엽 전집』, 창작과비평사, 1975, 349쪽.

신석정

어머니

당신은 그 먼 나라를 알으십니까?

깊은 삼림 지대를 끼고 돌면

고요한 호수에 흰 물새 날고

좁은 들길에 야장미 열매 붉어

멀리 노루 새끼 마음 놓고 뛰어다니는

아무도 살지 않는 그 먼 나라를 알으십니까?

'생활'과 '낭만'의 사이

/**강호정** 한성대학교 강의전담 교수

I 신석정과 낭만

신석정은 1924년 〈조선일보〉에 「기우는 해」(필명 소적)를 발표하면서 등단하였다. 꼭 90년 전의 일이다. 거의 한 세기 전에 등단하였지만, 「그 먼 나라를 알으십니까」로 대표되는 석정의 시는 아직도 우리에게 매력적으로 다가온다고 할 수 있다.

석정은 1907년 전북 부안에서 태어났다. 석정의 연보에 따르면, 20대 중반 중앙불교전문강원에서 불전을 공부했을 때를 제외하고 대체로 고향을 벗어나지 않고 일생을 마쳤다. 1907년생이니 정지용(1902), 김영랑(1903), 박용철(1904)보다 조금 아래고, 김기림(1908)과는 또래이며, 백석(1912), 장만영(1914), 서정주(1915), 조지훈(1920) 등보다는 선배이다. 석정은 이들 시인들과 시적인 교류 혹은 시적인 자극을 서로 주고받으며 시인의 삶을 살아왔다. 동시대의 시인들과 문학적 교류를 주고받지 않은 시인은 드물다 하겠으나 석정의 경우는 서로 시와 글을 주고받는 등 누구보다 적극적인 교류를 한 시인이라고 할 수 있다.

석정은 1974년 68세로 세상을 뜰 때까지 50년의 세월을 시인으로 살아왔다. 석정의 이름 앞에는 대체로 '목가시인'이라는 호칭이 붙는다. 송하선은 최근에 『신석정 평전—그 먼 나라를 알으십니까』을 통해서 석정의 시인적 호칭으로서 '목가시인', '참여시인', '민족시인' 등의 호칭에 대한 부당함을 제기하고 '전원시인'으로 호칭할 것을 제안한 바 있다. 다양한 호칭이 붙는다는 것은 석정의 시가 그만큼 다양하게 읽힐 수 있다는 말이기도 할 것이다.

석정의 이름 앞에 어떤 호칭이 붙든 석정의 시는 '자연'의 울타리를 벗어나지 않는다. 그러나 석정 시의 표면이 자연이라면, 석정 시의 이면은 '낭만'이라고 할 수 있을 것이다. 석정이 쓴 「나의 문학적 자서전」에는 석정 시의 출발 지점이 낭만임을, 노장철학과 도연명, 타고르, 톨스토이, 투르게네프를 즐겨 읽었음을 알 수 있는 구절이 자주 등장한다. 모두 그의 시 세계의 토양을 이루고 있는 것이라고 할 수 있다.

> 그러면서도 그 나이에 찾아오는 풀 길 없는 인생의 고독과 낭만은 역시 문학밖에 없었던지, 다시 책을 모아들이고 사전을 찾아가면서 톨스토이와 투르게네프를 탐독하게 되었고, 아내의 결혼반지를 팔아다가 시집을 사들이곤 하였다. 한문 공부를 하는 한편 노장철학을 섭력해보려고 무진 애도 써보고, 도연명의 소박한 시를 애독하는가 하면, 타고르의 세계에 파문히던 때도 바로 그때였다.(신석정, 「나의 문학적 자서전」)

인생의 고독과 낭만을 풀 수 있는 방법이 문학밖에 없다는 인식은 그의 문학에 고독과 낭만이 개입할 수밖에 없다는 것과 다르지 않다. 더군다나 결혼반지를 팔아서 시집을 사는 행위는 '생활'의 가치보다 시의 가치를 앞세우는 낭만적인 문학도의 전형적인 태도라고 할 수 있다. 자연과의 일체를 꿈꾸고 노장적 허무의 세계를 탐닉했다는 점에서 그의 문학은 일정 정도 낭만성을 드러낼 수밖에 없을 것이다.

대체로 노장철학적 사유를 바탕으로 했다고 평가하는 석정의 시를 노장을 떠나, '낭만'을 친구 삼아 가볍게 읽어보려고 한다. 이 역시 석정의 아름다운 세계를 여행하는 하나의 방법이 될 것이다. 하긴 낭만이라고 해서 그것이 그리 가볍지만은 않은 것 같기도 하다.

Ⅱ 생활과 낭만의 사이

시를 쓰는 것은
시에서 살려는 마음이어니
시에서 살려는 생활을 생활할 때
이 붓과 종이에게 만가를 보내리다.

시를 쓰는 것은
시와 생활이 멀어진 뒤 일이어니
시에서 생활하고 생활이 시가 될 때
읊어진 옛 노래를 불살라 버리리다.

—「詩論」

'시론'이란 제목의 시이다. 일반적으로 시론은 "시란 무엇인가"라는 질문에 대한 대답이다. 인용한 시는 석정이 자신의 시론을 시로 표현한 것인데 시인으로서 석정의 자의식이 낭만적으로 드러나 있다. 석정이 생각하는 시론은 시와 생활이 일치하는 것이다. 시와 생활의 일체를 꿈꾸는 석정의 인식은 도저하다. "시를 쓰는 것은 / 시와 생활이 멀어진 뒤 일"이라는 것은 시와 생활이 하나가 되면 시를 쓸 필요가 없다는 말이다. 그렇다면 "시에서 살려는" 태도는 또 무엇일까? 시에서 산다는 것은, 조금 과장하여 말하면, 모든 시인이 꿈꾸는 것이지만 모든 시인이 이루지 못한 꿈일 것이다. 시와 생활이 하나가 되는 것이 가능한 일일까. 이상적인 것의 불가능성에서 그의 낭만성이 드러난다.

시와 생활이 하나가 되기를 꿈꾸는 것은 석정의 시인으로서의 자세를 밝히 보여주는 것일 뿐만 아니라 낭만성을 고스란히 드러내는 것이기도 하다.

> 푸른 산이 흰 구름을 지니고 살듯
> 내 머리 위에는 항상 푸른 하늘이 있다.
>
> 하늘을 향하고 삼림처럼 두 팔을 드러낼 수 있다는 것이 얼마나 숭고한 일이냐
>
> 두 다리는 비록 연약하지만 젊은 산맥으로 삼고
> 부절不絶히 움직인다는 둥근 지구를 밟았거니……
>
> 푸른 산처럼 든든하게 지구를 디디고 사는 것은 얼마나 기쁜 일이냐
>
> 뼈에 저리도록 '생활'은 슬퍼도 좋다
> 저문 들길에 서서 푸른 별을 바라보자……

푸른 별을 바라보는 것은 하늘 아래 사는 거룩한 나의 일과이거니……

—「들길에 서서」

'푸른 산/흰 구름=내 머리/푸른 하늘'이라는 다소 도식적인 구도가 눈에 들어오는 시이다. 두 다리가 "부절不絶히 움직인다는 둥근 지구를 밟았"다는 것은 현실의 삶에 대한 은유이다. 그렇게 든든하게 지구를 디디고 사는 것은 얼마나 기쁜 일이냐고 했으므로 이는 존재 자체에 대한 기쁨을 드러낸다고 할 수 있다. 삶의 제반 여건이 비록 "연약"하지만, 존재 자체로서의 소중함에 대한 인식이 낭만적이라고 할 수 있다. 따라서 존재나 석정이 꿈꾸고 있는 이상에 비하면 "생활"은 그다지 중요하지 않은 것이며, 슬퍼도 좋은 것이다.

"삼림"은 하늘과 대지를 연결해주는 하나의 매개로 작용한다. 그것은 가지를 뻗고 높이 솟아 있는 나무가 갖고 있는 상징적인 속성에서 기인한다. 시인의 머리 위에 있는 "푸른 하늘"과 "푸른 별"은 시인이 가장 소중하게 생각하는 것, 곧 '시'라고 할 수 있다. 결국 "하늘을 향하고 삼림처럼 두 팔을 드러낼 수 있다는 것"은 곧 생활과 시가 하나가 되는 일이고 석정은 그것을 숭고하다고 말한다. "푸른 별을 바라보는 것"을 일과로 삼는 것 역시 석정은 거룩하다고 말하고 있다. 석정이 숭고하고 거룩하게 생각하는 것은 「시론」에서 본 바와 같이 생활과 시가 하나가 되는 것이다.

어쨌든 경제적으로, 정신적으로 생활은 뼈에 저리도록 슬픈데, 이 시의 내용은 그다지 비참하지도 않고 오히려 유유자적한 모습이다. "푸른 별"을 바라볼 수 있기 때문이다. 모든 것이 힘든 상황에서 자연을 통해 스스로를 위로하고 존재를 확인해나가는 것. 바로 이 태도가 석정 시의 핵심이라고 할 수 있다. 물론 석정은 나중에 "어찌 생활이 슬퍼서 좋으랴? 천부당만부당한 말이다. 너무나 생활은 슬펐기에 슬퍼서는 안 되겠다는 반어요, 작은 대로 절규로 보아 좋으리라"(신석정, 「상처 입은 작은 역정의 회고」)라고 술회한 바 있다. 자기 시의 지나치게 자연 친화적인 속성에 대한 사후의 발언으로 생각되는 바가 없지 않지만, 그렇다고 인용한 시에서 석정의 낭만성이 가려지지는 않을 것이다.

Ⅲ 노장철학의 밖에서 시 읽기

석정은 수필 여기저기서 노장사상이나 카펜터, 도연명 등에게 영향을 받았음을 밝히고 있다. 석정의 시를 연구한 연구자들도 그렇게 말하고 있지만, 석정 시에 대한 논의 자체가 석정의 말(기억)에 의존하고 있는 경향이 짙다. 시를 공부하는 사람의 입장이라면 대상 시(시인)의 근본적이고 철학적인 사유 체계까지 파악하며 읽어야 하는 것이 온당하겠지만, 일반 독자의 입장이라면 자기 나름대로 읽고 즐기면 되지 않을까? 다음 작품은 "노장사상의 핵인 무위자연에 바짝 가까이 다가선 작품"(송하선, 2013 : 75)으로 평가받지만, 노장을 모른다고 해서 작품을 감상하는 데 주눅이 들 필요는 없을 것 같다.

저 재를 넘어가는 저녁해의 엷은 광선들이 섭섭해합니다
어머니 아직 촛불을 켜지 말으셔요
그리고 나의 작은 명상의 새새끼들이
지금도 저 푸른 하늘에서 날고 있지 않습니까?
이윽고 하늘이 능금처럼 붉어질 때

그 새새끼들은 어둠과 함께 돌아온다 합니다
언덕에서는 우리의 어린 양들이 낡은 녹색 침대에 누워서
남은 햇빛을 즐기느라고 돌아오지 않고
조용한 호수 위에는 인제야 저녁 안개가 자욱이 내려오기 시작하였습니다
그러나 어머니 아직 촛불을 켤 때가 아닙니다
늙은 산의 고요히 명상하는 얼굴이 멀어가지 않고
머언 숲에서는 밤이 끌고 오는 그 검은 치맛자락이
발길에 스치는 발자국 소리도 들려오지 않습니다
멀리 있는 기인 둑을 거쳐서 들려오던 물결 소리도 차츰차츰 멀어져갑니다
그것은 늦은 가을부터 우리 전원을 방문하는 가마귀들이
바람을 데리고 멀리 가버린 까닭이겠습니다
시방 어머니의 등에서는 어머니의 콧노래 섞인
자장가를 듣고 싶어 하는 애기의 잠덧이 있습니다
어머니 아직 촛불을 켜지 말으셔요
인제야 저 숲 너머 하늘에 작은 별이 하나 나오지 않았습니까?
—「아직 촛불을 켤 때가 아닙니다」 전문

앞서 잠깐 언급했지만, 석정 스스로 여러 번 노장사상의 영향을 받았다고 토로하고 있어서 그런지, 석정의 시는 대개 노장사상의 영향이 절대적인 것처럼 논의되어왔다. 그러나 독자의 입장에서 노장사상에 대해 잘 알아야만 석정의 시를 충분히 감상할 수 있는 것은 아닐 것이다. 위의 시도 일반적으로 노장사상이 적극적으로 투영된 것으로 보는데, 사실 시의 전면에 나타나 있는 것은 '노을을 찬양함' 정도로 요약 가능하다. 이렇게 적극적으로 노을을 칭송한 시도 드물 것이고, 독자의 입장에서는 그런 석정

의 감각을 느끼는 것으로도 충분히 감상에 값한다고 할 것이다.

몇 가지만 염두에 두면, 노을을 기리는 이 시의 화자의 마음에 좀 더 가까이 다가갈 수 있다. 우선 시간을 나타내는 부사들에 주의를 기울일 필요가 있다. "아직"이 세 번, "인제야"가 두 번 쓰였고, "이윽고", "시방", "지금도"가 각각 한 번씩 쓰였다. 이 부사들은 해가 완전히 지기 직전의 상황을 더없이 소중하게 느껴지게 하는 데 일조한다. 이런 부사들은 해가 지기 직전의, 아직 해가 남아 있는 시점의, 노을이 번지는 그 시간을 안쓰럽게 지탱하고 있는 부사들이다.

또 딱 20행으로 되어 있는 이 시를 각각 10행씩 전반부와 후반부로 나눈다면, 전반부는 다분히 시각적인 이미지에, 후반부는 청각적인 이미지에 기대고 있다. 전반부에 나타나는 "저녁해의 엷은 광선들", "하늘이 능금처럼 붉어질 때", "어린 양들이 낡은 녹색 침대에 누워서 / 남은 햇빛을 즐기"는 풍경은 해가 지기 직전의 노을이 번져나가는 장면에 대한 묘사라고 할 수 있다. 반면에 후반부는 그 시간대에 느낄 수 있는 고요함, 적막함 등을 청각적 이미지로 처리하고 있다. "발길에 스치는 발자국 소리", "기인 둑을 거쳐서 들려오던 물결 소리", "콧노래 섞인 / 자장가" 소리가 그것인데, 이들 소리는 모두 없는 듯이 있는, 차츰차츰 멀어져 가는, 고요한 가운데 잔잔하게 들려오는 소리들이다.

햇빛이 지기 직전의 고요하고 평안한 상황을 조금만 더 늦추고 싶어 하는 화자의 심사가 절절하게 느껴지는 시이다. 시인은 노을이 번지는 시간대의 고요함과 평안함을 포착하고, 붙잡아 두고 싶었던 것이리라. 어쩔 수 없이 사라질 수밖에 없는 풍경을 붙잡아 두고 싶은 마음은 이미 상실감에 사로잡힌 시인에게 더 이상의 상실을 방지하기 위한 고요한 절규에 가까운 심사의 표현이다. 이런 시를 꼭 노장사상의 무위자연과 연결하여 읽을 필요는 없을 것이다. 물론 노장사상의 핵심이 무위자연이고, 이 시가 '스스로 그러한 모습으로서' 자연의 모습을 담고 있다고 여긴다면, 이 시와 노장사상의 연결은 자연스럽다. 그러나 그 자연(노을)에 얹혀 있는 시인의 애틋한 심사는 오갈 데가 없어진다. 시가 발표된 시대가 일제강점기의 엄혹한 상황이라고 해서 조금씩 사라지는 노을에 대한 애잔한 감상이 더 애절하면 애절했지, 덜하지는 않을 것이다. 다음 작품도 비슷한 맥락에서 읽을 수 있다.

난이와 나는
산에서 바다를 바라보는 것이 좋았다
밤나무
소나무
참나무
느티나무
다문다문 선 사이사이로 바다는 하늘보다 푸르렀다

난이와 나는
작은 짐승처럼 앉아서 바다를 바라다보는 것이 좋았다
짐승같이 말없이 앉아서
바다같이 말없이 앉아서
바다를 바라다보는 것은 기쁜 일이었다

난이와 내가
푸른 바다를 향하고 구름이 자꾸만 놓아 가는

붉은 산호와 흰 대리석 층층계를 거닐며
물오리처럼 떠다니는 청자기빛 섬을 어루만질 때
떨리는 심장같이 자지러지게 흩날리는 느티나무 잎새가
난이의 머리칼에 매달리는 것을 나는 보았다

난이와 나는
역시 느티나무 아래 말없이 앉아서
바다를 바라다보는 순하디순한 작은 짐승이었다.
—「작은 짐승」 전문

이 시에서도 대체로 물아일체의 경지 혹은 자연과의 합일을 이야기하며 노장적 정서를 읽는 경우가 많다. "구름이 자꾸만 놓아 가는 / 붉은 산호와 흰 대리석 층층계를 거"닌다는 것은 확실히 자연과의 일체로 읽을 만하다. 그러나 그것은 대상에 초점을 맞추었을 경우고, 이 시에서 반복되어 강조하고 있는 '난이와 나'에게 초점을 맞춘다면 좀 달라질 수도 있을 것이다.

이 시의 '난이와 나'에게는 말없이 앉아서 바다를 바라다보는 것이 더없이 기쁜 일이다. 누군가와 함께 말없이 앉아서 망연히 바다를 바라보는 모습을 상상해보라. 누군가와 함께 있는데 아무 말도 하지 않을 때, 심지어는 아무 소리도 들리지 않을 때의 그 불편함이란! 서로 아무 말도 하지 않고 가만히 있어도 불편하지 않은 사람이야말로 세상에서 가장 편안한 사람일 것이다. 이 시에서 '난이와 나'가 그렇다. 난이는 시인의 딸이라고는 하지만, 난이가 누구인지는 중요치 않아 보인다. 독자의 입장에서는 '난'에 괄호를 치고 사랑하는 사람의 이름을 넣고 읽으면 그것으로 족

할 일이다. 그랬을 때, 이 시가 전해주는 편안함을 온전히 자기 것으로 만들 수 있을 것이고, 독자 역시 순하디순한 한 마리 작은 짐승이 되는 순간을 경험할 것이다. 그것은 곧 가장 순수한 시원의 세계로의 진입이기도 하다.

Ⅳ 자연으로 만들어진 세계—이상향

석정의 시를 말하면서 이상향에 대한 이야기를 빼기도 어려울 것이다. 석정이 보여준 자연의 세계가 이상향이라는 것이다. 그러나 적어도 초기에 보이는 석정의 이상향과 후기에 보이는 이상향 사이에는 약간의 차이가 있어 보인다. 그것은 석정의 시에 '사람(관계)'이 있는가 없는가의 문제에 따라 미묘한 차이를 보인다. 초기시의 대표작인 「그 먼 나라를 알으십니까」를 보자.

깊은 삼림 지대를 끼고 돌면
고요한 호수에 흰 물새 날고
좁은 들길에 야장미 열매 붉어
멀리 노루 새끼 마음 놓고 뛰어다니는
아무도 살지 않는 그 먼 나라를 알으십니까?

그 나라에 가실 때에는 부디 잊지 마서요
나와 같이 그 나라에 가서 비둘기를 키웁시다

어머니

당신은 그 먼 나라를 알으십니까?

산비탈 넌지시 타고 내려오면

양지밭에 흰 염소 한가히 풀 뜯고

길 솟는 옥수수밭에 해는 저물어 저물어

먼 바다 물소리 구슬피 들려오는

아무도 살지 않는 그 먼 나라를 알으십니까?

―「그 먼 나라를 알으십니까」 부분

인용한 시는 '신석정'하면 가장 먼저 떠오르는 석정의 대표 시이다. 석정의 이상향을 이야기할 때 흔히 예로 드는 시이기도 하다. 이 시에서 석정은 "그 먼 나라"에 하나의 유토피아를 만들어놓고 있다. 석정이 이상향으로 설정한 그 나라는 깊은 삼림 지대를 돌아 나가야 있는 곳이고, 온갖 자연물들이 어우러져 평화로운 곳이다. 하나의 이상향을 떠올리기에 충분한 공간이다. 그러나 문제는 그곳이 아무도 살지 않는 곳이라는 데 있다. 그 나라에는 인간의 자취가 없어 고독하고 적막하기 이를 데 없다.(이승원, 1993 : 147) 함께 있는 존재로서 "어머니"가 등장하지만 이 시의 어머니를 단순하게 같이 사는 사람으로서 어머니라고 보기는 어려워 보인다. "어머니"를 가족으로서의 어머니로 읽을 수도 있겠지만, 이미 만해의 영향에 대해 토로한 석정의 시에서 '어머니'는 단순히 육친의 어머니라기보다는 만해의 '님'과 마찬가지로, 하나의 상징으로 읽어야 할 것이다.

그렇다면 적어도 초기시에서 보여준 석정이 꿈꾸는 이상향은 사람이 배제된 다소 관념적인 곳이라고 할 수 있다. 그 관념의 세계가 현실 부정이나 현실 비판의 인식이 투영된 것이라고 할 수 있을까. 타자와의 관계가 드러나지 않고, 당대 사회에 대한 부정성이 드러나지 않고 있다는 점에서 석정의 초기시에서 현실도피적 속성을 읽을 수 있는 근거가 될 것이다. 적어도 초기의 시는 현실에 대한 비판과 저항의식이 미약하다고 할 수 있을 것이나, 후기시로 들어오면 석정의 이상향에는 사람이 관계하기 시작한다.

어린 양을 데불고 내가 사는 곳은
호반의 성근 숲길을 거쳐
다냥한 햇볕이 분수로 쏟아지는
푸른 언덕 근처라고 생각해도 좋습니다

구름이 지나가는 발자취 소리랑
싹트는 푸른 소리 들려오는 곳입니다

어린 양을 데불고 내가 사는 곳은
저녁노을 붉은 속에
일월을 두고 사랑을 맹세하는 청춘들이
자주 오고가는 강기슭이라고 생각해도 좋습니다

푸르른 강물 소리 새소리 젖어 흐르고
꽃 피고 지는 소리 들려오는 곳입니다

어린 양을 데불고 내가 사는 곳은

별들이 나직이 옛이야기 하는 곳
피 묻은 역사도 죄도 벌도 없는 곳
그러한 새로운 풍토라고 생각해도 좋습니다.
그러나 짙푸른 하늘에 매달린 지구에서
아주 머언 위도緯度라고는 아예 생각하지 않아도 좋습니다.
—「어린 양羊을 데불고」 전문

이 시의 전체적인 분위기는 초기시 「그 먼 나라를 알으십니까」의 분위기와 비슷하다. 시의 화자는 '내가 사는 곳'이라고 말했지만, 실질적으로는 '내가 살고 싶은 곳'으로 읽힌다. 화자가 살고 싶은 곳은 '호반의 성근 숲길'이며, '햇볕이 분수로 쏟아지는 푸른 언덕 근처'이다. 「그 먼 나라를 알으십니까」에서 보여준 '그 먼 나라'의 정경과 분위기가 겹친다고 할 수 있다. 그러나 한 가지 큰 차이가 있다면 석정이 마련한 '그 먼 나라'에 대한 구체적 심상이다. 초기시에 보여준 '그 먼 나라'가 '사람이 살지 않는 곳'이었다면 이 시에 드러난 '그 먼 나라'는 비교적 사람이 사는 가까운 곳으로 내려와 있다. 그곳은 "사랑을 맹세하는 청춘들이 / 자주 오고가는 강기슭"이고, "피 묻은 역사도 죄도 벌도 없는 곳"이다. 사람과의 관계가 드러나 있는, 사람 냄새가 나는 곳이기도 하다. 더군다나 "지구에서 / 아주 머언 위도緯度라고는 아예 생각하지 않아도 좋습니다"라고 말하고 있는 것은 '그 먼 나라'가 그리 먼 곳에 있지 않다는 것을 강조하는 것이라고 보아야 할 것이다.

한 마디로 정리하여 말하면, 초기시에서 관념 속에 마련된 공간이 후기시에 이르러 현실의 공간으로 가까이 다가와 있다는 것이다. 결국 '관계'가 삶을, 사람을 규정한다고 했을 때, 석정의 후기시에서 이 '관계'가 드러나기 시작한다고 할 수 있다. 「그 먼 나라를 알으십니까」가 1936년 작품이고, 인용한 시는 1954년에 발표한 작품이다. 20년의 세월 동안 석정의 이상향은 비교적 가까운 위치에 새롭게 자리를 잡고 있다.

V 다시, 낭만에 대하여

초기의 석정은 자신을 목가시인이라고 부른 것에 대해 특별히 호불호를 드러내지 않았다. 그러나 나중에 쓴 수필들을 보면 자신을 목가시인으로 규정하는 것에 대한 불만이 슬쩍 드러나 있다. 그래서 그가 강조하는 것은 '생활'의 문제이며 '현실'의 문제이다.

> 우리가 공상하는 세계란 언제나 현실을 떠나서는 성립할 수 없는 것이다. 주어진 현실의 상황 속에 발붙이고 현실에 대한 불만과 갖고 싶어 하는 현실을 공상의 세계에 설정해보는 것이다.(신석정, 「시정신과 참여의 방향」)

초기 석정이 보여준 자연친화적인 시가 현실도피적이라는 세간의 평에 대한 항변으로 읽을 수 있을 것이나, 석정 시의 전체를 통괄해본다면, 그의 시 세계가 점점 적극적으로 현실의 모습을 포괄하고 있다는 것을 알 수 있다. 공상의 세계에 현실을 설정하는 것, 그것은 석정의 시의 근저에 낭만이 자리하고 있다는 것의 반증이 될 것이다.

석정은 중앙불교전문강원에서 공부를 파하고, 귀향하여 집을 짓고 '청구원'이라 이름하였다. 이곳에서 석정은 낮에는 농사를 짓고, 밤에는 독서와 사색으로 나날을 보냈다. 석정은 그 시절에 대해, "참다운 생활이 있었다면 그때가 절정"이라고 회고하고 있다.(신석정, 「나의 문학적 자서전」) 어쩌면 자신만의 이상향을 실현한 곳이라 할 수 있을 것이다. 2011년에는 석정의 고향인 부안에 신석정문학관이 건립되었다. 석정의 이상향을 엿볼 수 있는, 그의 사후에 생긴 또 하나의 이상향이라고 할 수 있을 것이다.

참고문헌

신석정전집간행위원회, 『신석정 전집』 I~V, 국학자료원, 2009.

송하선, 『신석정 평전－그 먼 나라를 알으십니까』, 푸른사상, 2013.

이승원, 「신석정 시의 자연과 정신」, 『20세기 한국시인론』, 국학자료원, 1997.

양명문

동방의 아름다운 대한민국 나의 조국
반만년 역사 위에 찬란하다 우리 문화
오곡백과 풍성한 금수강산 옥토낙원
완전통일 이루어 영원한 자유평화
태극기 휘날리며 벅차게 노래 불러
자유대한 나의 조국 길이 빛내리라

가곡과 시의 조우 : 이념의 세계와 낭만의 세계

/**박윤우** 서경대학교 교수

Ⅰ 해방과 분단—격동의 공간에서 시 쓰기

자문紫門 양명문(1913~1985) 시인은 우리에게, 6권의 시집을 간행한 시인이며 탄생 100주년을 맞은 시사상의 중견 시인으로서보다는, 가곡 「명태」와 「조국찬가」의 작사가로 흔히 알려져 있다. 그가 이처럼 역사적 평가의 빈터, 혹은 다른 자리에 놓여 있을 수밖에 없었던 사정은 우리 현대시사의 안과 밖에 그 이유가 고스란히 존재한다는 점에서 문제적이다. 시사의 안쪽이란 소위 '순수 서정'의 이름으로 재편된 해방 후 우리 시사의 주류 형성이라는 미학적 문제와 관련되어 있으며, 시사의 바깥쪽에는 분단과 내전의 정치적 현실과 맞물린 사회 전반의 이념적 우경화의 문제로부터 자유롭지 못하게 된 정신사적 측면이 가로놓인다.

해방 이후 미군정의 통치 아래 주권국가의 수립이라는 국가적 명제 앞에 가로놓인 문단은 좌우익으로 나뉘어 대립한 채 이합집산을 거듭하다가, 문학가동맹 계열의 다수 문인들이 월북하는 한편 국민보도연맹의 결성으로 많은 문인들이 전향했다. 그러한 과정을 거쳐 1949년 결성된 한국문학가협회를 주축으로 한 남한의 문단은 기관지인 『문예』지의 창간과 함께 본격적으로 재편성되었다. 이러한 편향적 구조는 1950년 한국전쟁 발발과 더불어 종군작가단의 결성과 문인들의 전시 활동에까지 이르면서 반공주의 이념이 창작 환경의 심각한 제약을 초래하였다.[1)]

그러나 이 시기 문단의 이념적 특징을 구축한 또 다른 측면은 월남 문인들의 존재와 문단 편입과 관련되어 있다. 양명문 시인은 특히 평양 출신으로 1920년 평양 종로공립보통학교에 입학하여 여기서 황순원·김이석·이중섭 등과 교유하였으며, 1935년 일본으로 유학, 도쿄 센슈 대학專修大學에서 법학을 전공하였고, 유학 시절 동향인 작곡가 김동진과 깊은 교분을 쌓는 등 이미 해방 전부터의 문학 활동 과정에서 해방 후 월남하게 되는 다수 문학예술인들과의 의식적 공통분모를 가지고 있었음을 감안할 때, 월남의 과정은 그의 시작 활동 전반을 통해 이념적 지향으로부터 자유롭지 못하게 하는 일정한 요인으로 작용한다.

또한 그는 첫 시집인 『화수원華愁園』을 1939년 도쿄에서 발간하였던바, 1943년 대학을 졸업한 이후 1944년까지 동경에 머무르면서 문학 창작에 몰두하다가 국내로 돌아와 해방 후까지 평양에서 창작 활동을 지속하였다. 이때 두 번째 시집 『송가頌歌』(1947)를 출간하였고, 6·25 발발 이후 1·4 후퇴 때 단신 월남하였다. 특히 전시인 1951년 12월부터 전국문화단체총연합회 구국대원으로 활약하였고, 육군종군작가단원으로 종군하는 등 당시 문인들의 반공 이념 고취와 승전의 홍보를 위한 전위대로서의 활동에 적극적으로 참여하였다. 종전 이후에는 대학 강단에서 학자로서 평생을

---

1) 윤여탁, 「전환기 한국 현대시의 시 세계」, 『한국시학연구』 25호, 한국시학회, 2009. 8, 9~13면 참고.

보냈으며,[2] 문단 활동 역시 다양한 문학 단체에서 중심적인 역할을 하는 등[3] 그는 월남 후 본격적인 시작 활동의 전 생애에 걸쳐 일반적 문인으로서는 눈에 띄게 화려한 경력을 누린 시인에 해당한다.

대체로 지금까지 양명문은 전통적 서정주의 혹은 낭만적 관념주의의 시인으로 평가되어왔다.[4] 다음과 같은 시사적 평가 역시 이러한 관점의 연장 선상에 서 있다는 점에서 다르지 않다.

> 양명문의 시는 복잡한 현대인의 감정 회로에 숨겨져 사뭇 생소하기까지 한, 소박한 정서를 길어 올린다. 대상을 향해 뿜어내는 원색적 감흥은 즉각적이라 오히려 단순명쾌한 기쁨을 준다. 분명한 감정의 발산은 소통에 대한 굳건한 믿음에서 생겨나는 것이리라. 환희와 기쁨, 슬픔과 눈물겨움, 그리움 등 삼원색처럼 선명한 정서들이 생활언어와 무심한 가락을 타고 분출한다. 그의 시편들은 1950년대 이후 우리 시단의 강력한 흐름, 전통 서정시의 줄기를 단단하게 엮어 놓은 하나의 매듭으로 자리한다.

---

2) 1955년부터 1958년까지 서울 문리사대, 국방부 전시연합대학, 수도의과대학, 청주대학 등에서 시론과 문예사조를 강의하였고, 1960년에는 이화여자대학교 부교수로 시론을 강의하였으며, 1966년 이후에는 국제대학 국어국문학과 교수로 재직하였다.

3) 1970년에는 대만에서 개최된 아시아작가회의에 한국 대표로 참석하였으며, 1957년 우리나라에서 열린 국제펜클럽 제29차 세계작가회의에 한국 대표단의 일원으로 참석하기도 하였다. 한국문학가협회 회원, 전국문화단체총연합회 중앙위원, 한국자유문학자협회 중앙위원, 국제펜클럽 한국본부 중앙위원, 한국시인협회 이사, 한국문인협회 이사 등을 역임하였고, 1974년 제1회 대한민국문학상을 수상한 바 있다.

4) 박선영, 「결핍과 지향의 매듭으로 묶은 삶의 연속성」, 『양명문 시선집』(현대문학사, 2010) 해설과 최도식, 「고향 상실과 '회귀성'의 시학」, 『다층』, 2006. 겨울호의 글이 대체로 이러한 관점에 서 있다.

그러나 위의 생애와 활동 이력에서 보듯, 그는 우리 현대시 100년사에서 가장 폭넓은 활동반경과 사회적 위상을 누린 시인에 속한다는 점에서 보다 포괄적이고도 종합적인 시각을 요한다. 그것은 첫째, 평양 출신의 유복한 가정환경과 지적(종교적) 영향력 아래 성장하였다는 점과, 둘째, 해방과 전쟁을 거치면서 월남한 세대라는 점이며, 이는 그의 시 세계의 일정한 정신적 지향성을 형성하는 데 중요한 계기로 작용한다.

요컨대 양명문 시가 지닌 서정성은 존재성에 대한 시인 고유의 관념 표백의 형식으로 구현된 것이며, 이는 그의 전 생애를 통해 보다 강화된 양식성을 획득한다. 특히 월남인으로서 뿌리 깊은 고향 상실에 대한 자의식적 대응과, 사회주의 체제와 자유민주주의 체제를 넘나들면서 형성된 이념에 대한 반응 및 사회적 존재성의 표출은 그를 단순한 전통적 서정시인의 부류에 머물도록 두지 않는다.

Ⅱ 관념적 낭만성과 이상주의의 명암

드디어 해방이 되었다. 고향에 머물러 생활하던 양명문은 해방 이틀 후인 8월 17일 조만식을 위원장으로 하여 결성된 평남건국준비위원회에 참여하여 문화부에서 문학 관계 일을 담당하게 된다. 그는 이미 해방 전 자신의 초기시에서 자연적 심상을 배경으로 현실적 삶에 대한 적극적인 관심을 긍정적 어조와 문체로 그려내 보인바, 1947년 상재한 두 번째 시집 『송가』는 사실상 그의 초기시의 미학적 지향을 보여주는 핵심적 시집인 동시에, 분단과 내전으로 이어지는 해방 정국의 현실에 대응한 시인의 내적 현실 인식의 소산이라는 점에서 의미가 크다.

이 시집에는 시골 정경과 풍물을 소재로 하여 전통적 서정의 세계를 그려낸 작품들이 주종을 이룬다. 그런 의미에서 그의 시의 원형은 되찾은 조국의 땅에서 행복했던 유년 기억 속의 농촌공동체를 되찾고자 하는 기대감과 낙관적 희망을 담고 있다. 반면 4부로 묶인 교향시 작품 「조국창건」에서 보듯 북쪽의 사회주의 체제에 대한 경의와 찬양의 이념적 성향을 드러내는 작품들이 혼재되어 실려 있다. 그럼에도 불구하고 그의 초기시는 대상에 대한 화자의 관조적 시선을 통해 자연과 인간이 분리되지 않은 이상적인 삶의 원형질을 추구하고 있다는 점에서, 관념으로부터 자유로운 모습을 보여준다는 점에서 주목할 만하다.

해방된 고향 땅에서 자유로운 영혼의 시인인 그가 이러한 이념적 현실 상황 속에서 겪었을 내적 갈등은 이미 해방된 그해 겨울 뜻하지 않은 필화사건으로 인해 수면 위로 떠오르게 되었다. 그 작품이 바로 가곡 작품으로 우리에게 너무도 익숙한 「명태」이다. 그는 이 작품이 반동적이고 내용이 불순하다는 이유로 내무서에 불려가 심문을 받는다.

검푸른 바다, 저 바다 밑에서
줄지어 떼지어 찬물을 호흡하고
길이나 대구리가 클 대로 컸을 때
내 사랑하는 짝들과 노상
꼬리치며 춤추며 밀려다니다가

어떤 어진 어부의 그물에 걸리어
살기 좋다는 원산 구경이나 한 후
이집트의 왕처럼 미이라가 됐을 때

어떤 외롭고 가난한 시인이
밤늦게 시를 쓰다가 소주를 마실 때

그의 안주가 되어도 좋다
그의 시가 되어도 좋다
짜악 짝 찢어지어 내 몸은 없어질지라도
내 이름만 남아 있으리라
명태, 명태라고 이 세상에 남아 있으리라

어떤 내용이, 어떤 구절이 '이념의 그물망'에 그 사랑스런 명태처럼 걸려버렸던 것일까? 의인화된 명태의 자학성을 타파해야 할 부정적 세계관으로 규정했을는지, 아니면 은연중 이 자유로운 시인의 영혼이 거북살스러웠던 것일는지 알 수는 없다. 다만 이 사건이 그의 월남의 중요한 계기가 되었던 것만은 틀림없다. 주지하는 바와 같이 이 작품이 분단 이후 대한민국 가곡의 대표적인 작품으로 우뚝 서게 되었다는 사실은 이러한 이념적 아이러니를 증거하는 또 하나의 사건이 된다.

한국전쟁이 한창이던 1952년 피난 수도 부산에서 바리톤 오현명에 의해 초연된 이 작품을 작곡한 사람은 함홍 출신의 작곡가 변훈이었다. 대구에서 우리나라 최초의 음악감상실로 문을 연 '녹향'은 당시 내로라하는 문학예술인들의 교유 장소였는데, 이곳에서 변훈은 양명문으로부터 「명태」를 받아 이 작품에 담긴 맛을 고향의 향수와 매우 적절하게 '버무려' 당시로는 파격적인 노래로 만들었던 것이다. 초연 당시 이 파격적인 노래에 객석은 술렁였고, 온갖 비난과 악담에 시달렸지만, 종전과 분단, 재건과 새로운 근대화의 역사적 과정 속에서 이 작품은 대중들에게 가장 사랑받는 현대가곡 작품 중 하나로 자리매김하게 되었다.

한국전쟁을 겪고 월남하여 소위 '새로운 조국'을 가지게 된 시인에게 고향을 통한 존재성의 확인은 일정 부분 현실적 의미를 상실하게 하는 것으로 보인다. 제3시집 『화성인』(1955)의 세계에서 이러한 긍정의 공간은 분명한 의식의 흔적으로 기억되며, 그에 따른 상실감과 비애의 정서가 나타나기 시작한다. 피난 수도 부산에서의 이방인 생활을 거쳐 환도 후 서울에 정착한 뒤로도 시인은 고향 상실의 정서적 박탈감으로부터 벗어나지 못한 것으로 보인다. 서울에 생활의 터전을 마련하면서 이 시기 그는 특히 도심의 거리와 풍경을 부감하는 관찰자의 시선을 통해 일상에 대한 보다 세밀한 감정의 이동에 천착하는 모습을 보이는바, 이러한 자의식은 「거리」와 같은 작품에서 직설적인 어조로 고향 상실감을 토로하기도 하지만, 대체로 '화석'의 이미지(「호수 속에서」)나 '초라하고 우울한 날개'를 펴고 북악을 넘는 이방인의 존재(「독수리의 비가」)와 같이 소멸과 부유의 관념으로 형상화된다.

제4시집 『푸른 전설』(1959)에서 제5시집 『묵시록』(1975)에 이르는 1960~70년대는 양명문 시인의 시 세계에서 가장 정점에 해당하는 시기이자, 초기시에서 보여주었던 현실적 자연의 생활 서정의 세계로부터 관념과 정신주의의 초월적 세계로 이동하는 후기시의 모습을 갖추는 시기라 할 수 있다.

완전한 시공간 내지 절대성에의 지향은 자연물에 대한 인식을 피력하는 명상적 시편들을 통해 확인할 수 있다. 이 시기 그의 시에 소재로 등장하는 자연물들은 소나무, 학, 바위, 거북이 등 시간적 흐름을 초월하는 영원한 존재성으로서의 전통적 상징성을 가진 대상들이다.

이와 관련하여 그는 「수상단장隨想短章」[5]이라는 글을 통해 사물과 인식적 대상에 대한 아포리즘을 집중적으로 쏟아내고 있는바, '하늘', '태양', '달', '별', '지구', '바다', '산' 등으로 분장된 150개의 단언들은 이 시기 그의 정신주의적 지향이 우주적 세계관으로 무한 확대되어 있음을 여실히 보여준다.

1. 有限과 無限을 內包한 無限, 人間의 知慧로는 永遠히 알 수 없는 靈의 世界, 太虛('하늘')

16. 나의 宇宙 속에 가장 찬란한 덩어리. 역시 끝내 알 수 없는 덩어리.('태양')

31. 밤하늘에 던져진 짝 잃은 사람의 거울.('달')

58. Polaris. 그대만의 믿을 수 있는 方向의 표준. 침묵의 女王.('별')

77. 지구는 한 개의 둥글한 무덤, 인간은 이 무덤을 타고 지금도 죽음의 축제를 벌이고 있다.('지구')

112. 바다에는 절망이 있을 뿐이다. 어쩔 수 없는 절망의 파도를 보라. 인간은 바다에게서 절망을 배운다.('바다')

131. 산은 인간의 최상의 휴식처, 마침내는 사람이 영원히 잠드는 곳.('산')

명제화되어 있는 단언들만을 추려보아도 알 수 있듯이, 우주적 대상물에 대한 시인의 인식은 자연의 무한성과 대비되는 인간의 유한한 존재성에 대한 절망감과 죽음에 대한 인식으로 점철되어 있다. 그러나 이러한 상

5) 이 글은 시인이 국제대학교 교수로 재직하던 시절 쓴 것으로, 국제대학 학회지인 『청야』 5호(1977. 12.), 131～140면과 동 6호(1978. 12), 119～134면에 수록되어 있다.

념들을 허무주의의 그것으로 치부하기에 그의 상상력이 보여주는 자유분방함이 시인의 고유한 관념 세계를 형성하고 있다는 점 역시 주목해야 한다. 그것은 말하자면 현실적 삶의 변화무쌍한 환경으로부터의 분리를 의미하는 것이며, 동시에 관념의 절대적인 경지에 대한 희구를 드러내는 것이기도 하다.

Ⅲ 가곡 작시의 문화적 의미

양명문의 시는 김소월의 경우 이상으로 우리 가곡의 가사로 원용되었다는 특별한 위상을 가지고 있다. 그것은 모두 작곡가 김동진에 의해 이루어진 것으로, 평안남도 안주 출신인 김동진은 평양 숭실전문학교에서 서양음악을 배우고, 졸업 후 일본으로 건너가서 일본고등음악학교 기악과를 1938년에 졸업한바, 유학 시절 동향인으로서 두 사람의 교유는 단지 작곡가로서 김동진이 시인 양명문의 작품을 가사로 집중 채택했다는 사실 이상으로 중요한 의미를 갖는다.[6]

가곡은 본래 그 나라 민족 정서와 예술성이 짙게 밴 고유의 성악곡이라는 점에서, 1930년대 이후 주로 활동한 우리의 근대가곡 1세대 작곡가로서 김동진은 나운영·김성태·조두남 등과 더불어 국민적 색채를 강조한 민족적 가곡의 형성에 지대한 영향을 끼친 바 있다. 그의 작품 세계는 자

6) 김동진은 81편의 가곡 작품을 작곡했는데, 그중 양명문의 시를 가사로 한 것이 「신아리랑」, 「샘가에서」, 「칠월의 노래」, 「낙동강」, 「조국찬가」, 「농부가」, 「솔메골」, 「나들이」, 「낯선 마을에서」, 「풍년가」, 「추석, 「그리움」, 「별은 창 너머로」 등 13편에 이른다

유로운 악상 전개, 서정적 선율 진행 등에 토대한 낭만적 예술가곡의 형식으로 정착된 것으로 평가되는데, 이는 일제 말 비애와 감상성을 주조로 한 음조의 가곡의 경향이, 해방 이후 우리 가곡이 서정적 가사를 통한 낭만적 정서 표출의 방식으로 미학화되면서 회고적 의식에 기반한 고향, 그리움 등의 정서를 전형적인 주제 의식으로 구현하도록 하는 결과를 낳았다.[7] 양명문의 시를 가사로 활용한 작품들은 대부분 1950년대에 작곡한 것으로, 양명문의 초기시가 대상이 됨으로써 향토색 짙은 자연적 서정의 작품들이 선택되고 있다는 점에서 이러한 미학적 의도를 충실히 반영한다.

앞서 언급된 가곡 「명태」의 경우도 마찬가지이다. 동족상잔의 내전 앞에 시인은 원산 앞바다의 명사십리 백사장을 상상하고, 동해 바다를 자유롭게 헤엄치는 명태에 자신을 감정이입한다. 그러나 시인은 이 자유에의 갈망이 죽음을 불사하는 명예로운 희생의 대가임에 대한 명확한 인식을 가지고 갈등의 멍에를 벗어던지고자 하는 결단의 태도를 보여준다. 이러한 의지적 태도는 전쟁을 수행하는 당사자로서의 이념적 당위성이 '자유'에 대한 인간적(혹은 보편적) 관념을 대체하도록 하는바, 이것이 호방한 선율의 음곡과 가창에 의해 전달됨으로써 시적 관념으로서 '자유'는 낭만적 인생관을 노래하는 서정적 정조로 변이된다.[8]

그 정점에 1955년 발표한 「조국찬가」가 있다. 이 작품은 본래 국방부 정훈국이 주최한 칸타타 공연 〈조국찬가〉에 작사를 맡아 쓴 것으로, 김동

---

7) 한국예술종합학교 예술연구소 편, 『한국현대예술사대계 1』, 시공사, 1992.

8) 작자는 당시 대구의 음악다방인 '녹향'에 출입하면서 이 작품을 썼다고 알려져 있는바, 종군작가이자 실향민으로서 그의 고유한 삶의 주소지는 자족적이면서도 예술적 딜레탕트로서의 공동체 의식을 구현할 수 있는 '다방'이라는 공간을 통해 현실화된 것으로 볼 수 있다.

진은 음악을 맡아 양명문 시를 집중적으로 가곡 작품으로 옮긴바, 이러한 문학 창작의 기획은 종전 이후 남한 사회의 국민들에게 대한민국 국민으로서의 정체성을 부여함으로써 반공 담론의 지속적 생산을 통해 국가주의 이념을 확고히 하고자 한 정치적 의도의 소산이다. 특히 국가의 가치에 대한 신성성을 강조한다는 명분은 송가나 찬가 형식의 시 텍스트를 통해 수사적으로 숭고함의 미학을 구현하는 데 전략화됨으로써[9] 이데올로기적으로 가치화되는 데 기여한다.

> 동방의 아름다운 대한민국 나의 조국
> 반만년 역사 위에 찬란하다 우리 문화
> 오곡백과 풍성한 금수강산 옥토낙원
> 완전통일 이루어 영원한 자유평화
> 태극기 휘날리며 벅차게 노래 불러
> 자유대한 나의 조국 길이 빛내리라
> —「조국찬가」 1절

위에 인용된 가사에서 보듯 종전 후 월남세대로서 분단된 조국을 바라보는 시인의 목소리는 그의 초기시에 이미 형성된 방법론으로서 전형적인 송가 형식을 통해 대한민국 건국의 가치와 미래에 대한 낙관적 희망의 고취라는 주제 의식이 선명한 당위성을 띤 채 구현되어 있다. 아울러 이 곡은 그 취지에 부합하도록 웅장한 행진곡풍으로 작곡되어 계몽적 기능을 수행하는 데 매우 효율적으로 작용한다.[10]

---

9) 서동수, 『한국전쟁기 문학담론과 반공프로젝트』, 소명, 2012, 246~252면 참조.

그런 의미에서 양명문의 시가 가곡의 가사로 광범위하게 활용되었다는 사실은 그의 시가 회귀적이고 낭만적인 정서의 보편적 특질을 지니고 있음을 반증하는 것이기도 하지만, 다른 한편으로 그만큼 그의 시 세계의 정신적 지향성이 우리의 근대 예술가곡의 세계관과 매우 닮아 있음을 말해주는 것이기도 하다.

이러한 관점에서 볼 때 양명문 시가 본래 지니고 있던 '고향'의 본질은 해방과 한국전쟁, 60년대 광범위한 반공주의와 유신체제를 거치면서 매우 본격적인 의미의 형질 변화를 초래한 것으로 볼 수 있다. 그것은 이상적 세계로 열려 있는 공간과 장소로서의 존재성이 관념에 충실한 정신주의의 세계를 지향하면서 수반된 이념적 가치에 대한 경도와 그에 따른 닫힌 공간의 견고한 성역으로서의 보수적인 회귀적 세계로의 변모라 할 수 있다.

Ⅳ 분단시대 서정의 종착역

이상에서 살펴본바, 해방 전후부터 1980년대까지 40여 년의 긴 기간

10) 이 곡은 특히 1970년대 유신체제 아래 전 국민의 정신적 계도라는 목적으로 각종 방송이나 합창대회 등에 널리 전파되는 한편 중등 과정의 음악 교과서에 실려 청소년들에게 애창되었다는 점에서, 당시 유신정권의 유지를 위해 국가의 개입을 통한 대중문화의 정치적 이데올로기 구축과 그에 따른 '엄숙주의'의 강요라는 시대적 파급력을 낳게 되었다는 점에서 매우 문제적이다.(참고로 유신정권은 1973년 제1차 문예진흥 5개년 계획을 공포하고 민족사관의 정립과 민족예술의 창달, 예술의 생활화와 대중화, 문화예술을 통한 국위선양을 기치로 내세우는 한편, 1977년에는 대통령이 직접 전통문화 유산과 호국의 얼을 정신적 지주로 삼을 것을 교시로 밝힌바, 이는 예술작품의 문화적 수용과정에서 빚어지는 이데올로기 형성의 한 단면을 여실히 보여준다. 김창남, 『대중문화의 이해』(전면2개정판), 한울, 2009, 149~159면 참조.)

동안에 걸친 양명문의 시작 활동은 일본 생활과 월남으로 이어진 그의 생애사적 특수성을 배경으로 이루어진 고유한 시 세계와 시적 특성에 대한 이해를 동반하지 않고서는 정당한 시사적 평가가 어렵다. 그것은 그만큼 해방과 한국전쟁을 거쳐 형성된 현대시단의 흐름이 소위 '순수 서정'의 이름으로 그 외연을 한정시키게 된 사정과 관련된다.

시 세계의 변천 과정을 중심으로 볼 때, 양명문의 시는 우리 현대시사의 내용성을 구성하는 데 있어 다음 몇 가지 측면의 인식을 유도하는 데 매우 중요한 계기를 제공했다.

첫째, 평양 출신의 월남세대로서 시인의 사회역사적 존재성은 해방과 한국전쟁을 거친 우리 사회에서 문화예술계를 포함한 문단 전반에 형성된 반공과 보수주의의 이념적 지향과 일정한 상호의식성을 배태하게 되었던 바, 가곡 작시에 대한 집중은 그의 예술적 관심이 당대 현실의 이념성에 제약되는 결과를 초래하였다.

둘째, 그럼에도 불구하고 양명문의 시에서 인식 태도상의 관념 지향성은 표면상 현대시사상의 주류적 서정의 흐름과는 일정한 거리를 유지한 고유의 양식적 특징을 생성해낸바, 우주적 상상력을 바탕으로 한 호방한 시풍과 자유에의 인식적 토대를 바탕으로 존재론적 사유의 공간을 창출해 낸 점은 우리 시의 인식론적 확대라는 측면에서 중요한 의의를 갖는다.

셋째, 그런 의미에서 양명문의 시에 대한 접근은 단순한 서정의 성격이나 양식성에 대한 탐색에 머물 수 없는 보다 근원적인 면에서의 역사주의적이고도 미학적인 시각의 검토를 요한다. 그것은 그의 초기시에 대한 보다 세밀한 재평가 작업을 의미하는바, 일본 유학 시절의 시창작 과정과, 해방 전후의 시에서 그려낸 자연과 생활에 밀착된 시편들의 낙관주의와 낭만성 및 그로 인한 외화된 시적 공간의 미적 형상성에 대한 재평가가 수

반될 때 비로소 우리 현대시사에서 양명문 시의 가치에 대한 정당한 인식이 가능할 것으로 본다.

참고문헌

김시철, 『김시철이 만난 그때 그 사람들 1』, 시문학사, 2006.
김창남, 『대중문화의 이해』, 한울, 2009.
김학동 편, 『한국전후문제시인연구 6』, 예림기획, 2010.
박두진, 『한국현대시론』, 일조각, 1974.
박선영 편, 『양명문 시선집』, 현대문학사, 2010.
상허학회 편, 『한국현대문학의 정치적 내면화』, 깊은샘, 2007.
서동수, 『한국전쟁기 문학담론과 반공프로젝트』, 소명출판, 2012.
한국예술종합학교 예술연구소 편, 『한국현대예술사대계 1』, 시공사, 1992.

오규원

투명한 햇살 창창 떨어지는 봄날

새 한 마리 햇살에 찔리며 붉나무에 앉아 있더니

허공을 힘차게 위로 위로 솟구치더니

하늘을 열고 들어가

뚫고 들어가

그곳에서

파랗게 하늘이 되었습니다.

오늘 생긴

하늘의 또 다른 두께가 되었습니다.

'해방의 이미지' 혹은 '날生 이미지'의 세계

/남민우 한국교육과정평가원 연구위원

「환상을 갖는다는 것은 중요하다」, 「가끔은 주목받는 生이고 싶다」, 「간판이 많은 길은 수상하다」 등등은 광고 카피 같다. 실제로 광고 카피인 것도 있다. 광고 카피 같기에, 머릿속에 쉽게 각인된다. 광고 카피는 쉽사리 각인되어, 특정한 상품에 대한 선호 의식을 형성한다. 그 이면에는 자본주의적 욕망의 기제가 작동하고 있다. 그런데 광고 카피 같은 이 문장들이 오규원吳圭原의 시에서는 '언어, 세계, 삶'에 대한 「인식의 마을」을 구축한다.

> 인식의 마을은 회리바람이더라 흔들리는 언어들이더라
> 무장한 나무들이더라
> 공장에선 석탄들이 결사적이더라
> 인식의 마을은 겨울이더라 강설이더라
> 바람이 동상에 걸린 가지를 자르더라
> 싸늘한 싸늘한 적설기더라 밤이더라
> ―「인식의 마을」 전문, 『분명한 사건』(1971)

그가 구축한 인식의 마을에서 '관념'은 하나의 사물처럼 가시적이고 '사물'은 인간적이다. '인간'이나 '세계'에 대한 고정관념은 회리바람에 흔들린다. 무엇보다도 그 고정관념을 두 겹 세 겹 에워싸고 있는 '언어'가 흔들린다. 그에 의해 언어는 생생한 사물로 재탄생한다. 평범한 언어로 직조하였음에도 그의 글이 하나의 詩가 되는 힘도, 그의 글 속에 숨겨진 '인식적인 회리바람' 때문이리라.

이 신기한 체험을 주었기에 오규원의 시는, 학부 시절 필자에게 새로운 시의 세계로 통하는 길이었다. 필자뿐이겠는가! 그의 시는 앞으로도 새로운 사람들을 시의 세계로 이끄는 데 무한한 힘을 발휘하리라 기대되는, 우리 시사의 가장 매력적인 시인이라 믿는 바이다. 이 믿음과 기대를 품고, 그의 시와 인생을 일별해본다. 되도록 그의 육성에 귀 기울이면서.

I 두 개의 이미지로 기억되는 고향을 떠나

오규원(1941~2007)은 1965년 『현대문학』에 「겨울 나그네」가 초회 추천되고, 1968년 「몇 개의 현상」으로 추천 완료되어 등단하였다. 첫 시집 『분명한 사건』(1971)을 상재한 후, 『순례』(1973), 『王子가 아닌 한 아이에게』(1978), 『이 땅에 씌어지는 抒情詩』(1981), 『가끔은 주목받는 生이고 싶다』(1987), 『사랑의 감옥』(1991), 『길, 골목, 호텔 그리고 강물 소리』(1995), 『토마토는 붉다 아니 달콤하다』(1999), 『새와 나무와 새똥 그리고 돌멩이』(2005), 『두두』(2008) 등 10권의 시집을 출간하였다. 또한 『현실과 극기』(1976), 『언어와 삶』(1983), 『날이미지와 시』(2005) 등 3권의 명징한 시론집을, 『나무 속의 자동차』(1995)라는 동시집을, 『볼펜을 발꾸락에 끼고』

(1981), 『가슴이 붉은 딱새 : 무릉 日記』(1996) 등 다종다양한 에세이집을, 그리고 『현대시작법』(1990)이라는 한국에서 가장 대표적인 시 창작 교과서를 썼다. 40여 년 그가 쓴 글의 세계는 '아름다운 별들로 가득한 은하수'에 비유할 만하다.

그런데 이처럼 찬란한 시력詩歷의 시인에게 누군가 '고향'을 물었을 때,

> 그러고 보니, 지금 이 순간까지도, 가야지 가야지 하면서 몇십 년이 되도록 고향을 못 가고 있군요. 고향과 저 사이에는 아직도 해결해야 할 심리적 문제가 남아 있는 듯합니다. 이러다가는 정말 영 못 가보는 게 아닌가 하는 조금은 비극적인 생각도 듭니다. 저는 초등학교 6학년 때 어머니를 잃었습니다.(「언어 탐구의 궤적 : 오규원/이광호 대담」, 『오규원 깊이 읽기』, 문학과지성사, 2002)

와 같은, 한恨의 소회를 듣게 되면, '아름다움은 언제나 슬픔에서 오는가!' 하며 탄식하게 된다. 더 놀라운 점은 성장기의 곡절을 회상하는 그의 언어는 감정에 물들지 않으며, 명징하게 그 곡절의 경험이 자신에게 어떠한 시적 탐구의 과제를 부여했는지 설명한다는 점이다.

> 이런 연유로 저에게 '고향'은 두 개의 얼굴을 하고 있습니다. (…중략…) 아버지가 불화와 궁핍의 근원이었으므로 아버지의 얼굴을 한 고향도 그러한 존재일 수밖에 없습니다. 저는 그러한 허상뿐인 아버지와 아버지적 언어를 벗어난, 그리고 자궁 속의 언어를 벗어난 이 현실 위에서 나의 자궁, 나의 자연을 찾고 있었다고 보아집니다.

그의 술회에 기대어 보면, 그의 등단작인 「겨울 나그네」에서 "지난 겨울

도 나의 발은 / 발가락 사이 그 차가운 겨울을 / 딛고 있었다", "지난 겨울도 이번 겨울과 / 동일했다", "모든 나는 왜 이유를 모를까, 어디서나 기웃둥, 기웃둥하며 / 나는 획득을 딛고 / 발은 소멸을 딛고 있었다", "바람을 흔들며 선 고목 밑 / 죽은 언어들이 히죽히죽 하얗게 웃고 있는 겨울을"이라고 표현한 까닭을 공감할 수 있다.

이처럼 등단작이나 말년의 소회로 보면 그도 비극적 일면을 지닌 존재였다. 그런데 이 비극적 체험은 아버지적 언어와 어머니적 언어 모두를 부정하는 길로 그를 안내한 듯하다. '아버지적 언어'나 '어머니적 언어'란 비유는 무엇인가? 안정적 존재의 토대 그 자체가 아닐까? 이에 대한 부정 때문에 그는 언제나 세상만사의 그러함에 동의할 수도 이해할 수도 없어서, 궁극적으로 동의할 수 있고 이해할 수 있는, 더 이상 의문을 품을 필요가 없는 세상을 향하여 걸어갔던 "안주할 수 없는 나"가 되었다고 여겨진다. 따라서 그의 시를 읽을 때는, 안정적 존재의 토대 그 자체를 스스로 부정할 수밖에 없었던 운명, 그 운명적 고향을 떠나 진정한 고향을 창조하고자 했던 의지의 이면에 숨은 비극적 단면도 기억해야 될 것 같다.

Ⅱ 시인의 육성으로 오규원의 시 세계 다시 보기

오규원 시인은 시는 물론이고 명징한 논리의 시론을 다수 출간하였다. 그런 까닭에 자신의 시에 대한 여러 번의 대담에서도 자신이 추구하는 시적 세계나 창작 태도를 매우 논리적으로 설명하곤 했다. 예를 들어 그는

내가 쓰는 모든 시라는 것은 해방의 이미지다, 이렇게 말하지요. 그 해방의

이미지라는 것이 해방 자체는 아니죠. 해방이라는 것은 용감한 사람들이 쓸 수 있는 용어고 저는 해방 자체를 주장하거나 그것을 위해서 시를 쓰지는 않아요. 해방의 이미지라는 것은 인간이 해방할 수 있는 모든 것들이 그 속에 있다는 것이죠. 그 해방의 이미지를 끊임없이 내 스스로 찾아가는 것이죠. 그 해방의 이미지 하나가 이루어지면 그만큼 이 세상에는 꽃이 하나 더 생기는 것이고, 그 꽃이 하나 더 생긴다면 그만큼 세상은 더 풍부해지겠지요.(「타락한 말, 혹은 시대를 헤쳐 나가는 해방의 이미지 : 오규원/김동원 · 박혜경 대담」, 『문학정신』, 1991. 3)

"시는 해방의 이미지다"라고 말한다. 그러면서 자신이 지향하는 해방의 이미지는 '인간의 해방'과 같은, 억압적 현실에 대한 저항적 담론에서 연상되는 이미지가 아니라, '만물의 해방', 즉 자연의 해방을 뜻한다고 덧붙이고 있다.

『길, 골목, 호텔 그리고 강물 소리』(1995)를 출간한 후 이루어진 대담에서 그는 "'현상現象'이란 말은 선생님의 초기시에서도 자주 보이던 말입니다. 선생님이 최근에 사용하는 '현상'이란 무엇을 말하며, 그때와 지금의 차이가 있는지요"란 질문을 받고

(초기시에서) 기본적인 인식 방법은 '무엇은 무엇이다', '무엇은 무엇이다'라는 식의 은유적 사고의 정의 내리기에 기대고 있었습니다. 그러나 지금은 그렇지가 않습니다.(「한 시인의 현상적 의미의 재발견 : 오규원/이창기 대담」, 『동서문학』, 1995. 여름)

라고 단언한다. 이 때문에 오규원의 시 세계를 '은유적 사고'가 지배적이었던 시기(1990년 즈음까지)와 '환유적 사고'가 지배적이었던 시기(1990

년 즈음 이후)로 구분하는 관점이 등장하게 된다.

한편, 후기의 시론을 대표하는 '날이미지시'의 의미에 대해 설명하면서 그는

> 날이미지시는 사변화되거나 개념화되기 이전의 의미, 즉 관념화되기 이전의 의미를 존재의 현상에서 찾아내어 이미지화하는 시입니다. 그러니까 당연히 그 시의 의미는 관념을 배제한 날것 상태, 관념화되기 이전의 의미입니다. 그런 시의 내용, 즉 이미지를 중요시하는 특성 때문에 날이미지시에서는 이미지의 성격 변화가 무의미시의 형태적 변화처럼 중요해집니다.(「날이미지시와 무의미시의 차이 그리고 예술 : 오규원/이재훈 대담」, 『시와세계』, 2004. 겨울)

자신의 시가 김춘수의 무의미시처럼 의미 부재의 시를 추구한 것이 아니라고 말한다. '관념'으로 지칭되는 고정적 의미 이전의 의미, 즉 인간적인 관점에서 규정되기 이전에 만물이 본유적으로 지니고 있는 의미에 해당하는 이미지를 추구한다고 설명한다.

이렇게 여러 대담에서 그가 직접 언급한 말들을 종합해보면, 오규원의 시 세계의 특징은 고정관념에 대비되는 '이미지의 추구'로 축약된다. 그 이미지를 한때는 해방의 이미지로, 한때는 날이미지로 지칭하였던바, 그의 말대로 "이미지의 성격 변화"는 있었겠으나 그의 시는 언제나 생생한 의미로서의 이미지를 추구한 시로 볼 수 있겠다.

Ⅲ '해방의 이미지'를 낳을 '순수한 언어'를 탐구

오규원 시인의 언급대로, 그의 초기시를 읽다 보면 사물들이 우리들의 고정관념에서 해방되는 장면들을 볼 수 있다. 『분명한 사건』에 수록된 「현상 실험」과 「현상 실험-別章」은 그의 초기시의 핵심을 가장 잘 보여주는 시들에 해당한다.

3.
언어는, 의식의
먼 강변에서
출렁이는 물결 소리로
차츰 확대되는
공간이다.
출렁이는 만큼 설레는,
설레는 강물이다.
신의
안방 문고리를
쥐고 흔드는
건방진 나의 폭력이다.
광장에는 나무들이
외롭기 알맞게 떨어져
서 있다.
-「현상 실험」 부분

투명한 심상의 바다 속에 사는 낱말은
외로운 몇 사람이 늘 서 있는 그 배경만큼
조용히 사색의 귀를 열고 있다.
나의 家僕이 유모차를 끌고
한낮의 거리에서 疎外를 밀 동안
낱말은 지친 바람을
가만가만 풀잎 위에 안아 올린다.
(…중략…)
투명한 심상의 바다 속에서는
오늘 저녁에라도 깨어날 몇 사람의 인기척
낱말은 외로운 그 몇 사람처럼
아직 날지 못하는 새를 기르며
단절된 시간을 한 장씩 넘기고 있다.
공간에 의자를 내놓고 책을 읽으며
때때로 어린 새의 질량을 느끼며
아, 떨리지 않는 건강한 손으로
소멸할 하루의 일정을 거두어들인다.
—「현상 실험—別章」 부분

「현상 실험」은 '언어는 무엇이다'와 같은 은유적 체계 속에서, 그가 생각하는 "언어"의 의미가 반복적으로 서술되고 있다. 「현상 실험—別章」에서는 그러한 언어를 그가 자식처럼 그의 의식 내부에서 기르고 있음을 형상화하고 있다. 그런데 "나의 家僕이 유모차를 끌고 / 한낮의 거리에서 疎外를 밀 동안"에서처럼 그가 꿈꾸는 언어는 현실 속에서 소외되어 있다.

현실 속에서 언어가 소외되어 있으므로, 그 언어에 의해서 탄생될 수 있는 존재도 소외되어 있다. "낱말은 외로운 그 몇 사람처럼 / 아직 날지 못하는 새를 기르며 / 단절된 시간을 한 장씩 넘기고 있다"에서 알 수 있듯, 언어의 소외는 곧 존재의 소외이다. 이 소외를 극복하고자 하는 그의 치열한 의지는, "책을 읽으며 / 때때로 어린 새의 질량을 느끼며"에서처럼 그의 손끝에까지 민감한 감각으로 자리 잡고 있다.

이렇게 민감한 감각으로 세상의 언어에 대해 맞섰기 때문에 그는 "잠자는 일만큼 쉬운 일도 없는 것을, 그 일도 제대로 할 수 없어 두 눈을 멀뚱멀뚱 뜨고 있는"(「문득 잘못 살고 있다는 느낌이」, 『王子가 아닌 한 아이에게』) 상태로, "이 시대의 순수시가 음흉하게 불순해지"는 것을 비판하며 차라리 "무식하지도 못한 저 수많은 순결의 몸뚱이들"을 사랑한다.(「이 시대의 순수시」, 『王子가 아닌 한 아이에게』) 그 사랑 때문에 그는 "우리 시대의 진리와 믿음"을 거부한다. 이를 표현한 것이 『이 땅에 씌어지는 抒情詩』에 수록된 「우리 시대의 純粹詩」이다. 그는 이 시의 2장에서는

> 진리란, 하고 누가 점잖게 말한다
> 믿음이란, 하고 또 누가 점잖게 말한다
> 진리가, 믿음이 그렇게 점잖게 말해질 수 있다면
> 아, 나는 하품을 하겠다
> 世上엔 어차피 별일 없을 테니까

라고 풍자적 태도를 보이며, 3장에서는

> 진리는 진리에게 보내고

믿음은 믿음에게 안녕은

안녕에게 보내고 내가 여기 서 있다

안녕을 거부한 고독한 자리에 서 있음을 결연하게 말한다. "진리", "믿음"이란 무엇인가? 세상의 언어 중 가장 확고해야 할 언어들이 아닐까? 그러나 그에게는 확고한 언어가 아니라, 오히려 확고하다고 과신하여 창조성을 잃어버린 언어의 대명사로 인식되고 있을 뿐이다.

Ⅳ 언어도 버리기, 두두물물頭頭物物의 날生 이미지 보여주기

그런데 오규원의 초기 시들을 읽다 보면, 그의 강렬한 의지가 더 앞서 보이는 것도 사실이다. 매우 감각적이며 신선하게 그 의지가 표현되어 있어서, 그의 말대로 시 속에 있는 것은 한 사람 한 시인의 육성이 아니라 신선한 언어가 지칭하는 새로운 사물들 같아 보인다. 즉, '해방의 이미지'가 지배적인 것 같다. 하지만 냉정한 시각에서 보면, 새롭고 신선하고 재치 있는 강열한 의지가 더 지배적이라 하지 않을 수 없다. 그의 '시' 역시 '그'의 시였던 것이다.

하지만 후기시에 와서는 '그'의 시가 아니라, 시 속의 '사물'이 주인공인 시, 정말로 두두물물의 날이미지의 시가 느껴진다. 즉, 『새와 나무와 새똥 그리고 돌멩이』에서는

나무가 몸 안으로 집어넣는 그림자가

아직도 한 자는 더 남은 겨울 대낮

나무의 가지는 가지만으로 환하고
잎으로 붙어 있던 곤줄박이가 다시
곤줄박이로 떠난 다음
한쪽 구석에서 몸이 다른 돌 하나를 굴려
뜰은 중심을 잡고 그 위에
햇볕은 흠 없이 깔린다
―「나무와 돌」

투명한 햇살 창창 떨어지는 봄날
새 한 마리 햇살에 찔리며 붉나무에 앉아 있더니
허공을 힘차게 위로 위로 솟구치더니
하늘을 열고 들어가
뚫고 들어가
그곳에서
파랗게 하늘이 되었습니다.
오늘 생긴
하늘의 또 다른 두께가 되었습니다.
―「하늘과 두께」

「나무와 돌」이, 「하늘과 두께」가 주인공 같다. 나무, 돌, 하늘은 하나의 메시지를 전하기 위해 배경으로 있는 것이 아니다. 그것들 자체가 하나의 존재로서 현상하고 있음을 느낄 수 있다. 이러한 시들에서 메시지를, 그 메시지의 발신자를 찾기란 어렵다.

이처럼 후기시에는 '오규원'이라는 개인의 의지가 없고, 스스로 움직이고 스스로 현상하는 사물들이 있을 뿐이다. 시의 언어가 사물을 묘사하는 것이 아니라, 사물이 언어가 되어 우리에게 자신의 날이미지를 보여준다. 따라서 세상의 언어에 맞서 새로운 언어를 창조하려는 의지는 '의지의 세계'를 벗어나, 그 의지마저도 다른 사물과 나란히 앉아 있는 또 다른 사물이 된 것 같다.

그렇기에 오규원의 후기시는 익숙한 언어로 설명하는 것보다는 어떤 신선한 이미지의 장면들을 처음 본 체험을 나열하는 것이 더 효과적이라는 판단이다. 즉, 오규원의 후기시는

SF 영화 속의 환상적 장면을 처음 본 순간, 새로운 사람을 처음 본 순간, 새로운 풍경을 처음 본 순간, 1971년 6월 10일 11시 즈음 그 순간의 햇살을 처음 본 순간, 1992년 10월 3일 오후 2시 즈음『王子가 아닌 한 아이에게』를 처음 본 순간……

과 같다. 그래서 하나하나가 신선하다.

이러한 오규원의 후기시에 대해, 그래도 인간적인 익숙한 습관으로 어떤 메시지를 찾자면 어떻게 말해야 할까?

우리들 각자는 모두 사물과 현상을 처음 본 감각을 잃고 그것에 대한 의식의 기억, 그것에 대한 재현의 언어, 그것에 대한 각종의 모사물模寫物 때문에 늙어가고 있는지 모른다. 생각해보라. '늙어감'이란 판단은, 시작된 시간을 알기에, 처음이라는 말을 알기에, 그 처음의 시간이 현재까지 지속된 거리를 측정할 수 있기에, 가능해진다. '동일성의 나'를 확신할 때, 그 '동일성의 나'가 살아온 시간을 만인이 공유하는 척도로 잴 수 있기에, '늙었다'고 탄식하는지 모른다. 그러므로 '두 번째'라고 말하지도 생각하지도 않는다면, 사십 번째 생일이라고 말할 수 없다면, 우리들 각자는 모두 늙지 않을 수 있다. 오규원의 시를 패러디하자면, '어제의 나는 어제의 나에

게 주고, 오늘의 나는 오늘의 나만이 가지고, 내일의 나는 내일의 나에게 만 맡기자'. 한마디로 말해, 오규원의 시는 우리에게 생生의 순수함, 신선함을 유지하는 비법에 대한 심오한 깨침을 주는 시라 하겠다.

오규원은 이 생의 신선함을 유지하는 비법을 알고 있었기에 말년에도 빗방울의 현상을 새로운 감각으로 느낄 수 있었던 것 같다.

> 빗방울이 개나리 울타리에 솝-솝-솝-솝 떨어진다
>
> 빗방울이 어린 모과나무 가지에 롭-롭-롭-롭 떨어진다
>
> 빗방울이 무성한 수국 잎에 톱-톱-톱-톱 떨어진다
>
> 빗방울이 잔디밭에 홉-홉-홉-홉 떨어진다
>
> 빗방울이 현관 앞 강아지 머리에 돕-돕-돕-돕 떨어진다
>
> —「빗방울」

그의 유고집 『두두』에 실려 있는 이 「빗방울」은, "작품의 의미 해석을 할 수 있는가"라는 낡은 과제를 독자에게 제기하는 것이 아니다. 오히려 "작품 속 사물의 현상을 그 자체로 느낄 수 있는가"라는, 일상에서 쉽게 포기하고 쉽게 지나쳐버리지만 정작 가장 중요한 과제를 제기하고 있다. 낡은 과제를 행할 수 있는 것보다, 쉽게 포기하지만 정작 중요한 과제를 행할 수 있는 게 더 값진 것이 아닐까?

이성부

이 길에 옛 일들 서려 있는 것을 보고

이 길에 옛 사람들 발자국 남아 있는 것을 본다

내가 가는 이 발자국도 그 위에 포개지는 것을 본다

하물며 이 길이 앞으로도 늘 새로운 사연들

늘 푸른 새로운 사람들

그 마음에 무엇을 생각하고 결심하고

마침내 큰 역사 만들어갈 것을 내 알고 있음에랴!

산이 흐르고 나도 따라 흐른다

더 높은 곳으로 더 먼 곳으로 우리가 흐른다

유백두대간록 遊白頭大幹錄

/**염은열** 청주교육대학교 교수

산은 그러므로 거기 그대로 있는 무기체가 아니라 살아 숨 쉬는 '유기체'이며, 엎드리거나 서 있거나 또는 조만간 뚜벅뚜벅 걸어 세상 속으로 내려올 것이라는 생각이 든다.

Ⅰ 산인山人 이성부

이성부(1942~2012)는 '벼의 시인'으로 기억되곤 한다. 「벼」라는 작품이 교과서에 실리면서 이성부라는 이름이, 시를 좋아하는 사람들뿐만 아니라 일반 대중들에게도 알려지게 되었다. 필자 역시 고등학교를 졸업하고 한참이 지날 때까지 이성부 시인을 「벼」를 쓴 시인 정도로만 알았다.

그런데 우연한 계기로 산악인 이성부를 다시 만났다. 산행의 재미를 조금씩 알아가던 시기, 『산길』(2002)이라는 산문집을 집어 든 것이 계기가 되었다. 그 산문집에는 '시인의 산사랑 이야기'라는 부제가 붙어 있다. 그 책에서 시인은 산을 찬양하거나 동경의 대상으로 숭배하지 않는다. 자신의 산행 경험을 무용담처럼 과장하여 이야기하지도 않으며, 바위를 타고 무박산행을 감행하는 산악인으로서의 능력이나 자신이 정복한 산들의 목록을 자랑하지도 않는다. 그보다는 산행이 자신의 일상이 되어가는 과정과, 그 속에서 시인이 생각하고 깨달은 것들에 대해 덤덤하게 보고, 아니 고백하고 있다.

이성부가 경험한 산길은 편안했고 진지했으며 따뜻했다. 그래서 책에 실린 대부분의 내용들이 공감이 되었다. 그중에서 특히 마음에 와 닿은 구절을 꼽자면, 그 어떤 산행도 쉽지 않다는, 아니 어렵다는 말이다. 이성부는 높은 산이든 낮은 산이든 간에 산은 산이고 어렵지 않은 산행은 없다고 말한다. 한 번쯤 들어본 듯한 평범한 말이다. 그러나 참으로 정확하다. 이 말 한마디를 머릿속에 넣고 걷노라면 산행과 인생살이가 무엇인지에 대해 끊임없이 사유하게 된다.

주중의 피로를 늘 달고 산행에 나서는 데다, '더 높이, 그리고 더 멀리' 도전하며 답사 반경을 넓혀가던 필자에게 산행은 늘 힘겨운 일이다. 사는 일도 그와 비슷하다. 호기 있게 나선 발걸음이 어느새 무거워지고, 그럴 때면 어김없이 내가 왜 여기에 와 있는지 심각하게 회의하며 고통의 행군을 하지 않을 수 없다. 일주일을 험하게 보냈을 때는 그 힘겨움의 강도가 더했고 힘겨운 시간도 더 길어졌다. 그런데 모든 산행이 어렵다는 이성부의 말을 듣고 산행의 힘겨움이 더 이상 고통이 아니라 편안함으로, 당연함으로 받아들여지기 시작했다. 아마도 그 시간은 속세에 찌들었던 몸이 자연에 적응하는 데 걸리는 시간이자 평지에 익숙했던 발과 가슴이 경사와 높이에 익숙해지는 데 걸리는 시간이겠구나 받아들이게 되었다. 물론 그 시간의 경험은 나의 몸 상태는 물론이고 산의 높이와 생김새에 따라 다르다. 그래서 그 어떤 산행도 새로운 도전이 된다. 그러나 그 시간은 그 어떤 입산자도 피해 갈 수 없는 인내의 시간이요, 숨이 턱에 차오르는 신체적 각성의 시간임에 틀림이 없다. 속세를 벗어나 산으로 들어가기 위한 일종의 통과의례라고나 할까.

이런 매력적인 통찰들이 이성부의 산문집 곳곳에 자리하고 있었다. 이렇게 『산길』이 계기가 되어 산사람 이성부의 시를 찾아 읽게 되었다. 그리고 그의 시가 지닌 진정성을 '발견'할 수 있었다. 산문의 옷을 입었든 시의 옷을 입었든 간에 산행 경험에서 나온 이성부의 말은 얼핏 보기에 평범하다. 평범해서 때로 진부하게 여겨지기조차 한다. 그러나 마음을 울리는, 어떤 진정성이 있다. 무엇인가를 생각하게 하고 알게 하고 보게 하는 힘이 있다. 고은은 그러한 진정성이 이성부의 시적 수행에서 나온 것이고 시적 수행이란 다름 아닌 산행이라고 말한다. 이성부의 시적 수행은 가까이는 삼각산에서부터 두타산, 설악산 할 것 없이 남한의 여러 명산을 오르내리는 일로 꽉 차 있는데, 그 수행에서 아주 자연스럽게 얻어진 바가 시란다. 나아가 고은은 수행에서 저절로 얻어진 진정성이 있기 때문에, 그의 시, 가령 "큰 사랑 만나러 가는 길"이라는 얼마쯤 진부한 표현조차도 울림이 있다고 말한다.

어떻게 산행이 시적 수행이 될 수 있을까. 산행이 어떻게 시가 되어, 그리고 어떤 시가 되어 우리 마음에 울림을 주는 것일까. 이러한 궁금증에서 이성부의 시를 다시 읽었다. 그리고 이성부가 산을 찾고 결국에는 산에 대한 시를 쓰게 된 맥락과 경위를 살피는 일로부터 그의 시 세계에 대한 등반을 시작해보았다.

Ⅱ 산을 찾다, 그리고 시를 쓰다

이성부는 광주고 재학 시절부터 시를 썼다. 고등학교 졸업을 앞두고 〈전남일보〉(현 〈광주일보〉) 신춘문예에 당선된 경력을 가지고 있으며 경희대 국문과에 입학하였다. 1962년 『현대문학』에 「열차」 등이 추천 완료되었고 1967년에는 〈동아일보〉 신춘문예에 『우리들의 양식』이 당선되었다. 고등학교 이후 작품 활동을 게을리하지 않았으며, 『이성부 시집』(1969), 『우리들의 양식』(1974), 『백제행』(1977), 『전야』(1981) 등의 작품집을 연달아 출간하였다. 그러나 그때까지만 해도 이성부는 산의 시인이 아니었다.

왕성한 현역 시인으로 활동해오던 이성부는 1980년 돌연 시 쓰기를, 시인이기를 거부하고 대신 산행을 시작한다. 여러 자리에서 스스로 밝힌 것처럼 어려서부터 무등산을 오르내리기는 했지만 이성부가 본격적인 산행을 시작한 것은 1980년대 이후이다. 처음에는 직장 산악회를 따라가는 무덤덤한 산행이었는데, 일 년 정도 지난 어느 시점 불쑥 산이 온 세계가 되어 다가왔다고 술회한 바 있다. 이성부는 그때부터 서울 근교를 벗어나 더 먼 곳을 찾게 되었고, 80년대 중반부터는 오십 대의 나이임에도 불구하고 암벽 등반을 시작하였고, 주말 짬을 이용하여 무박산행을 감행하곤 하였다. 그렇게 바위를 타고 산길을 걷는 동안 이성부는 산과 산길을 발견하고 인생을 발견하였으며, 그것이 저절로 시가 되었다. 산이 그를 치유하고 산이 다시 시를 쓰게 한 것이다. 『빈산 뒤에 두고』(1989), 『야간산행』(1996), 『지리산』(2001), 『작은 산이 큰 산을 가린다』(2005), 『도둑산길』(2010) 등의 시집은 모두 그러한 산행의 전리품들이다. 시집의 제목에서도 드러나듯이 이성부는 십여 년의 침묵 끝에 '산의 시인'이 되어 돌아왔다.

광주에서 나고 자란 이성부에게 1980년의 5월은 "잔인했다". 가슴이 터질 것 같은 노여움과 서러움을 안으로 삭이느라 아무 일도 손에 잡히지 않았고, 아무런 말 한마디 뱉을 수도 없었다고 한다. 모든 말과 문자로 쓰인 것들에 대한 불신과 혐오로 시를 쓸 수 없었고 다른 시인들의 시를 읽을 수도 없었다고 말한다. 그래서 산을 찾게 되었다는 것이다. 1980년 광주에 대한 충격이 이성부 시인으로 하여금 결국에는 '벼'를 대신하는 시적 대상이자 자연물物으로서의 '산'을 발견하게 한 것이다.

오세영이 『야간산행』의 해설문에 썼듯이, 그리고 정한영이 지적한 것처럼 그는 본래 투사형 시인이 아니다. 광주의 5월을 목격한 시인들이, 민중문학이라는 기치 아래 절제되지 않은 목소리를 내고 있었지만, 사실 이성부는 그 대열에 낄 수도 침묵할 수도 없었다. 정한영의 말처럼 이성부가 민중을 바라보는 시선은 공동체에 대한 사랑과 관용의 정신에 있지, 급격한 혁명이나 전선화에 있지 않았기 때문이다. 이성부가 할 수 있는 일이란 결국 광주를 떠나 자신의 육체를 시험하며 스스로를 치유하고 할 일과 할 말을 다시 찾는 일이었으리라 짐작이 된다.

서울 근교와 전국의 명산들을 두루 찾던 이성부는 1996년 『야간산행』을 발간한 이후 백두대간 종주를 시작한다. 산을 통해 언어와 인생을 다시 찾은 시인에게 산행은 이제 자연스런 일상이 된다. 이성부는 영국 산악인 말로리의 말을 인용하여, "산이 거기 있으니까" 간다고 말한다. 산이 무엇인지 왜 산에 가는지, 물을 새도 없이 그리고 물을 필요도 없이 어느새 길을 나서서 어제 중단한 산길을 걷게 되더라고 말한다. '작은 산이 큰 산을 가리며' 그렇게 산들이 겹겹이 이어지기에 가도 가도 가야 할 산이, 가지 못한 길이 남을 수밖에 없다. 물을 만나 산으로서의 특성이 사라지기 전까지 산들이 계속 이어지니 이성부의 산행 또한 계속될 수밖에.

백두대간은 한반도의 등줄기로, 한 번도 물에 의해 끊이지 않는, 그야말로 산들의 행렬이다. 단발성 혹은 일회성 산행으로 완료될 수 없는 기나긴 여정이다. 백두대간 종주는 어제 간 길을 이어 가고 싶은 산악인들의 욕망, 가도 가도 끝이 없는 산길의 끝에 마침내 이르고자 하는 산악인들의 욕망을 불러일으키는, 강렬한 유혹이다. 산행이 일상이 된 이성부에게 백두대간 종주는 예견된 행보이자 이력이라고 할 수 있다. 이성부는 성실하게 백두대간을 걸었고, 그 산행의 경험을 『지리산』(2001)과 『작은 산이 큰 산을 가린다』(2004) 두 권의 시집으로 출간하였다. 이후에도 시집을 더 출간하기는 하였지만, 이 두 시집은 1980년대 이후 이성부의 시 세계를 대표하는 작품집으로 볼 수 있다. 1990년대 중반부터 시작하여 2004년에 이르기까지 8여 년간 걷고 공부하고 경험하고 생각한 결과물이기 때문이다. 그 두 권의 시집에는 '내가 걷는 백두대간 1'과 같은 형식의 부제가 붙어 있다. 『지리산』에 수록된 시들은 일련번호 1에서 시작하여 일련번호 81번으로 끝이 나고, 『작은 산이 큰 산을 가린다』에 수록된 시들은 82번에서 시작하여 165번으로 끝이 난다. 이렇게 '내가 걷는 백두대간' 연작은 두 권의 시집, 총 165편의 시들로 구성되어 있다.

이성부는 시집 말미에서 "일관된 주제에 종속되는 연작시가 아니라 한 편 한 편이 독립된 주제를 갖는 자유로운 서정시"가 되기를 바란다고 하며 일련번호를 "백두대간이 배경이자 무대가 된다"는 뜻으로만 해석해달라고 당부하였다. 이성부의 말처럼 수록된 작품들에서 어떤 일관된 주제나 흐름을 포착하기는 어렵다. 백두대간 전체 경로를 고려하여 경험 내용을 골고루 안배하지도 않았고 승경이나 주요 명소에 초점을 두지도 않았다. 시 작품들이 나름의 개별성과 독자성을 가지고 작은 산이나 섬처럼 연작시집 안에 자리하고 있다. 그럼에도 불구하고 그 산 혹은 섬들이 '내가 걷는 백두대간'이라는 일관된 기획 및 더 큰 의미망 안에 포섭되어 있다. 이러한 모습은 필자에게 조선조 유산록을 떠올려준다. 시와 산문, 한글과 한자라는 차이가 있기는 하지만 유산록 또한 연작시집처럼 부분의 개별성과 독자성이 보장되는 구도로, 특정 공간에서의 경험과 생각, 이야기 등이 다채롭게 펼쳐져 있어서 재미가 있다. 유산록은 날짜별로 풍경과 경험, 의론議論, 사건 등을 자유롭게 기술했던 조선조 기행문학이다. 연작시집 또한 과거의 참사의 현장에서는 "덜 익어도 그만 잘 익어도 그만"이라며 덜 익은 감정을 토로하기도 하고 한 편의 온전한 이야기를 들려주는가 하면 어수선한 시대를 비판하기도 하고 아름다운 경치에 감탄하기도 하는 등, 풍경과 경험, 의론과 사건 등을 자유롭게 표현하고 있다. 현대판 유산록, 이름하여 '유백두대간록遊白頭大幹錄'이라고 부를 만하다.

문학작품에 나타난 산의 모습은 사실 작가에 의해 특정 부분들이 선택되거나 편집된 결과이며 그런 점에서 작가에 의해 구성된 또 하나의 세계이다. 그런 점에서 볼 때 이성부가 산에서, 특히 백두대간에서 선택한 것은 무엇이며, 어떤 의미나 이미지를 구축하고 있는지 살피는 것은 흥미로운 일이 된다.

Ⅲ 『산경표』의 발견, 한반도를 다시 상상하다

'내가 걷는 백두대간' 연작은 「산경표 공부」라는 서시로부터 시작된다. 시집 『지리산』의 첫머리에 이 시를 수록한 것을 보면 이성부의 백두대간 종주가 『산경표』에 대해 공부하고 『산경표』의 국토 인식에 공감함으로써 시작되었음을 알 수 있다.

물 흐르고 산 흐르고 사람 흘러
지금 어쩐지 새로 만나는 설레임 가득하구나
물은 낮은 데로만 흘러서

개울과 내와 강을 만들어 바다로 나가듯이

산은 높은 데로 흘러서

더 높은 산줄기를 만나 백두로 들어간다

물은 아래로 떨어지고

산은 위로 치솟는다

흘러가는 것들 그냥 아무 곳으로나 흐르는 것

아님을 내 비로소 알겠구나

사람들 어디에서 와서

어디로들 흘러가는지

산에 올라 산줄기 혹은 물줄기

바라보면 잘 보인다

빈 손 바닥에 앉은 슬픔 같은 것들

사라져버리는 것들 그저 보인다

—서시 「산경표 공부」

『산경표山徑表』는 18세기 말경 신경준(申景濬, 1712~1781)이 만든 것으로 추정되는, 우리나라 산줄기와 산의 갈래, 위치를 일목요연하게 표로 나타낸 지리서이다. 『산경표』는 흐름을 가지고 이어지는 맥세脈勢로 산을 이해하는 관점 및 풍수지리학에 바탕을 둔 분수령分水嶺 체계의 산맥 이론에 입각해 있다. 그리고 분수령 체계의 산맥 이론에 의해 등장하는 개념이 바로 '백두대간'이다. 고려시대 문헌에서도 '백두대간'이라는 개념이 있었음을 확인할 수는 있지만 18세기 이 지리서에 이르러 그 용어가 보편적으로 사용되었음을 확인할 수 있다. 이 지리서를 근거로 삼아 1980년대 부활한 개념이 바로 '백두대간'이다. "태백산맥은 없고 백두대간이 있다"는 다소

도발적인 선언이 우리 사회에 반향을 일으키면서 백두대간이 무엇인지 활발하게 논의되었고 결국에는 오늘날 등산 문화를 바꾸고 생태 복원 운동을 선도하는 말로 자리를 잡기에 이르렀다.

위 시에서 이성부는 산과 물과 사람이 흐른다고 말한다. 산과 물과 사람이 나오고 모두 흐르는 주체로 설정되어 있다. 맥세로 비유되기 때문에 『산경표』에서 산과 물은 한반도라는 면을 흐르는 선으로 표시된다. 물론 산과 물이 아무 곳으로나 흐르는 것은 아니다. 물은 아래로 흘러 물줄기를 만들고 산은 위로 흘러 산줄기를 만든다. 아래로 흘러 만들어진 물줄기가, 높이 솟구쳐 만들어진 산들을 침범하지 못하여 산들은 하나의 거대한 산줄기가 되고 그 산줄기가 마침내 머리가 되는 백두산으로 수렴된다. 이것이 이성부가 상상한 우리 국토, 곧 한반도의 모습이다.

위 시에 나타나는 이러한 국토 인식은 『산경표』에서 국토를 상상하는 방식에 다름 아니다. 분수령 체계의 『산경표』에서는 산은 산이고 물은 물이며, 산은 물을 건너지 않고 물은 산을 넘지 않는다. 이때 어디까지가 산인가 하는 의문이 생겨날 수 있는데 이에 대해 『산경표』는 물 아닌, 평평하지 않은 공간은 모두 산이라는 입장을 취한다. 이런 관점에 따르면 백두산에서 지리산에 이르는 산줄기는 물이 한 번도 건너지 않는 산들의 연속으로 표시된다. 이 산줄기가 바로 한반도의 등뼈인 백두대간이며, 이로부터 한반도를 흐르는 모든 산들이 기원한다.

이성부는 1980년대 중반 산악인이자 지도 제작자인 이우형 씨를 인터뷰하면서 『산경표』의 존재를 알게 되었다고 한다. 『산경표』와의 만남은 이성부의 지리적 상상력을 바꾼 일대 사건이었다. 이성부는 『산경표』의 지리로 한반도를 상상할 수 있게 되었고, 한반도를 지탱하는 거대한 줄기이자 살아 있는 맥으로서의 백두대간을 상상할 수 있게 되었다. 이러한 지리적 상상력은 이성부로 하여금 거대한 산줄기의 마루금을 따라 걷는 국토 순례를 기획하게 했을 것이다.

길이 복원되고 복원된 길을 따라 걷는 종주나 탐사가 유행이 된 지금까지도 백두대간이라는 개념은 사실상 학술적으로 공인된 말이 아니다. 학술적인 의미보다는 실천적 의미 또는 정신사적인 의미를 지니는 개념이다. 지리학 일각에서는 하천에 의해 절단되어도 연속된 산맥일 수 있으며 형성 원인이나 성질이 다른 여러 산맥이 결합되어 있어서 백두대간을 하나의 흐름이나 맥으로 볼 수 없다고 문제 제기를 한다. 그러나 이러한 문제 제기조차도 '백두대간'이라는 개념을 전면에서 부정하거나 거부하는 말은 아니다. 지형학적 사실을 알든 모르든 간에 우리는 나름의 방식으로 국토를 상상하고 인식할 수 있기 때문이다. 그런 점에서 오늘날 '백두대간'은 백두산에서 시작되어 지리산에 이르는 연속적인 지형으로 한반도를 상상하고 이해하는 관점으로 분명하게 자리하고 있다. 백두대간으로 '상상된 한반도'의 이미지가 생태계 복원 운동을 촉발하였고 국토 순례 혹은 종주 열풍을 불러왔으며 국토 통일의 정당성을 주장하는 논리로 현실적인 힘을 발휘하고 있는 것이 사실이다.

『산경표』 공부로 시작된 이성부 시인의 백두대간 종주는, 국토의 새로운 발견과 정신사적 의미 부여 및 여러 실천적인 움직임들에 대한 공감과 동참에서 출발하였다. 물론 멀리는 산줄기를 인체나 '용'으로 인식하는 풍수사상에 기원을 두고 있으며, 국토를 국가이자 민족이며 살아 있는 유기체이자 생동감 있는 그 무엇으로 상상하는 관점과도 맞닿아 있다.

이렇게 '상상한' 백두대간과 실제 백두대간은 다를 수밖에 없다. 그럼에도 불구하고 상상한 지리 관념을 가지고 그 관념의 안내를 받아 떠나는 것이 여행이다. 상상한 지리로서의 『산경표』 역시 이성부의 여행을 이끄는 안내자이자 지도로 기능했을 것이다. 이성부는 『산경표』를 참고하여 길을 찾고 『산경표』를 떠올리며 여정을 가늠했을 것이다. 그렇게 『산경표』에 표시된 거대한 마루금을 따라 흘러감으로써 마침내 백두대간을 종주했을 것이다.

Ⅳ 백두대간에 역사를 부여하다

지리산은 백두산과 그 흐름을 같이하는 산이라는 뜻에서 '두류산頭流山'이라는 옛 이름을 가지고 있다. 대개의 백두대간 종주는 백두산에서 시작된 맥이 이어지다가 마침내 끝이 나는 두류산, 곧 지리산에서 시작된다. 분단 현실 속에서 끝나는 지점을 시작 지점으로 삼아 거슬러 걷는 길을 선택할 수밖에 없기 때문이다. 구체적으로 경남 산청군 시천면 지리산 자락에 있는 '중산리'에서 백두산 종주가 시작된다.

다음 시에서 보듯이 이성부 역시 지리산 자락에 있는 '중산리'에서 대장정을 시작하고 있다.

중산리에서는 산이
바라다보이는 것이 아니라
올려다보인다 조금 멀리 조금 가까이
흰구름 뭉치 천왕봉 언저리에 걸려 있다
그리움도 손에 잡혀 가슴이 뛴다
아 비로소 여기 이르렀구나
아잇적부터 어른이 될 때까지

반고비 고개 넘어 세상일 조금을 보일 때까지
꿈에서만 올라보던 그 봉우리
오늘은 내 두 발로 온몸으로 오르기 위해
여기 왔거니!
물소리 바람소리가
증산리에서는 옛 일들 되감아 내려와서
내 앞에 펼쳐놓는다
내 앞에 놓여진 오르막길
그냥 무턱대고 가야 하는 길 아니다
짐승처럼 킁킁대고 냄새 맡거나
누군가의 발자국 흔적이라도
그가 쫓기듯 스치고 갔을 댓이파리 하나라도
다시 매만지며 올라가야 한다
내 살아 있는 동안의 산길 있음이여
왜 이리 가슴 벅찬 풋풋함이냐
—「증산리—내가 걷는 백두대간 2」

이성부는 증산리에서 시작되는 길이 "그냥 무턱대고 가야 하는 길"이 아니라, "짐승처럼 킁킁대고 냄새 맡"으며 가야 하는 길이며 "누군가의 발자국 흔적"이나 "그가 쫓기듯 스치고 갔을 댓이파리 하나"라도 다시 매만지며 가야 할 길이라고 말한다. 사소한 것까지도 놓치지 않겠다는 각오가 남다르다. 늘 꿈꾸던 여정에 오른 벅찬 감회를 숨기지 않으며 "왜 이리 가슴 벅찬 풋풋함이냐"고 반문하면서 출발 선상에서의 각오와 설렘 또한 드러내고 있다.

그러나 증산리에서 시작된 이성부의 여정은 백두산까지 이어지지 못했다. 안타깝게도 대간 길이 끊겨버린, 남측 한계선인 진부령의 향로봉 전승비 앞에서 그 여정이 끝이 난다. 이성부는 '내가 걷는 백두대간 165'라는 부제가 붙어 있는, 마지막 작품 「발길을 돌리며」에서 그 안타까운 심정을 노래하고 있다. "목에 걸린 생선가시처럼 담장 위 엉클어진 철조망" 때문에 내 맘이 "칵칵거려" "묵은 가래라도 뱉어내야 한다"라고 말하며 그리움을 안고 발길을 돌린다. 증산리를 출발한 지 8년 만에 이렇게 향로봉 전승비 앞에서 백두대간 종주의 대장정이 막을 내린다.

산악인이자 시인 이성부는 주말 등 짬을 이용하여 여정을 이어가면서도 백두대간에 대한 공부를 게을리하지 않았다. 공부하고 떠나고 돌아와 다시 공부하고 또다시 떠나는 여정을 8년간 계속했다고 한다. 백두대간에 대해 공부함으로써 아는 것이 많아지고 아는 것이 많아져서 더 많이 보게 되고 더 깊고 넓게 상상할 수 있게 되고, 그래서 이성부의 산행은 풍요롭고도 풍요로웠다. 그리고 대장정에 오르면서 밝힌 것처럼, 시종일관 짐승처럼 온몸으로 겪으며 백두대간을 거쳐 간 사람들의 흔적을 성실하게 매만지며 향로봉 전승비까지 걸어갈 수 있었다. 그래서 백두대간 연작을 읽게 되면, 독자들 또한 이성부와 함께 증산리를 떠나 진부령에 이르는 여정을 함께할 수 있고, 백두대간의 냄새와 풍광, 그곳에 새겨진 여러 사람들의 흔적과 그곳에서 일어나는 소소한 일들을 상상적으로 경험할 수 있다.

이성부의 백두대간 연작에는 유독 사람들이 많이 등장한다. 가령 81편의 시가 담겨 있는 『지리산』의 경우, 김종직金宗直·조식曺植 등 지리산 유산의 전통과 문화를 만들고 유산록을 남긴 조선조 문인들은 물론이고 최치원崔致遠, 서산대사休靜, 황현黃玹 등 지리산과 관련이 있었던 역사적 인물들이 여러 차례 등장한다. 하준수, 장덕순, 이현상, 양수아, 『남부군』의 소년 전사, 토벌군, 이름 없는 빨치산 등 항일 및 빨치산 투쟁과 관련된 인물들, 즉 격동의 시대에 지리산으로 숨어들었거나 쫓기거나 쫓았던 사람들과 그들이 남긴 흔적 또한 자주 등장한다. 과거 역사 속 사람들만이 시에 등장하는 것은 물론 아니다. 이성부 시인과 함께 산에 오른 동행인들이나 민박집 할머니, 아는 시인, 백두대간을 단독 종주한 여성 산악인 등도 등장한다. 이성부는 이렇게 "자기 품에 안긴 사람들을 거두어들여 자기의 몸으로 만든" 지리산의 마루금을 따라 걸으면서 고금을 가리지 않고 지리산이 품었던 사람들을 모두 불러내고 있다. 그들이 살았던 시대와 그들이 살았던 삶을 불러내고 있다.

산이 품은 사람들을 호명하는 일은 연작시집 『작은 산이 큰 산을 가린다』에서도 계속된다. 지리산 구간을 벗어나 남원 근처를 지날 때는 송흥록의 익은 소리가 터져 나오는 산을 목격하고 소름 돋는 귀곡성을 듣는가 하면, 덕유산에 이르러서는 일본군과 싸우다 전사한 150여 의병들을 기리고, 신의티고개에 이르러서는 기차에 실려 가는 면암 선생의 운구를 상상한다. 굴참나무에 기대 밥을 먹을 때는 오십 년 전 총알이 튀기는 이곳에서 주먹밥을 먹었을 쫓기던 사람들을 상상하기도 한다. 이처럼 이성부는 걷고 또 걸으면서 백두대간에 새겨진 역사와 그 역사의 중심에 있었던 사람들을 불러내고 있다.

이성부에게 백두대간 종주는 우리 땅에서 살다 간, 그리고 우리 땅에 살고 있는 수많은 사람들과 만나는 일이자 우리 역사를 만나는 일에 다름 아니었음을 알 수 있다. "물 흐르고 산 흐르고 사람 흘러"로 시작하는 서시에서 밝혔듯이, 백두대간을 사람이 흐르는 역사의 장소로 인식하고 있음을 알 수 있다.

이쯤에서 이성부가 불러낸 사람들이 어떤 사람들인지 궁금해진다. 조선

중기 유산록의 전통을 마련한 「유두류록」의 작가 김종직이나 조선 중기 벼슬을 마다하고 평생을 학문에 힘쓰며 지리산을 열 차례나 올랐다는 조식 등 조선조 문인들을 불러내기도 했지만, 이성부는 일제강점기 지리산에서 총을 들고 싸웠던 하준수나 빨치산 부대를 이끌었던 이현상 등 지리산을 근거지로 삼아 저항하고 쫓기던 사람들에게 더 큰 관심을 보였다. 소금 장수나 나무하러 산에 올랐던 천한 사람들, 난리 때 죽은 많은 민간인들, 노근리 주민 등 "제 이름으로 남아 있는 저의 이야기가 없는 그들"까지 불러냈으며, 그들의 "땀내음 피내음 배인" 길을 "돌쇠 개똥이 삼봉이 천한 사람 되어 따라가노라"고 했다. 몸을 낮춰 걸으면서 슬픔과 아픔을 간직한 사람들, 그들이 써 내려간 격동의 현대사를 불러냈던 것이다.

> 산도 사람과 같이 희로애락이 있었다. 지리산 아래 구례에서 살았던 황매천黃梅泉은 한일합방 후 나라가 망함을 비관한 절명시絶命詩에 "산이 찡그렸다"고 썼다. 옳은 일을 하다 죄를 뒤집어쓴 사람들도, 이방인의 총칼에 쫓기던 순박한 백성들도, 산에 들어가 기도하거나 자기 몸을 숨겼다. 산은 피난처이자 은둔처, 또는 저항의 기지였다. 나는 자꾸 산으로만 올라가 돌아다녔다.

스스로 밝힌 것처럼, 죄를 뒤집어쓴 사람, 쫓기는 순박한 백성, 무엇인가를 찾는 사람, 몸을 숨기는 사람 등 나름의 슬픔과 아픔을 간직한 사람들이 백두대간 연작시집의 주인공으로 주로 등장한다. 그래서 백두대간 연작시집을 읽으면 산으로 올라갈 수밖에 없었던, 사연 많은 '사람'들을 만날 수 있다. 이성부가 노래하는 그들의 희로애락喜怒哀樂과 대면할 수 있다. 그리고 그들의 사연을 통해 우리의 아픈 현대사를 몸과 마음으로 경험할 수 있다.

그런데 사람을 만나고 그 사람들의 아픈 사연을 전하고 격동의 역사를 보여주는 이성부의 시선은 참으로 따뜻하다. “산에 오르는 일은 새롭게 사랑 만나러 가는 일”이고 “가까이서 몸 비비며” 역사를 경험하는 일이라고 밝힌 것처럼, 이성부는 아픔과 슬픔을 간직한 사람에게 다가가 가까이서 몸을 비비며 그 슬픔과 아픔에 공감한다. 나아가 사랑으로 그 사람을, 그 사람의 사연을, 나아가 우리 역사를 만나고 있다. 빨치산인지 토벌군인지도 따지지 않고 가까이에서 그 ‘사람’의 희로애락을 들여다보고자 노력한다.

쫓기는 사람이 쫓는 사람을 붙잡았으니
이 일을 어찌할까 모르겠다
내가 총을 가졌다는 것뿐으로
잠자는 저를 잡아 묶었는데
내가 졸거나 저에게 총을 빼앗기거나 하면
이번에는 내가 포로가 되는 것 뻔한 일
삶의 어떤 고단한 길목에서는
이렇게 거꾸로 놀라운 일 되풀이되는 것 아닌가
착하디착한 눈의 청년아
너를 만나 내 오랜 입다뭄 저절로 벙글어
말문이 터진 것 고맙구나
나 좀 눈 붙이게 너도 잠들어다오
—「양수아가 토벌군을 사로잡다—내가 걷는 백두대간 44」

양수아(1920~1972)는 6·25 직후 빨치산 활동을 하다 귀순한 화가이다. 이성부는 빨치산으로 쫓기던 양수아가 얼떨결에 토벌군을 사로잡은 상황을 설정하여, 양수아의 목소리를 빌려 상황을 그려내고 있다. 나에게 총을 겨누었고 또 겨눌 수 있는 적을 착하디착한 청년으로 명명하는 순간, 토벌군은 더 이상 적일 수 없다. 더 이상 적이 아니라 누군가의 아들이고 동생인 순박한 사람이 된다. 자신이 빨치산이고 청년이 토벌군이라는 사실 자체가 잊힌다. 이념과 사상의 차이가 해체되고 첨예한 갈등 상황이 무화되어버린다. 그렇게 되면 토벌군도 빨치산도 고단한 몸을 가진 사람, 그래서 눈 좀 붙이고 싶어 하는 소박한 소망을 가진 사람이 된다.

이처럼 이성부는 빨치산과 토벌군을 같은 처지에 놓인 '사람'으로 본다. 이념적 잣대를 들이대 판단하거나 착한 사람과 나쁜 사람으로 구분하지 않고, 쫓기는 자가 쫓는 자가 되고 쫓는 자가 쫓기는 자가 되는 싸움터에 있는, 힘이 없고 고단한 처지의 사람들로 보는 것이다. 이성부가 세상을 바라보는 시선이 급격한 혁명이나 치열한 저항보다는 공동체에 대한 사랑과 관용의 정신에 있음을 다시 한 번 확인하게 된다. 이성부의 백두대간 연작시집에는 무수히 많은 '양수아'와 '토벌군 청년'들, 즉 쫓는 자와 쫓기는 자, 언제든 처지가 바뀔 수 있는 운명 앞에 놓인 힘없는 사람들이 등장한다. 저마다의 사연을 가지고 산에 들어왔던 수많은 사람들이 등장하고 그들이 백두대간을 따라 흐른다.

이성부는 "이 길을 지금의 나처럼 땀 흘리며 올랐을 사람들이 있었음에 생각이 미친다. 밥 빌어먹기 위해, 몸과 마음을 닦기 위해, 쫓기거나 쫓아가기 위해, 산천경개의 유람을 위해, 이 길을 걸었던 사람들의 사연이 나를 뭉클하게 만든다. 그들 모두에게도 지금 나에게 보이는 풍경이 전개되었을 터이고, 때로는 비바람, 안개, 눈보라 따위가 그들의 발걸음을 더디게 만들었을 터이다. 이런 생각들 속에서 산길에서 수없이 만나는 사물은 그때마다 나에게 각별한 의미를 던진다"라고 하였다. 이성부는 백두대간을 "육체로 겪으면서" 앞서 백두대간을 걸어갔을 사람들의 아픈 사연을 떠올렸다. 그 사연이 곧 백두대간에 새겨진 사람의 역사, 곧 우리의 역사라는 점에서, 이성부의 여정은 백두대간에 새겨진 역사를 경험하고 복원하는 일이었고, 역사가 아로새겨져 있는 국토를 순례하는 일이었다. 그리고 수많은 사연들을, 백두대간에 새겨진 우리의 역사를 생생하게 담아낸 것이 바로 백두대간 연작시집이라고 할 수 있다. 다시 말해 한반도라는 국토 위에 새겨진 수많은 사람들과 그들의 사연들을 발굴함으로써 우리의 역사를 이야기하고 있는 것이 바로 백두대간 연작시집이라 하겠다.

V 산을 따라 흐른 시인, 이성부

산을 오르는 이유는 시대마다, 그리고 사람마다 다르다. 탐승이 목적이 되기도 하고, 체력 단련이 목적이 되기도 하며, 자신의 한계를 시험하고 도전하는 것이 목적이 되는가 하면, 순례나 종교적 목적으로 산에 오르기도 한다. 이성부의 백두대간 종주는 조선조 사승 관계에 있던 문인들이 스승의 행적을 찾아, 그리고 마음 수양과 공부를 위하여 입산入山하였던 정황을 떠올려 준다. 청량산을 문순공文純公, 즉 이황李滉과 동일시하며 이황이 거居했던 곳의 흔적을 찾고 이황처럼 자연을 보고자 했던 문인들의 입산 동기와 산을 대하는 태도를 떠올려 준다. 이성부가 유가적 자연관에 입각하여 산행을 한 것은 물론 아니다. 그의 시에서 조선 중기 관물觀物의 자세나 도학자들의 유산 문화를 찾아보기도 어렵다. 그럼에도 불구하고 백두대간 연작시집을 덮으면서 조선조 문인들의 산행을 떠올리게 되는 것은,

이성부가 백두대간 답사나 도전 자체에 의미를 두지 않고 백두대간을 인식 혹은 배움의 장이자 수양의 장으로 삼아 여정에 올랐기 때문은 아닐까.

분명한 것은 이성부에게 백두대간 종주는 먼저 산에 오른 아픈 사람들의 발자취를 따라 걷는, 그들의 삶과 그들이 살다 간 역사를 공부하고 생생하게 경험하기 위한 일종의 순례였다는 점이다. 그리고 백두대간 연작 시집은 그러한 순례의 보고서라는 점이다.

(상략)
이 길에 옛 일들 서려 있는 것을 보고
이 길에 옛 사람들 발자국 남아 있는 것을 본다
내가 가는 이 발자국도 그 위에 포개지는 것을 본다
하물며 이 길이 앞으로도 늘 새로운 사연들
늘 푸른 새로운 사람들
그 마음에 무엇을 생각하고 결심하고
마침내 큰 역사 만들어갈 것을 내 알고 있음에랴!
산이 흐르고 나도 따라 흐른다
더 높은 곳으로 더 먼 곳으로 우리가 흐른다
—「그 산에 역사가 있었다」

"그 산에 역사가 있었다"라는 말은 시의 제목이기도 하지만, 백두대간 종주를 통해 이성부가 발견한 것을 한 문장으로 선언한 말이다. 이성부는 길 위에 서려 있는 옛일들을 보고 길 위에 남아 있는 발자국을 보았다. 그 위에 내 발자국이 포개지는 것을 보았다. 그리고 앞으로 새로운 발자국이 포개질 것이며, 그렇게 새로운 흐름이, 새로운 역사가 만들어질 것이라고 말한다.

필자는 증산리에서 출발하여 향로봉 전승비 앞에 이르기까지 이성부를 따라 걸으면서, 백두대간에 서려 있는 옛일과 남아 있는 발자국을 보았다. 그리고 이성부의 시 또한 발자국이 되어 백두대간에 새겨지는 것을 보았다. 이제 남은 일은 이성부가 남긴 발자국 위에 우리의 발자국을 포개고 더 높은 곳, 더 먼 곳으로 흘러가는 일이 아닐까.

이성부의 시가 새겨져 있는 백두대간이 그립다.

이영도

어루만지듯 당신 숨결
이마에 다사하면

내 사랑은 아지랑이
춘삼월 아지랑이

장다리 노오란 텃밭에
　　　　나비
나비
　　　　나비
나비

비파강 은어 혹은 청모시 치마

/이명찬 덕성여자대학교 교수

I 「진달래」, 그 봄

1981년 봄, 그 같잖던 봄을 잊을 길이 없다. 아버지는 내가 다시는 당신의 무릎 아래로 돌아오지 않으리라 예감하셨던 모양이었다. 마루 끝에 서서 슬쩍 눈물을 비추며, 가라고 가라고 내치시던 아버지의 손사래, 그 손길을 내내 떠올리며 상경하는 것으로 시작했던 내 대학 신입 생활은 내내 기묘하고 차가웠다. 꽃다발과 악수 혹은 첫사랑의 앞이마나 눈매를 만나는 일로 비롯할 줄 알았던 대학 생활은, 3월의 둘째 주 금요일 오전 대학본부와 도서관 사이 학생회관 앞 광장에서의 첫 데모와의 조우로, 금 가기 시작했다. 후들거렸다. 후들거리는 한편으로 기이한 웃음이 염통의 밑바닥에서 끽끽거리며 새어 나왔다. 순식간에 몇천 명으로 불어난 군중이 한입으로 제창하던 노래, 고음부의 꺾이는 대목까지 정확히 쩌렁거리며 넘어가던 그 기막힌 노래, 그건 송창식의 〈내 나라 내 겨레〉였다. "보라 동해에 떠오르는 태양"으로 시작하여 "숨소리 점점 커져 맥박이 힘차게 뛴다(특히 이 '다아아~~' 부분을 넘어가던, 수천 명이 한 목 같던 꺾임이라니)"라는 절정을 넘어 "우리가 간직함이 옳지 않겠나"로 부서지던 대단원의 장렬함까지. 아직도 나는 부르는 자리나 분위기와 어울리지 않는 경우로 이보다 윗길에 드는 코미디 같은 노래를 알지 못한다.

매주 터지던 시위에 야금야금 젖어 발돋움하고 발돋움하던 내 청춘의 3월, 산자락의 봄은 더디기만 했다. 31일에는 눈! 10년을 부산 바닷가에서 뒹굴다 온 나에게는 참으로 적응되지 않는 세계였다. 감골 잔디밭 위로 부리나케 훑어 흩어지던 그 사금파리 같던 눈발을 헤매며 정신 줄 놓지 않으리라 스스로를 다독이기도 했다. 그러다 4월 19일하고도 아침. 무슨 까닭으로 누구의 이끌림을 받아 그리 되었는지는 모르겠으되, 국문과의 2, 3학년들이 길게 열을 지어 산골짜기 저 깊은 곳에 유폐되어 있던 4·19탑을 찾아갔다. 자운암 혹은 학군단 훈련장이 가까운 산속이었다(고 기억된다). 그 앞에서 누가 먼저랄 것도 없이 내가 전혀 들어본 적이 없는, 그러나 지금까지 내가 들어본 대학에서의 노래 가운데 가장 아름답고 장렬한 2절짜리 노래를 제창했다. 놀랍게도 내 동기들 가운데 몇도 아주 익은 목소리로 그 노래를 불러 넘겼다. 나중에 확인해 본바, 이영도가 지은 시조에 한태근이 곡을 붙인 〈진달래〉였다. 제목 밑에 '다시 4·19 날에'라는 부제가 붙어 있었다. 〈내 나라 내 겨레〉로부터 불과 한 달 사이에, 나는 생애 가장 진중한 의미에서 잊히지 않는 노래 하나를 그렇게 심중에 지녀 가지게 되었던 것이다.

> 눈이 부시네 저기
> 난만히 멧등마다
>
> 그날 쓰러져 간
> 젊음 같은 꽃 사태가

맺혔던

한이 터지듯

여울여울 붉었네.

그렇듯 너희는 지고

욕辱처럼 남은 목숨

지친 가슴 위엔

하늘이 무거운데

연련히

꿈도 설워라

물이 드는 이 산하山河.

무거운 주제를 어쩌면 이렇게 절절한 이미지에 실어 녹일 수 있었는지. 이제 막 문학에 달떠 무언가에 항상 갈급하던 영혼에게 「진달래」의 원숙함은 잔잔한 충격이 아닐 수 없었다. "나가자, 싸우자, 이기자"라고 직접 크게 소리 지르지 않고도, 젊은 희생과 욕되게 살아남은 자의 한을 절묘하게 교직하여 읽는 이를 울리는 가히 명편名篇이라는 이름에 손색이 없는 시였다. 잘된 시들이 흔히 고전주의적 평명성平明性을 띤다는 유종호 선생의 언급이 아니더라도 나는 이 「진달래」가 '깊이 있는 쉬움'의 좋은 사례라 생각해오고 있다.

두루 알다시피 현재 4·19국립묘지는 북한산국립공원의 수유동 자락에 자리 잡고 있다. 문민정부 때 성역화라는 이름의 공원화 작업이 이루어져 옛 모습을 많이 잃어버리긴 했지만, 그 산자락이 진달래 능선으로 불린다는 사실은 아직 변함이 없다. 흔히 색 짙은 소나무 무리를 배경으로 진달래 붉게 대비되는 장면이 우리 전통 숲의 참모습이라고들 한다.[1] 4·19국립묘지의 노란 멧등들을 둘러선 짙붉은 진달래 능선, 그 사이사이를 장식한 짙푸른 소나무들의 이미지란 그대로 이영도의 시조 「진달래」에 겹친다. 그냥 말을 줄이자. 필자에게 있어 4·19와 문학을 연결하는 첫째 매듭의 자리에 이영도의 「진달래」가 놓여 있다는 말이다.

그런데 정작 수유동의 성역화된 국립4·19민주묘지에는 「진달래」가 없다. "4·19혁명을 소재로 발표된 시 중에서 많은 분들이 추천한 12수의 시"[2]를 새겨 묘역 앞을 장식했다는, 2열 종대 '수호 예찬'의 화강암 빗돌 어디에도 이영도의 자리는 없다. 이영도만이 아니라 김수영도 신동엽도 신경림도 심지어는 "니들 마음 내가 안다"던 조지훈도 없다. 그러니 「진달래」는 아직도 스무 살의 팽팽한 미숙함으로, 연연한 그리움으로 내 마음 저편에 남아 욕처럼 떨고만 있을 뿐이다.

---

1) 그런데 이제 이런 숲은 차츰 보기 힘들어질 전망이다. 키 큰 소나무 숲 그늘의 붉은 진달래 군락은 인간의 개입이 너무 과도하게 이루어진 결과 산성화가 한창 진행된 토양에서 볼 수 있는 조합이라는 것이 숲을 연구하는 학자들의 공통된 견해다. 사람의 간섭 없이 자연 상태로 몇십 년이면 숲은 원래의 건강성을 회복하여 흔히 극상림(極相林, climax forest)이라 부르는, 신갈나무나 서어나무 우점의 낙엽 활엽수림으로 변하기에 소나무, 진달래의 조합을 기대하기 힘들어진다. 말하자면 소나무, 진달래가 강하게 도드라져 보이던 시대, 곧 그들의 상징성이 강하게 부각되던 때는 권력의 낫질이 많이 끼어들어 숲을 해쳤던, 곧 사회적으로 건강하지 못했던 시절이었다. 그러니 소나무나 진달래를 더 이상 기리지 않아도 된다는 것은 역사의 소나무나 진달래를 더 이상 기다릴 필요 없는 세상이 가까웠다는 것을 말해주는 것일까? 그리 믿기에 이 시절은 참으로 수상하고 막막하다.

2) http://419.mpva.go.kr

II 비파강, 통영, 부산, 서울, 그리고 다시 비파강

흔히 기다림이나 애모愛慕와 같은 낭만적 정서를 섬세하고 감각적인 언어로 표현했다고 일컬어지는 시조시인 정운丁芸 이영도(李永道, 1916. 10. 22~1976. 3. 6)의 생애는 기구하다는 말의 표본에 해당한다 할 만큼 가팔랐다. 그 신산한 삶의 어느 길목에서 겨를을 얻어 「진달래」에서 보는 바와 같은 민족 단위의 사고思考로까지 나아가 저런 성취를 이루었는지 자못 놀라울 따름이다.

이영도는 이미 일제강점의 서슬이 퍼렇던 1916년, 경북 청도군 청도면 내호동 259번지 비파강이 아름답게 감돌아 흐르던 세거지에서 선산 군수 이종수李鍾洙를 아버지로, 구봉래具鳳來를 어머니로 하여 1남 2녀 중 막내로 태어났다. 하나뿐인 오빠가 시조시인 이호우李鎬雨였다. 오빠와 언니 남도, 막내 영도는 자가에 가정교사를 두고 신구학문을 두루 섭렵하였던바 이때의 민족주의적 가정교육이 세계를 보는 눈의 기초를 이룬 것으로 짐작된다. 1924년 무렵 밀양국민학교에 잠깐 적을 두고 기차로 통학을 했었지만 그리 오래가지 않았다. 결국 집에서의 독선생 교육이 그녀가 받은 교육의 전부인 셈이다.

거기에 더해 그녀의 생각이나 행동 방향을 틀 지운 집안의 몇 가지 참조사항이 있었다. 한일합방 소식을 들은 그녀의 증조부가 머리를 깎고 대운암이라는 암자(이 절은 조부 때까지도 집안의 중요한 원찰願刹로 남아 있었다. 시인은 명절 무렵 할머니 손을 잡고 올라가 며칠씩 이 암자에서 묵었던 기억을 산문으로 남겼다)로 들어가 버렸다는 것, 부친은 일찍부터 첩실을 데리고 외지 근무를 했기에 가정에 소홀했으며 그로 해서 흘리는 어머니의 눈물을 일찍부터 보고 자랐다는 것, 따라서 집안의 대소사는 모두 조부 이규현 부부의 손을 거쳤고 영도 역시 그들 주도에 의해 양육되었다는 사실이다.

모든 것은 집으로부터 시작된다. 그녀가 매우 강렬한 민족주의적 지성의 소유자였다거나(그녀의 할머니는 매우 엄격한 유교적 부녀婦女 의식, 예의범절, 세시풍속을 이영도에게 가르쳤지만 나라의 해방 소식에 덩실덩실 춤을 추는 생애 단 한 번의 일탈로 이영도의 회억에 한 줄기 지워지지 않는 빛을 밝혔다) 시와 산문의 많은 부분을 고향 혹은 그 언저리를 그리는 데 바친다고 할 때 그것은 대부분 조부모와 어머니의 추억에 그 뿌리를 두고 있다. 그럴 때의 그녀는 비파강을 거슬러 오르는 한 마리 은어처럼 반짝인다.

밤이 깊은데도 잠들을 잊은 듯이
집집이 부엌마다 기척이 멎지 않네
아마도 새날맞이에 이 밤 새우나 부다.

아득히 그리워라 내 고향 그 모습이
새로 바른 등燈에 참기름 불을 켜고
제상祭床에 제물을 두고 밤새기를 기다리나.

벌써 돌아보랴 지나간 그 시절이
떡가래 썰으시며 어지신 할머님이
눈썹 센 전설傳說을 풀어 이 밤 새우시더니.

할머니 가오시고 새해는 돌아오네
새로운 이 산천山川에 빛이 한결 찬란커라
어떠한 고담古談을 캐며 이 밤들을 새우노?

—「제야除夜」 전문

1945년 12월에 창간한 대구 문예지 『죽순竹筍』에 동인으로 참가하며 발표한 문단 데뷔작이다. 할머니가 주재하는 고향에서의 제야除夜 풍습이 손에 잡힐 듯 세세하고 선연하다. 1연의 현실에서 2, 3연의 옛날로 돌아갔다가 4연의 민족 단위 현실로 돌아오는 틀은 고스란히 이 이후 이영도 시 세계의 향배를 암시한다. 그리움이나 애증의 대상인 내밀한 개인사와 민족의 미래에 대한 걱정이라는 두 축이 무리 없이 한 편에 녹아들어 있기 때문이다.

다시 말하지만 어린 날의 체험은 힘이 세다. 잘 알려진 바처럼 이영도는 남편과 사별한 후[3] 딸 하나를 데리고 해방 직후 언니를 따라 통영에서의 새로운 삶을 시작했다. 거기서 청마의 저 20년 한결같은 사랑에 물들게 된다. 그런데 5천 통이 넘을 것으로 추산되는 고백을 앞에 두고도 시인은 끝내 스스로를 허물어뜨리지 못했다.[4] 집안의 유풍과 아버지에 대한 반발이 브레이크로 작동하고 있었던 탓이다.[5] 먼발치 사랑으로 청마를 먼저 떠나보내고서야(1967년 2월 13일) 그 고백을 용납하듯 말도 많고 탈도 많은 서간집[6]을 간행했다. 사회적 통념의 거친 공박이 줄을 잇대었음은 물론이

3) 1937년에 조부끼리의 혼약에 따라 대구 부호 집안의 막내아들 박기수와 결혼하였고 1939년 10월에 외동딸 박진아를 낳았다. 그러나 병약했던 남편은 결혼 9년 차인 1945년 8월에 위궤양으로 대구 동산기독병원에서 사망했다.

4) 오빠 이호우는 그런 누이에게 모종의 결행을 부추겼던 듯하지만 그의 권유대로 되지는 않았다. 오빠의 충고를 지나가는 말처럼 설핏 남겨놓은 것을 보면 시인의 마음속에도 한바탕 격랑이 일었음을 알겠다. 소문에는 이호우의 풍류도 만만치가 않았던 듯하다. 아이러니가 느껴지는 대목이 아닐 수 없다. 이 오빠마저도 환갑을 얼마 안 남겨둔 1970년 1월 심장마비로 그녀 곁을 떠났다.

5) 이 부분은 시조 「열녀비烈女碑」를 참고할 만하다. "호젓한 산山모르에 / 낡은 비석碑石 하나 // 잊어 주어도 / 오히려 한恨이거니 // 어찌해 / 이미 간 그를 / 부질없는 욕辱이뇨." 유교적 부덕婦德에 대한 마음속의 반발심을 이처럼 문학화하는 것 정도가 그녀가 할 수 있는 결행의 최대치였다. 현실에서의 그녀는 홀어미 가장으로 돌아와 삯바느질과 사회생활로 아득바득 딸 하나를 키워낸 모범 미망인이었다.

다. 부산어린이집 관장직을 그만두고 서울로 이주함으로써 그 공박은 피해 갈 수 있었지만, 사랑만큼은 끝내 돌이킬 수가 없었다.

이영도를 기억하는 이들이 한결같이 증언하는 바가 그녀의 머리와 복식이 풍기는 특색이다. 독특한 묶음 머리와 한복, 특히 여름날의 쪽빛 모시치마가 잊히지 않는다는 것이다. 그녀 자신도 그런 데서 한국적 여인네의 멋과 자부심을 드러내려 했던 흔적이 뚜렷하다. 1954년에 펴낸 첫 시조집의 제목이 『청저집青苧集』임에랴. 두 번째이자 생애 마지막 시조집인 『석류』(오누이 시조집으로 기획되었다)의 속표지 뒷장에는, 한복을 곱게 차려입은 묶음 머리의 시인이 오른쪽으로 반쯤 고개를 돌려 이마 환한 옆얼굴과 목선, 어깨선을 다소곳이 선보이고 있다. 근대 백 년의 문학 서적의 저자 근영들 가운데 단연코 백미가 아닐 수 없다. 부러 지어서 만들 수 없는 아름다움이 아련하게 번져 나오는 초상 사진이다. 『청저집』이라는 이름에는 1958년에 펴낸 첫 수필집의 이름 『춘근집春芹集』과 함께, 직접 핵심 내용에 육박해 들어가지 않고 생의 기미나 부분만으로 삶의 비의秘意 전체를 짐작하게 하려는 의도가 잘 살아 있다. 청모시 치마 한 폭이 곧 한국적 여인네들의 삶이 지닌 아름다움을 에둘러 보여주는 실마리로서의 빙산의 일각이라는 것이다. 적은 표현으로 많은 내용을 담겠다는 문학적 감각의 표현이라는 점에서 기억될 필요가 있다는 뜻이다.

부산 남성여고 시절의 '수연정', 마산 성지여고 시절의 '계명암', 부산어린이집(아동회관) 관장 시절의 '애일당愛日堂'을 뒤로하고, 1967년 9월에 서

6) 이근배 시인이 편집장으로 있던 중앙출판공사에서 『사랑했으므로 행복하였네라』(최계락 편집. 이근배도 간여했다고 한다)라는 이름으로 간행되었다. 1969년 5월에 '정운문학상'을 제정하여 이 책의 인세를 문단으로 회향回向하였다.

울로 이주한 시인은 마포구에 거소를 마련하였다. 1968년에는 오누이 시조집 『비가 오고 바람이 붑니다』의 『석류』 편을 출간하였고, 1969년 8월에는 딸의 배필을 찾아 여의기도 했다. 과부로서의 필생의 숙제를 다하는 장면이 아니었을까. 그러고도 그녀는 『머나먼 사념의 길목』(1971)과 『애정은 기도처럼』(1975)이라는 수필집을 상재하고 중앙대학에도 출강하는 등, 이 무렵은 문단 중진으로서의 행보가 주목되는 일생 가장 안정적인 때였다. 마지막 정착지인 서교동 438-7번지 집에서 시인은 관악산의 풍경을 읊으며 1976년 3월 5일까지 살았다.

1976년 3월 5일 밤 외출에서 돌아와 자택에서 뇌일혈을 일으켜 쓰러진 시인을 손자가 발견했다. 급히 세브란스병원으로 옮겼으나 끝내 깨어나지 못하고 이튿날인 1976년 3월 6일 낮 12시 5분에 영면에 들었다. 향년 61세였다. 그녀의 조카 집에는 연로한 어머니가 생존해 계셔서 때로 영도를 찾았다. 고모가 급히 외국에 볼일 보러 갔다는 손주들의 변명을 끝내 못 미더워하는 할머니를 납득시키기에 애를 먹었다는 조카들의 후문이 애잔하다. 생전에 시로 산문으로 그토록 그리워하던 비파강 변 선영의 조부모님 발치에 돌아가 묻혔다. 유작으로 시조집 『언약』과 수필집 『내 그리움은 오직 푸르고 깊은 것』을 남겼다.

Ⅲ 시조, 목숨의 기도祈禱

거듭 말하는 바이지만, 이영도 문학의 진원지는 그녀 스스로 삼산이수三山二水의 아름다운 경색이라 부르던 청도 비파강 변에 잠든 어린 날일시 분명하다. 그곳은 "부녀婦女 삼종三從의 도道를 / 진리眞理인 양 당부하여

// 알지도 못한 곳에 / 신행新行길 날 보내신"(「향수鄕愁」) 원망의 대상지이기도 하지만 그보다는 "청靑기와 / 늙은 대문大門도 / 두견杜鵑같이" 그리운 곳이기 때문이다. 두견 소리란 봄밤의 애상을 돋우는 대표 사물이면서 또 그대로 돌이킬 수 없는 젊은 날의 번역어로 이해할 수 있을 것이다. 인생의 봄날을 지나가는 이의 내면에 그대로 겹친다는 말이다.

내면 자체에 집중하게 되면 감정의 세목들이 형상화의 주요 대상이 된다. 소위 서정抒情이라는 말의 본뜻이 여기서 비롯하는 것일 터이다. 희로애락애오욕의 살아 있는 세목들 하나하나를 세밀하게 펼쳐 보이는 것이 이런 시들의 목표라 할 수 있다. 섬세한 여성적 감수성이란 용어로 가리키는 세계도 바로 이 근처가 아닐까. 가령 「바람 1」을 보자.

> 너는 가지에 앉아 / 짐승같이 울부짖고 // 이 한 밤 내 마음은 / 외딴 산지긴데 // 가실 수 / 없는 멍일래 / 자리 잡은 그리움.

'너'라고 호명된 그 무엇은 시의 전반부에서 곧장 '바람'의 성격에 겹친다. "짐승같이 울부짖"는 격정을 지녔다. 그런 너는 밤새워 불고 있다. 문제는 네가 밤새 불고 있음을 내가 안다는 사실인데, 그런 너를 걱정하는 마음으로 더불어 밤을 새웠기 때문이다. 너를 지키는 그런 "내 마음"을 "외딴 산지기"에 비겼다. 내 마음과 외딴 산지기를 겹칠 수 있는 근거는 "그리움"이라는 감정의 세목을 공유하고 있기 때문이다. 결국 이 시는 바람처럼 울부짖고 있는 잡히지 않는 너에 대한 그리움을 묘사하는 데 바치는 작품이 된다.

그런데 바람과 산지기의 형상을 빌려 나의 마음을 드러내는 이런 방식은 이영도에 의해서 처음 시도되기는 했지만 '춘심'을 '일지一枝'에 비겨 말하는 「다정가」의 틀에서 그리 많이 나간 것으로 보이지 않는다. 자칫하면 시인이 독자보다 먼저 울어 독자들의 감흥을 뺏을 수 있다는 정지용의 지적에 적절한 예로 손꼽힐 수도 있어 위험하다. 형상의 아름다움 자체에 무게를 보다 더 싣는 쪽으로 슬쩍 비틀어 명품을 만들었다. 바로 「아지랑이」의 세계다.

> 어루만지듯 당신 숨결
> 이마에 다사하면
>
> 내 사랑은 아지랑이
> 춘삼월 아지랑이
>
> 장다리 노오란 텃밭에
> 　　　　나비
> 나비
> 　　　　나비
> 나비

당신과의 사랑을 봄 햇살을 받는 춘삼월 대지에 비겨 형상화하고 있는 이 시의 핵심 이미지는 나비다. 나비는 아지랑이와 햇살을 거쳐 내 사랑의 의미에 간접적으로 연결된다. 우선 이 시는 그냥 봄 햇살 아래 팔랑거리는 장다리 꽃밭의 배추흰나비에 대한 묘사로 보아 무방하다. 나비의 춤이라는 형상이 지닌 아름다움이 인쇄된 언어의 아름다움과 파격적으로 조우하고 있는 것이다. 봄날의 따뜻한 햇살과 피어오르는 아지랑이, 장다리꽃,

그리고 그 사이로 날아다니는 나비의 팔랑거림이 자연스럽게 연출된다. 그러다 보니 당신으로 해서 울렁이는 내 마음이 꼭 저 봄 들판 같다. 당신 앞에서는 나 역시 흰점팔랑나비 한 마리일 뿐이기 때문이다. 이쯤에서 이 시는 무심한 아름다움의 형사形似이자 화자 마음의 전신傳神이 되어 빛난다. 크게 부러 소리 내어 말하지 않았는데 말하는 이의 얼의 꼴이 보이는 것이다.

「신록」이나 「능선」은 민족이라는 집단의 정서 뒤로 자신의 맨얼굴을 숨겨 성공한 경우들이다. 「신록」은 어린 시절의 단오절 체험을 바탕에 깔아 정감의 확산에 멋들어지게 성공하고 있다. 어린 시절 시인의 어머니는 "해마다 오는 단오절이면 창포 목욕을 시켜주시는 한편으로 텃밭 상추에 밤새 내린 이슬을 접시에 받아 거기 박가분朴家粉을 개어 얼굴에 발라주셨"다. 지금은 감히 흉내조차 낼 수 없는 옛 한국 여인네들의 정조가 이 아니랴. 상추 잎에 내린 밤이슬에 분을 개어 바른다는 것, 봄이 주는 흥취를 이보다 멋지게 받아들이는 일이 달리 있으랴. 이어지는 단옷날에 대한 묘사를 보자.

내가 어리던 시절엔 단오절이 얼마나 기쁜 명절인지 몰랐다.

여성들은 창포 목욕, 분 가리마에 붉은 주사 곤지를 찍고, 낭자머리나 다홍빛 댕기 끝에는 청궁잎과 창포 뿌리를 꽂고 달아서 솜씨껏 모양을 내고는 그네가 매어져 있는 마을 앞 버들 숲으로 모여 들었던 것이다.

온갖 새들이 지저귀는 푸른 버들 숲속에 삼단 같은 머리채를 휘날리며 그네를 뛰는 아가씨들의 풍성한 여성미의 제전祭典에 맞서, 남자들은 씨름판으로써 싱싱한 남성미를 과시하던 단오절-.

정초 설날의 줄다리기, 윷놀이, 널뛰기, 연날리기며 추석절의 강강수월래가

멋있지 않은 바 아니었지만, 신록이 구름같이 피어나는 오월의 푸르름 속에 청춘을 휘날리는 그네뛰기와 씨름판은 바로 인생의 환희가 아닐 수 없었으며, 그날은 규중 깊은 곳에 숨어 살던 아가씨들도 쓰개치마를 벗어던지고 모두 나와 참례하는 놀이였고 보니 모여든 구경꾼 속에는 신붓감을 물색하기에 눈이 바쁜 이들도 섞여 있었던 것이다.[7)]

경북 청도 지역의 5월 단오의 풍정風情이 손에 잡힐 듯 다가온다. 5월의 대지와 대기는 그대로 넘실거리는 비파琵琶 강물이며 거기 그 대기를 호흡하며 그네를 뛰고 씨름을 하는 젊은이들이란 또 그대로 등 푸른 은어들이다. 우쭐거리는 자랑과 무성한 꿈들이 가슴마다 자라올라 민족의 옛날을 상기하게 하는 한편으로 그러한 건강함이 미래 세대에로 연결되어야 할 당위성을 은근히 발동시키고 있다. 「신록」은 5월의 이러한 젊음에 대한 묘사로 모자람이 없다. 계절 감각에 비벼 넣은 민족의식의 묘파로 이보다 윗길에 드는 단형시를 필자는 만나본 기억이 없다. 특히나 종장의 '우쭐대는'이라는 표현은 나뭇가지와 젊은이들의 미숙하나 유연한 한 시절을 형상화함으로써 이 시의 맛을 배가하는 시안詩眼으로 불러 마땅하다.

트인 하늘 아래
무성히 젊은 꿈들

휘느린 가지마다
가지마다 숨가쁘다

7) 이영도 「오월이라 단옷날에」, 『비둘기 내리는 뜨락』, 민조사, 1966, 88쪽.

오월은 절로 겨워라
우쭐대는 이 강산!

우리 민족의 터전인 한반도는 산지가 7할이 넘는다. 영남 알프스라 불리는 산군山群이 지나가는 경북 청도 지역은 두말할 필요조차 없다. 그런 땅을 터전으로 삼았기에 우리에겐 늘 이마에 손을 얹어 먼 산마루 혹은 능선을 걸터듬는 버릇이 유전遺傳해 온다. 그것은 그대로 높이에 대한 외경으로 이어져 생각이 늘 우주를 달리게 되는 것. 백두산 근참의 기록이나 금강산 탐승의 저 찬란한 기록들, 육신을 지우며 백록담을 향해 대열 지어 오르는 정지용의 시편들이 모두 그러한 외경의 표현들이라면 과장된 이해일까. 시 「능선稜線」은 산악에 싸여 살아가는 삶의 가파름과 그러면서도 그 산줄기로부터 삶의 위안거리를 발견하는 우리 피붙이들의 마음새에 잠착하게 하는 이영도 대표작의 하나여서 반갑다.

슬기는 우주宇宙를 갈耕아도
목숨은 가파르다

삶에 지칠수록
마주 앉는 먼 능선稜線

달래는
가슴을 질러
둥 둥 구름이 간다.

이영도의 시조에서 청마와의 감정 교류가 드러난 작품을 찾기 힘들다고 말하는 이들도 있다. 굳이 그렇게 보잔다면 또 그렇게 읽히기도 하겠다. 그러나 청마 스스로 "그것이 관능적인 계략이나 정욕의 발작이 아니요, 어디서 연유한지도 모를 근원적인 이성에의 진실한 갈망에서 오는 연정이라면, 그 애틋하고도 짙은 황홀한 연소로 말미암아 인간의 바탕은 …… 지순至純하며 지선至善하여지는 것"[8]이라고 표 나게 선을 그어 소위 영교靈交라는 포장을 쳐둔 관계였기에, 당대에도 두 사람의 교류는 그다지 눈 밖에 난 것이 아니었던 듯하다. 실제로도 이영도의 시와 산문 도처에서 그 흔적들이 보이는 형편이다. 가령 시조 「하늘-피란길에서」와 수필 「비둘기」는 Y 시인과의 일화라는 같은 소재를 다루고 있는데, 여러 정황으로 미루어 Y란 곧 청마로 미루어 짐작이 된다. 그리고 그 Y라는 이니셜은 이영도의 산문 여기저기서 자주 출몰한다. 가령 「달맞이」라는 수필에서는 멀리서 온 Y 시인을 위해 젊은 시인들을 부러 불러 해운대로 달맞이 간 이야기를 적고 있다. 남의 눈을 의식하고는 있지만 이영도는 청마와의 마음의 교류를 비교적 당당하게 형상화하고 있다. 시조 「탑塔 3」, 「무제無題 2」 등과 함께 「바위」의 경우도 그런 속사정을 바탕에 깔고 있는 시로 보아 무방할 듯하다. 파도를 노래한 청마의 시 「그리움」이나 애련에 물듦을 괴로워하고 있는 시 「바위」와 내밀하게 연관되어 있는 텍스트로 비치기 때문이다. 다만 이 경우에도 질펀하게 내지르기 쉬운 감정 그대로가 아니라 유비추리가 가능한 대상에 의탁하고 간접화한 형태로 제시하기에 소인素人들의 입방아를 비켜가고 있다.

---

8) 유치환, 『마침내 사랑은 이렇게 오더니라』, 문학세계사, 1986, 122쪽.

나의 그리움은 / 오직 푸르고 깊은 것 // 귀 먹고 눈 먼 너는 / 있는 줄도 모르는가 // 파도는 / 뜯고 깎아도 / 한 번 놓인 그대로…….

애초에 시인이 지녔던 민족적인 것 쪽으로의 마음의 경사傾斜가 현실의 어두운 상황과 만나게 되면 자연스럽게 사회적·정치적 관심을 표현하는 방향으로 기능하기 마련이다. 그러한 관심이 생활 세계의 소재를 시적 표현의 장으로 끌어들이는 동력일 터인데, 「보리 고개」나 「석간夕刊을 보며」, 「수혈輸血」이 그 좋은 예가 된다. 거기에 1공화국 말기에 청마가 입었던 정치적 수난이 기폭제가 된 것일까? 이영도는 유난히 4·19혁명에 관심이 많았다. 전기했던 「진달래」 외에도 '고 김주열 군에게'라는 부제가 붙은 「애가哀歌」라든지 「희방사喜方寺 계곡溪谷－4·19 날에」 등의 작품을 통해 거듭 4·19를 형상화하고 있다. 물론 시인의 관심이 이데올로기와 같은 정치적 문제로까지 발전하지는 않았다. 개인적 체험이 투영된 탓이랄까, 그녀의 관심은 역사의 제물이 된 젊음들의 상처나 희생에 강하게 이입되는 편이었다. 역사란 어디까지나 정치적 선택이나 결단을 촉구하기 마련일진대, 그녀의 문학은 그 직전에서 문득 멈춰 선 형국이다. 푸르게 혹은 붉게 편을 나누기 이전의 스러져 간 목숨 자체를 애달아하는 것이야말로 시인이 겨누는 보편성이라는 목표 혹은 범주에 비추어 더 적절한 태도라고 하면 너무 표 나게 그녀의 역성을 드는 일이 되는 것일까?

역사에 스러진 젊은 목숨에 대한 연민을 밝힌 시로는 「진달래」 외에 시조 「피아골」도 백미에 속한다. 이 시는 또한 시인 이영도의 전설적인 행보와 관련되어 있어 흥미롭다. 병약하여 혼자 몸도 잘 추스르지 못하던 이영도지만 그녀는 경남산악회 초기 역사를 장식한 여걸로 기억된다. 그녀는 전쟁의 포화가 채 가시기도 전인 1955년[9]에 기획된 지리산 종주 등반을 완주했을 뿐만 아니라, 이어진 한라산, 설악산 등의 원정 등반에도 모두 참여한 산꾼이었다. 길 가는 아무 데서나 인골이 발에 차이는 피아골에서의 경험이 시 「피아골」을 낳았고, 이것이 바탕이 되어 4·19 때는 「진달래」가 꽃 필 수 있었던 것이다.

한 장 치욕 속에
역사歷史도 피에 젖고

너희 젊은 목숨
낙화로 지던 그날

천년千年의
우람한 침묵
짐승같이 울던 곳.

지친 능선稜線 위에
하늘은 푸르른데

깊은 골 칠칠한 숲은
아무런 말이 없고

9) 마지막 빨치산으로 기록된 정순덕의 생포 연대가 1963년 11월이었음을 기억할 필요가 있다.

뻐꾸기
너만 우느냐
혼자 애를 타느냐.

Ⅳ 산문가로서의 이영도

시조시인으로서의 정운의 위치는 비교적 분명하게 자리가 매겨져 있는 편이다. 그런데 그녀의 산문이 갖는 매력은 비교적 덜 알려져 있다. 생계를 위한 방편이기도 했지만 그녀는 비교적 많은 수의 산문 혹은 수필들을 남겼다. 산문이므로 아무러한 잣대도 없이 편하게 쓰면 된다는 자세가 아니라 그녀는 매우 엄격한 완결성의 잣대로 스스로의 글쓰기를 통제했던 것으로 보인다. 『춘근집』, 『비둘기 내리는 뜨락』, 『머나먼 사념의 길목』, 『나의 그리움은 오직 푸르고 깊은 것』이라는 네 권의 산문집에 실린 글들은 어느 하나 쉽게 버릴 수 있는 작품이 없기 때문이다.

특히 고향 풍물을 묘사할 때의 그녀 목소리에 도는 생기에는 더 주옥같은 데가 있다. 이런 과거사가 아니라 생활의 현재를 곱씹을 때에도, 이영도는 흔히 여류女流라는 말이 내비치는 바의 값싼 허영기를 단연코 잘라낼 줄 알았다. 먼 이국에서 공부하는 딸이 힘들게 장만하여 부쳐 온 50불弗이라는 돈으로 스스로의 수의를 장만하기까지의 내력을 담담히 그려 보여주고 있는 「어머니날과 수의壽衣」라든지 「배추밭에서」, 「봄을 기다리며」, 「오월이라 단옷날에」, 「연」, 「혜강 선생과 한 줌의 쌀」 등의 작품은 우리 수필문학사의 한 면을 장식할 수작으로 충분히 추장할 만하다.

그중에서도 4·19가 일어나던 해 12월에 쓴 「모색」은 명편 연시조 「황혼에 서서」의 창작 배경을 알려주는 자료로서나 독립된 산문 작품으로서 모두 훌륭히 주목에 값한다. 한밤중에 일어나 앉아 커피를 마시며 젊은 날의 실패한 연애사를 되떠올려 한 편의 시나 산문을 쥐어 짜낸다는 여류 명사들의 장식적인 글과는 그 근본이 다르다. 그 아래에는 피 끓는 역사의 구체적 현장에 서서 목숨에 근원적으로 내재한 보편적 슬픔을 곱씹는, 그리고 거기다가 자신의 생애 전체를 겹쳐 펼쳐놓는 한 정결한 영혼의 애수가 물들어 있기 때문이다. 목숨이란 모름지기 기쁨보다는 슬픔에 한 발짝 더 가까운 것이 사실 아니랴.

> 지극히 그리운 이를 생각할 때 모르는 사이에 눈물이 돌듯, 나는 모색 앞에 설 때마다 그러한 감정에 젖어들게 된다. 사람의 마음이 가장 순수해질 때는 아마도 모색과 같은 심색일는지 모른다. 은은히 울려오는 종소리 같은 빛, 모색은 참회의 표정이요, 기도의 자세다.
>
> (…중략…)
>
> 가물가물 일직선으로 열 지은 나목들이 암회색 높은 궁창을 배경하고 보랏빛으로 물들어 가는 하늘에 비춰 선 정취는 바로 그윽이 여울져 내리는 거문고의 음률이다. 이 음색에 취하여 혼자 걷노라면 내 마음은 고운 고독에 법열이 느껴지고 어쩌면 이 길이 서역 만리, 그보다 더 먼 영겁과 통한 것 같은 아득함에 젖어진다.
>
> 그 무수히 소용돌던 역사의 핏자국도 젊은 포효도 창연히 연륜 위에 감기는 애상일 뿐, 그날에 절박하던 목숨의 상채기마저 사위어져 가는 낙조처럼 아물어 드는 손길! 모색은 진정 나의 영혼에 슬픔과 정화를 주고 그리움과 사랑을 배게 하고 겸허를 가르치고, 철학과 종교와 체념과 또 내일에의 새로움과 아름다움과… 일체의 뜻과 말씀을 있게 하는 가멸음의 빛이 아닐 수 없다.

모색 앞에 서면 나는 언제나 그윽한 거문고의 음률 같은 애상에 마음은 우울을 씻는 것이다.

(「모색暮色」 앞뒤. 단락을 일부 조정하였음.)

이은상

내 고향 남쪽 바다 그 파란 물 눈에 보이네
꿈엔들 잊으리오 그 잔잔한 고향 바다
지금도 그 물새들 날으리 가곱아라 가곱아

말 · 글 · 얼의 시인

/강영미 고려대학교 강사

I 서론

"내 고향 남쪽 바다 그 파란 물 눈에 보이네"(「가고파」), "봄 처녀 제 오시네 새 풀 옷을 입으셨네"(「봄 처녀」), "오가며 그 집 앞을 지나노라면"(「그 집 앞」), "탈 대로 다 타시오 타다 말진 부대 마소"(「사랑」), "내 놀던 옛 동산에 오늘 와 다시 서니"(「옛 동산에 올라」), "어제 온 고깃배가 고향으로 간다 하기"(「고향 생각」), "성불사 깊은 밤에 그윽한 풍경 소리"(「성불사의 밤」), "금강에 살으리랏다 금강에 살으리랏다"(「금강에 살으리랏다」), "장하던 금전 벽위 찬 재 되고 남은 터에"(「장안사」) 등은 익숙한 가곡이다. 이 노래들은 애초 시조로 쓰였다가 이후 가요로 작곡된 것이다. 1932년 음반 회사들이 본격적으로 유행 가요를 제작하는 흐름을 타고 김동진은 「가고파」를, 홍난파는 「옛 동산에 올라」, 「성불사의 밤」, 「봄 처녀」, 「금강에 살으리랏다」 등을 작곡한 바 있다. 그 이래로, 노산의 시조는 음악적 가락에 실려 많은 이들이 부르는 노래로도 소비되었다. 심지어는 술자리에서 「성불사의 밤」을 큰 소리로 부르는 것을 들은 노산이 이 노래만은 고요히 눈을 감고 조용한 목소리로 불러주었으면 좋겠다고 한 일화도 전해진다. 그만큼 노산의 시조는 향유층과 향유 방식의 제약, 시와 노래의 구분, 말과 글의 경계, 시공간의 한계를 초월하여 다양한 방식으로 널리 소비되어왔다.

노산 이은상(1903~1982)은 마산의 기독교 집안에서 태어나 아버지가 세운 마산 창신학교를 졸업(1918)하고 연희전문을 중퇴(1923)한 뒤, 창신학교에서 교편을 잡다가(1923~1925) 일본으로 건너가 와세다 대학 사학과를 수료(1926~1927)했다. 이곳에서 양주동 · 손진태 · 염상섭 · 박종화 등과 어울려 지내며 문학과 우리말과 글에 대한 관심을 갖게 된다. 1928년 6월 계명구락부 조선어사전 편찬위원으로 일하며, 월간지 『신생』, 『신가정』, 『조광』, 『신여성』, 『소년』 등을 편집 · 창간하고 이화여전 교수, 〈동아일보〉(1932), 〈조선일보〉(1935)의 기자 및 편집국 주간, 고문으로도 활동하며 당시의 우리말과 문화와 역사 전반에 대한 문제의식을 갖게 되었다. 특히 조선어학회 사건으로 구금(1942)되었다가 해방 이후 출옥한 사건은 그가 시조 창작을 통해 실현하고자 했던 문제의식이 현실에서 구체화되는 계기로 작용한 것으로 보인다. 대략적인 이력에 나타나듯 노산은 어려운 것을 쉽게 말하고 쓰는 능력, 학계 · 문단 · 언론계의 여러 인사들과의 왕성한 교유, 남녀노소 · 지방 · 출신을 가리지 않고 흉금 없이 대화를 나눌 수 있는 원만한 인품을 바탕으로, 이순신 · 김구 · 신채호 등의 기념사업회 일을 도맡아 하며 문화계의 원로로 활동하였다. 이는 노산이 식민지시대부터 해방 이후까지 그리고 그가 타계하기 전까지 지속적으로 시조를 창작했을 뿐만 아니라 문화 사회 전반에 걸쳐서도 왕성하게 활동했음을 의미한다.

Ⅱ 시조와 노래

근대 시조 형성기, 육당이 근대시조의 가교를 마련했다면 가람은 근현대시조 이론과 창작의 기반을 마련했고, 노산은 창작 시조의 영역에서 대중적 호소력이 있는 다양한 시조를 창작했다고 볼 수 있다. 이에 대해 무애는 "六堂은 박달나무, 爲堂은 인절미떡, 가람은 난초에 비견될 정도로 그들이 하나씩의 '體'와 '風'을 익혀온 데 반하여 鷺山은 그 모두를 갖추었다"[1]라고 평한 바 있다. "시조를 완전히 신문학의 하나로 발양시킴에 있어서는 내가 거의 외로운 걸음을 걸었다고 해도 과언은 아닐 것"[2]이라는 노산의 발언 역시 자신의 창작 시조가 대중성을 확보한 데 대한 자부심을 표현한 것으로 볼 수 있다. 이렇듯 노산이 시조 창작의 영역에서 자신감을 보이게 된 데에는 유년 시절 그를 등에 업고 아버지가 읊조리던 시조를 들은 기억이 한몫을 한 것으로 보인다. 노산은 그 기억을 첫 시조집인 『노산시조집』의 서문에 밝혀놓았다.

> 내가 小學校를 마칠 때까지도 아버지께서는 흖이 나를 업으시고 黃昏이면 뜰앞 나무 밑을 거니시엇습니다. 그리고는 늘 古人의 時調를 읊으시엇습니다.

1) 양주동, 「題詞」, 이은상, 『노산 시조선집』 남향문화사, 1958, 9쪽(『노산의 문학과 인간』, 횃불사, 1982, 265쪽에서 재인용).

2) "一九二三年 八月에 지은 「고향 생각」으로써 處女作을 삼은 이래, 時調創作에 精進한 지 十年! 그야말로 이 方面에 있어서는 名實 아울러 孤軍奮鬪였던 시대다. 六堂, 爲堂, 春園, 가람 등 몇 분이 있었다고 해도, 혹은 餘技였고, 혹은 古時調硏究였을 뿐 時調를 완전히 新文學의 하나로 發揚시킴에 있어서는 내가 거의 외로운 걸음을 걸었었다고 해도 過言은 아닐 것이다." 이은상, 「이십여 종의 저서」, 『현대문학』 117호, 1964. 9, 21쪽.

그것이 무슨 時調든지는 알 길 없으나 그 中에서 귀에 아직 들리는 것이 一曲 二曲 하시든 것이라 지금 생각하니 栗谷의 石潭九曲歌나 아니엇든지. 내가 古調中에 이를 가장 愛誦함도 그 까닭입니다.[3]

노산은 어려서부터 일상생활 속에서 읊조리고 부르는 노래로 시조를 접했다. 어려서부터 익숙하게 들은 시조에 대한 기억은 그가 창작한 시조에도 영향을 끼쳤다. "노산은 낭송할 수 있게 글을 쓴다고 한다. 눈으로 볼 수 있는 것이 아니고, 입으로 읽을 수 있게 표현한다"[4]는 진술이나, 노산의 시조는 민족의 노랫말이 살아 있고 가곡풍이어서 대중성을 확보하는데 성공했다는 언급도 같은 측면을 지적한 것이라 볼 수 있다. 고시조는 가곡을 하던 것이므로 새로운 시조도 낭독 구조口調를 표준으로 해야 한다는 주장을 바탕으로, 노산은 글보다 말, 시각보다 청각, 이미지의 연쇄보다는 소리의 반복을 강조하여 시조를 창작했다. 이러한 특성을 보이는 노산의 시조는 구술성이 강하여 기억하여 부르기 쉽고 작곡 및 가창을 하기에도 적합했다. 그가 창작한 시조 대부분에서 청각성이 강한, 반복을 통한 리듬이 형성되고 있음을 확인할 수 있다.

금강이 무엇이뇨 돌이요 물이로다
돌이요 물일러니 안개요 구름이라
안개요 구름이어니 있고 없고 하더라

---

3) 이은상, 「서」, 『노산시조집』, 한성도서주식회사, 1932, 1쪽.

4) 구인환, 「노산의 문체론」, 『노산의 문학과 인간』, 노산문학회편찬위원회, 횃불사, 1982, 138쪽.

금강이 어드메뇨 동해의 가이로다
갈 제는 거길러니 올 제는 흉중에 있네
라라라 이대로 지켜 함께 늙자 하노라
—『금강행』(총 101수) 중 「금강귀로」(1930)

지금도 그 물새들 날으리	<u>가곺아라 가곺아</u>
오늘은 다 무얼 하는고	<u>보곺아라 보곺아</u>
온갖 것 다 뿌리치고	<u>돌아갈까 돌아가</u>
그날 그 눈물 없든 때를	<u>찾아가자 찾아가</u>
인제는 못 그런다니	<u>설어워라 설어워</u>
두고 온 내 보금자리에	<u>되안기자 되안겨</u>
잃어진 내 깃봄의 길이	<u>아까워라 아까워</u>
벗들아 너이는 福된 者다	<u>부러워라 부러워</u>
맞잡고 그물을 던지며	<u>노래하자 노래해</u>
돌아가 알몸으로 살껴나	<u>깨끗이도 깨끗이</u>

—「가곺아」(1932)

「금강귀로」는 101수로 구성된 연작시조 『금강행』의 결사 부분이다. 자문자답, 대구와 대조, 연쇄법을 통해 각 장을 연결하고 있으며, 『금강행』 전편을 마무리하는 최종 장의 종장을 의성어 "라라라"로 마무리 지으며 금강산행을 마친 즐거움을 함축적으로 표현하고 있다. 총 10수로 된 「가곺아」 역시 시조 전편의 종장 마지막 6구를 "가곺아, 보곺아, 노래해" 등의 어절을 반복하는 방식으로 통일성을 꾀한다. 시각적 반복을 통해 고향에 대한 그리움, 갈 수 없는 안타까움, 그럴수록 간절해지는 귀향에 대한 생각을 표출하여 감정을 고양시키며 율독의 통일성을 꾀하고 있다. 이처럼 가창을 전제로 한 구술성과 고향에 대한 그리움을 바탕으로 한 보편적 주제는 당시 문맹률이 80%에 이르던 일반인들에게도 호소력 있게 전달되었을 뿐만 아니라 전문 시조시인들에게도 높은 평가를 받아 『노산시조집』(1932)은 출판 당시에도 2,500부가 판매되고 3판까지 인쇄될 정도로 그 인기가 상당했다고 한다.[5] 개인 창작 시조집으로는 최남선의 『백팔번뇌』(1926) 이후 두 번째로 나온 시조집임에도 『노산시조집』이 이리 대중적으로 판매된 데에는 노산의 감수성, 언어 감각, 일상성이 조화롭게 어울린 것이 한몫을 한 것으로 보인다. 언어적 감수성과 대상에 대한 감상적 시선, 고향과 자연에 대한 그리움과 역사에 대한 무상감 등이 당시 대중들의 보편 정서에 호소력 있게 작용한 것이다.

그는 시조를 특별한 문제의식 속에서 계승해야 할 민족적 전통이 깃든 문학 양식으로 본 것이 아니라, 일상 속에서 형성되는 개인의 내면과 보편적 감정을 표출하는 문학 양식으로 생각했다. 이 점에서 그의 시조가 지닌 일상성과 대중성을 확인할 수 있다. 100여 수에 이르는 장편의 기행 연작시조를 창작할 당시에도 사상이나 관념의 표출은 극히 적었고, 자연 풍경에 대한 묘사와 감탄, 역사에 대한 회고와 비탄이 주를 이루었다. 「소경되어지이다」 등의 양장시조를 시험하고 위당 · 가람 등과 「蟋蟀」, 「가을」, 「다드미」라는 제목의 시조를 공동으로 창작하고, 「경무대를 지나며」, 「금강행」, 「송도영언」 등의 기행 연작시조를 쓰며, 시조 시형을 실험하는 과정

5) "李殷相씨의 鷺山詩調集이 조흔 성적을 내여 2,500部를 돌파하여 모다 再版이 絶版되고 3版 인쇄에 착수 중"(「서적시장 조사기」, 『삼천리』 7권 9호, 1935. 10, 137쪽)이라는 기사가 나온 바 있고, 1949년에는 4판까지 인쇄되었다.

에서도 개인의 내면과 감상, 자연과 역사에 대한 회한의 정서를 주로 표출했다. 이러한 특징은 노산의 시조가 남북한 시선집에 가장 많이 등재되게 하는 요인으로도 작용한다.

Ⅲ 말 · 글 · 얼

노산은 20세부터 「아버님을 여의고」(1922), 「꿈 깬 뒤」(1922)라는 시조를 쓰기 시작했으나 1923년 창작한 「고향 생각」(1923. 8)을 첫 작품으로 발표하는데, 이 첫 작품이 이후 그의 작품의 근원을 형성하게 된다. 현재 널리 쓰이는 노산鷺山이라는 호는 마산에 있는 노비산奴婢山의 음을 따서 만든 것으로, 노산의 시조에 사향의 정이 풍부하게 흐르는 이유가 그의 호에서 비롯된 것이라는 설이 있다. '鷺山'이라는 뜻을, 물에 사는 해오라기가 산에 머물며 물을 그리워한다고 풀어낸 설명을 전해 듣고 노산이 흡족해했다는 것[6]은 그에게 사향의 감정이 기저에서 작용하고 있음을 의미한다.

내 고향 남쪽 바다 그 파란 물 눈에 보이네

꿈엔들 잊으리오 그 잔잔한 고향 바다

지금도 그 물새들 날으리 가고파라 가고파

—「가고파」 1연

6) "언젠가 幾多 青年으로부터 '鷺山이 무슨 뜻이냐'는 質問을 받고 卽席에서 口述하되 '鷺也者는 本是 물에 居하는 것이니 鷺-不在하야 山에 居하매 어찌 洲者 그립지 않으리오. 그러므로 鷺山의 시에 思鄕의 情이 濃厚하지 않더뇨' 하더라고 傳聞하였습니다. 此說이 心放에 恰足하므로 내-듣고 微笑하였습니다." 이은상, 「나의 雅號 · 나의 異名」, 〈동아일보〉 1934. 3. 8.

성불사 깊은 밤에 그윽한 풍경 소리
주승은 잠이 들고 객이 홀로 듯는구나
저 손아 마자 잠들어 혼자 울게 하여라
—「성불사의 밤」 1연

오륙도 다섯 섬이 다시 보면 여섯 섬이
흐리면 한두 섬이 맑으신 날 오륙도라
흐리락 맑으락 하니 몇 섬인 줄 몰라라
—「오륙도」 1연

너라고 불러보는 조국아
落照보다도 더 쓸쓸한 조국아
긴긴 밤 가야고 소리마냥
가슴을 타고 드는 네 이름아
새 봄날 桃李花같이
활짝 한번 피어주렴
—「너라고 불러보는 조국아」(1951) 3연

「가고파」에서는 종장 마지막 구를 반복하는 방식으로 고향에 대한 그리움을 전하고, 「성불사의 밤」에서는 성불사의 풍경 소리가 들리는 밤의 고즈넉함을 강조하였으며, 「오륙도」에서는 날씨의 변화, 주취 상태, 보는 각도에 따라 다르게 보이는 오륙도의 모습을 단순하고 담백하게 표현한다. 해방 후에 쓴 「너라고 불러보는 조국아」에서는 조국을 의인화하여 직접적으로 호명하는 방식으로 조국에 대한 애타는 염려를 표출한다. 이처럼 노산은 잃어버린 고향과 자연과 조국에 대한 그리움을 노래하며 인간의 보편적 감성에 호소하였다. 지금이 아닌 과거에 대한 그리움은 식민 침탈 이전의 순수했던 고향에 대한 표상으로, 국토 기행은 민족의 역사와 문화에 대한 탐방의 의미로 나타난다. 이러한 특징은 해방 직후에는 피폐화된 조국에 대한 염려로, 분단 조국에 대한 염려는 반공의식으로 변주된다. 식민지시대에 창작한 시조에는 고향과 과거에 대한 그리움과 퇴행적 감상이 반복되고, 해방 이후에 창작한 시조에는 분단의 상처가 반공 이데올로기로 고착된 점이 아쉽긴 하나, 이러한 요인으로 인해 노산의 시조는 시공을 초월해 현재까지 널리 향유되는 것으로 보인다.

창작 시조에 나타난 이러한 특징은 실제 현실에서 노산이 이순신·김구·신채호 등의 기념사업회 일을 도맡아 하고 현충사를 건립하고 각종 유적비에 글을 쓰는 방식으로, 박정희 대통령과 가까이하며 한글 전용을 건의하고 그의 만가를 쓰는 일에 적극적으로 나서는 방식으로 나타난다. 자연과 국토, 민족과 조국에 대한 염려와 충정이 실제 현실에서 문화와 역사에 영향을 끼치는 방식으로 구체화되고 있다. 이러한 행적으로 인해 노산은 친권력적이라는 비판을 받은 바 있으나, 당대 우리 사회의 문화와 역사에 대한 문제를 해결하기 위해 여러 방면의 문인, 기자, 학자, 정치인들과 교류하며 현실적 힘을 행사했다는 점에서 볼 때는 긍정적으로 이해할 수도 있겠다.

문화와 역사와 민족에 대한 그의 관심은 말·글·얼의 정신으로도 집약되어 나타난다. 노산은 조선어학회 사건(1942. 10. 23)으로 정인섭·이윤재 등의 국어학자들과 함께 검거되어 함경도 홍원경찰서, 함흥형무소, 전라도 광양경찰서에서 복역을 하고 사상범 예비검속(1945. 1)에 걸려 옥고를 치른 바 있다. 이 와중에 「ㄹ자」라는 시조를 창작한다.

평생을 배우고도

미처 다 못 배워

인제사 여기 와서

ㄹ(리을)자를 배웁니다.

ㄹ(리을)자

받침 든 세 글자

자꾸 읽어 봅니다.

제 '말' 지키려다

제 '글' 지키려다

제 '얼' 붙안고

차마 놓지 못하다가

끌려 와

ㄹ(리을)자같이

꼴부리고 앉았소

—홍원 옥중에서 「ㄹ자」

위 시조에서는 감옥에 갇힌 부자유스런 상태에서도, 무릎 꿇고 앉아 있는 몸의 자세에서 연상된 자음 'ㄹ'을 바탕으로 우리의 얼과 말과 글의 소중함을 환기하고 있다. 자음 ㄹ의 형상으로 자신이 처한 잉어의 상태, 조선의 말과 글이 억압되는 시대적 정황을 구체적으로 전한다. 그만큼 노산에게는 우리의 얼을 담지하는 말과 글이 중요했던 것이다. 노산이 조선어학회에 가담하여 우리말과 글의 소중함을 강조했던 것, 우리말과 글을 통해 우리의 얼을 살리기 위해 시조를 창작한 것은 같은 맥락에서 이해할 수 있다. 얼과 말과 글은 시조 양식의 기본을 이룰 뿐만 아니라 제 나라를 구성하는 핵심적 요소라고 생각했기 때문이다. 얼과 말과 글이 없어지면 집단도 흩어지고 집단이 흩어지면 국토도 없어진다는 생각을 바탕으로 노산은 식민지시기 내내 시조를 창작했던 것이다. 따라서 「ㄹ자」는 그의 창작 활동 전체의 시론에 해당하는 작품으로 봐도 무방할 것으로 보인다. 말과 글과 얼에 대한 이러한 사유는 창작 방법론으로도 구체화된다.

> 아득한 바다 위에 갈매기 두엇 날아 돈다
> 너훌너훌 시를 쓴다 모르는 나라 글자다
> 널따란 하늘 복판에 나도 같이 시를 쓴다
> ―「나도 같이 시를 쓴다」

바다 위를 나는 갈매기의 자연스럽고 자유로운 모습에서 시상을 포착한 화자는, 널따란 하늘 복판에 시 한 편을 쓴다. 자연스럽게 자유로움을 지향하는 천의무봉한 시 쓰기를 꿈꾸는 화자의 내면이 「나도 같이 시를 쓴다」에 잘 드러나고 있다. 좋은 시 한 편을 쓰고자 하는 시인의 욕망이 함축적인 시어로 간결하게 표현되어 있다.

Ⅳ 결론

노산 이은상은 근현대시조 창작의 영역에서 독보적인 위치를 차지했을 뿐만 아니라, 시조를 노래로 부르며 일상에서 즐길 수 있도록 하는 데 결정적 기여를 했다. 글로 쓴 시조임에도 말로도 읊조리고 노래로도 부를 수 있게 한 점에서, 여전한 생명을 지닌 문학 양식으로 시조를 창작했다고 볼 수 있다. 또한 노산은 인간의 미묘하고 애틋한 감정을 언어화하는 데 탁월한 능력을 보였다. 인간의 보편적 감정을 간결하고 쉽게 표현하여 공감의 영역을 증폭시키는 데 노산 시조의 결정적 매력이 있다고 볼 수 있다. 고향과 과거, 옛 것에 대한 그리움이 자칫 퇴영적인 정서로 흐를 수도 있으나 인간이라면 누구나 공감할 수 있는 내용이기에 짙은 호소력을 지닌다고 볼 수 있다.

전봉건

무언지 눈이 부신 듯
수줍어만 하는 듯
자꾸 마음이 안 놓이는 듯
바쁘고 그저 바쁜 듯

마치 새옷을
입으려고
다 벗은 색시의
샛말간 살결인 양!

전쟁과 음악과 희망의 시인

/ **정재찬** 한양대학교 교수

1928년 10월 3일, 평안남도 안주, 전봉건은 아버지 전형순全亨淳과 어머니 최성준崔成俊 슬하의 일곱 형제 중 막내로 태어났다. 일제 때는 관리를 지내던 아버지를 따라 도내 이곳저곳을 전전하다 심상소학교와 평양 숭인중학교를 졸업하고, 해방 이듬해인 1946년 여름 청천강에서 배를 타고 황해를 숨어 내려 인천항으로 월남한 그는 경기도 양주군에서 교사 노릇을 하는 한편, 다섯 살 위인 형 전봉래의 영향을 받아 시를 쓰기 시작한다. 그리하여 『문예』지 1950년 1월호에 서정주의 추천을 받아 「원願」과 「사월」이, 5월호에는 김영랑의 추천으로 「축도」가 발표되면서 등단을 완료하게 된다.

> 말끔히 문풍지를 떼어냈습니다.
>
> 언덕 위에 태양을
> 거리낌 없이 번쩍이게 하십시오.
>
> 풋색시의 젖꼭지처럼 부풀은

새싹을 만지게 하십시오.

(…중략…)

꽃향 무르녹은 나무 사이사이에
펄럭펄럭

승리의 깃발처럼 치마폭
휘날리시어

종다리처럼 나의 푸름을
오! 소스라쳐 오르게 하십시오.
—「축도」 부분

맑고 밝은 리리시스트의 면모가 약여히 다가온다. 과연 당대의 상례를 깨고 두 선배 시인으로부터 앞다투어 '축도'를 받을 만하다. 하지만 불행히도 이 축도는 오래가지 않았다. 한 달도 지나지 않아 전쟁이 터진 것이다.

전봉건과 그의 형 전봉래는 미처 피란을 가지 못한 채 석 달 동안을 적치하의 서울 삼선교 셋방 지하에서 숨어 지내야 했다. 월남인인 까닭에 정치보위부의 수색을 피해야 했기 때문이다. 서울이 수복되자 그 길로 형 봉래는 평양으로 향한다. 1·4후퇴 때 다시 남하하지만, 형제는 살아서는 이후 다시 만나지 못한다. 전봉건 역시 군에 징집되어 입대하여, 가평전투에도 참가하고 중동부 전선에 위생병으로 투입되기도 하지만, 중공군의 총공격 때 입은 부상으로 인해 대구, 마산 육군병원을 거쳐 1951년 봄 통영에서 제대한다.

전쟁은 확실히 그의 시를 변하게 했다. 그는 자신의 등단작 「사월」을 전쟁터에 묻고 만다.

0157584
내 군번처럼 연달은 산 산 또 산에
눈은 퍼붓고 마침내 왼통 눈에 뒤덮인 중동부전선
그 깊은 골짜기에 나는 내 시 「사월」을 묻고
(지금은 동아방송국 음악과에서 일하는)
강 이등병이랑 함께 갔다
전사자의 시신을 태우는 연기가
낮게 드리운 겨울 구름과 엉기는 잿빛 하늘 아래를
더러는 히죽거리면서
그러면서 갔다.
—「우리는 갔다」 부분

전사자의 시신을 태우는 연기가 엉기는 곳에서 시는 그 자체로 사치스럽게 여겨졌을지 모른다. 하면서도 그는 시를 쓴다. 그는 시를 버린 것이 아니라 「사월」을 버린 것일 뿐이다. 「사월」은 이런 시였다.

무언지 눈이 부신 듯
수줍어만 하는 듯
자꾸 마음이 안 놓이는 듯
바쁘고 그저 바쁜 듯

마치 새옷을

입으려고

다 벗은 색시의

샛말간 살결인 양!

—「사월」 전문

이제 더 이상 이런 4월을 그는 노래할 수 없게 되었다. "샛말간" 살결을 상실당했기 때문이다. 다음 시 「1954년의 사월은 왔다」를 보라.

샛말가니

물오른 나무, 나뭇가지,

나무 잎사귀.

그러나 내 손은

날개 쳐 날아가지 못한다.

날아가서 날개 접고 앉지 못한다.

지난 봄

중동부전선에서

총 맞은 검붉은 탄흔 감싸쥐고

일그러진 채 단단히 굳어

움직일 줄 모르는

내 오른손

—「1954년의 사월은 왔다」 부분

다시 4월이 왔지만 1954년의 4월은 달랐다. 나무는 여전히 "샛말가니"물이 오르건만, 전쟁터에서 부상을 당해 굳어버린 손가락은 이제 더 이상 '종다리'처럼 날갯짓하며 소스라쳐 오를 수가 없게 된 터이다. 손가락에 입은 상처와 손가락으로 인해 입은 상처들은 그의 삶에 지울 수 없는 흔적을 남긴다. 그렇기에 그의 시편 속에서 '손가락'은 간단없이 등장한다.

> 그러나 혹시 모를 일이다
>
> 오늘 밤 어둠이 가장 깊었을 때
>
> 총알 맞아 죽어 움직이지 않는 내 손의 손가락들이
>
> 오 꿈처럼 그렇게 살아 움직인다면
>
> 비인 포켓 비어서 구겨진 한구석에서
>
> 젖어서 아롱지는 여자와도 같은 별 하나
>
> 그것을 잡을 것인지도 모를 일이다.
>
> —「꿈과 포켓」 부분

시인은 손가락으로 만지고 잡고 먹고, 시를 썼다. 그리고 바로 그 손가락으로 방아쇠를 당겨야 했다. 그러다 이제 그 손가락은 꿈속에서나 움직일 뿐이다. 하지만 그의 본령은 이런 후일담에 있지 아니하다. 그는 종군 시인이 아니라 참전 시인이기 때문이다. 그렇기에 그의 작품은 전후에 발표되었어도 전후문학으로 분류할 수 없다. 그것은 전선문학이요, 전쟁시 그 자체이다. 그는 이렇게 전쟁의 현장을 생중계한다.

100야드 나는 포복하였다.

90야드.

나는 사정을

80야드로

압축시켰다.

65야드.

나는 60야드로

압축시켰다.

나는 저격병의 정조준 위에 놓였다.

나는 마지막 수류탄을 던졌다.

(…중략…)

비둘기의 똥냄새 나는 중동부전선.

나는 유효사거리권 내에 있다.

나는 0157584다 .

—「0157584」 부분

평화의 사도인 비둘기조차 똥 냄새만 풍길 뿐인 중동부 전선. 내가 살려면 적을 죽여야 한다. 허나 내가 살려면 유효사거리권을 벗어나야 하고, 적을 죽이려면 유효사거리권 내로 들어가야 하는 아이러니한 게임. 목숨을 건 최고의 긴장감 속에서 아주 냉정하게 벌어지는 게임이 바로 전쟁이다. 게임이란 점에서 그는 군번 0157584와 같은 한갓 기호로, 도구로 존재할 뿐이다. 마치 디지털 가상현실 게임처럼 캐릭터 0157584가 죽으면 다른 캐릭터 0157585로 대체하면 그뿐인 것이다. 이런 허무 앞에 전쟁은 종종 유희가 되고 만다.

나는 나무를 겨누어본다

꼭대기의 잎사귀를 겨누어본다

그리고 돌멩이를 겨누어본다

그러다 싫어지면 쑥 총구를 높여서

개머리판에 빰을 비비면

하늘이 가늠쇠구멍 속에 들어온다

M1 가늠쇠구멍 속에 하늘이 벌어진다

M1 가늠쇠구멍 속에 하늘이 작다

그 하늘 밑에 내가 있다

나는 하늘을 본다

작은 하늘은 눈에 해롭다

가늠쇠구멍이 흐려진다

나는 장난을 그만둔다

—「장난」 전문

하지만 개인의 편에서 전쟁은 게임이 아니라 실존의 문제다. 나만이 아니라 동료의 생명도, 아니 적군의 생명도. 그렇기에 사실 이 "장난"도 극적 긴장의 다른 이름, 다른 포즈에 불과하다. 그러나 가늠쇠구멍으로 "하늘"이 아니라 사람을 조준할 때면 이야기가 달라지는 법이다.

그는 이렇게 말하였다.

"소새끼가 죽었을 게야……"

헬리콥터가 남으로 기울어져 갔다.

그는 그의 산골짜기가 북으로 7마일가량 남았다고 하였다.

19시 반쯤이었다.

그는 재미나는 추격전에서 웃으며 달리다가

꼬꾸라졌다. 저격이었다.

눈을 감았다.

그는 왼쪽 눈을 감았다.

그리고 오른쪽 눈을 감았다.

—「그리고 오른쪽 눈을 감았다」 부분

왼쪽 눈을 감고 상대방을 조준하며 저격하던 전우, 행여 내가 쏜 총에 적군이, 사람이 죽었을까 하는 걱정에 "소새끼"가 죽었을 거라며 위무하던 전우가, "재미나는 추격전" 끝에 "웃으며 달리다가" 아마도 그 또한 왼쪽 눈을 감았을 적군의 저격으로 인해 끝내 왼쪽 눈만이 아니라 오른쪽마저, 두 눈을 모두 다 감게 된 장면이 이 시에는 그려지고 있다. 이 게임의 구조 속에서 주체는 도무지 무력하기만 하다. 독자도 이내 헛헛해지고 만다. 그것은 이 시에서 구사된 테크닉, 곧 위트와 아이러니 탓임이 분명하다. 경쾌하게 진행되던 동영상이 갑자기 비극적으로 전환되며 멈추는, 그리고 바로 막을 내리는 영화를 보는 듯한 기분이 들게 하는 것이다. 전쟁은 웃다가 눈물이 날 희극이 아니라 눈물 날 정도로 웃기는 비극인 게다.

이처럼 전봉건은 전장의 시인이요, 전쟁의 시인이다. 그러나 전쟁만이 전봉건에게, 전쟁이 전봉건에게만 상흔을 남긴 것은 아니었다. 전쟁은 그의 친형들마저 비극적으로 앗아 가버렸다.

전봉건이 제대하기 이전, 형 봉래는 1·4후퇴 때 이미 부산으로 내려가서 지냈다. 전봉래는 일본 동경의 '아테네 프랑세'에서 불문학을 공부하고 건너와 시를 쓰기 시작한 시인으로, 동생 봉건마저 시의 길로 이끈 감수성

예민한 위인이다. 그래서일까. 전쟁의 상처가 더 깊었던 쪽도 형 봉래였는지 모른다. 전쟁 통의 피난지 부산에서 그는 스물일곱을 일기로 생을 마친다. 음독자살이었다.

나는 페노바르비탈을 먹었다. 30초가 되었다. 아무렇지도 않다. 2분 3분이 지났다. 아무렇지도 않은 것 같다. 10분이 지났다. 눈시울이 무거워진다. 찬란한 이 세기 이 세상을 떠나고 싶지는 않았소. 그러나 다만 정확하고 청백히 살기 위하여 미소로써 죽음을 맞으리라. 바흐의 음악이 흐르고 있소. 그리운 사람들에게 2월 16일.

피난민으로 들끓던 부산, 김동리의 소설 「밀다원시대」에서 보듯, 예술인들은 하릴없이 다방에 모여 앉아 하루하루를 보냈다. 그 가운데서도 남포동 구둣방 골목에 있던 '스타다방'은 문인들이 가장 자주 드나들던 곳. 그 한구석에 눌러앉아 전봉래는 치사량의 신경안정제를 삼킨 채 바흐의 〈브란덴부르크 협주곡〉을 들으며 죽음의 순간을 이렇게 유서처럼 남겼던 것이다. 자살의 이유는 간명했다. 찬란한 20세기를, 다만 정확하고 청백하게 살기 위한 선택이었던 것. 비틀거리며 그는 다방을 나섰다. 다음 날 그의 시신이 발견된 곳은 광복동 국제시장의 뒤안길. 이윽고 군에서 제대한 봉건이 부산에 도착한다.

그 뒤 나는 군에 입대, 부상을 하고 통영서 제대를 하자 곧바로 부산으로 향했다. 행방을 알 수 없는 가족들을 수소문하기 위해서였다. 그런데 내가 부산에서 들은 첫 소식은 불란서 문학을 전공하던 형님(전봉래)의 자살이었다. 장소는 남포동의 지하 다방 스타였다. 형님이 치사량의 페노발비탈을 먹고 '바하'

를 들으면서 눈을 감았다는 바로 그 자리에 잠시 앉았다가 돌아 나가는데 카운터에 쌓인 몇 권의 레코드북이 눈에 띄었다. 맨 윗것을 들쳐보니 '바하'의 BURANDENBURG였다. 카운터의 아가씨는 레코드의 주인이 단골손님이라고 일러주었다. 알고 보니 그 단골은 김종삼이었다. 형님은 벗이 아끼는 판(바하)을 틀어놓고서 저승으로 간 것이었다.(전봉건, 「피난살이 시름 잊게 한 김종삼」, 〈동아일보〉, 1984. 3. 21.)

비극은 거기서 끝나지 않았다. 방송국 기술직원이었던 그의 또 다른 형 전근영. 북에서 내려온 옛 친구를 무심코 자신의 집에 재워주었다가 반공법상 간첩방조죄라는 죄목으로 사형 언도를 받고, 형장의 이슬로 그만 사라지고 만 것이다. 전봉건과 가까웠던 문인들은 형들의 비극을 겪은 뒤로 그의 성격이 많이 변했다고들 말한다. 본래 명랑한 편이었으나 점차 과묵해지고 때로는 까다로운 면모를 보이기도 했다는 것이다.

형 봉래의 죽음 이후, 전봉건은 대구의 음악다방 '르네상스'에서 기식할 기회를 얻는다. 1987년 문을 닫아 지금은 사라진 서울 무교동의 명물, 아니 정확하게 말하면 종로1가 옛 신신백화점에서 광화문사거리 쪽 가는 길의 영안빌딩 4층에 자리한 '르네상스'의 전신이 바로 그곳이다. 원래의 '르네상스'는 전쟁이 한창이던 1951년 가을, 호남 갑부의 아들로 알려진 박용찬이 피란길에 레코드만 두 대의 트럭에 싣고 내려가 대구 향촌동에서 문을 열었던 것. 전쟁 통 대구의 '르네상스' 턴테이블에 처음 올린 음반은 바흐의 〈마태 수난곡〉이라 알려지고 있거니와, 전봉건은 황운헌과 함께 '르네상스'의 레코드를 정리한 인연으로 이 다실의 디제이를 맡은 동시에 아예 그곳에서 기거까지 했다. 담배 한 갑과 세 끼 식사를 일급으로 삼아 밤에는 홀의 의자를 붙여놓고 그 위에서 잠을 청했다는 것. 훗날 〈조선일보〉

논설위원을 지낸 이규태도 이곳에서 디제이를 맡았다.

사실 이 세대들에게 클래식은 낯선 것이 아니었다. 전쟁 이전, 서울 명동의 '오아시스', '돌체', 그리고 서대문의 '자연장'이 이미 유명한 클래식 홀로 자리를 잡고 있었다. 예총 회장을 지내기도 한 첼리스트 전봉초를 사촌 형으로 둔 전봉래·전봉건 형제가 '자연장'의 단골손님이라면, '돌체'는 김종삼의 단골집이었다. 이들은 서구 예술의 혼혈아들이었다. 낭만주의는 음악을, 모더니즘은 회화를 취한다는 구도가 적어도 이들에게는 성립하지 않는다. 오히려 그는 당대 모더니스트들의 집합체인 '후반기' 동인에 대해 "시에서 음과 개념을 쫓아내고 주로 이마쥬에만 의존"한다며 비판하기까지 하지 않았던가. 그리하여 1957년 김종삼·김광림과 펴낸 3인시집이 바로 『전쟁과 음악과 희망』이다.

전봉래, 전봉건, 그리고 김종삼과 김광림, 대관절 이들에게 음악이란 무엇이었던가? 왜 그것이 전쟁과 희망 사이에 있다는 말인가? 아니, 전쟁이라는 현실 앞에서 음악이라는 것이 가당키나 한 일인가? 앞에서 본 바 있는 「1954년의 사월은 왔다」를 상기해보라. 거기서 그는 부상으로 굳어버린 손가락을 눈앞에 두고 망연자실했다. 그런 상태에서 음악이 무슨 의미를 지니는가. 그 시의 뒷부분은 이렇게 이어진다.

> 오늘
>
> 분수가 모차르트처럼 눈부신 로터리 건너
>
> 빨간 포스트가 서 있는 언저리에서
>
> 나비 같은 처녀는 하얀 노트를
>
> 악보처럼 든 여대생.

사회사업과에 다녀요. 아 그것은 베토벤의 9번이죠. "코러스"! 우리말론 "환희"랍니다. 이렇게 시작되어요.

"……조물주의 봄비 내려

새싹 돋아."

젖빛 무늬 아롱지는 미소가

바하의 아르페지오 같은 입 언저리

그리고 목덜미.

—「1954년의 사월은 왔다」 부분

이러한 병치가 노리고 있는 것은 시적 긴장과 아이러니, 이를 통한 현실의 개진 쪽에 있다. "분수"는 "모차르트"처럼 눈부시고, "사회사업과"는 베토벤의 9번 교향곡 〈환희〉에, 여대생의 "입 언저리"는 "바하의 아르페지오"에 비유되지만 전후의 비극적 사회 상황을 감안하면 이 아름다움은 현실의 부조리를 강화할 뿐이다.

알다시피 베토벤 교향곡 9번, 이른바 〈합창 교향곡〉은 「환희에 부침」이라는 실러의 송가 구절을 가사로 쓰고 있다. 프랑스혁명 직전인 1785년, 독일의 봉건적 정치 형태와 전제적인 군주제 때문에 괴로워하고 있던 당시 26세의 청년 실러는 이 시를 통해 인류애와 인간 해방의 이상을 소리 높여 노래했다. 그래서일까, 해마다 세모가 다가오면 〈환희의 송가〉는 인류의 평화와 사랑을 기원하는 곡으로 전 세계에 울려 퍼지곤 한다. 뿐이랴, 아우슈비츠에서 가스실로 향하는 길, 이름하여 '천국으로 가는 길'을 줄지어 걸어갈 때 유대인들이 부르던 노래도 바로 〈환희의 송가〉였다. "환희여, 아름다운 주의 빛이여, 우리는 그대의 성소로 들어가리. 그대의 날개가 머무는 곳에서 모든 사람들은 형제가 되리." 하지만 기억해둘 일이 있다. 아우슈비츠의 독일 군인들도 함께 그 노래를 불렀던 것이다. 모든 사람이 형제가 되는 세상을 게르만 민족이 이룩할 것을 다짐하며 말이다. 이런 것이 아이러니가 아니고 무엇이랴.

그런 의미에서 음악은 잔인하고 냉정하다. 음악은 음악일 뿐이다. 아우슈비츠의 독일군 막사에도, 가스실에도 흘러나오는 것이 위대한 클래식 아니던가. 마찬가지로, 피비린내 나는 한국 전선, 거기에서는 주말을 가리지 않고 숨 가쁘게 육박전이 계속되는데, 같은 하늘 서구의 한 과자점에서는 그 뉴스를 마치기가 무섭게 토요일 주말다운 경음악이 라디오에서 흘러나오는 것이다.

> "뉴스를 말씀드리겠습니다." 에트왈 씨는 과자점 창유리를 들여다본다. "먼 한국 전선戰線……" 즐비한 여러 색깔의 과자들이 에트왈 씨에게는 꽃밭처럼 보인다. "……숨 가쁜 피의 능선, 단장의 능선에서는 아직도 촌토寸土를 다투는 육박전이 계속되고 있으며……" 과자점 시계는 네 시를 세 번 친다. (…중략…)
>
> 방금 스피커의 고장을 뜯어고친 전신기구점電信機具店에서 다시 뉴스가 에트왈 씨를 붙잡는다. "……어떤 종군 신부 한 사람은 사단 CP에서 오늘의 전황을 한마디로 요약해 '이렇게 바빠본 적은 일찍이 없었다'라고 말했다 합니다. 뉴스를 마치겠습니다. 지금 시각은 세 시 오십 분입니다. 내일은 일요일입니다. 경음악을 보내드리겠습니다."
>
> —「어느 토요일」 부분

하지만 비난의 화살이 음악을 향하는 것은 물론 아니다. 음악을 음악답게 존재하지 못하게 하는 현실이 비극의 원천인 것이다. 역시 그에게 음악이란 전쟁의 폐허와 상실을 견디게 해 주는 위안의 존재이자 그 자체가 중요한 시적 방법론이 된다. 그가 남긴 「음악」이란 시가 바로 그렇다.

너는 말오양간 냄새가 나는
예수 그리스도의 머리에서 빛난 둥근 빛무리
그것과 같다.
(…중략…)

…… 음악이여.

너는 전장을 포복하는 군단의 불면이 겹 쌓여
탄피와 같이 굳어진 나의 눈시울 그 속에도 살았다.
그리하여 마침내 총알 맞아 쓰러졌던 내가
다시 깃발처럼 일어서면서 눈 저리게 똑똑히 보았느니
그것은 머리에서 별빛 냄새가 나는 처녀의
둥근 빛무리 같은 알몸이었다.
—「음악」 부분

이처럼 전봉건에게 음악은 예수 그리스도의 후광과 같은 구원救援이며, 총알 맞아 쓰러졌다 다시 일어나는 부활復活의 순간에 바라본 처녀의 알몸과도 같은 구원久遠의 여인으로 정의된다. 음악과의 교감은 황홀경을 낳는다. 마치 연인이 사랑을 나누듯이 말이다. 음악과 이미지가 행복한 결합을 이룬 그의 대표 시 「피아노」가 바로 그러하다.

피아노에 앉은
여자의 두 손에서는
끊임없이
열 마리씩
스무 마리씩
신선한 물고기가
튀는 빛의 꼬리를 물고
쏟아진다.

나는 바다로 가서
가장 신나게 시퍼런
파도의 칼날 하나를
집어들었다.
—「피아노」

물론 이 시는 전쟁이 한참 지난 후대에 발표된 작품이지만, 전쟁과 음악, 전쟁과 피아노, 이런 병치를 바라보노라면, 로만 폴란스키 감독의 영화 〈피아니스트〉가 떠오른다. 〈피아니스트〉는 제2차 세계대전 중 홀로코스트를 피해 기적적으로 살아남은 유대인 피아니스트 블라디슬로프 스필만의 자서전을 영화화한 것이다. 피아노 연주는커녕 난방도 안 되고 먹을 거라곤 먼지 가득한 통조림 몇 개뿐인 폐허 속에서 하루하루를 견뎌나가던 피아니스트 스필만. 그러던 어느 날 그만 독일군 장교에게 발각되고 만다. 자신을 피아니스트라고, 아니 피아니스트였다고 고백하는 스필만에게 그는 피아노 연주를 명한다. 스필만은 목숨을 걸고 굳어버린 손끝에 혼신의 힘을 실어 생애 마지막이 될지도 모를 연주를 시작한다. 그리고 그 덕에 생명을 유지하게 된다. 아마도 그 독일군 장교가 느낀 것이 바로 저 시와 같은 교감이 아니었을까. 스필만의 손가락에서 물고기가 쏟아지매 그로서 할 일은 그 물고기를 나눌 회칼을 구해 오는 일이 아니었을까 말이다. 그것은 연주자와 감상자, 여자와 남자, 아니 박해자와 피해자, 아군과 적군의 경계를 훌쩍 뛰어넘는 경이와 감동이 아니었을까. 약간의 윤색과 와전이 포함되었겠으되, 6·25전란에서도 〈쑥대머리〉를 불러 화를 면했다 전해지는 임방울이나, 〈가고파〉의 작곡가라는 이유로 사선을 넘은 김동진이 그런 사례가 아니었을까.

그래서 그는 다시 희망을 노래할 수가 있게 된다. 전쟁터에서도 희망은 있다. 하지만 이번에도 그의 시에 감상은 허용되지 않는다. 슬픔과 비극의 과장만이 아니라 희망을 강요하거나 과장하는 것, 그 역시 억지란 점에서 피해야 할 감상에 지나지 않는다. 그가 가장 경계하는 것은 거짓이다. 희망의 가장보다 정직한 절망이 그에게는 어울린다.

> 전쟁의 마당에도 꽃은 핀다. 그런데 어떤 시인은 말하기를, 그 꽃 색깔은 불에 탄 살 색깔이나 땅을 적신 핏빛이라고 한다. 나는 그러한 입장과 많이 다르다. 전쟁의 마당에 피는 꽃의 색깔도 내게는 그것들이 생래로 지닌 분홍빛이거나 노랑빛이거나 흰빛이거나 그러하다. 내 경우는 그렇게 말하는 것이 정직함이요, 그것이 진정한 시인 것이다.
>
> —서문, 『새들에게』(1983)

이제 그는 꽃을 노래한다. 핏빛 꽃이 아니라 분홍빛, 흰빛 꽃을 노래한다. 이념이 아니라 사실이기 때문이다. 전쟁시인인 그 자신이 전장에서 직접 눈으로 확인한 것 그대로. 그렇기에 더욱 믿을 만하다.

> 장미는 나에게도
> 피었느냐고 당신의 편지가 왔을 때
> 오월…… 나는 보았다.
> 탄피에 이슬이 아롱지었다.
>
> 그리고 태양은 빛나고
> 흙은 헤치었다.
>
> 무수한 자국
> 무수한 군화 자국을 헤치며 흙은
> 녹색을 새 수목과 꽃과 새 들의 녹색을 키우고
> 그 가장자리엔 흰 구름이 비꼈다.
> 구름이……
>
> —「장미의 의미」 부분

전쟁과 장미, 그것은 아마 상상일지도 모른다. 하지만 무수한 군화 자국에도 녹색은 녹색을 키우고 있었다는 것, 그것은 아마도 사실일 것이다. 총칼 앞에서의 장미가 상상으로는 잘 떠오르지 않는 반면, 오히려 실재하기가 더 쉬운 일일 수 있기 때문이다.

전봉건, 그는 정직한 시인이었다. 그런 그를 가리켜 김수영은 "양심이 없는 기술만을 구사하는 시를 주지적이고 현대적인 시라고 생각"한다고 비판했다. 그러자 이에 대해 전봉건은 김수영의 글을 조목조목 짚어가면서 "과잉되게 감정적이고 비논리적이고 저돌적이고 황당무계"하다고 반박했다. 1960년대 중반 전봉건과 김수영이 한판 논쟁을 벌이게 된 것이다. 흔히 '사기詐欺 논쟁'으로 불리는 이 논쟁에서 그가 김수영을 비판하는 핵심은 참여시로서의 김수영 시가 실제로는 대중과 괴리되어 있다는 아이러니에 있다. 그래서 그는 이렇게 주장한다. "이제 참여를 생각하고 참여를 부르짖어 온 대부분의 사람들은 새로운 눈을 뜰 필요가 있다고 나는 생각한다. 아무리 참여의 시라고 해서 테마가 앞설 수는 없다는 일에 대해서, 테마와 작품이 똑같이 중요하게 다루어지는 데서 훌륭한 참여의 '시'는 탄생한다는 사실에 대해서, 참여의 시도 어디까지나 시라는 사실에 대해서, 시 없이 '참여의 시'가 이뤄질 수 없다는 이 너무나도 상식적인 일에 대해서." 두 시인 모두 정직을 강조한 것은 물론, 훗날 김수영이야말로 참여시든 무슨 시든 시인이라면 모름지기 시다운 시를 먼저 써야 할 일이라고 역설한 것을 보면, 확실히 이 논쟁의 소통에는 커다란 문제가 있어 보인다.

물론 그가 시인으로만 산 것은 아니었다. 시인으로 생계를 유지하기란 예나 지금이나 불가능한 일이었다. 일찍부터 전봉건은 잡지계에 발을 들여놓았다. 1953년 환도와 더불어 '희망사'라는 출판사에 기자로 취직한 것을 시작으로, '신세계', '삼중당', '태평양화장품', '여상' 등 여러 군데를 전전했다. 한군데 오래 머물지 못하던 실리주의적 성격의 소유자인 그는 이곳저곳의 잡지 편집장을 두루 거치면서 대중잡지 편집에 나름대로 일가견을 갖게 되었다. 초창기에 그가 만든 잡지는 『부부』, 『홍미』, 『아리랑』 등 주로 흥행을 목적으로 하는 잡지들이었는데 이로 인해 한때는 잡지사들의 스카우트 대상이 되기도 했다고 한다. 하지만 『부부』 같은 잡지는 국회에서 박순천 여사가 문제를 제기할 정도로 선정성이 짙어 판매 금지 조치가 내려지고 서점에서 압수 소동이 벌어지며 전봉건 자신 또한 경찰에 체포

되는 등 상당한 곤욕을 치러야만 했다.

그래도 이때의 경험을 토대로 『현대시』와 『문학춘추』의 편집책임을 맡게 되고, 드디어 1969년 그의 분신이라고 할 수 있는 월간 시 전문지 『현대시학』을 창간하기에 이른다. 하지만 시 잡지란 것이 경영난을 피하기는 힘든 법이다. 정부로부터 원고료 지원 혜택을 받음에도 불구하고 원고료를 지급하지 못해 몇몇 문인과는 불화가 생겼고 또 몇몇 문인은 청탁을 받아도 글을 쓰지 않았다고 전해진다. 별반 경제적 능력도 없는 그로서는 매달 발간을 지켜나가기도 힘들었다. 게다가 당뇨를 앓았다. 당뇨는 그가 세상을 하직하기까지 끈질기게 괴롭힌 평생의 고질병이었다. 180cm의 훤칠한 키를 자랑했지만, 오랜 세월 투병 생활을 하면서 직장 이외에는 출입도 삼가고, 오직 수석 줍기에만 빠져 시인 박두진·김정우와 함께 주일마다 강가를 헤매 다녔다고 한다.

다채로운 이력에도 불구하고, 그러나 전봉건은 역시 일곱 권의 시집과 여섯 권의 시선집, 다섯 권의 산문집과 한 권의 시론집을 발간한 시인으로 기억되어야 옳다. 하지만 그의 업적에 비해 아직까지 그에 대한 평가는 인색한 편이다.

앞에서 본 것처럼 그의 전쟁시는 감상感傷을 드러내지 않는다. 그는 비극적 대상에 대한 공감이나 동조, 동화 따위를 강요하지 않는 것처럼 보인다. 그렇다고 해서 대상에 대한 냉정한 거리를 지닌 채 관찰만 하도록 요구하는 관념적 비정함을 취하지도 않는다. 그의 시가 취하고 있는 모던한 의장의 기저에는 늘 휴머니즘의 정서가 깔려 있기 때문이다.

그 점은 당대의 평론가들이 이미 간파해낸 바 있다. 가령 이어령은 전봉건을 일컬어 기교와 현실을 모두 고려하는 시인이라 하였고, 김춘수 또한 "훌륭한 테크니샹이다. 후반기 동인들과 통하는 데가 있으나 전봉건 씨의 시는 현실에 보다 밀착돼 있다. 어느 쪽인가 하면, 후반기 동인들은 심미의식이 보다 강하다고 하면 전봉건 씨는 심미의식도 강하기는 하나 휴머니스틱한 인생론에서도 강렬한 것 같다"라고 지적했다.

하지만 과장되기 일쑤인 전쟁 체험을 이토록 드라이하게 처리하기가 쉽지는 않은 것이다. 사실 웬만큼 감상적感傷的이라 해도 비난받지 않을 법한 것이 전쟁시 아니던가. 더구나 그의 시는 전장에서 직접 겪은 생체험에 바탕을 둔 것이 아니던가. 그러나 전쟁을 다룬 많은 시인들의 작품이 적잖이 감상感傷에 호소하고 있음에도 불구하고, 정작 그의 시는 대상과의 거리 제어를 놓치지 않는다. 전쟁 그 자체가 이미 사태에 대한 과도한 반응이거늘 굳이 더 감정의 과잉을 쏟아부을 이유가 없다고 판단하였을지 모른다.

그런 면에서 그는 모더니스트로서의 예술적 성취에 성공한 시인으로 봄 직하다. 아닌 게 아니라 전봉건은 50년대 시인 가운데 확실히 과소평가된 시인의 하나라 할 만하다. 김수영·김춘수·김종삼의 삼각형 구도에 전봉건을 추가하여 사각형 구도로 50년대 모더니즘의 지형도를 구상하려는 남진우의 시도는 그런 점에서 의의를 인정할 만하다.

다만 모더니스트 예술가로서의 이러한 성취는 그만큼 자연인으로서의 전봉건 자신의 감정과 정서 표출에는 솔직하지 못했다는 뜻이 될 수도 있다. 말하자면 정신적 외상을 안겨준 시적 대상과의 거리 조절이 상처를 치유하고 극복한 자리에서 얻어진 것이 아니라, 모더니스트 시인으로서 요구된 바에 충실한 결과였을 따름이라 한다면, 그의 전쟁시가 사회적 병증을 치유해주는 훌륭한 말문 트기였을지는 몰라도 정작 전봉건 개인에게는 이런 방식의 말문 트기가 치유에 효과적이지 않을 수 있다는 뜻이다.

그래서일까? 전쟁이 끝나도 그의 전쟁시는 그칠 줄을 몰랐다. 이승훈에 따르면 전봉건은 "6·25의 정신적 상흔들을 누구보다도 가장 아름답고 지속적으로 노래한 시인"이다. 가장 아름다운지는 모르겠으나 그만큼 6·25의 정신적 상흔을 지속적으로 노래한 사람은 확실히 없다. 실제로 그는 1950년대에만 전쟁시를 쓴 것이 아니다. 60년대 이후에도 전쟁 소재 작품을 산발적으로 발표하였을 뿐만 아니라, 남북 이산가족 찾기가 한창이던 1980년대부터는 집중적으로 6·25 연작시를 발표하였은즉, 1988년 타계하기 전에 게재한 마지막 작품도 6·25 연작시였던 것이다. 6·25에 관한한 그만큼 그는 강박적이었다.

미완으로 끝난 그의 6·25 연작시는 전쟁의 비극적 체험을 민족사적 차원에서 형상화하려는 의도에서 기획된 것이었다. 그러나 이미 그 시대는 전후 한 세대가 지난 1980년대의 중반이었다. 또한 전쟁의 비극을 형상화하는 데에는 소설만이 아니라 영화 같은 매체가 더 제격인 시기이기도 했다. 여기서 그는 매우 단순하고도 과격한 시도를 행한다. 그가 택한 방법론은 반복이었다. 우아한 반복과 변조가 아니라 지겹도록 단순한 반복과 변조인 것이다.

> 종을 / 치다가 / 죽었다. // 무릎을 / 꿇다가 / 죽었다. // 구겨진 / 성경책을 펼치다가 / 죽었다. // 십자를 / 긋다가 / 죽었다. // 아멘 / 그 소리를 내다가 / 죽었다. // 어린 아이들 / 성당 안마당에서 / 나비처럼 놀다가 // 나비처럼 / 폴폴폴 / 뛰놀다가 죽었다. // 그렇게들 죽었다. / 죽음 밖의 죽음을 / 모두들 죽었다. (연작시 27편)

> 물꼬를 / 트다가 / 죽었다. // 삼태기에 / 거름 가득 / 메고 가다가 / 죽었다. // 쏘가리 덥석 문 / 낚싯줄 걷어 올리다가 / 죽었다. // 눈 맞아 / 풀냄새 깊은 풀숲에 뒹굴다가 / 죽었다. // 진한 풀냄새 물씬거리는 풀숲에 / 희멀건 두 마리 물고기처럼 / 퉁기다가 죽었다. (연작시 28편)

밝구나 / 그렇게 말하다가 / 죽었다. // 맑구나 / 그렇게 말하다가 / 죽었다. // 따뜻하구나 / 그렇게 말하다가 / 죽었다. // 오 구름 / 떠도는 솜털구름 / 그렇게 말하다가 / 죽었다. // 참 / 오늘은 일요일이구나 / 그렇게 말하다가 / 죽었다. // 다시 / 오 떠도는 솜털구름 / 그렇게 말하다가 / 죽었다. // 보고 싶구나 / 그렇게 말하다가 / 죽었다. // 못 잊구말구 / 그렇게 말하다가 / 죽었다. // 사랑하구말구 / 그렇게 말하다가 / 죽었다. // 모두 그렇게들 죽었다. / 죽음 밖의 죽음을 죽었다. / 모두 죽었다. (연작시 29편)

이 무수한, 노골적인 반복이 의도하는 것은 무엇일까? 일단 이러한 자가발전은 개별 시편의 작품성보다 연작 전편의 의의를 추구하겠다는 의식이 작용한 것으로 읽힌다. 하지만 그보다 더 중요한 것은 앞서의 전쟁시가 보였던, 보여주기로 일관한 모더니즘 시가 갖는 정서적 취약성을 이 반복을 통한 강조가 극복할 수 있는 가능성이라고 본다.

젊은 모더니스트 시인을 지나 환갑을 눈앞에 둔 시인이 선택한 방법론은 그저 반복만 하는 것이었다. 반복만 할 뿐이니 여기에도 감상은 끼어들 자리가 없다. 그런 점에서 그는 여전히 모던하다. 하지만 반복에 반복을 거듭하면 비극성이 심화되기에 이른다. 어쩌면 영탄조의 분노보다 이 반복의 메아리가 더 위력적일지 모른다. 전쟁이란 딴 게 아니다. 이토록 많은 사람을 아무 이유 없이 죽어 나가게 했다는 것이다. 연작시에서 보듯 전쟁 통에는 이렇게 저렇게 정말 많은 사람이 죽었다. 그것을 드러내는 데 반복처럼 효과적인 것은 없다. 실제로 이 연작시 속에는 전에 뵈지 않던 시체와 피비린내가 반복에 반복을 거듭하여 산처럼 즐비하니, 이 비극을 증언하는 데 반복 외에 더 이상의 기교는 오히려 사치스럽게 여겨질 수 있지 않을까 싶을 정도이다.

하여 시인은 아주 단순한 방법론으로 한 편 한 편을, 마치 헝겊 쪼가리로 조각보를 깁고 기워 커다란 걸개그림을 만들듯이 꾸며나갔던 듯하다. 이것은 물론 어느 정도의 미학상 손해를 감수한 선택임이 분명하다. 그 대신 그는 감상에 빠지지 않고서도 지난 기억들, 상처들을 하나하나 다 토해낼 수 있게 되었다. 그렇기에 개인의 상처와 사회의 병증을 치유하기 위해 시인은 죽을 때까지 이 시들을 썼던 것이 아니겠는가.

마치 운명처럼, 유언처럼 전봉건은 이 시들을 쓰다가 죽었다. 1988년 6월 13일, 환갑을 불과 두어 달 앞둔 날이었다. 절친한 시인 김광림은 조시弔詩에서 "50년대 현대시의 기수 / 전봉건이 갔습니다 / 6·25 38주년을 열사흘 앞두고 / 눈을 감았습니다 / 남북의 전란으로 피멍이 들고 / 폐허가 된 가슴입니다 / 실향의 아픔으로 병난 사람입니다 / (…중략…) / 50년대 폐병廢兵 시인 전봉건이 갔습니다"라 하였거니와, 피멍이 들고 폐허가 된 가슴, 실향의 아픔으로 병난 시인을 평생 달래줄 수 있었던 것은, 그래도 전쟁과 음악과 희망을 노래하는 일뿐이었던 것이다.

조태일

안간힘을 쓰며
찌푸린 하늘을
요동치는 우주를
떠받치고 있는
저 쬐그만 것들

작아서 작아서
늘 아름다운 것들,

밑에서 밑에서
늘 서러운 것들.

램프이면서 불꽃이었던 시인

/정정순 영남대학교 교수

I 시와 삶이 일치한 윤리적 시인

"신문에 기사 좀 나고 사진 좀 나는 것 별것 아니다. 10년, 20년이 지나도 단 몇 편의 시를 찾는 사람이 있으면 그것이 제일"[1]이라고 생각했던 조태일 시인. 그는 그가 바라는 대로 많은 사람들이 그의 '몇 편의 시'를 기억하는, '제일'인 삶을 산 시인으로 그의 이름을 남겼다.

나의 경우 그 '몇 편의 시'로 국어 교과서에 실린 「국토」라는 시를 우선 떠올리게 되고, 그리고 대학교 때 접했던 잊히지 않는 제목의 시 「식칼론」을 그 옆에 나란히 두게 된다. 이 시인의 시를 접해보지 않은 독자들일지라도 이 두 편의 시 제목(사실은 두 권의 시집 제목이기도 하다[2])에서 풍기는

1) 김정환, 「32년 전에-조태일 시집 식칼론」, 『시네21』, 한겨레신문사, 2002, p.136.

2) 첫 시집은 『아침선박』으로 1965년 간행되었다. 『식칼론』(1970)과 『국토』(1975)는 각각 두 번째와 세 번째 시집에 해당한다. 1980년대에는 『가거도』(1983)와 『자유가 시인더러』(1987)라는 2권의 시집을 문단에 상자한다.

선명한 어떤 지향성 혹은 경향성 같은 것을 쉽게 간파해낼 수 있을 것이다. 현실 반영적인, 혹은 현실 참여적인 어떤 단호한 의지와도 같은 목소리가 시 제목을 뚫고 나올 것 같은 느낌.

그는 '서정시를 쓰기 힘든 시대'를 그의 시와 몸으로 우직하게, 그러나 치열하게 관통하며 살았고, 그래서 그는 드물게 윤리적인 시인들 중의 한 사람으로 기억됨직하다. 특정한 '사건' 속에서 '진리'를 체험한 '주체'가 그 진리에 대한 책무감fidelity을 고수할 때 그것이야말로 윤리적인 태도[3]라는 점을 인정할 때, 그러한 흔들림 없는 완강한 태도 같은 것을 우리는 그의 시와 삶에서 확인할 수 있다.

브레히트의 「서정시를 쓰기 힘든 시대」라는 창으로 그를 들여다보면 그의 모습이 좀 더 선명하게 보일 듯하다.[4]

나의 시에 운을 맞춘다면 그것은
내게 거의 오만처럼 생각된다.
꽃 피는 사과나무에 대한 감동과
엉터리 화가에 대한 경악이
나의 가슴속에서 다투고 있다.
그러나 바로 두 번째 것이
나로 하여금 시를 쓰게 한다.
—「서정시를 쓰기 힘든 시대」 부분

3) 알랭 바디우, 『윤리학』, 이종영 역, 동문선, 2001.

4) 유종호도 이 시를 통해 조태일 시인의 시적 실천을 언급한 바 있다. 유종호, 「소소한 것에 대한 경의」, 『혼자 타오르고 있었네』, 창작과비평사, 1999, p.109.

본격적으로 시를 쓰기 시작한 1963년 이후부터의 군부독재 치하의 '서정시를 쓰기 힘든 시대'에 "꽃 피는 사과나무에 대한 감동"을 읊고, 또 "운을 맞"추기 위해 애를 쓴다는 것은 조태일 시인에게는 생래적으로 맞지 않았던 일인 듯하다. 미학적 탐구를 향한 예술가로서의 자의식보다, "엉터리 화가"에 대한 분노를 바탕으로 "아직 오지 않은 미래를 끌어다 놓"(「식칼론 4」, 『식칼론』)기 위한 실천가로서의 투기投已적 집념이 시인으로서의 그의 삶을 추동하는 동력이 되었음은 그의 시 작품들 곳곳에서 쉽게 확인이 된다. 그가 시인으로서 대중적 인기를 누렸던 시기가 참여시 성향의 작품들로 문단의 주목을 받았던 1970~1980년대라는 점을 떠올려 보아도 그러하다.

> 도대체 시가 무엇이길래
> 목숨 걸고 자기를 주장하는가
> 속으로 차오르는 말을 풀어놓는가
>
> 시보다 더 자유로운 세계를 찾아서
> 나는 시를 썼던가. 쓸 것인가
> —「詩를 생각하며」 부분

미학을 외면한 관념은 하지만 그 관념대로 열정을 품은 램프였다. 조태일 시인의 램프는 폭력적이고 위악적인 현실을 그대로 비추어 재현하기보다는, "아직 오지 않은 미래"를 향해 나아가기 위해 선두에 선 횃불과도 같은 램프였다. 진정성 있는 육성으로, 자신의 몸을 돌보지 않고 치열하게 자신을 던져 선두에 섰다.

Ⅱ 램프 : 책임 있는 시, 쉬운 시

1941년 전라도 곡성에서 태어난 시인은 대학 2학년이던 1963년 가을 무렵에 쓴 시, 「아침선박」이 〈경향신문〉 신춘문예에 당선하면서 등단하게 된다. 13연으로 된 긴 시의 마지막 두 연만 제시하면 다음과 같다.

아침 인사를 받으면서 물러앉은 山
아침 인사를 받으면서 오후가 되더라도 피로하지 않을
하이얗게 움직이는 선박이 있다.

우리 젊은 우울한 선장에겐 무엇을 바칠까?
우리의 모국어를
우리의 손으로 만들어진 나침반을
우리의 눈에 맞는 색깔의 저 지평을 향해
펄럭일
旗를 바쳐야 한다.

이 시에서 우리는 그의 미래의 시들을 예견할 수 있게 하는 징후 같은 것을 발견할 수 있다. 다른 누군가가 이 시를 썼다면 20대를 전후한 문청文靑의 치기로도 읽힐 수 있었을 것이지만, 조태일 시인의 시이기 때문에 이 시는 암울한 시대 현실에 맞선(혹은 맞설) 패기와 의지가 진정성 있는 무게감을 갖고 독자에게 울린다. 시인은 이 시를 쓴 배경에 대해 다음과 같이 언급하고 있다.

4·19에 참가했기 때문에 도저히 5·16쿠데타를 인정할 수가 없었다. 이 5·16에 대한 부정은 꿈속에서까지 이어졌다. 꿈결마다 가끔 나타나는 검은 안경을 낀 작달만한 그 사람, 그 사람 곁의 또 자그마한 사람들은 내 꿈자리를 수시로 설쳐댔다. (…중략…) 이 꿈속의 괴이하고 안타깝고 불안한 체험을 토대로 꽤 길게 「아침 선박」을 썼다.[5)]

1965년 첫 시집 『아침선박』을 선명문화사에서 출판하였는데, 당시 경희대 스승이었던 조병화 시인은 이 시집의 서문에서 그의 시를 "서정의 유역이라기보다 사색의 유역"을 흐르고 있는 "영혼의 개울"이라 평한 바 있다. '서정'이 아닌 '사색'에 몰두하였다는 것은 조태일 시인이 개인보다는 사회에, 시적 외형보다는 그것에 담길 관념에, 그래서 궁극적으로는 시라기보다는 실천에 더 무게중심을 두었던 그의 시력詩歷을 어느 정도 예언한 대목이 아닐까 싶다.

좋은 시는 순수, 참여의 어느 쪽으로 치우치는 것이 아니고 좋은 시일 뿐이다. 그러므로 나는 "다시 순수로"의 참뜻이 "다시 좋은 시에로의 책임 있는 말이기"를 바란다.[6)]

시인이 생각하는 '좋은 시'는 '책임 있는 말'이고, 시대와의 불화에 항거해야 하는 실천이다. 경희대 졸업 후 1968년부터 「식칼론」 연작을 발표함

5) 조태일, 「꿈꾸고 나서 쓴 「아침선박」」, 『시인은 밤에도 눈을 감지 못한다』, 나남출판, 1996, pp.92~93.

6) 조태일, 「다시 순수란 무엇인가」, 『고여있는 시와 움직이는 시』, 전예원, 1980, p.186.

으로써 그는 시대와 불화하는 처절한 싸움을 '식칼'이라는 번뜩이는 이미지를 무기로 하여 선포한다.

창 틈으로 당당히 걸어오는
햇빛으로 달구었어!
가장 타당한 말씀으로 벼리고요.

신라의 허황한 힘보다야 날카롭고
정읍사의 몇 구절보다는 덜 애절한
너그럽기는 무등산 허리에 버금가고
위력은
세계지리부도쯤은 한 칼이지요.

흐르는 피 앞에서는 묵묵하고
숨겨진 영양 앞에서는 날쌔지요.
秘藏하는 데 신경을 안 세워도 돼,
늘 본관의 심장 가까이 있고
늘 제군의 심장 가까이 있되
밝게만 밝게만 번뜩이면 돼요.
그의 적은
六法全書에 대부분 누워 있고……
아니오 아니오
유형무형의 전부요.

—「식칼論」

실제로 그는 "칼자국으로 뒤덮인 詩想을 끌고서"(「탑골공원」, 『국토』) 시대와의 불화를 헤쳐 나간다. 이러한 시인의 시대적 책무에 대한 인식과 태도는 그의 산문이나 강연을 통해서도 확인이 된다.

> 사회현실에 압축반영하고 사회현실과 개인내부의 갈등을 표현하여 동시에 그것을 극복하려는 싸움을 포기하지 않고 구체적인 언어, 전통확립에로 나가는 노력을 중단하지 않을 때, 비로소 시의 패배는 시의 승리로 바뀐다.[7]

'오늘의 나의 문학을 말한다'라는 주제로 강연을 하면서 김지하의 시론을 인용하여 시와 시인의 역할에 대한 생각을 피력하고 강조한 내용[8]은 시인이란, 그리고 시의 역할이란 무엇인가에 대한 조태일 시인의 생각을 잘 알 수 있게 해준다. 사회 현실과의 불화를 극복하려는 '싸움'이 시 쓰기의 원천이 되고 있는 것이다.

> 자유가 시인더러
> 시인이 자유더러
> 따귀를 올려치면서 탁탁탁 치면서
> 하는 소리 들어보게나.

7) 김지하, 「풍자냐 자살이냐」, 『시인』, 1970. 참고로 『시인』은 조태일이 새로운 시 운동을 전개하기 위하여 1969년 창간 · 주재한 시 전문 문예지로, 당국의 압력으로 폐간될 때까지 총 14권을 발간했다. 김지하는 당시 '창비'에서의 백낙청과 김수영의 감식을 거친 후 퇴짜를 맞았던바, 『시인』은 김지하 시인을 등단시킨 역할을 한 셈이다.

8) 조태일, 「오늘의 내 문학을 말한다」, 『고여있는 시와 움직이는 시』, 전예원, 1980, p.229.

아아, 저게 상징이구나 은유로구나

상상력이구나

아픔만 낳는 詩法이구나.

—「자유가 시인더러」 부분

이 시에서 우리의 시선을 끄는 것은 "아픔만 낳는 시법"이라는 표현일 것이다. '미학'에 대한 고민과 열정은 현실에 대한 시인으로서의 윤리적 책무감 앞에선 하찮은 기교일 뿐이다. 특히 그는 일반 민중과 소통할 수 있는 쉬운 시를 지향한 것으로 보이는데, 그러한 고민의 일단이 그의 시나 시론에서 확인이 된다. "에미도 모르는 소리 끄적여서 / 어디다 쓰느냐 돈 나온다더냐 / 시 쓰는 것 겨우겨우 꾸짖으시고"(「어머니」)에서 확인되는, 어려운 시에 대한 불편한 의식. 그는 다른 글에서 어머니의 꾸지람은 천 번 만 번 옳은 것이라며 "글은 모름지기 보기에 쉬워야 하고, 어휘가 쉬워야 하고, 읽어 외우기가 쉬워야 하는" 것임을 강조한 바 있다.[9)]

인간의 자유로운 삶을 억압하는 정치적 폭력의 실체를 "너희가 뱉는 천 마디의 말들" 혹은 "너희의 녹슨 여러 칼"(「식칼론 2」, 『식칼론』)로 표현할 때 그것은 상징이나 알레고리적 장치라기보다 직설적 언설에 가깝게 들린다. 이러한 대결 의식은 이분법적인 세계 인식을 바탕으로 단순화되기 십상이어서 시를 읽는 독자의 입장에선 시적 긴장보다는 시적 화자의 열렬한 파토스를 느끼게 되는 경우가 많다.

---

9) 조태일, 「세 가지는 많게, 세 가지는 쉽게」, 조태일 외, 『선생님! 글은 어떻게 써야 하나요?』, 거송미디어, 1997, pp.12~13.

세상 시름 꽃꽃이 불러세워놓고
큰 시름 잠시 잊은 채 중얼거리다보면

이 한몸 온통 죄덩어리여서
스스로 퍅퍅한 들판을 지피는 불덩어리가 된다.

타오르자
오간 데 없는 님아
밤낮없이 시름뿐인 이 들판에서
이 세상과 함께
—「들판에 서서」 부분

자신을 재물로, 세상과 함께 타오르고자 했던 시인이 지향한 삶의 모습이 오롯이 드러난 시다. 그리고 우리는 시인의 이러한 육성이 과장이나 포즈가 아니라는 점을 기억할 필요가 있다. 그런 점에서 그는 앞서 말했듯 우리 시단에서 삶과 시를 일치시키고자 했던, 드물게 윤리적이었던 시인들 중의 한 사람으로 인정되어야 할 것이다.

Ⅲ 불꽃 : '혼자 타오르고 있었네'

전남 곡성 태안사라는 절에서 대처승의 아들(7남매 중 넷째)로 태어나 독경 소리와 목탁 소리를 들으며 자란 그의 유년 체험은 그를 시인이 되지 않을 수 없게 한 숙명과도 같은 뿌리였을 것이라는 생각이 든다.[10]

엄청나게 큰 돌을 집어들고 밤나무 둥치를 후려치면 잘 읽은 알밤이 떨어지며 머리와 어깨와 등을 두드리던 그 산골시절의 경험이 그에게 제공한 것은 잔잔하고 어여쁜 서정시의 소도구들이 아니라 그 뿌리에 잠겨있는 힘과 격렬함, 무엇보다도 대담한 열정과 원초적인 고집인 것 같다.[11]

대담한 열정과 원초적 고집으로 밀고 나갔던 사회 역사와의 진지한 대면 이후 그는 '잔잔하고 어여쁜 서정시' 또한 그의 이름으로 발표하게 된다. 일반적으로 삶의 연륜이 더해지면서 본향 회귀 의식이 강해지는 것을 생각해볼 때, 유년의 산골 시절 체험은 이러한 자연에 귀 기울이게 하는 원체험 같은 것을 제공한 것이 아닌가 싶다.

'아름다움'보다는 '옳음'에 투신했던 그이지만 90년대에 들어서서는 이전의 시들과 다소 다른 양상의 시들을 창작해 보이기 시작한다. 이 시기 그의 시는 사회·역사적 연결 고리가 느슨해지고, 삶에 대한 근원적 사유와 통찰이 자연에 대한 감각적 사유와 더불어 충일해지는 모습을 볼 수 있다. 그가 50대에 접어들었던 1990년대에 문단에 상자한 3권의 시집들[12] 에선 "꽃 피는 사과나무에 대한 감동"의 불꽃이 타오르기도 하는 모습을

10) 전남 곡성 태안사 입구에 가면 그의 문학관이 있다. 그의 유년의 삶처럼 속세와 단절된 공간이면서 현실에 발을 담그고 있는(시인의 아버지는 대처승이기도 하면서 야학을 위해 처자식을 돌보지 않았다고 하며, 또 여순사건에 연루되어 황급히 가족과 함께 이사를 하기도 하였다) 경계 위에 서 있는 것처럼 보인다.

11) 김화영, 「식칼과 눈물의 시학」, 『고여있는 시와 움직이는 시』(조태일시론집), 전예원, 1980, p.262.

12) 『산속에서 꽃속에서』(1991), 『풀꽃은 꺾이지 않는다』(1995), 『혼자 타오르고 있었네』(1999)가 그것이다. 제목을 통해서도 시인의 시 세계가 앞선 시집들의 그것과 많이 달라졌음을 짐작할 수 있다.

볼 수 있다.

선 굵은 남성적 육성에서 여리고 작은 것에 눈을 떼지 못하는 섬세한 소년적 감수성의 발견으로의 변화 혹은 포용과 확장. 어두운 현실을 밝히기 위한 램프이기를 자처하였다가 스스로 자신을 아름답게 밝히고 불태운 불꽃으로의 변화라고 표현할 수 있지 않을까. 그가 떠난 자리에 남은 그 '몇 편의 시들' 목록에 그의 후기시를 추가할 수 있는, 혹은 해야 하는 이유이다.

> 안간힘을 쓰며
> 찌푸린 하늘을
> 요동치는 우주를
> 떠받치고 있는
> 저 쬐그만 것들
>
> 작아서 작아서
> 늘 아름다운 것들,
>
> 밑에서 밑에서
> 늘 서러운 것들.
> —「이슬 곁에서」

문학이 대사회적, 정치적 발언이기를 멈추었다고 해서 그의 문학이 더 이상 윤리적이 아니라고 하는 말은 어폐다.[13] 자신의 삶의 과정에서 깨우친 체험적 진실에 늘 정직하게 충실하고자 했던 그의 일관된 삶의 태도야

말로 가장 윤리적인 형태의 삶의 모습이면서, 실은 일상에서 가장 견지하기 어려운 윤리적 스탠스가 아닐까? 그러하기에 「이슬 곁에서」라는 시편 또한, 자연을 자기동일성의 세계 속에 포획하려는 시인의 의도로 읽히기보다 초기 시편에서와 마찬가지로 외부를 향하여 열린 투기投己의 마음가짐으로 읽힌다. 삶의 끝자락을 예감하는 시점에서도 시인은 여전히 자아단속을 하거나 자기 삶을 미화하거나 하지 않는다. 그런 의미에서 조태일 시인은 성실함과 정직함이라는 가치 위에서 더 크게 공명하는 시인이 아닐까 싶다.

이제 그는 '흰 꽃송이 주먹밥'(「백목련꽃」, 『혼자 타오르고 있었네』) 몇 덩어리 챙겨 들고 돌아올 수 없는 '머나먼 길' 떠났다. 미학보다도 삶을 중시한 실천으로 우직하게 삶을 밀고 나갔지만, 이제 그 떠난 길 위에선 '서러움과 분노'보다 '여린 것들'을 마음껏 보듬어 안는 그의 또 다른 감수성의 진실이 만개하길 기원해본다.

13) 그의 마지막 시집, 마지막 수록 시편이 「광주 만가」라는 점은 의미심장하게 읽힌다. 그는 표면적으로 볼 때 '변하'였지만, 결코 변하지 않았다.

천상병

나 하늘로 돌아가리라
새벽빛 와 닿으면 스러지는
이슬 더불어 손에 손을 잡고,

나 하늘로 돌아가리라
노을 빛 함께 단 둘이서
기슭에서 놀다가 구름 손짓하면은,

나 하늘로 돌아가리라
아름다운 이 세상 소풍 끝내는 날,
가서 아름다웠더라고 말하리라……

평화의 새, 천상병의 시

/이숭원 서울여자대학교 교수

I 시인의 생애

시인 천상병은 1930년 1월 29일 일본 효고현兵庫縣 히메지시姬路市에서 2남 2녀 중 차남으로 출생했다. 네 살 때 한국으로 돌아와 창원에서 초등학교를 다니다가 다시 일본으로 건너가 성장했고, 해방 이후 귀국하여 마산중학교 3학년에 편입했다. 1949년 7월 마산중학교 5학년 재학 중 대구에서 나오는 시 동인지 『죽순』에 시 「피리」, 「공상」을 발표해서 시적 재능을 드러냈다.

1950년 6·25가 나자 미군 통역관으로 6개월간 근무하다가 1951년 피난지 부산에서 서울대학교 상과대학에 입학했다. 상과대학에 입학한 것은 장래의 안정된 직업을 위해서였으나 문학에 대한 지향은 그대로 지속되어 서울대 동료들과 만든 동인지 『처녀지』(1951. 12)에 「나무」, 「약속」, 「갈대」 등의 작품을 발표했다. 이어서 1952년 1월 『문예』지에 「강물」로 1회 추천(유치환), 6월에 「갈매기」로 2회 추천(모윤숙)을 받아 정식으로 등단했다. 그뿐만 아니라 1953년 『문예』지에 조연현에 의해 평론이 추천되어 평론가로도 활동하게 된다. 이렇게 그가 원하던 문학의 길에 발을 들여놓게 되자 서울대학교 상과대학은 그냥 작파해버리고 말았다.

1956년 이후 시와 월평을 발표하고 외국 문헌을 번역하면서 일정한 직업 없이 전업 문필가로 활동했다. 그는 시도 발표했지만 신문이나 잡지에 짧은 문학 단평을 더 많이 발표했다. 고은의 시집 『피안감성』에 대한 단평(〈동아일보〉, 1960. 8. 17), 이추림 시집 『역사에의 적의』(〈경향신문〉, 1962. 7. 2)에 대한 단평 등이 대표적인 예다.

5·16 군사 쿠데타가 일어나자 박정희 장군의 육사 후배인 김현옥이 육군 준장의 신분을 지니고 1962년 4월 36세의 나이로 부산 시장에 취임했다. 군에서 예편한 김현옥은 직할시로 승격한 부산시의 시장을 다시 맡았는데 경상남도 진주가 고향인 그는 마산중학교의 수재로 알려진 문인 천상병을 공보비서로 발탁하여 연설문 등을 작성케 했다. 1964년부터 1966년 김현옥이 임기를 끝내고 서울 시장으로 갈 때까지 2년간 재직했다.

부산과 서울을 오가며 다시 전업 문인으로 지내던 중 1967년 7월 느닷없이 동백림사건에 연루되어 체포된 후 구속 수사를 받고 정식 재판을 받고서야 풀려났다. 서울 상대 시절의 친구이고 서울 상대 조교수로 있는 강빈구를 1963년 10월에 만나 그가 동베를린을 방문한 간첩인 것을 알면서도 신고하지 않고 1967년 6월까지 그를 위협하여 돈을 갈취, 착복했다는 혐의였다. 잘나가는 친구를 만나 술을 얻어먹고 술값과 하숙비를 받아 쓴 것이 갈취로 둔갑하고, 친구와 이야기를 나눈 것이 간첩 불고지죄로 걸린 것이다. 그는 7월 29일 자로 구속 기소되었고 12월 13일 집행유예의 선고를 받고 풀려났다. 그는 취조 과정에서 세 차례의 전기 고문을 받았다고 한다. 천진하기 짝이 없는 천상병이 난생처음 육체적 고문과 정신적 학대를 받게 되자 그 충격은 엄청났을 것이다.

그는 한동안 사회에 적응하지 못하고 떠돌다가 1969년부터 다시 시를 발표하기 시작했다. 그러나 정신의 고통은 사라지지 않아 술을 많이 먹었고 1971년 거리에서 쓰러져 행려병자로 서울 시립 정신병원에 수용되었다. 기억도 상실하여 자신이 누구인지 제대로 밝히지 못하는 난처한 처지가 된 것이다. 동료 문인들은 그가 실종되어 종적을 찾을 수 없게 되자 사망한 것으로 알고 1971년 12월 유고시집 『새』(조광출판사)를 간행했다. 유고시집이 나오자 거기서 사진을 본 의사가 시립병원에 입원해 있는 행려병자가 천상병임을 알아보고 친지에게 연락을 취하여 사회에 복귀하게 되었다.

천상병의 친구인 목순복의 누이동생 목순옥은 평소 천상병의 타고난 재능과 순수한 마음씨를 알고 마음으로 따르고 있었는데 천상병의 피폐해진 모습을 보고 이 사람에게 일생을 바치겠다는 마음으로 결혼을 자청하고 나서 1972년 5월 14일 김동리의 주례로 결혼식을 올리게 되었다. 천상병보다 11세 연하인 신부는 예물로 시계를 선물했는데, 주례 김동리 선생은 시간에 맞추어 제시간에 집에 들어오라는 뜻이라고 의미 있는 덕담을 했다.

이후 천상병은 안정을 찾게 되어 그전과 같은 정상적인 생활은 하지 못했지만 시도 쓰고 사람도 만나며 문학인의 반경에 다시 들어서게 되었다. 1979년 시집 『주막에서』(민음사)를 간행한 이후 『천상병은 천상 시인이다』(오상출판사, 1984), 『저승가는 데도 여비가 든다면』(일선출판사, 1987) 등의 시집을 출간하게 된다. 그러나 한번 버릇이 든 음주 습관은 버리지 못하여 결국 1988년에 만성간경화증으로 춘천의료원에 입원하게 되고 회복이 어렵다는 진단을 받지만 아내의 정성 어린 간병과 섭생으로 몇 년을 더 버티다가 결국 1993년 4월 28일 오전 11시 20분 의정부의료원에서 63세의 나이로 지상의 삶을 마감하게 된다. 1996년 4월 28일 3주기를 맞아 유족에 의해 『천상병 전집』(평민사)이 출간되었다.

Ⅱ 자유와 평화의 정신

그의 말년의 시는 아무 꾸밈 없는 순진한 아이의 생각과 어법을 보여준다. 그러나 그는 처음부터 그러한 소년풍의 시를 쓴 시인이 아니었다. 그의 초기시는 매우 조숙한 문학청년의 섬세한 감성을 보여주고 있다. 그가 19세 때 『죽순』에 발표한 시를 보면 그의 시 세계의 원천이 어디에 있는지 알 수 있다.

—나는 며칠 동안 공상을 먹으며 살았다.

기어이 스며드는 것

절벽 위에서
아슬한 그 절벽 위에서

아!
저 화원花園입니다
저 처녀處女입니다

—붉고 푸르고 누른 내 마음의 마차여
오늘은 또 어디메로 소리도 없이
나를 끌고 가는가.
—「공상」 전문

이 시에는 사춘기 문학청년의 때 묻지 않은 감성이 잘 나타나 있다. 사춘기 소년의 공상이 하늘로 스며들어 미지의 세계로 자신을 인도하는 환상적 동경이 전면에 드러나 있다. “화원”과 “처녀”를 동일화하는 데에서 순결성의 아름다움을 긍정하는 의식도 발견할 수 있다. 그래서 대학교 때 만든 동인지 제목도 『처녀지』라고 정했을 것이다. 『처녀지』에 발표했다는 작품 「약속」을 보면 마치 그의 운명을 예감한 것 같은 인상을 받는다.

> 한 그루의 나무도 없이
> 서러운 길 위에서
> 무엇으로 내가 서 있는가
>
> 새로운 길도 아닌
> 먼 길
> 이 길은 가도가도 황토길인데
>
> 노을과 같이
> 내일과 같이
> 필연코 내가 무엇을 기다리고 있다.
> —「약속」 전문

자신의 길을 한 그루의 나무도 없는 서러운 길, 척박한 황톳길로 보고 있어서 비극적 운명을 예고하고 있는 듯하다. 그 비극의 길이 새로운 길이 아니라 필연코 갈 수밖에 없는 먼 길이라는 점에서 비극적 운명이라도 그것을 받아들일 수밖에 없다는 숙명 의식이 내재해 있음을 알 수 있다. 이처럼 연약하고 수동적인 마음을 가지고 있었기에 외부의 가혹한 억압에 부딪힐 때 그의 내면은 버티지 못하고 무너져 버렸던 것이다.

그는 공중에 나는 새를 자유의 존재로 보고 여러 편의 시를 썼다. 자유로운 새를 자신의 분신이자 자화상이라고 생각했고, 새가 자유롭게 날아다니는 하늘을 맑고 진실하고 영원한 공간으로 보았다. 평화와 자유가 그의 시심의 바탕이 된 것이다.

외롭게 살다 외롭게 죽을
내 영혼의 빈터에
새 날이 와, 새가 울고 꽃잎 필 때는,
내가 죽은 날
그 다음 날.

산다는 것과
아름다운 것과
사랑한다는 것과의 노래가
한창인 때에
나는 도랑과 나뭇가지에 앉은
한 마리 새.

정감에 그득찬 계절,
슬픔과 기쁨의 주일,
알고 모르고 잊고 하는 사이에
새여 너는

낡은 목청을 뽑아라

살아서

좋은 일도 있었다고

나쁜 일도 있었다고

그렇게 우는 한 마리 새.

—「새」 전문(『사상계』, 1959. 5)

이 시는 그가 정상적인 생활을 하던 시기에 나온 작품으로 인생의 희로애락을 아름다운 서정으로 승화한 아름다운 작품이다. 자신의 삶이 외로울 것이라는 예감이 이 시에도 나타나 있다. 자신이 죽은 다음에 비로소 새날이 오고 꽃잎이 필 것이라는 구절에서 자신의 삶을 비극적으로 생각하는 태도가 이어지고 있음을 알 수 있다. 그러면서도 그 의식이 비관에 빠지지 않고 슬픔과 기쁨, 좋은 일과 나쁜 일을 다 포용하는 것이 인생이라는 달관의 자세를 보이고 있다.

이 시기의 또 다른 대표작이 「주막에서」다. 이 작품은 시적인 구성미도 뛰어나고 시적 주제도 뚜렷해서 그의 시중 가장 훌륭한 작품이라는 평가를 받는다. 여기 나타난 평화주의적 인생관은 이후 그의 시 세계를 관류하는 일관된 주제가 된다.

골목에서 골목으로

거기 조그만 주막집.

할머니 한 잔 더 주세요,

저녁 어스름은 가난한 시인의 보람인 것을……

흐리멍텅한 눈에 이 세상은 다만

순하디 순하기 마련인가,

할머니 한 잔 더 주세요.

몽롱하다는 것은 장엄하다.

골목 어귀에서 서툰 걸음인 양

밤은 깊어 가는데,

할머니 등 뒤에

고향의 뒷산이 솟고

그 산에는

철도 아닌 한겨울의 눈이 펑펑 쏟아지고 있는 것이다.

그 산 너머

쓸쓸한 성황당 꼭대기,

그 꼭대기 위에서

함빡 눈을 맞으며, 아기들이 놀고 있다.

아기들은 매우 즐거운 모양이다.

한없이 즐거운 모양이다.

—「주막에서」 전문(『현대시학』, 1966. 6)

이 시에서 세상을 "순하디 순한" 상태로 바라보는 평화주의적 시선, "몽롱하다는 것은 장엄하다"에 나타난 술 취한 상태에 대한 절묘한 표현 미학, "함빡 눈을 맞으며, 아기들이 놀고 있다"는 환상적 장면에 담겨 있는 천진성의 추구의 자세 등 그의 시의 중요한 특징들이 빠짐없이 나타나 있다. 정신이 건강하던 시절의 그는 세상을 매우 진실하고 아름답게 살아가려고 한 사람임을 분명히 파악할 수 있다.

이러한 달관의 자세는 동백림사건 이후에 발표된 그의 대표작 「귀천」에도 잘 나타나 있다.

나 하늘로 돌아가리라
새벽빛 와 닿으면 스러지는
이슬 더불어 손에 손을 잡고,

나 하늘로 돌아가리라
노을 빛 함께 단 둘이서
기슭에서 놀다가 구름 손짓하면은,

나 하늘로 돌아가리라
아름다운 이 세상 소풍 끝내는 날,
가서 아름다웠더라고 말하리라……

—「귀천」 전문(『창작과 비평』, 1970. 6)

그가 1967년에 동백림사건을 겪은 후 사회에 복귀하여 어느 정도 심신이 안정된 시기에 발표된 작품이다. 그는 가난과 병고 속에서도 앞의 작품 「새」와 마찬가지로 삶에 대한 긍정적인 태도를 가지고 세상의 아픔까지 아름다움으로 승화시키려는 마음을 표현한 것이다. 자연과 인생을 담담하면서도 투명하게 바라보는 시인의 인생관이 잘 나타나 있다. 어떻게 보면 삶의 고통이 그의 마음을 오히려 더 투명하고 순수하게 정화시켰는지도 모른다. 고통 속에 진정으로 순수한 정신이 창조된다는 역설을 그의 삶과 시에서 발견하게 된다.

그의 시는 장식적 수사나 기교가 없으며 평이하고 담백한 말로 자신의 생각을 단순하게 표현한다. 죽음에 대한 두려움이나 삶에 대한 미련도 없는지 "나 하늘로 돌아가리라"라고 담담하게 말한다. '돌아간다'는 말은 하늘이 우리의 고향이며 때가 되면 하늘로 돌아가는 것이 매우 당연하고 자연스러운 일이라는 의미를 함축하고 있다. 억지로 죽음의 세계로 끌려가는 것이 아니라 스스로 하늘로 돌아간다는 자발적 선택의 의미도 담겨 있다. 죽음의 순간을 맞아 이렇게 말할 수 있는 사람은 진정으로 행복한 사람일 것이다.

하늘로 돌아가려는 화자에게 길동무가 되어주는 것은 이슬과 노을이다. 사람과의 관계에서 시련을 겪은 그이기에 자연을 벗으로 삼은 것이다. 그런데 이슬은 "새벽빛 와 닿으면 스러지는" 존재이며 노을 역시 저녁 하늘을 물들이다 사라지는 일시적 현상이다. 이슬과 노을은 영원히 존재할 수 없는, 쉽게 사라져버리는 가변적 소멸의 대상들이다. 그렇기에 지상에서 제한된 시간을 보내다 하늘로 돌아가는 사람의 길동무가 될 수 있는 것이다. 생각나는 대로 쓴 것 같지만 천상병은 그 나름의 시적 인식을 가지고 이 시를 구성한 것이다. "노을 빛 함께 단 둘이서 / 기슭에서 놀다가"라는 구절도 시인의 외로운 삶의 단면을 투사한다. 다른 아무의 개입도 없이 '단 둘이서' 노는 외로움, 가운데가 아니라 '기슭에서' 노는 쓸쓸함 등이 이 시행에 개입되어 있다.

고독한 변방에서 조용하고 쓸쓸하게 일생을 보낸 시인에게 삶은 '소풍'으로 받아들여졌다. 소풍은 기분 전환을 위해 천천히 걸으며 바람을 쏘이는 일이다. 그것은 업무에서 벗어나 여유 있는 세상을 바라보는 일이다. 사회인으로서의 권리와 의무에서 벗어난 그의 유랑의 삶을 시인은 소풍이라고 명명한 것이다. 세상을 살지 않고 바라만 보았기에 삶은 이슬이 빛나고 노을이 물드는 아름다운 광경으로 보였을 것이다. 세상을 바라보기만 한 그에게 "아름다운 이 세상"이라는 말은 반어나 역설이 아니라 자신의 생각 그대로를 토로한 것이었다. "가서 아름다웠더라고 말하리라"라는 구절도 그의 심경을 솔직하게 드러낸 말이다. "아름다웠더라고"라는 과거형 표현 역시 세상을 소풍 삼아 관망한 유랑인의 심리를 솔직하게 투영하는 말이다.

죽음에 대한 이러한 여유 있는 자세는 우리에게 교훈을 주고 위안을 준다. 우리 모두 죽음의 공포와 사후의 불안을 어느 정도 지니고 있기 때문이다. 실제로 죽음에 직면한 사람에게 죽음은 세상의 소풍을 끝내고 하늘로 귀환하는 것이라고 인식시킬 수만 있다면 그보다 더 큰 위안이 되는 일은 없을 것이다. 죽음을 이렇게 인식한다면 모든 사람은 매우 편안하게 죽음을 맞이할 수 있다. 그런 점에서 이 시는 죽음의 불안감을 갖고 있는 사람들을 위안하는 역할을 한다.

Ⅲ 어린이의 천진한 눈길

1972년 결혼 이후 수락산 기슭에 안착하면서 천상병의 시는 어린이의 천진한 시선과 어법으로 자기 주변의 삶을 꾸밈없이 진솔하게 이야기하는 독특한 세계를 펼쳐낸다. 이 진솔한 시 세계는 어느 누구도 모방할 수 없는 그만의 독자적인 것이었다.

우리 집도 초가요 옆집도 초가야.

우리 집 주인은 서울 백성.

옆집 사람과는 인사한 적이 없다.

길을 건너고 대하고 있으니,
옆집의 위치는,
아프리카 대륙이다.

우리 집에는 주인 말고도 세 가구가 있다.
그러니 인구밀도가 국제적이다.
무려, 열네 사람이나 되니.

우리 집은 한 마리밖에 없는 개를 팔다니,
신문에 나는 개발도상국가인가?
옆집은 TV 안테나가 섰으니,
선진국이다.

나는 우리 집 주인의 이름도 알고,
친절하기가 극진하지마는,
옆집 주인은 〈예수 그리스도〉인가?
—「수락산하변 5」 전문(1975)

1975년에 시인이 살았던 수락산 밑 지역은 경기도였고 나중에 서울시 노원구로 편입되었다. 부인이 인사동에서 상점을 열고 있었기 때문에 집값이 싼 서울과 경기도 접경지대에 전셋집을 마련한 것이다. "우리 집도 초가요 옆집도 초가야"라는 첫 시행은 자신이 살고 있는 지역이 가난한 사람들이 모여 사는 서민 부락이라는 것을 나타낸다. 그러나 "초가"라는 말은 가난을 어려움으로 받아들이지 않고 평화롭고 나지막한 친근함으로 받아들이는 시인의 마음을 드러낸다. 자신이 사는 집 주인은 "서울 백성"이라 했으니 서울에 거주지가 있으면서 집 관리를 위해 이곳에 사는 것임을 알려준다. 세상 물정 모르는 것 같은 천상병이 표현은 안 해도 알 것은 다 알고 있는 것이다. 그러면서도 만사에 무심한 듯 가능한 한 많은 것을 긍정적으로 수용하려고 하는 평화주의자의 눈길을 엿볼 수 있다. 그러면서도 이웃끼리 왕래가 없는 삭막한 풍경을 "인사한 적이 없다"고 드러내고, 들어가 본 적 없는 집이니 "아프리카 대륙"이라고 날카롭게 지적한다. 그는 결코 정신을 놓친 사람이 아니라 바보인 척하는 현인, 진정한 평화주의자인 것이다.

자신의 셋집이 협소하다는 것을 "세 가구"에 "열네 사람"이 사는 것으로 에둘러 암시하고, 자신의 집은 인구밀도가 높은 개발도상국인데 옆집은 TV 안테나가 섰으니 선진국이라고 유머러스하게 넘겼다. 가난한 사람들이 모여 사는 마을에도 생활의 층위가 있고 삶의 격차가 있음을 암시하는 어법이다. "옆집 주인은 〈예수 그리스도〉인가?"라는 마지막 시행은 많은 것을 생각하게 한다. 예수 그리스도처럼 가까이 대할 수 없는 존재, 멀리 두고 경원할 수밖에 없는 대상이라는 뜻일 것 같은데, 부정적 의미인지 긍정적 의미인지 판단하기 어렵다. 앞 시행의 문맥과 대비해보면 이름도 모르고 만난 적도 없다는 점을 나타낸 것 같은데 그렇다고 "예수 그리스도"를 끌어온 점이 의외롭다. 간절히 원해야 만날 수 있는 고귀한 존재라는 뜻으로 그렇게 썼다고 보는 것이 천상병의 심리에 어울리는 해석일 것이다. 여기에도 모든 것을 긍정적으로 대하는 천상병의 천진한 유머 감각이 작용했을 것이다.

나는 새 세 마리와 함께 살고 있다.

텔레비 옆에 있는 세 마리 새는

꼼짝도 하지 않는다.

왜냐하면

진짜 새가 아니라

모조품이기 때문이다.

한 마리는 은행에서 만든 저금통 위에

서 있는 까치고

두 마리는 기러기 모양인데

경주에서 아내가 사가지고 왔다.

그래서 세 마리인데

나는 매일같이 이들과 산다.

나는 새를 매우 즐긴다.

평화롭고 태평이고 자유롭고

하늘이 그들의 것이기 때문이다.

나는 이들을

진짜 새처럼 애지중지한다.

―「새 세 마리」 전문(『한국문학』, 1983. 12)

천상병의 시는 아주 쉬워서 이런 시라면 누구든 쓸 수 있을 것이라는 생각이 들게 한다. 있는 그대로의 사실을 나열했는데 그 선택의 세목에 천상병의 따뜻한 마음이 담겨 있다. 은행에서는 기쁜 소식이 찾아오라고 까치를 선물하고 아내는 부부가 의좋게 지내자고 기러기 한 쌍을 사 왔다. 고마운 정신이 담긴 세 마리 새와 함께 지내니 기쁘고 행복하다는 것이다. 초기시부터 자유와 평화의 상징으로 노래하던 새가 이제는 자기 집에 날지 못하는 모양으로 서 있다. 그것은 사회적 활동의 날개를 잃고 집에 은둔하고 있는 자기 자신의 모습 같기도 하다.

천상병의 시는 쉬운 구절의 연결 가운데 천상병만이 갖고 있는 독특한 진실의 순간을 드러낸다. 이 시에서는 "하늘이 그들의 것이기 때문이다"라는 시행이 그러한 역할을 한다. 진실과 광명의 세상을 염원하는 평화주의적 인생관이 아직 그에게 생생히 남아 있음을 이 구절은 드러낸다. 젊은 시절 푸른 하늘을 나는 새를 자유의 상징으로 보았는데, 이제는 나이가 들어 책상 위의 모형으로 된 새라도 그것을 사랑하면서 자유의 꿈을 이어가고 있는 것이다. 그래서 "나는 이들을 / 진짜 새처럼 애지중지한다" 마지막 시행이 마음을 저리게 한다.

나는 세계에서
제일 행복한 사나이다

아내가 찻집을 경영해서
생활의 걱정이 없고
대학을 다녔으니
배움의 부족도 없고
시인이니
명예욕도 충분하고
이쁜 아내니

여자 생각도 없고

아이가 없으니

뒤를 걱정할 필요도 없고

집도 있으니

얼마나 편안한가

막걸리를 좋아하는데

아내가 다 사주니

무슨 불평이 있겠는가

더구나

하나님을 굳게 믿으니

이 우주에서

가장 강력한 분이

나의 빽이시니

무슨 불행이 온단 말인가!

—「행복」 전문(『한국문학』, 1987. 5)

우리가 사는 세상에 이런 평화의 찬미자가 어디에 있겠는가? 고결한 신부님도 도력 높은 수행승도 이런 마음을 내기 어려울 것이다. 자신의 생활 영역 전부에서 결핍의 그림자를 걷어내고 삶의 세목 전체를 행복의 필요충분조건으로 받아들여 기쁨을 노래하는 평화의 새. 그것이 천상병의 시다. 우리 모두가 진심으로 이러한 행복을 나누어 갖는다면 세계만방이 화평하고 인류 전체에게 진정한 평화가 올 것이다. 물욕과 권력욕으로 가득한 이 세상에 천상병은 순진무구하고 진실한 평화의 메시지를 전해주고 갔다. 세상이 각박해지고 살아가는 일이 어려울수록 천상병의 시를 많이 찾아 읽고 거기서 천진한 아름다움을 얻어내야 할 것이다. 아무것도 아닌 것 같은 짧은 시가 우리에게 이렇게 커다란 지혜와 은혜를 선사한다는 사실을 우리는 새롭게 깨달을 필요가 있다. 천상병은 우리에게 이렇게 눈물겨운 축복의 은사恩賜를 남기고 갔다.

그대 시를 사랑하리

초판 1쇄 2014년 2월 28일
지은이 박호영·이정숙·이숭원·윤여탁 외
펴낸이 김영재
펴낸곳 책만드는집

주소 서울 마포구 양화로3길 99 4층 (121-887)
전화 3142-1585·6
팩스 336-8908
전자우편 chaekjip@naver.com
출판등록 1994년 1월 13일 제10-927호

ISBN 978-89-7944-466-7 (03810)

이 도서의 국립중앙도서관 출판사도서목록(CIP)은 e-CIP
홈페이지(http://www.nl.go.kr/cip.php)에서 이용하실 수 있습니다.
(CIP제어번호 : CIP2014003085)